조선의 탐정을 탐정하다

식민지 조선의 탐정소설사

지은이 최애순(崔愛洵, Choi Ae-soon)은 고려대학교에서 「최인훈 소설에 나타난 연애와 기억에 관한 연구」로 박사학위를 받았다. 식민지 시기 탐정소설 연구를 지속적으로 해오며 한국 탐정소설의 정체성에 대해 고민해 보는 시간을 가졌다. 대중문학을 즐겨 읽으며 대중문학과 본격문학의 '경계'에 관심이 많다. 특히 현재보다 과거의 대중문학을 통해 겪어보지 못한 그 시대를 들여다보는 재미에 빠져 있다.

조선의 탐정을 탐정하다 식민지 조선의 탐정소설사

초판 인쇄 2011년 12월 1일 **초판 발행** 2011년 12월 10일
지은이 최애순 **펴낸이** 박성모 **펴낸곳** 소명출판 **출판등록** 제13-522호
주소 서울시 서초구 서초동 1621-18 란빌딩 1층
전화 02-585-7840 **팩스** 02-585-7848 **전자우편** somyong@korea.com **홈페이지** www.somyong.co.kr

값 21,000원
ISBN 978-89-5626-633-6 93810
ⓒ 2011, 최애순

조선의 탐정을 탐정하다

식민지 조선의 탐정소설사

The history of the detective novels of Colonial Choson

최애순

소명출판

:: 머리말

    탐정소설과 학술논문은 낯설고 이질적인 결합이다. 필자가 이 둘의 결합을 위해 선택한 방법은 현재의 탐정소설이 아닌 식민지 시기의 탐정소설을 대상으로 삼는 것이었다. 탐정소설이 이 땅에 유입되어 정착되던 과정을 살피는 것은 식민지 시기에 낯설고 이질적인 근대가 어떻게 받아들여졌고 변모해 갔는지를 들여다보는 한 방법이 될 수 있다. 덕분에 필자는 논문도 재미있을 수 있다는 생각을 품으며 탐정소설을 주제로 마음껏 연구할 수 있었다. 항상 사실로 기록된 왕조의 역사보다 한 줄로 그친 비사가 더 궁금하고, 연구자나 비평가에 의해 선택된 문학사의 정전보다 대중이 향유했던 소소한 오락거리가 더 눈길을 끄는 법이다. 탐정소설이라는 장르문학에 관심을 가진 것은, 그것이 각시대 대중의 취향과 코드를 가장 민감하게 반영하기 때문이다. 탐정소설 자체를 연구한다기보다 탐정소설을 통해 식민지 시기 대중의 취향이나 문화 전반을 두드리고자 하는 것이 본래의 목적이었다. 그렇다면, 식민지 시기의 탐정소설은 어떤 위치에 있었으며, 대중은 그것을 어떻게 향유했을까. 그에 대한 해답으로 1920년 『조선일보』 초창기에 연재된 『박쥐우산』이라는 '정탐소설'을 예로 들고자 한다.

『박쥐우산』은 필자가 이 책의 부록에 넣은 식민지 시기 탐정소설 서지정리에서 빠져 있다. 그것은 이 작품이 번역인지 창작인지 애매하여 아직까지 어느 쪽인지를 판단하지 못했기 때문이다. 『박쥐우산』은 1920년이라는 굉장히 이른 시기에 '정탐소설'이란 표제를 달고 연재되었다는 점에서도 놀라울 뿐 아니라, 탐정소설이란 장르가 본격적으로 유입되지도 않았고 표면으로 부상하기에도 이른 시기였음에도 작품 수준이 상당하다는 점에서도 감탄을 자아낸다. 바로 앞에 연재되었던 『춘몽』이 신소설의 양식을 벗어나지 못했던 점을 감안할 때, 『박쥐우산』은 근대소설로서의 면모를 갖추고 있어 내용면에서뿐만 아니라 형식면에서도 앞 작품과 큰 괴리감을 형성한다. 더군다나 식민지 시기에 『마인』이외에는 그토록 보기 힘들던 '본격추리'로서의 면모를 갖추고 있어 오히려 이후의 탐정소설이 증거를 중심으로 범인을 찾는 추리서사에서 멀어지게 된 연유가 궁금하기까지 하다. 이후로 한국 탐정소설은 1925년 방정환이 『동생을 차즈려』를 쓸 때까지 기다려야 했으며, 『혈가사』, 『사형수』를 거쳐 1934년 채만식의 『염마』와 김동인의 『수평선 너머로』가 창작되기까지도 긴 시간이 걸렸다. 이렇게 창작된 한국 탐정소설은 『박쥐우산』에서 펼치던 본격추리가 아니라 모험스파이 양식이 주류였다. 본격추리는 『마인』에 가서야 다시 만날 수 있다. 『박쥐우산』은 한국 탐정소설의 맥락에서도 뜬금없고, 앞 뒤 연재된 소설 양식들을 살펴볼 때도 앞 작품 『춘몽』과 뒤 작품 『발전』과의 형식적인 면이나 질적인 면에서 괴리감이 크다. 그렇다면, 어떻게 하여 『박쥐우산』이라는 작품은 『춘몽』의 후속작으로 연재되었던 것일까.

의문점은 두 가지이다. 하나는 어떻게 하여 이렇게 이른 시기에 『박쥐우산』이라는 본격추리의 탐정소설이 실릴 수 있었을까 하는 것이고, 다른 하나는 탐정소설이 아니라고 하여도 소설사에서도 당시의 소설과는 질적·형식적 수준이 달랐던 작품이 어떻게 하여 뜬금없이 그 자리에 놓일 수 있었을까 하는 것이다. 또 하나는 그럼에도 불구하고 왜 『박쥐우산』은 식민지 조선의 탐정소설 계보를 형성하지 못하였을까 하는 점이다. 『조선일보』 첫 연재소설인 『춘몽』(1920.3.5~1920.7.7)과 후속작 『박쥐우산』(1920.7.14~1920.9.15)은 일단 '신소설'과 '근대소설'이라는 소설 양식에서부터 차이를 보인다.

　『춘몽』은 제목에서부터 드러나듯 고리대금업, 금광산업, 토지개간 사업 등 일명 한탕주의로 식민지 시기 일확천금을 노리는 민중을 '계몽' 하고자 하는 의도가 담긴 소설이다. 근대소설의 서막을 알리는 『무정』이 1917년 『매일신보』에 연재되었던 이후임에도 불구하고, 구성, 내용, 주제면 모두에서 근대소설보다 1910년대의 신소설에 가깝다. 『조선일보』 첫 연재소설인 『춘몽』은 소설사적 맥락에서 시기적으로 후퇴한 면모를 보여준다. 『춘몽』은 고리대금업자 목참봉에 의한 리백작집의 몰락을 다루며, 봉건사회의 계급이 근대 자본주의에 의해 새로운 계급으로 교체되는 과도기적 상황을 보여준다. 리백작의 아들 리시종은 돈이 어디로 새나가는 줄도 모르게 고리대금업자에게 빌려 쓰다 결국 빚이 10만환에까지 이르게 되고, 이를 기회로 그 집의 덕을 대대로 입고 살았던 리완쇠와 고리대금업자 목참봉이 손을 잡고 리백작 집을 망하게 한다. 그리하여 리백작집은 몰락하고 목참봉으로 대표되는 근대 자본주의 시대가 열린다. 그러나 고리대금업으로 신흥 부자가 되었던 목참봉은 금광사업과 수리사업에 손을 대어 쫄딱 망하게 된다. 목참봉이 망하는 대신 리시종은 그 집에서 제일 의리가 있었던 을동이가 은행원이 되어 돌아와 목참봉에게서 집도 찾아주고 없어졌던 아우 리영만도 돌아옴으로써 예전의 권세를 회복하게 된다. 표면적으로 내세운 것은 고리대금업이나 금광사업, 수리사업 등 당시 투기 열풍이 불었던 한탕주의를 조심하라는 계몽이지만, 이면적으로 보면 근대 자본에 의해 기존 봉건사회가 흔들리는 것에 대한 경계가 담겨 있다. 결국 벌을 받는 것은 리시종(옛주인)을 배신하고 목참봉에게 붙었던 리완쇠라는 인물과 신흥 부자 계급으로 떠올랐던 목참봉이다. 돈을 흥청망청 써서 집을 망하게 했던 리시종은 아무런 노력을 하지 않았음에도 을동이 덕택으로 집도 다시 찾고 예전의 부귀영화도 다시 누리게 된다.

이런 『춘몽』과 달리 뒤를 이어 연재되는 『박쥐우산』은 '정탐소설'이라는 익숙하지 않은 표제를 달고 있으며, '황만수 살인사건 현장'에 대한 묘사로 시작하는 제1막부터 예사롭지 않다. 황만수 살인사건의 진범을 잡기 위해 변동식과 오창걸이라는 두 정탐이 활약한다. 막우리 빠진 단장, 진흙 묻은 구쓰, 석피 장갑 등의 증거로 잡아들인 범인은 박관찰의 둘째 아들인 박영진이었다. 박영진은 자신이 범행을 저지르지 않았음을 주장할 뿐 그 어떠한 변명도 하지 않았다. 영락없이 박영진이 재판에 회부될 판이었는데, 그의 누이가 찾아온다. 흉행이 일어난 날 밤 박영진은 누이의 집에서 자고 갔다는 것이다. 누군가 홀로 된 누이의 집에 들어왔다가 영진이 있어 후다닥 도망을 가버렸기에 또 다시 찾아올까 걱정되어 영진은 누이 집에서 자고 왔던 것이다. 이에 변동식과 오창걸은 원범을 찾기 위해 동분서주하다 막우리 빠진 단장으로 오인되었던 증거가 사실은 단장이 아니라 박쥐우산이었음을 알게 되고, 그 박쥐우산의 주인이 박영진의 형인 박영로임을 알게 된다. 박관찰의 유산이 당연히 첫째에게로 돌아갈 것인데, 왜 살인을 저질렀을까를 찾을 수 없었던 두 정탐은 마침내 박영로가 친자가 아닌 업둥이였다는 사실을 알게 된다. 친자처럼 키웠으나 박영로가 욕심이 많은 흉흉한 성격의 소유자임을 안 부친 박관찰이, 죽은 후 유산을 박영진에게 상속한다는 유언장을 황만수에게 맡겼던 것이다. 범인은 친자가 아닌 양자 박영로로 설정되어 있으며 친자인 박영진은 범인으로 오인되어 동정 받는 처지이다. 이렇게 범인을 누구로 설정할 것인가의 문제는 당시 지배 이데올로기를 반영하고 있어, 탐정소설이란 장르가 체제 지향적이 될 수밖에 없는 필연적 운명을 지니고 있음을 말해준다.

　신소설『춘몽』과 정탐소설『박쥐우산』은 전근대적 양식과 근대적 양식이라는 소설의 형식적 미학에서는 이질적이지만 주제 구현에 있어 '권선징악'이라는 인류 보편적 정서로 맞닿아 있다.『춘몽』을 비롯한 신소설의 계몽담론은 낡은 것을 타파하고 새것을 받아들이자는 취지의 '근대'를 설파하는 것 같지만 봉건계급사회가 무너지는 것에 대한 두려움이 컸던 것 같고, 이것은 식민지 시기에 새로 유입된 장르인 탐정소설에서도 마찬가지였다. 근대적 법제도에 의한 증거주의를 채택하면서도 범인은 친자가 아닌 양자, 혹은 본처의 자식이 아닌 첩의 자식으로 설정하는 구도는 권선징악으로 대중을 설득하며 지배 이데올로기를 더욱 공고히 하는 역할을 담당했다. 이처럼 식민지 시기의 탐정소설은 근대적인 소설 양식과 전근대적인 봉건의식이 공존하고 있었다. 이것이 전근대적 소설인『춘몽』과 근대적 양식인『박쥐우산』이 차례로 연재될 수 있었던 이유이다. 권선징악의 구도와 탐정소설의 전략적 지배 이데올로기의 결합은 근대계몽의 이중성을 여실히 드러낸다.

　그러나『박쥐우산』의 문체상의 새로움은『춘몽』과 엄청난 괴리를 보인다. 이것이『박쥐우산』을 순수창작물로 보기 어렵게 만드는 요인이다. 다음은『박쥐우산』제1막에서 변동식과 오창걸 두 정탐이 황만수 살인사건 현장을 조사하는 장면이다. 살인사건 현장 조사로 시작하는 현대 추리소설과 비교해 보아도 결코 뒤지지 않을 만큼 섬세하고 흥미진진하다.

변정탐은 공책과 연필을 가져 기록하고 오정탐은 시신의 상처를 검사하니 턱밑 호흡기관이 직경 두 치 가량은 찢어지고 가슴 명문이상은 의복이 상하며 수삼 척을 낭자하였는데 선지피가 솟아 보기에 끔찍끔찍하다. 벽에 걸린 의복자락에 피묻은 흔적이 보이거늘 의복자락을 찬찬히 살펴보니 내천자(川) 모양으로 즉즉 내리 그은 피자취가 있으니 묻지 아니 하여도 행흉(사람을 죽이는 흉악한 짓을 함)하던 칼 쓴 흔적인데 넓이가 칠 척 오푼은 넉넉한즉 흉수가진 칼이 정녕히 맛배 깊이도 같다. 시신의 입은 의복은 여러 겹이 아니요 다만 침의만 입어 칼 들어가기가 용이할 만치 되었고 이불이 버석적 발치에 몰려있는 것은 범인이 행흉하느라고 벗겨놓은 듯도 하고 피해자가 범인과 친분이 있어 맞노라고 자기가 벗어 물리친 듯도 하며 손톱 사이에 검은 쥐털 같은 것이 약간 끼여 있는 것을 추측하면 범인이 석피로 만든 의복이나 장갑을 썼는데 죽기에 이르러 대항하노라고 쥐어뜯은 것 같다. 앞에 권연 담은 칠함을 내여 놓고 재떨이 위에 빨던 권연이 마주 놓인 것을 보니 범인과 서로 담화하며 권연을 먹은 듯하고 입의 수건을 척 넣은 것을 보니 우리터에 네가 이럴 수가 있냐고 함성을 지를까 하여 방비함 같다. / 허리띠에 달린 주머니를 칼로 자르고 끈만 남아 있을 때는 응당 그 주머니에 값진 보배가 들었거나 무슨 관계되는 비밀서류가 들어 있어 그 주머니를 목적하고 행흉한 것 같다.

－『박쥐우산』 제1막, 『조선일보』, 1920.7.14

『박쥐우산』 다음 연재소설인 『발전』은 격공생이란 필명의 작자가 영국소설을 번안한 것이라 밝히고 있다. 『발전』의 역자는 "요사이 항용 쓰는 신문소설격식으로 흐면 남의 소설을 쌍의일홈과 사람의일홈만 곳치고 자기가 지은 것갓치 흐는 일이 종종 잇스나 이는 글을 조와흐는 우리네들의 참으못홀일이올시다"(『조선일보』, 1920.12.2)라며 번역인지 창작인지를 밝히지 않고 연재하는 현실을 비판한다. 『박쥐우산』 바로 다음에 연재되었다는 점으로 미루어 그 비판이 『박쥐우산』을 향한 것이 아닐까 하고 짐작해본다. 그것은 『발전』의 역자가 번역과 창작을 밝히지 않고 자신의 작품인 것처럼 내세우는 현실에 대해 비판하려 한 의도도 있었겠지만 설사 번역이라고 하더라도 번역이 매끄럽고 잘 되어 있다는 점을 감안할 때 작품 『박쥐우산』에 대한 일종의 흠모와 질투가 아니었을까 하고도 생각해본다. 이렇게 비판과 함께 시작하는 『발전』의 문장 표현력 역시 『박쥐우산』에 미치지 못하기 때문이다. 또한 내용을 읽어보면 성장소설, 교양소설, 발전소설처럼 '성장' 혹은 '교양에 대한 번역을 '발전'으로 하였을 가능성이 높으나 이 작품 역시 원작을 찾지 못하였다. 『박쥐우산』은 『발전』처럼 당시 원작을 밝히지 않고 우후죽순으로 실렸던 외국 작품의 번역일 가능성이 높다. 바로 그 점 때문에 소설사에서도 목록에서 배제되었고 한국 탐정소설사에서도 누락되었을 것으로 유추된다. 『춘몽』, 『박쥐우산』, 『발전』은 모두 저자미상이거나 번역물이어도 원작자가 밝혀지지 않은 상태이다. 『박쥐우산』은 내용 면에서는 권선징악으로 맞닿아 있다고 하더라도, 질적 면에서 앞뒤에 연재되었던 『춘몽』이나 『발전』과의 간극이 크다. 꽤 수준이 높았던 탐정소설임에도 서지 목록에 넣지 못한 점이 안타까워 그 아쉬움을 머리말로 달래본다.

이 책은 필자가 기존에 발표했던 다음 8편의 논문을 수정 보완한 것이다.

「1930년대 탐정의 의미 규명과 탐정소설의 특성 연구」, 『동양학』, 2007.8.
「방정환의 탐정소설 연구」, 『우리어문연구』, 2008.1.
「한국적 탐정소설로서 『염마』의 가능성과 의의」, 『현대소설연구』, 2008.4.

「30년대 모험탐정소설과 김내성 『백가면』의 관계 연구」, 『동양학』, 2008.8.

「식민지 조선의 여성범죄와 한국 팜므파탈의 탄생」, 『정신문화연구』, 2009.6.

「식민지 시기 탐정소설의 번역 및 수용 양상과 장편 번역 탐정소설 서지 연구」, 『현대소설연구』, 2010.4.

「식민지 시기부터 1950년대까지 모리스 르블랑 번역의 역사」, 『국어국문학』, 2010.12.

「최서해 번안 탐정소설 『사랑의 원수』와 김내성 『마인』의 관계 연구」, 2010.12.

이 책에서 위의 논문 인용은 이 책 안의 제목을 그대로 가져오고 괄호에 위 논문의 발표지면과 연도를 밝혀 주었다(가령, 위의 논문 중 「한국적 탐정소설로서 『염마』의 가능성과 의의」는 '이 책의 「채만식의 유정한 탐정소설 『염마』(『현대소설연구』, 2008.4)'와 같이 표기했음). 괄호 안에 면수가 표기된 경우 이 책의 면수가 아니라 발표지의 면수임을 밝힌다. 서지사항을 바로잡는 데 오랜 시간이 걸렸고, 삽화를 넣느라 애먹었던 기억이 난다. 책을 만드는 것은 삽화 하나에도 엄청난 시간과 에너지가 필요하다는 것을 새삼 깨달았다. 책을 처음 내기로 마음먹었던 작년 봄에는 아무에게도 감사하지 않을 작정이었다. 논문을 쓰느라 들이는 '시간'은 제도화된 사회에서 잉여의 시간이었기 때문에 힘들었다. 그래서 나에게 고생했다고 말해줄 작정이었다. 그러나 인생은 그렇게 호락호락한 것이 아니었다. 그 1년 동안 나에게 많은 일들이 있었고, 그러면서 주변 사람들에게 위안을 얻었다. 나를 이해해주는 이들이 있다는 것은 살아가는 데 큰 힘이 된다. 이 자리를 빌려 내 지인들에게 감사함을 전한다.

'드라마 보는 것이 인생의 유일한 낙이다'라고 했을 때, 방점을 찍어야 할 부분은 인생이 재미없고 시시하다는 것이 아니라 유일하나마 낙

(樂)이 있다는 것이다. 그리고 낙을 주는 대상은 그것이 무엇이라도 위대하다. 낙이 있다는 것은 심장의 두근거림, 설렘이 있다는 것이다. 한편 한 편의 논문을 쓸 때마다 주제를 잡는 첫 순간에도 설레었지만, 가장 설레었던 순간은 완성된 논문을 보며 다음번에 이것보다 더 재미있는 글을 쓸 수 있을까 하던 때였다. 출간된 나의 첫 책을 보면서 나는 심장의 두근거림을 느낄 수 있을까. 식민지 시기가 정리가 안 된 상태에서 50년대가 공부하고 싶어서 몸이 근질거렸었다. 이제 마음껏 50년대를 공부할 수 있게 되어 신난다. 그리고 이 책이 지금 되는 일 하나 없이 나이만 먹고 있어 지치고 슬럼프에 빠진 나에게 새로운 전환점을 마련해 주기를 바란다.

차례

식민지 조선의 여성범죄와 한국 팜므파탈의 탄생

1930년대 탐정의 의미 규명과
탐정소설의 특성 연구

1. 서론

본 연구의 목적은 1930년대 탐정소설이 그 시대의 대중문화를 형성하는 선도적 역할을 하였다는 전제에서부터 출발한다. 1930년대『삼천리』,『별건곤』,『사해공론』,『어린이』,『신동아』등의 잡지들과『선봉』,『독립신문』,『동아일보』,『조선일보』,『중외일보』등의 신문들은 대중들의 관심을 적극적으로 수용하여 아직 설익은 대중문화의 다양한 양식들을 선보이고 있었다. 1920년대에 이미 서구 탐정소설의 번역 작업이 활발하게 전개되었고 북극성(방정환)의『동생을 찾으러』,『칠칠단의 비밀』의 순수 창작물이 '탐정소설(探偵小說)'이란 표제를 달고 나왔다.[1] 1930년대에는 김내성, 채만식의 작품을 비롯하여 탐정소설이 여기저기서 앞다투어 연재되었고, 더불어 탐정소설, 모험소설, 기담(奇談),[2] 괴기(기괴)실화(怪奇(奇怪)實話)[3] 같은 양식들이 대중들의 흥미를 자극하기 시작했다. 탐정소설의 기이한 스토리에 매혹된 대중들의 기대와 출판사들의 흥행 조건이 맞아떨어지면서, 탐정은 유행어로 등극되었고 탐정소설은 대중뿐만 아니라 순수 문학가들에게도 매력적인 장르로 인식되었다.[4] 신문이나 잡지에서 탐정소설 연재를 거의 볼 수 없

1　1930년대 신문이나 잡지에 실린 탐정소설들은 작품의 제목에 "탐정소설, 소년사천왕"과 같이 표기했으므로 어느 것이 탐정소설이냐 하는 논란은 거의 없다. 본 연구에서는 1930년대 작품의 표제에 달렸던 탐정소설의 특성들을 고찰하는 것을 목표로 한다. 이러한 표기는 이해조의 『쌍옥적』에서도 볼 수 있는데, 다만 탐정소설이 아니라 "뎡탐소설 쌍옥적"이라 표기한 것으로 보아 탐정이라는 용어가 유행하기 이전이었음을 알 수 있다. 그러나 『쌍옥적』을 개화기 추리소설의 전형을 보여주는 작품으로 분석한 용례를 살펴보면, 정탐소설이란 용어가 후에 탐정소설로 바뀌었던 것으로 유추해 볼 수 있다(임성래, 「개화기의 추리소설 『쌍옥적』」, 『추리소설이란 무엇인가』(대중문학연구회 편), 국학자료원, 1997, 139~159면 참조).

2　기담은 탐정소설이 등장하기 이전부터 이미 대중들 사이에서 유행하는 이야기였다. 본 연구는 기담의 목록을 정리하는 것에 목적이 있는 것이 아니라 기담과 같은 이야기 양식들이 1930년대 탐정소설의 형성배경과 무관하지 않음을 짚고 넘어가는 것에 목적이 있음을 밝힌다. 이 시기 기담과 괴기실화 같은 것들은 아직까지 소설 장르로 정착되지 않은 것들인 데 반해, 탐정소설은 하나의 장르로 자리매김하고 있었다. 그러나 간혹 기담이나 괴기실화의 경우에도 마치 탐정소설의 경우처럼 소설과 이야기 사이의 모호한 경계에 걸쳐 있는 경우도 있었다(필자명 없음, 「에로 · 그로 백% 屍體結婚式, 統營에 이러난 奇談」, 『별건곤』 제42호, 1931.8.1; 윤백남, 「奇談 侕娜」, 『동광』 제36호, 1932.8.1; 「神出鬼沒 奇談篇, 壬辰亂時의 痛快奇談, 騎牛老翁」, 『별건곤』 제22호, 1929.8.1; 「名判官 綺譚, 美人의 死와 修道僧」, 『삼천리』 제6권 제9호, 1934.9.1; 壽春山人, 「神出鬼沒 奇談篇, 復讎奇談 · 報恩奇談 片戀處女의 魂, 一奇談篇其二」, 『별건곤』 제22호, 1929.8.1; XYZ, 「傳統奇談, 天下豪傑 楊秀深」, 『별건곤』 제72호, 1934.4.1 등 참조. 기담은 특히 『별건곤』에서 특집처럼 다루어졌다).

3　主催 觀相者, 「奇奇怪怪! 魍魎亂舞, 멍텅구리 展覽會(續開)」, 『별건곤』 제49호, 1932.3.1; 신경순, 「怪奇實話, 피무든 手帖」, 『별건곤』 제63호, 1933.5.1; 최병화, 「殺人怪談, 늙은 살인마(一名 말사스鬼)」, 『별건곤』 제64호, 1933.6.1; 박상엽, 「奇怪實話, 麻雀殺人」, 『별건곤』 제66호, 1933.9.1.

4　안회남은 자신이 탐정소설 애호가라고 밝힌 바 있으며(「탐정소설」, 『조선일보』, 1937.7.13), 실제로 채만식(서동산 필명), 『艶魔』, 『조선일보』, 1934.5.16~11.5)과 박태원(『소년탐정단』(총6회 연재), 『소년』, 1938.6~11)은 탐정소설을 창작하기도 했고, 김유정은 반 다인의 「잃어진 보석」(『조광』, 1937.6~11)을 번역하기도 했다.

는 지금의 상황과 비교해 볼 때, 당시 탐정소설에 대한 대중들의 관심은 상당했다고 짐작할 수 있다.

1930년대 탐정소설에 대한 대중들의 관심이 높았다고 하여도, 당시 탐정소설은 지금의 것과는 다른 양상을 보인다. 탐정소설이란 비밀이나 의문에 얽힌 사건들을 논리적으로 풀어내는 것이다. 따라서 탐정소설의 본질적 특성으로 제일 먼저 논리성·과학성을 꼽는 것이 일반적이다. 그러나 1930년대 탐정소설은 탐정소설이 가지는 가장 본질적인 요건들—이성적·과학적 사고, 논리적 추론—에서 벗어나는 경향을 보인다. 가령, 연애 사건에 얽힌 감정적·심리적인 측면이 부각되거나 예감이나 육감에 의한 사건 전개 등의 특성들이 나타나는데, 그것들 또한 탐정소설의 범주에서 대중들의 욕구를 충족시키는 야릇한 현상을 빚어내고 있었다. 1930년대 이성적·과학적 수사는 작품 혹은 기사 내에서 인위적 장치(지문 등)를 통해 강조되기도 하지만, 그것은 오히려 '감정'과 밀접하게 연관되어 있어 육감적(六感的)이거나 우연적 요소에 의한 사건 전개 과정을 부각시키는 기능을 한다. 본 연구에서는 그러한 특성들이 1930년대 대중문학의 장르적 기반을 형성하게 한 요인이라 본다. 1930년대 탐정소설은 당시 유행했던 다른 대중 장르의 양식들(연애소설적인 측면)이 녹아 들어가기도 하고, 기담, 혹은 괴기실화와 같은 장르와의 경계가 모호하기도 했다. 더불어 대중들은 장르에 대한 이해에 앞서 일종의 '취미성'으로 탐정물을 접하는 경향을 보이기도 했다. 따라서 탐정소설은 연애소설, 괴기소설, 모험소설, 아동소설과 같은 1930년대 다양한 대중 장르와 궤를 같이하며 긴밀한 연관을 맺고 있었다고 볼 수 있다.

지금까지의 탐정소설 연구들은 '수수께끼의 제시와 풀기'라는 서구의 고전적 탐정소설 구조에 초점이 맞추어져 있다.[5] 이는 현재 탐정소설에 관한 연구가 1930년대에 비해 오히려 축소되었음을 말해주는 것이다. 1930년대 탐정소설은 탐정이 벌이는 수수께끼의 지적 게임보다 비밀과 의문에 둘러싸인 수수께끼 자체, 즉 기이한 이야기 자체, 그리고 범인이 누구인가를 밝히는 것보다 범인을 잡으러 가는 과정 자체에 관심이 높았다. 1930년대 탐정소설들은 환상소설적 면모라든가 모험소설적 면모와 같은 폭넓은 의미의 다양한 양식들이 출현했었다. 그러나 1930년대 탐정소설은 서구의 고전적 탐정소설의 잣대─이성과 과학에 근거한 논리적 추론[6]─로 연구되어 왔기 때문에, 상대적으로 논리성이 부족하다든가 인물의 성격이 일관되지 못하다든가 하는 점 등이 한계점으로 지적되어 왔다. 이는 서구 탐정소설의 법칙에 잘 들어맞는 것이 가장 발전된 양식이라는 인식에서 비롯된 것이다. 탐정소설 연구자들에 따르면, 김내성의 중단편보다는 장편 『마인』이,[7] 채만식의 『염마』보다는 김내성의 『마인』이[8] 더 발전된 형식의 탐정소설이다. 이는 1930년대 탐정소설의 본질적인 특성인 감정적·육감적인 측면을 한계라 하여 폄하하거나 지나치게 소략하게 다루는 결과를 초래한다.

---

5 김창식, 「추리소설 형성기의 실상과 김내성의 『마인』」, 『추리소설이란 무엇인가』(대중문학연구회 편), 국학자료원, 1997, 161~200면; 이정옥, 「추리소설과 게임의 플롯」, 『현대소설 플롯의 시학』, 태학사, 1999; 이정옥, 「1930년대 대중소설의 서사구조」, 『1930년대 한국 대중소설의 이해』, 국학자료원, 2000, 105~145면; 최애순, 「이청준 소설의 추리소설적 구조 연구」, 고려대 석사논문, 2000; 조성면, 「한국의 탐정소설과 근대성」, 『대중문학과 정전에 대한 반역』, 소명출판, 2002, 13~123면.

6 김창식, 「추리소설 형성기의 실상과 김내성의 『마인』」, 『추리소설이란 무엇인가』(대중문학연구회 편), 국학자료원, 1997, 161~200면; 조성면, 「한국의 탐정소설과 근대성」, 『대중문학과 정전에 대한 반역』, 소명출판, 2002, 13~123면; 이정옥, 「1930년대 대중소설의 서사구조」, 『1930년대 한국 대중소설의 이해』, 국학자료원, 2000, 105~145면.

7 김내성은 '기이한 것에의 충동'을 본질적 특성으로 하는 변격 탐정소설에 깊게 매료되었으며, 그러한 변격 탐정소설은 중단편의 양식들로 나타난다(조성면 편저, 「탐정소설의 본질적 요건─『思想의 薔薇』 서문」, 『한국 근대 대중소설 비평론』, 태학사, 1997; 「탐정문학소론, 경성방송 교양강좌 원고」, 『비밀의 문』(명지추리문학선 26권), 명지사, 1994)고 했던 점을 감안할 때, 장편 『마인』에 국한된 김내성의 연구는 김내성 탐정소설의 본질을 오히려 외면하고 있는 것이라 볼 수 있다.

8 김창식, 조성면, 이정옥은 위의 글들에서 김내성의 장편 『마인』을 채만식의 『염마』와 비교 분석하면서, 전자가 후자의 한계를 극복한 것이라 평가하고 있다.

1930년대 탐정소설은 서구 번역물의 유입과 당시 국내 상황이 결합되어 형성된 것이기 때문에, 그것 고유의 특성들을 뽑아내는 것은 나름대로 의미가 있다. '추론과 신비화의 교묘한 균형'[9]이 탐정소설의 본질이라면, 1930년대 탐정소설은 '추론'보다는 '신비화' 쪽에 더 많은 관심이 기울었다고 볼 수 있다. 본 연구는 기존의 고전적인 잣대—이성적 · 과학적 추론—에서 벗어나서, 1930년대 '탐정소설'이란 표제를 내걸고 창작된 작품들의 특성을 규명하고자 한다. 그러한 특성들을 그동안 관심이 집중되지 않았지만 『별건곤』에서 번역자 겸 창작자로 왕성하게 활동했던 최류범(崔流帆)과 류방(流邦)의 작품들을 통해 보여주고자 한다.

2. 유행어로서의 '탐정'의 의미

1930년대는 추리소설보다 단연 탐정소설이라는 명칭이 일반적이었다.[10] 1930년대 탐정소설들은 작품의 표제에 '탐정소설'을 내걸고 창작

---

9 John G Cawelti, "The art of the classical detective story", *Adventure, Mystery, and Romance*, The University of Chicago press, 1976, p.109. 김내성은 추론(rationation)과 신비화(mystification)의 교묘한 균형에 대해 파악하고 있었던 것으로 보인다. 필자는 탐정소설이 논리성을 강조하면서도 기괴한 분위기, 광기 어린 인물들, 우연적 요소의 개입에 의한 환상성을 내포하고 있다고 지적하며, 그것을 '괴기적 환상성'이라 명명한 바 있다(「이청준 소설의 추리소설적 구조 연구」, 고려대 석사논문, 2000.12, 8~9면 참조).

10 지금은 '추리소설'이라는 용어를 '탐정소설'이라는 용어보다 선호하는 추세이다. 추리작가협회, 추리문학걸작선, 추리문학대상 등등 지금은 탐정소설이라는 용어를 국내에서는 거의 사용하지 않고 있으며, 'detective novel'에 대한 번역어도 '추리소설'로 보편화되었다. 그것은 탐정이라는 사건 조사자가 국내에서 맞지 않는 실정이므로, 추리하는 과정 자체에 주목하여 변모된 것으로 여겨진다.

「별건곤」에 실린 「여밀정」(1933.2) 30년대 탐정은 밀정, 간첩과 동일한 의미로 사용되어 부정적인 뉘앙스를 풍겼다. 특히 위의 기사에서처럼 여밀정, 즉 여자 스파이 담론은 30년대 근대적 지식과 권력을 지닌 신여성에 대한 매혹과 공포의 이중적 감정과 함께 거론되며 젠더 정치의 기제로 작동했다.

되거나 번역되었으며, '탐정'이란 용어는 탐정소설 말고도 신문기사나 각종 탐방기에 일종의 유행어처럼 쓰였다. 경성과 같은 도시에서는 탐정소설의 번역과 창작이 활발해짐에 따라 형사들의 살인사건 조사나 기자들의 은밀한 뒷조사에 탐정이라는 용어가 따라다녔는가 하면,[11] 탐정소설의 범죄사건과는 무관한 농촌 실정을 파악하는 데에도 탐사, 탐방, 탐정과 같은 용어들이 비슷한 의미로 사용된 용례[12]가 자주 보였다. 그러나 농촌 생활 관련 글에 있어서 탐정의 한자는 '探情'으로 표기되었고, 형사나 기자가 파헤치는 범죄사건 관련 글에서는 '探偵'으로 표기되었던 것을 알 수 있다. '探偵'이란 용어는 농촌보다는 범죄사건의 빈도가 높은 도시의 기자나 형사들에 의해 자주 사용되었던 것으로 보인다.

이처럼 1930년대 은밀하고 비밀스런 사건에 대한 기사에는 '探偵'이라는 용어가 따라다녔는데, 그것의 용례는 크게 ① 인물(기자, 형사) ② 신문의 고정란이나 실제 기관(秘密探偵局, 私立探偵所) ③ 서술어(探知, 探偵, 探査, 探索, 偵探) 등의 경우로 세분화해 볼 수 있다. 첫 번째 인물 탐정의 경우는 잡지나 신문의 필자 명(明)에 즐겨 쓰였는데, 실제 내용은 기자나 형사처럼 해결하기 어려운 사건들에 관한 것도 있었지만, 보통 사람들이 타인의 사생활을 은밀히 파헤치는 것과 같은 사소한 일상의 신변잡기적인 것도 있었다.[13] 당시 탐정과 흡사한 업무를 하는 사람들은 기자

---

11 N警部 口述, 「名探偵秘話, 殺人事件과 指紋」, 『삼천리』 제1호, 1929.6.12; 夜光生, 「秘密家庭探訪記, 變裝記者=냉면配達夫가 되어서」, 『별건곤』 제48호, 1932.2.1.

12 이 각주를 포함하여 이후의 탐정 용어의 강조는 필자에 의한 것임을 밝혀 둔다. 春坡, 「朝鮮八道, 千態萬象의 農村 探情記」, 『별건곤』 제2호, 1926.12.1; 春坡, 「農村探情記(其二), 貧亦難 富亦難」, 『별건곤』 제3호, 1927.1.1; 돌이, 학보, 「첫가을 農村實情探査記」, 『별건곤』 제9호, 1927.10.1.

13 女探偵, 「結婚 안하는 老處女間의 秘密便紙」, 『별건곤』 제15호, 1928.8.1; P探偵, 「서울探偵局 內幕探偵記」, 『삼천리』 제13권 제3호, 1941.3.1; 기자 홍종인, 김과백, 박윤석, 「名探偵과 新聞記者 競爭記」, 『삼천리』 제3권 제10호, 1931.10.1.

와 형사였다.[14] 지금도 그렇지만 기자와 형사들은 비밀스럽고 괴기한 사건들에 가장 익숙하게 접하는 자들로서 탐정 못지않은 미행과 순발력으로, 사물에 대한 관찰력, 단서나 의문점 찾기, 미제 사건 해결에서 두각을 나타냈다.[15] 그래서 심지어 사립탐정소 탐정의 자격 조건을 과거에 경찰계에서 형사 일을 보다가 나온 사람으로 한정하기도 했다.[16]

두 번째 경우는 인물 탐정이 등장하면서 자연스레 생겨났던 각종 탐정 기관에 해당한다. 탐정 기관으로는 개인적으로 설립한 ① 사립탐정사(私立探偵社)와 실제 기관은 아니지만 『삼천리』에서 고정란으로 두었던 ② 비밀탐정국(秘密探偵局)이 대표적이었다. 서울탐정국은 "현재 敏活探偵 6인이 있어서 각각 그 수하에 수십 명의 소년탐정을 두어 가지고 대경성의 비밀을 탐정해낸다"[17]라는 거창한 취지와는 달리, 이곳에서 행하는 일은 우리가 연상하는 탐정의 작업과는 사뭇 달랐다. "가출隱匿, 拐帶, 失踪, 잠복자 소재, 內探, 裁判事件證據蒐集, 怨罪反證, 素行關係內探(妻와 妾의 행실, 혹은 평소의 酒癖 등 擧行不審眞相, 風評眞僞內査(사회 일반의 風評 及 법인개인의 행동에 관한 風評의 진위)와, 결혼신원조사,

---

14 N警部 口述, 「名探偵秘話, 殺人事件과 指紋」, 『삼천리』 제1호, 1929.6.12; 기자 홍종인, 김과백, 박윤석, 「名探偵과 新聞記者 競爭記」, 『삼천리』 제3권 제10호, 1931.10.1; 夜光生, 「秘密家庭探訪記, 變裝記者=냉면配達夫가 되어서」, 『별건곤』 제48호, 1932.2.1.

15 東亞日報 金科白 기자의 「死刑囚의 奇怪한 순간」이라는 글에는 영구히 의문으로 남아 있지만 신문에 발표되지 않았던 괴상한 살인사건에 얽힌 이야기를 다룬다. 결국 그 살인사건의 피고는 경찰 측의 명백한 증거로 인해 사형되었다. 명백한 증거에도 불구하고 끝까지 피살자는 자살한 것이라고 경찰 측과 엇갈리는 진술을 하던 그는 사형대로 사라지는 순간 이상한 안광을 뿜어냈는데, 기자에게 이 사건은 이상한 안광과 함께 영원한 의문으로 남게 되었다는 것이다. 이 내용은 독자로 하여금 기이한 살인사건, 엇갈리는 진술, 이상한 안광, 남아 있는 의문 등 탐정소설의 요건들을 두루 갖추고 있어 마치 한편의 탐정소설을 읽는 듯한 착각에 빠지게 한다(기자 홍종인, 김과백, 박윤석, 「名探偵과 新聞記者 競爭記」, 『삼천리』 제3권 제10호, 1931.10.1, 69~71면).

16 P探偵, 「서울探偵局 內幕探偵記」, 『삼천리』 제13권 제3호, 1941.3.1.

17 위의 글, 130면. 강조는 필자에 의한 것임을 밝혀둔다.

은행회사 사원 채용상 피채용인의 인품, 경력, 습벽, 전과유무 조사 등이 주요한 사업이다."[18] 여기에서 주목할 만한 것은, 처와 첩의 행실, 평소의 주벽(습관), 사회 일반의 평가, 결혼할 때나 회사 사원 채용 시의 신원 '조사'가 포함된다는 것이다.

이러한 사정은 『삼천리』에서 두었던 비밀탐정국(秘密探偵局)의 경우에 더 확연히 드러난다. 비밀탐정국은 "이 세상에는 비밀의 濃霧속에 잠긴 사건이나 인물이 만히 잇습니다. 더군다나 우리 사회와 갓치 모든 것이 아직 질서를 잡지 못하고 또 모든 인물들이 제각기 부서에 서지 못한 곳에서는 더욱 尤甚합니다. 본사는 이제 비밀탐정국을 두어 가장 엄밀한 조사를 거친 뒤 이 모든 방면의 내부 사정을 폭로 소개하겠습니다"[19]라는 취지를 밝히고 있다. 그러나 "이 세상에는 비밀의 濃霧속에 잠긴 사건이나 인물이 만히 잇습니다"라는 부분은, 수상한 기운을 내뿜는 당시 유행하던 탐정소설의 분위기를 묘사하려 했으나 적확하지 않아 보인다. 그것은 비밀탐정국에서 하는 일이 탐정소설에 등장하는 탐정의 역할이 아니라 "① 사회 각 방면의 월급조사 ② 전조선 부호의 재산조사 ③ 외국회사에서 조선으로부터 거더가는 황금액의 세 가지를 매월 한 가지식 취급하는 것"[20] 등이었기 때문이다.

1930년대 흥행하던 '탐정'이라는 용어는 탐정소설의 취미에서 발생한 것이지만,[21] 실제로는 사회의 비리, 신원 파악, 뒷조사 등과 같은 '조

18 위의 글.
19 필자명 없음, 「秘密探偵局」, 『삼천리』 제4권 제9호, 1932.9.1, 42면.
20 위의 글.
21 1920년대까지 그다지 많지 않던 용어들이 1930년대로 넘어오면서 마치 유행어처럼 범람하기 시작했다. 1920년대에는 해외 탐정소설들에 대한 번역 작업들이 이루어졌지만 순수 창작물은 거의 전무했다. 1928년에 이종명이 「탐정문예 소고」를 쓰면서 탐정소설론이 화두로 제기되기 시작했다(「탐정문예 소고」, 『중외일보』, 1928.6.5~10). 1930년대 중반부터는 염상섭(「통속・대중・탐정」, 『매일신보』, 1934.8.17~20), 유치진(「포에 대한 사

사' 혹은 '내사'와 비슷한 의미로 사용되었다. 조사 혹은 내사의 의미로 탐정이라는 용어가 유행하게 된 배경에는 탐정소설의 유입뿐만 아니라 일본이나 러시아 스파이 단체의 영향을 받았다고 짐작할 수 있다. 가령, 『선봉』 신문에 실린 일본 탐정 계통은 그야말로 스파이이다. 일본 탐정 및 탐지의 주요 대상은 중국이나 미합중국, 러시아, 영국 등 세계 각국의 군사-정치의 기밀사항이다. 이때의 탐정 및 탐지는 비밀파괴사업을 의미한다. 대표적인 단체는 '흑룡'으로, 이 단체의 비밀파괴사업망은 중국에서 널리 성행하였으며 하남성을 중국에서 분리시키기 위한 다리 폭발, 철도 파괴, 비밀 라디오 방송국 등을 조직하였다.[22] 『선봉』 신문에는 이처럼 자국을 위해 외국에서 스파이 활동을 하는 탐정 관련 기사들이 1930년대 후반 무렵에 많이 실려 있었다.[23] 탐정, 정탐, 탐지, 비밀파괴사업 등이 비슷한 의미로 사용되었으며, 이러한 역할을 하는 사람들을 탐정군, 정탐군, 탐지군, 비밀파괴자라 불렀다. 그러나 비슷한 용어들 중에서 서술어와 인물의 의미를 동시에 내

고(私考)」,『조선일보』, 1935.11.13~17), 안회남「탐정소설」,『조선일보』, 1937.7.13~16) 등 순수문학 쪽에서도 관심을 가지기 시작했으며, 해외 번역 작품뿐만 아니라 탐정소설이란 장르를 내세운 신문연재소설이 등장하기 시작했다. 탐정소설이란 장르가 대중들의 폭발적인 관심을 끌게 되자 신문이나 잡지에서는 '비밀스러운 것에 대한 조사에 탐정이라는 용어를 사용하기 시작했다.

22 알 하마단, 「일본 탐정 계통」,『선봉』 67호, 68호, 1937.5.21, 1937.5.23, 각각 3면에 연재. 알 하마단은 이와 흡사한 내용을 담은 글을 두 달 후에 또 연재했는데, 그때 제목으로 내세운 것은 탐정이 아니라 '정탐'이었다(「일본정탐」,『선봉』 93호, 95호, 1937.7.12, 1937.7.17, 각각 3면).

23 「백파-탐정군들에게 대한 재판」,『선봉』, 1935.9.1; 「정탐군과 유격자들을 재판」,『선봉』 17호, 1936.2.6; 「정탐군과 유격자들을 재판」,『선봉』 18호, 1936.2.9; 「뜨로쯔끼주의적 정탐, 비밀파괴자, 조국의 변절자」,『선봉』, 1937.1.27; 「뜨로쯔끼주의적 및 다른 해독자들과 비밀파괴자들 및 정탐자들과의 투쟁에서의 우리의 과업들」,『선봉』 57호, 60호, 1937.5.6; 「일본 탐정 계통」,『선봉』 67호, 68호, 1937.5.21, 1937.5.23; 「탐정을 대중적으로 모집」,『선봉』 90호, 1937.7.6; 「일본정탐」,『선봉』 93호, 95호, 1937.7.12, 1937.7.17; 「일본탐정부의 파탄적 사업」,『선봉』 111호, 113호, 114호, 1937.8.24, 1937.8.27.

포하고 있는 것은 '탐정' 하나였다. '탐정군'이라고 하면 '탐정을 하는 사람'을 의미하며, 이때의 탐정은 서술어로서 기능한다. 그러나 '탐정'이라는 용어 자체에 이미 인물의 의미가 포함되어 있으므로 '탐정을 하는 사람'이라고 번거롭게 표기할 필요가 없다. '탐정'이라는 용어는 정탐, 탐지, 비밀파괴사업 등의 의미와 동일하게 사용되고 있었지만, 비슷한 다른 용어들이 서술어적 의미만을 담고 있었던 것에 반해, '탐정'은 인물의 의미까지 포함하는 포괄적인 개념이었던 것으로 보인다.

세 번째 경우인 탐정 혹은 탐지의 서술어적 사용은, 이러한 스파이들의 활동에서 넘어온 것으로 여겨진다. 특히 탐정(探偵)과 비슷한 용어로 지금은 잘 사용하지 않는 탐지(探知)도 많이 쓰였는데, 이는 탐정과 함께 일본의 비밀파괴사업을 지칭하던 용어였다. "탐정과 탐지는 일본정책의 모든 방면에서 특별한 자리를 차지한다"[24]라고 할 정도로 일본의 공식적인 용어였다. 이 당시 국내에서도 '비밀스러운 것을 조사하다'라는 의미로 '탐정하다' 혹은 '탐지하다'를 사용한 흔적을 여기저기서 볼 수 있다. "이 사립탐정사는 대체 무엇을 탐정해내며, 거기에서 활약하는 탐정들은 어떠한 경력을 가진 인물들인가?"[25] "행방불명 된 것

---

24 알 하마단, 「일본 탐정 계통」, 『선봉』 67호, 1937.5.21, 3면. 강조는 필자에 의한 것임을 밝혀둔다.

25 P探偵, 「서울探偵局 內幕探偵記」, 『삼천리』 제13권 제3호, 1941.3.1, 130면. 그 문단을 좀 더 읽어보면 다음과 같다. "나는 이 사립탐정사를 탐정하기로 결심하고, 지난 1월 7일, 京城驛頭 '서울삘딍' 2층에 사무소를 둔 소립탐정사를 비밀히 습격해 갔다. 그것은 내가 그들 탐정을 미행하면서 그들이 탐정해내는 사건을 도로 탐정해서 세상에 들어내 놓자면 상당한 시간을 소비해야겠으니 이것이 첫째 시간이 없는 내겐 안될 일일뿐더러, 그런 짓은 상당히 고생스러운 일이어서, 물자절약을 부르짖는 現下의 초비상시에 그와 같이 시간을 낭비시키고 정력을 濫費한다는 것은 아무리 생각해도 바보의 짓이기에 직접 탐정 한사람을 부뜰고 비밀을 탐정해내는 수밖에 없다고 생각했기 때문에 탐정사를 직접 습격했던 것이다." 탐정이라는 용어가 한 문장 안에 세 번이나 쓰이고 있는 경우도 있으며, 또한 한 문장 안에서도 ① 사람, ② 기관, ③ 동사(서술어)적인 의미로 혼합되어 쓰이고 있는 양상을 볼 수 있다. 그래서 '탐정을 탐정해낸다'와 같이 반복적인 어구가 생성되기도 한다. 서술어로서의 탐정은 지금은 잘 사용하지 않는 어색한 표현이지만

을 탐지해내엇다",[26] "신문 방면의 탐정을 완성하려한다",[27] "과거의 탐정 생활을 정탐해 내었으니",[28] "대성공인 정탐이었는데"[29] 등에서 '탐정', '탐지', '정탐' 등의 용어가 비슷하게 사용되고 있음을 알 수 있다.

탐정이라는 용어의 사용이 탐정소설의 유입에 따른 것임을 감안할 때, 1930년대의 탐정(探偵)은 오히려 탐정소설과는 별개의, 동사(서술어)적인 의미로 쓰이는 경우가 많았다. 기실, 탐정(探偵)이란 '드러나지 않은 사정을 몰래 살펴 알아냄 또는 그런 일을 하는 사람'을 의미하며, 비슷한 말로는 정탐(偵探), 정사(偵伺), 정후(偵候) 등이 있다. 더불어 '~을 탐정하다'처럼 동사로 사용되기도 한다. 그러나 현재에는 '탐정하다', '탐지하다'라는 동사보다 '정탐하다' '조사하다' '알아내다' '파헤치다' 등과 같은 동사를 선호한다. 그렇다면, 탐정이라는 용어는 오히려 현재로 오면서 인물에 국한된 것으로 축소되었다고 볼 수 있다. 서술어 기능이 약화됨에 따라 'detective novel'에 대한 번역어를 새로 만들어내야 하는 번거로움이 생겼다. 만약 서술어로서의 의미가 축소되지 않고 남아 있었다면, 지금까지도 '추리소설'이 아닌 '탐정소설'이라는 용어를 사용해도 무방했을 것이다. 그러나 현재로 오면서 '탐정'의 의미들 중에서 유독 '인물'에 국한된 것만이 남아, 추적자의 유형에 따라 탐정소설, 경찰소설, 형사소설처럼 명칭이 달라졌다. 물론 탐정이라는 인물 자체가 생소한 우리나라에서는 인물이 아니라 그 인물이 하는 역할을 부각시켜 '추리소설'이라는 명칭을 새로이 탄생시킬 수밖에 없었다.[30]

1930년대에는 그 용어가 주는 묘한 어감을 강조함으로써 대중들의 흥미와 관심을 자극하는 동인으로 활용했던 것으로 보인다.

26 기자 홍종인, 김과백, 박윤석, 「名探偵과 新聞記者 競爭記」, 『삼천리』 제3권 제10호, 1931.10.1, 70면.

27 필자명 없음, 「秘密探偵局」, 『삼천리』 제4권 제9호, 1932.9.1, 46면.

28 P探偵, 「서울探偵局 內幕探偵記」, 『삼천리』 제13권 제3호, 1941.3.1, 131면.

29 위의 글, 132면.

3. 1930년대 탐정소설의 요건과 유형

— 1930년대 전개된 탐정소설론을 중심으로

탐정소설의 본질적 요건으로 가장 크게 꼽는 것은 이성적 · 과학적 사고에 근거한 논리적 추리이다. 그러나 1930년대 탐정소설은 수수께끼의 제시와 해결에 치중되는 현대 탐정소설보다 '심리적'인 면이 강조된다는 점이 인상적이다. 1930년대 전개된 탐정소설론은 그 당시 번역물과 창작물에 비해 소략한 형편이었지만, 탐정소설의 본질이나 유형에 대한 이해는 상당히 깊었다고 볼 수 있다. 이종명[31]은 「탐정문예 소고」에서 탐정소설의 제재는 평범한 것에서 채택할 수 있으며 내용이 '사건적'인 동시에 그것을 추리 판단하는 것은 논리적 · '심리적'이어야 함을 든다. 따라서 그가 정의하는 탐정소설은 문예소설에서 심리적 방면을 통속소설에서 사건적 방면을 종합한 것이다. 김영석[32] 역시 「포오와 탐정문학」에서 탐정소설은 탐정을 주제로 하여 쓴 소설로 논리적이고 과학적인 동시에 '심리적'이어야 한다고 한다. 이들이 말하는

---

30 '추리소설'이라는 명칭은 해방 이후에 도입된 말이다. 현재 한국에서 통용되고 있는 '추리소설'이라는 용어는 일본의 예를 그대로 따른 것이라는 의견이 있다. 단지 일본이 패전한 후에 새로 만든 1850자의 당용 한자 규정에서 '탐정(探偵)'의 '정(偵)'이라는 글자가 제외되는 바람에 별 수 없이 '추리'라는 말이 고안되었을 따름이라는 것이다(박진영, 「천리구 김동성과 셜록 홈스 번역의 역사」, 『상허학보』, 2009.10, 300면). 그러나 필자는 일본의 것을 그대로 좇았다고 하더라도 서구의 'detective novel'을 바로 번역한 '탐정소설'이라는 용어 대신 '추리소설'이라는 용어를 채택한 나름의 맥락을 짚어보는 것은 한국 탐정소설의 발달사를 해명하는 데 의미 있는 작업이라고 판단한다.

31 이종명, 「탐정문예 소고」, 『한국 근대 대중소설 비평론』(조성면 편저), 태학사, 1997, 107~115면 참조. 이후에 연구 방법에서 논의되는 1930년대 탐정소설론은 이 책에 실린 것을 텍스트로 하고, 발표지면과 발표년도는 참고문헌에 기재하기로 한다.

32 위의 책, 116~126면 참조.

探偵小說

無罪한死刑囚

虎邦 作
맨포 譯

『별건곤』에 실린 「무죄한 사형수」(류방 역, 1932.11) 「무죄한 시형수」는 국내에 환상문학의 대가로 알려진 호프민의 작품이다. 국내에는 최근에야 『스퀴데리양』이라는 제목으로 두 권 번역되었다. 호프민의 작품 중 환상문학보다 범죄사건에 얽힌 이야기를 골라 '탐정소설'이라는 표제 하에 식민지 시기에 번역했다는 사실이 놀랍다.

독일 낭만주의 시대의 범죄소설

I

독일 낭만주의 시대의 독창적인 작가 에른스트 테오도르 아마데우스 호프만Ernst Theodor Amadeus Hoffmann(1776~1822)은 『빌헬름 텔』의 작가 프리드리히 실러가 그랬듯이 넘치는 창작의 열정을 다 발휘하지 못하고 46세의 아까운 나이로 타계했다. 그러나 그의 묘비명을 보면 이 천재적 인간이 얼마나 다양한 분야에서 치열하게 일생을 보냈는가 알 수 있다.

1776년 1월 24일 프로이센의 쾨니히스베르크에서 태어나
1822년 6월 25일 베를린에서 죽다.

142

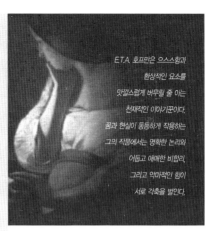

ETA 호프만은 으스스함과 환상적인 요소를 맛깔스럽게 버무릴 줄 아는 천재적인 이야기꾼이다. 꿈과 현실이 동등하게 작용하는 그의 작품에서는 명확한 논리와 어둡고 애매한 비합리, 그리고 악마적인 힘이 서로 각축을 벌인다.

오른쪽 호프만, 『스퀴데리 부인』(오용록 역, 이유출판사, 2002), 왼쪽 『스퀴데리양』(정서웅 역, 열림원, 2006) 호프만의 『스퀴데리양』은 국내에 처음 완역되어 소개될 때도 환상문학의 대가라는 후광효과 때문에 '으스스함과 환상적 요소'가 강조되었다. 그러나 정서웅이 호프만의 이 작품이 에드가 앨런 포우보다 앞서 창작된 범죄소설로 탐정소설의 효시라는 주장을 제기하였다. 정서웅이 호프만의 작품 중에 범죄소설이 있었다는 것을 새로운 사실인 것처럼 강조하고 있으나, 이미 식민지 시기에 류방에 의해 탐정소설로 번역된 바 있다는 사실을 28면의 삽화를 통해 확인할 수 있다.

'심리적'인 특성이란 탐정소설이 저급하게 취급되는 것에 대한 반항에서 출발한 것으로, 도스토예프스키의 『죄와 벌』처럼 범죄소설도 '심리적' 묘사를 잘하면 순수문에 못잖은 작품이 탄생할 것이란 기대를 품었다. 그러나 그 당시 '심리적' 방면의 묘사라 함은 '탐정소설' 장르에 속하는 번역물들을 살펴보면,[33] 인간의 갈등 양상보다 스릴과 서스펜스에 작용하는 어떤 심리적 '공포' 감정을 그리는 것으로 이해된다.

---

[33] H. 랜돈, 역자 불명, 「探偵小說, 凶家의 秘密(一), 原名 綠色의 門」, 『별건곤』 제33호, 1930.10.1, 172~175면; 역자 불명, 「探偵小說 凶家의 秘密(二), 綠色의 門(原名)」, 『별건곤』 제34호, 1930.11.1, 170~177면; 3회, 『별건곤』 제35호, 1930.12.1, 171~175면; 4회, 『별건곤』 제36호, 1930.1.1; 5회, 『별건곤』 제37호, 1931.2.1, 164~167면; 에드가 앨런 포우, 이하윤 역, 「황금충」, 『조선일보』, 1931.6.17~7.17; 호프만, 流邦 역, 「探偵小說, 無罪한 死刑囚」, 『별건곤』 제57호, 1932.11.1, 58~61면; 모-리스 루부랑, 尹成學 역, 「連載探偵小說, 湖底의

송인정[34]은 탐정소설 중에서 인간으로 하여금 전율을 느끼게 하는 사건의 기술만으로 이루어진 소설들을 영미 등의 나라에서는 '스릴러'라고 일컫는다고 했다. 그래서 그는 탐정소설에 대한 정확한 인식을 위해서는 탐정소설의 정통적인 의미에다가 '스릴러' 즉 무서운 이야기라는 것까지 부가해서 생각해야 할 필요가 있다고 한다. 이 때 송인정이 말하는 '스릴러'[35]라는 용어는 '괴기소설'과 비슷한 의미로 사용되었다고 볼 수

秘密, 原名−눈푸른 處女」,『별건곤』제63호, 1933.5.1, 56~59면; 챠드손 필립스, 朴禹錫 역, 「(懸賞犯人 찾기) 探偵小說, 23號室의 殺人」,『별건곤』제66호, 1933.9.1, 52~57면; A. A. 밀른, 朴禹錫 역, 「탐정소설, 「붉은집」의 殺人事件」,『별건곤』제67호, 1933.11.1, 4~10면; 도로시 캔필드, MGM 역, 「제퍼슨가의 살인사건」,『사해공론』제1권 제5호, 1935.9.1 (김창식, 「추리소설 형성기의 실상과 김내성의『마인』」,『추리소설이란 무엇인가』(대중문학연구회 편), 국학자료원, 1997, 168면에서는 이 번역물의 날짜가 1935년 9월로, 조성면,『대중문학과 정전에 대한 반역』, 소명출판, 2002, 286면에서는 1935년 6월로 불일치한다. 이에 1935년 9월이 맞는 것임을 밝힌다. 이것은 단편적이긴 하지만 1930년대 탐정소설 연구가 서지 목록 자체도 아직까지 미흡한 실정임을 보여준다); 코넌 도일, 李哲 역, 「連載 探偵小說 버스콤谷의 悲劇」,『사해공론』제1권 제7호, 1935.11.1.
이상은 1935년까지 '탐정소설'이라 하여 번역된 것들이다(참고로 1930년대에는 제목 앞에 항상 探偵小說임을 명시적으로 밝히고 있는 것이 특징이다). 정통 탐정소설로 널리 알려진 코난 도일의 작품들이『신동아』에서 1932년부터 33년까지 연달아 번역된 것을 제외하고 남은 것들이다. 그런데 이 시기의 탐정소설 번역물들을 살펴보면, 호프만이나 포우의 작품이 탐정소설의 범주에 들어간 것을 볼 수 있다. 호프만은 탐정소설이라기보다 환상 혹은 괴기소설의 경향이 짙고 포우의 소설들도 「도난된 편지」(『조광』, 1936.4)를 제외한다면 공포소설의 분위기를 풍긴다. 특히 1928년 번역된 포우의 「검둥고양이」(『원고시대』, 1928.8)는 공포소설로 독자의 공포감을 조성하는 작품이다. 이런 번역물들의 경향을 고려해보면 탐정소설의 심리적인 측면이라 함은 인간의 '공포'를 자극하는 괴기소설의 분위기를 지칭하는 것으로 여겨진다.

34 송인정, 「探偵小說 小考」,『한국 근대 대중소설 비평론』(조성면 편저), 태학사, 1997, 127~136면 참조.

35 '스릴러'라는 용어는 1930년대에는 생소한 것이었다. 탐정소설의 분류에 있어서도 '스릴러'보다는 공포소설, 괴기소설의 용어를 선호하였다. 현재 '스릴러'는 탐정소설의 하위범주(이브 뢰테르는 탐정소설의 유형으로 미스테리 소설, 범죄소설, 서스펜스 소설(김경현 역,『추리소설』, 문학과지성사, 2000)로, 토도로프는 추리소설, 스릴러, 서스펜스 소설(신동욱 역, 「탐정소설의 유형」,『산문의 시학』, 문예출판사, 1992)로 나눈다)에, 공포소설이나 괴기소설은 환상소설의 하위 범주(츠베탕 토도로프, 김진수 역,『환상문학서설』(토도로프 저작집 5권), 한국문화사, 1996)에 넣는 게 좀 더 일반적이다. 현재 '스릴러'는 공포감이나 괴기감만을 조성하는 것이 아니라 범죄의 스토리와 조사의 스토리에서

있다. 당시 '괴기소설'의 으스스한 분위기는 기담, 괴기실화 뿐만 아니라 탐정소설 안에서도 나타나고 있었던 것이 특징적이다. 이는 당시 번역된 해외 탐정소설의 영향 때문인 것으로 보이는데, 가령, H. 랜돈의 「흉가(凶家)의 비밀(秘密)」[36]이나 호프만의 「무죄(無罪)한 사형수(死刑囚)」,[37] 혹은 포우의 작품들[38]이 '탐정소설'로 번역된 것은 눈여겨볼 만하다. 특히 포우의 「검둥고양이」, 「적사의 가면」에서 보여지는 공포소설의 기괴한 분위기라던가, 「황금충」에서 탐정의 논리적 추론보다 광기 어린 집착이나 우연적 요소에 의한 사건의 해결 같은 것 등은 1930년대 변격 탐정소설에 영향을 미쳤던 것으로 보인다.

조사의 스토리가 중심 위치를 차지하는 구조적인 측면에서 이야기되어 더 이상 괴기소설과 혼동되지 않는 하나의 양식으로 굳혀졌다.

36 H. 랜돈의 「凶家의 秘密」은 원제목이 '綠色의 門'인데 『별건곤』에 '探偵小說'로 몇 회에 걸쳐 연재되었음에도 탐정소설 연구자들의 목록에서 누락되어 있었다. 「凶家의 秘密」은 그 당시 탐정소설의 양식들 중 '심리적'인 방면에 치중한 '스릴러' 양식을 살피는 데 큰 도움이 된다. 그러나 H. 랜돈이란 작자가 누구인지 명확하지 않고 번역자도 명기되어 있지 않아 번역물인지 창작물인지 등의 혼동스럽고 미심쩍은 부분들이 있다.

37 호프만의 이 작품은 지금에 와서야 앨런 포우의 「모르그가의 살인사건」보다 앞서 창작된 탐정소설 혹은 범죄소설의 효시라는 주장이 일고 있는데, 그 당시 이 작품이 '探偵小說'이란 표제를 달고 번역되었다는 것은 놀라운 사실이다. 그러나 이후에 번역된 것들이 발견되지 않아 번역을 완성하지는 못한 것으로 보인다. 당시 「無罪한 死刑囚」라는 제목으로 번역된 이 작품은, 『스퀴데리양』으로 근래 다시 번역되었다. 근래 번역된 정서웅 역의 『스퀴데리양』(열림원, 2006)은, 환상소설 작가인 호프만의 작품 중에 범죄소설도 있었다는 것이 새롭게 발굴된 것이 아니라 1932년 류방이 이미 선구 작업으로 探偵小說로 번역했었던 것이다. 아마 제목의 불일치 때문에 많은 사람들이 같은 작품이라는 것을 놓치고 있었던 듯하다. 이 작품은 당시 탐정소설에서 나타나던 감정에 얽혀 있는 탐정의 면모에 깊은 영향을 끼친 것으로 보인다. 감정에 얽혀 있는 탐정의 면모에 대해서는 텍스트 분석에서 다시 논의하기로 한다.

38 당시 탐정소설 논자들은 포우의 작품들에 깊게 매료되었던 듯하다. 그들은 포우의 작품들이 탐정소설의 면모뿐만 아니라 공포소설, 신비소설과 같은 분위기를 풍기고 있는 것에 주목한다. 1930년대 포우의 작품들은 「적사의 가면」(『해외문학』 1, 1927.1.17), 「흑묘=검둥고양이」(『원고시대』 1권 1호, 1928.8) 같은 공포소설이 먼저 번역되었고 「황금충」은 1931.6~7까지 『조선일보』에 연재되었고, 「도난된 편지」는 1936년 4월에 와서야 『조광』에 번역되었다. 탐정소설론에서 빠지지 않고 언급되고 있는 「모르그가의 살인사건」은 번역된 사례가 없었다는 것이 특이할 만한 사항이다.

1930년대 탐정소설은 본격 탐정소설(detective novel)과 변격 탐정소설(mystery novel: 괴기소설)의 두 유형으로 구별되는 것이 일반적이었다.[39] 안회남은 미스테리 소설, 즉 괴기소설을 독자에게 괴기감만을 갖게 하여 끌고 나가는 것이라 폄하하고, 본격 탐정소설을 일보 진전한 것으로 높이 평가한다.[40] 그와 반면에, 김내성은 오히려 변격 탐정소설의 특성들이 탐정소설의 본질적 요건이라 한다. 김내성은 수수께끼의 제출과 논리적 추리, 수수께끼의 해결을 탐정소설의 형식적인(상대적인) 요건으로 보고, 기이(奇異)한 것에 기인하는 충동을 탐정소설의 본질적인(필수적인) 요건으로 보았다.[41] 그에 따르면, 탐정이라는 명사는 탐정가의 가치를 가리키는 것이 아니고 비범함에 대한 탐구탐이(探求探異)라는 말로 바꾸어 이해해야만 하는 것이다.[42] 김내성의 탐정소설론은 1930년대 탐정소설이 다양한 양식들 하에서 활발하게 창작되도록 하였으며, 기이한, 기괴한, 이상한 이야기들이 탐정소설의 한 양식으로 발전하는 버팀목이 되었다.

    탐정소설의 본질은 '엉?' 하고 놀라는 마음이고, '헉!' 하고 놀라는 마음이

---

39 김내성, 「탐정소설의 본질적 요건」, 『한국 근대 대중소설 비평론』, 태학사, 1997 참조. 당시 탐정소설을 본격과 변격으로 구분한 것은 일본 탐정소설의 영향 때문으로, 일본 작가 에도가와 란포의 등장으로 괴기소설 유형이 나오면서 변격 탐정소설을 구분한 것으로 보인다. 김내성은 본격과 변격이 일본의 영향이라 지적하며, 정통적 추리소설과 방계적 추리소설로 분류하기도 했다(「탐정문학소론」, 『비밀의 문』(명지추리문학선 26권), 명지사, 1994, 337~350면 참조).

40 안회남은 그때까지 조선 문학에서는 단 한 개의 탐정소설도 창작되지 않았다고 개탄한다. 더불어 『조선일보』에 발표한 김내성의 『假想犯人』 역시 본격적인 탐정소설로 간주할 수 없다고 한다. 「탐정소설」, 『한국 근대 대중소설 비평론』(조성면 편저), 태학사, 1997, 157~167면 참조, 특히 166면.

41 김내성, 「탐정소설의 본질적 요건─『思想의 薔薇』 서문」, 『한국 근대 대중소설 비평론』, 태학사, 1997, 148~151면 참조.

42 위의 책, 151면.

며, '으음!'하고 고개를 끄덕이는 마음의 **심리적** 작용이다. 그렇다면 이들 '엉?', '헉!', '으음!'이라는 **심리작용**에 따라 생기는 것은 무엇인가? 그것은 현실적 분위기로부터 낭만적 분위기에로의 비약적 순간인 것이다.[43]

기이한 것에의 충동은 논리적·과학적인 것과는 상반되는 것이다. 1930년대는 한 쪽에서는 탐정소설이 이지적인 장르임을 내세우고 있었던 반면, 다른 쪽에서는 심리적·낭만적인 분위기를 묘사하는 기이하고 환상적인 장르임을 역설하고 있었다. 후자의 탐정소설은 광의의 의미로 이해되며 환상소설이나 괴기소설 같은 것들이 포함된 것으로 보인다. 1930년대 탐정소설의 범위는 현재보다 훨씬 넓었으며, 괴기소설, 공포소설, 환상소설 등의 것들이 탐정소설의 하위 영역에 속했던 것으로 짐작해 볼 수 있다. 지금은 환상소설의 개념 안에 소수의 탐정소설이나 괴기소설 같은 것들이 포함되는 실정인 것과 비교해보면, 1930년대는 탐정소설이란 장르가 신비스럽고 기괴한 분위기를 풍기는 모든 소설들을 총칭하는 상위 범주로 이해되었다고 볼 수 있다. 그러한 연유는 매혹적인 것의 대명사격인 탐정소설의 흥미진진함이 대중들을 자극하였기 때문에, 아직 개념상 정의되지 않은 환상소설이란 용어보다는 다가가기 쉬운 탐정소설이란 용어를 선호했던 것 때문이라 여겨진다. 이러한 1930년대 탐정소설은 오히려 현대로 오면서 의미가 협소해지며, 범죄사건이 일어나지 않고 탐정의 지적 추리가 전개되지 않는 기이한 이야기 같은 것들은 환상소설 혹은 괴기소설의 범주로 편입되게 되었다. 이 책에서는 임의로 탐정소설을 현재의 의미에 맞게 재구분하기보다는 당시 '탐정소설'이라는 표제를 내걸고 창작된 탐정소설의 활발하고 의욕적인 움직임들을 그대로 따라가 보기로 한다.

---

43 위의 책. 강조는 필자에 의한 것임을 밝혀둔다.

4. 1930년대 탐정소설의 특성-최류범과 류방을 중심으로

지금까지 1930년대 창작 탐정소설 연구는 김내성, 채만식 등의 장편들을 중심으로 이루어져 왔다. 그러나 1930년대 탐정소설의 목록을 살펴보면, 김내성의 『마인』과 채만식의 『염마』를 제외하고 거의 대부분이 단편들이다.[44] 1930년대 탐정소설의 대표적인 특성을 살피기 위해서는 희소한 장편보다 주류를 이루었던 단편들을 중심으로 고찰할 필요가 있다. 따라서 본 연구에서는 1930년대 창작된 단편들을 중심으로 탐정소설의 특징적 면모를 고찰해보고자 한다. 어떤 한 장르의 생성과 발달에 있어 단편은 장편에 앞서 기본적인 틀을 살피는 데 필수적이라 판단한다.

본 연구에서는 『별건곤』에서 번역자 겸 창작자로 가장 왕성한 활동을 했다고 판단되는 최류범(崔流帆)과 류방(流邦)의 작품들[45]을 분석 대상으로 삼고자 한다. 김내성을 제외한다면 최류범과 류방은 번역과 창작 작품의 편수가 가장 많은 작가들에 해당한다. 그러나 최류범의 작

---

44 조성면, 『대중문학과 정전에 대한 반역』, 소명출판, 2002, 287~288면 참조.

45 최류범, 「순아참살사건」, 『별건곤』 제60호, 1933.2.1; 「嫉妬하는 惡魔」, 『별건곤』 제61호, 1933.3.1; 「K博士의 名案」, 『별건곤』 제62호, 1933.4.1; 「約婚女의 惡魔性」, 『별건곤』 제69호~73호, 1934.1.1~6.1; 「누가 죽였느냐!!」, 『별건곤』 제72호, 1934.4.1; 「人肉 속의 夜光珠」, 『별건곤』 제73호, 1934.6.1(이 작품은 최류범의 작품인지 해외 탐정소설을 번역한 것인지 확실치 않다. 왜냐하면, 이미 『별건곤』 제32호(1930.9.1)에 L.G. 쎄-스톤이란 작가가 「인육 속에 뭇친 야광주」라는 제목으로 발표했기 때문이다. 실제로 두 편의 글을 비교해보면, 몇몇 대사들만 조금씩 표현을 달리했을 뿐 동일 작품임이 분명하다. 그러므로 「인육 속의 야광주」는 L.G. 쎄-스톤의 작품을 최류범이 번역한 것으로 보는 것이 타당하다); S. 뿌레-크, 최류범 역, 「이상한 乞人」(S. 뿌레-크 명작단편집(1)), 『별건곤』 제63호, 1933.5.1; 최류범 역, 「못생긴 악한」(S. 뿌레-크 명작단편집(2)), 『별건곤』 제64호, 1933.6.1; 최류범 역, 「亞鉛中毒者」(S. 뿌레-크 명작단편집(3)), 『별건곤』 제65호, 1933.7.1; 류방 역, 「戀愛와 復讎」, 『별건곤』 제52호, 1932.6.1; 「汽車에서 만난 사람」, 『별건곤』 제53호, 1932.7.1; 호프만, 류방 역, 「無罪한 死刑囚」, 『별건곤』 제57호, 1932.11.1.

『별건곤』에 실린 최류범의 「인육 속의 야광주」(1934.6) 『계간 미스터리』(2010.가을)의 최류범 서지에서 빠져 있다. 이 작품은 1930년 9월 『별건곤』에 실린 L. G. 삐-스톤이란 작가의 「인육 속에 뭇친 야광주」와 동일하다. 그러므로 L. G. 삐-스톤의 작품을 최류범이 번역한 것으로 보인다.

추리문학전문지
www.mysteryhouse.co.kr

계간 미스터리_2010년 가을

MYSTERY 통권 29호

특집1 | 해방 이전의 잊혀진 작가 두 사람
최유범과 신경순에 대해서
신경순─ 앙굴의 혈투
이까도의 지하실
피묻은 수첩
제2의 밀실

특집2 | 2010 여름추리소설학교
최유범─ 순아 참살사건
질투하는 악마
K박사의 명안
약혼녀의 악마성
누가 죽였느냐!

구보씨의 여름추리소설학교 탐방기_한이

백일장 당선작
2개의 가지_이민혜

추리단편
천국의 계단_김경로

연재장편
트릭_정석화

화남 Br

신경순과 최유범 특집으로 꾸민 『계간 미스터리』(2010.가을) 최근 식민지 시기 묻혀있던 탐정소설가들을 새롭게 조명해 보려는 시도가 일고 있다. 그런 시도들은 대부분 지금까지 알려지지 않았던 자료의 발굴로부터 시작된다. 2010년 가을 『계간 미스터리』에도 신경순과 최유범의 서지사항을 중요하게 짚어준다. 그러나 신경순과 최유범에 관한 논문이나 비평글은 실려 있지 않다. 그만큼 연구가 되지 않은 미개척지의 작가라는 의미이기도 하다.

품은 단지 몇 편만 연구자들의 서지 목록에 들어 있고, 류방의 작품은 아예 기록에서 누락되어 있다.[46] 본 연구는 지금까지 발굴되지 않았지만 최유범과 류방의 작품들이 1930년대 대중 잡지인 『별건곤』에 실려 당시 대중들의 관심을 끌었던 것으로 보이므로, 1930년대 탐정소설의

---

46 탐정소설에 관한 서지 목록은 김창식의 것과 조성면의 것을 참조하였다. 최유범의 「嫉妬하는 惡魔」와 「約婚女의 惡魔性」의 두 작품만이 언급되고 있는데, 이중 「질투하는 악마」는 두 목록 모두 『별건곤』 59호로 기록되어 있다. 그러나 1933년 3월 1일에 발간된 『별건곤』은 59호가 아니라 61호이므로, 최유범의 「질투하는 악마」는 『별건곤』 59호가 아니라 61호에 실린 것으로 바로잡는다(김창식, 「추리소설 형성기의 실상과 김내성의 『마인』」, 『추리소설이란 무엇인가』(대중문학연구회 편), 국학자료원, 1997, 169면; 조성면, 『대중문학과 정전에 대한 반역』, 소명출판, 2002, 287면 참조). 또한 류방은 이들 서지 목록에서 아예 언급조차 되지 않고 있다. 한 편씩 발표한 탐정소설 작가들도 실려 있는 데 반해, 이들 두 작가들의 작품이 제대로 기록되어 있지 않은 것은, 한편으로 『별건곤』이란 잡지에 대한 관심이 지금까지 미비했기 때문이라 유추해 볼 수 있다.

특징적 면모를 살펴보는 데 적절하다고 판단하여 두 작가의 작품을 텍스트로 선정하였음을 밝힌다. 최류범의 「순아참살사건」, 「질투(嫉妬)하는 악마(惡魔)」, 「K박사의 명안」, 「약혼녀(約婚女)의 악마성(惡魔性)」,[47] 「누가 죽었느냐!!」와 류방의 「연애(戀愛)와 복수(復讐)」, 「기차에서 만난 사람」을 텍스트로 삼는다. 텍스트 분석은 1930년대 탐정소설론의 논의에서 나타났던 '과학적 수사'와 '감정적 · 심리적 측면'의 접근이라는 두 가지 상반된 특성에 초점을 맞추기로 한다.

1) 지문과 같은 과학적 수사 강조—자백을 위한 연극적 장치

> 근래에 범죄수사(犯罪搜査)하는 근거는 지문에 의하는 점이 만흡니다. 아모 증거가 업시 잡어온대야 용이(容易)히 자백도 아니함으로 이러케 과학적 수사를 하여 나갈 수 박게 더 조흔 도리가 어듸 잇습니까.[48]

위의 인용문은 경찰서에서 미궁 속에 빠진 살인사건의 용의자를 '칼에 무든 지문(指紋)'을 통해 밝혀낸 경우이다. '지문'은 당시 과학적 수사의 대명사처럼 사용되었다. 최류범의 소설에도 이런 과학적 수사를 위한 증명 방법이 등장하는데, '지문'과 같은 과학적 수사의 증명 방법과 함께 범인의 '자백'이 있어야 범죄가 성립되었다. 그런데, 여기서 주

---

47 최류범의 「약혼녀의 악마성」은 최근 추리문학 전문지인 『계간 미스터리』(2010. 가을)에서 일본 추리작가 에도가와 란포의 「악귀」(1931)를 번안한 것이라는 사실이 밝혀졌다(편집부, 「최유범과 신경순에 대해서」, 『계간 미스터리』, 2010. 가을, 12면). 그러나 「약혼녀의 악마성」이 『별건곤』 69호부터 71호까지(1934.1~3) 연재되었다고 되어 있으나, 69호부터 73호까지(1934.1~6(5월호는 결호)) 연재되었음을 확인하였으므로 바로잡는다.

48 N警部 口述, 「名探偵秘話, 殺人事件과 指紋」, 『삼천리』 제1호, 1929.6.12, 31면. 강조는 필자에 의한 것임을 밝혀 둔다.

목할 만한 것은 '지문'은 '자백'을 받아내기 위한 수단이었다는 것이다. 그래서 때로 범인의 자백을 받아내기 위한 연극적 장치가 고안되기도 했다. 결국 사건을 종결짓고 범인을 밝혀내는 것은 '지문'이 아닌 '자백' 이었다고 볼 수 있다.

최류범의 소설 「K박사의 명안」과 「누가 죽였느냐!!」에서는 과학적 증명 방법에 의해 범인을 밝혀내는 과정이 나온다. 「누가 죽였느냐!!」[49] 는 탐정 작가의 충실한 조수로 일하던 크라벳트가 어느 날 밤 총소리를 듣는 것에서 시작된다. 크라벳트가 총소리가 난 곳에 가 보니 주인은 이 미 죽어 있고, 사건 현장에 주인의 아내 에봐와 배우 쫀 삐만이 있었다. 그 순간 크라벳트는 쫀 삐만의 가격에 정신을 잃었다. 깨어나 보니 자신 이 살인사건의 용의자가 되어 있었다. 에봐와 쫀 삐만의 진술이 일치하 는 데 반해, 크라벳트 진술만 엇갈리고 있었던 것이다. 엇갈리는 진술 사이에서 크라벳트가 해야 할 일은, 증거를 확보하는 것이다. 그 때 활 용되는 방법이 바로 방문 손잡이에 찍힌 '지문'이다. 그러나 방문 손잡이 의 지문을 떠서 먼저 찍힌 것이 범인의 지문이고 나중에 찍힌 것이 목격 자의 지문이라는 가정은, 현대과학수사에서도 좀처럼 증명하기 어려운 사실이다. 지문이 찍힌 순서를 알 수 있다는 가정은, 그야말로 과학적 수사를 지나치게 강조한 나머지 고안해낸 '허구적' 방법이라 볼 수 있다.

「K박사의 명안」에는 살인사건의 용의자가 자백을 하지 않자 범죄 검증법에서 이름을 떨치고 있는 K박사가 새로이 고안한 망막을 사진 판 같이 현상하는 방법을 활용한다. 이 방법은 죽은 자의 망막에 최후

---

49 최류범의 「누가 죽였느냐!!」는 등장인물의 이름이 에봐, 쫀 삐만, 크라벳트 등으로 모두 서구적이다. 따라서 창작이 아니라 번역일 가능성이 높다. 그러나 창작인지 번역인지 를 밝히기에 앞서 1930년대 탐정소설의 특성을 논의하기에 적합하다고 판단하여 연구 대상에 포함시켰다.

로 비친 물체는 영구히 보존되기 때문에 망막을 사진판처럼 현상하면, 죽기 직전에 최후로 본 물체의 형상을 확인할 수 있다는 것이다. 범인은 조작된 망막에 비친 자기의 영상을 보고 경악한다. 그는 자기는 분명 여자가 자고 있을 때 살해했는데, 어떻게 그 여자의 눈에 자기가 비칠 수 있느냐며 항의한다. 그러나 그 항의는 곧 범행을 자백하는 것이나 다름없었다. 사실 망막 현상법은 아직 존재하지 않으며, K박사가 앞으로 개발할 가능성이 있는 검증법일 뿐이었다. 진짜 증거는 사실 아무 것도 없었으며 범인의 '자백'이 유일한 증거였던 것이다.

최류범의 소설 「K박사의 명안」과 「누가 죽였느냐!!」에서 지문과 망막 현상법은 범인의 자백을 유도하기 위한 '허구적' 장치였음이 드러난다. 「누가 죽였느냐!!」에서 탐정 작가의 조수 역할을 오랫동안 했던 크라벳트는, 상황이 자신에게 불리함을 깨닫고 자신의 지문을 나중에 슬쩍 묻힘으로써 조작 증거를 만들어내고, 그것만으로도 자신의 누명을 벗기기 힘들다고 판단하고 경부와 함께 허위 목격자도 만들어낸다. 이 모든 상황을 확고한 증거로 받아들인 에봐 부인이 범행을 '자백'하는 바람에 결과적으로 살인자의 혐의에서 벗어나게 된다. 결국 과학적 수사란 범인의 자백을 유도하기 위한 심리적 상황을 연출하는 '연극적' 요소라 할 수 있다. 범인은 증거가 확실할 때까지 쉽게 자백하지 않을 것이라는 생각 때문에, 경찰들은 어떻게든 과학적 증거를 도출하려고 고심했던 것으로 보인다. 그래서 증거와 자백은 함께 붙어 다니며 과학적 수사의 한 방편인 것처럼 인식되었다. 증거가 완벽하다고 하더라도 범인이 끝까지 범행을 부인한다면, 석연치 않은 감정들이 남게 마련이었다. 이처럼 1930년대는 증거, 지문, 과학적 수사 등이 강조되긴 했지만, 실제로 범인의 자백에 의존하는 경향이 짙었고 과학적 증거들은 범인의 자백을 받아내기 위한 장치들이었다. 다시 말해 '자백'을 위한 분위기를 조성하는 것, 즉 심리적인 상황 도출이 1930년대 탐정소설에서 과학적 증명 과정의 핵심이었다.

2) 제육감의 발달 혹은 감정적 편향에 의한 사건 전개 - 우연적 요소의 개입

과학적 수사를 강조하면서도 실제로 기자나 형사들이 범죄사건을 조사할 때는 육감(六感)에 의존하는 경향이 짙었던 것을 볼 수 있다.[50] 1930년대 탐정소설에 등장하는 탐정 역시 어떤 범죄사건에 직면하였을 때 제육감(第六感)을 믿었던 것으로 보인다. 제육감은 오관 이외의 감각을 지칭하는 것으로, 일반적으로 도무지 알 수 없는 사물의 본질을 직감적으로 포착하는 심리작용을 의미한다. 제육감은 감각의 범위에 포함되지 않는, 합리적인 것과 정반대되는 특수한 인지 기능이다. 그래서 탐정소설에서 제육감에 따른 인지 방법은 합리적, 논리적 추론이기보다 직관적, 초감각적 추론이다. 가령, 최류범의 작품 「약혼녀의 악마성」에 등장하는 탐정소설 작가 리만세가 참혹한 사건을 발견하게 된 경위를 살펴보면, 제육감에 동하였던 것임을 알 수 있다.

---

50 "그 남자는 애인일까? 애인의 사이라고도 볼 수는 잇겠지만 긔자의 소위 제六감(第六感)이 용허하지를 안는다"(夜光生, 「秘密家庭探訪記, 變裝記者=냉면配達夫가 되여서」, 『별건곤』 제48호, 1932.2.1, 20면). "前日이나 다름 업시 침울한 재판소 3층 우에 覆審檢事局을 향하야 층계 우에 발길을 옴기는 나는 이날 이상히도 무슨 사건이 잇스리라 예감이 떠돈다"(72면), "~가 체포된 이면에는 반다시 중대한 사건이 伏在하여 잇다. 신문기자들의 六感은 이 한 사실을 저근 일로 버려둘 수가 업섯다"(74면)(기자 홍종인, 김과백, 박윤석, 「名探偵과 新聞記者 競爭記」, 『삼천리』 제3권 제10호, 1931.10.1). 인용된 것들을 살펴보면, 기자들은 어떤 은밀한 사건 조사에 앞서 자신의 육감 혹은 예감에 의존한 것으로 유추해 볼 수 있다. 강조는 필자에 의한 것임.

최초의 발견자는 이곳 면장(免狀)의 아들인 김영호(金英鎬)와 그의 친구
로 S촌 친척집의 두류하고 잇든 탐정소설작가(探偵小說作家)인 리만세(李
萬世) 두 사람이엿다. 그들이 아츰 일즉이 동리박 철도선로(鐵道線路) 엽
흐로 산보하고 잇슬 때 선로 언덕아래 덤불속에 개들이 으르렁 거리며 무
엇인지 열심히 뜨더먹고 잇는 것을 보앗다. 그리고 이상한 냄새가 나는 듯
하얏다. 이때 리만세는 제육감(第六感)이 동하야 개를 쫓차 버리고 그곳으
로 뛰여나려갓섯다.[51]

이 작품은 탐정 리만세의 제육감으로 사건이 발발하여, 그 사건을 풀
어나가는 과정 역시 우연적 요소가 많이 개입되는 것이 특징이다. 하필
이면 최초로 발견한 자가 탐정소설 작가 리만세였으며, 우연의 일치라
고 하기엔 섬뜩하게 살인사건현장 부근에 가슴에 칼이 박힌 제웅의 사
체가 버려져 있었다. 리만세는 판사에게 두 살인사건(인형과 인간) 사이
의 어떤 연관성이 있을 가능성에 대해 주장하지만, 판사는 그것은 '우연
의 일치'일 뿐이라 하며 일축해버린다. "자네는 야릇한 공상을 하고 잇네
그려. 그러나 실제 문제는 그러케 긔술(奇術)과 가튼 것이 아닐세"[52]라는
판사의 말은 리만세의 추측이 '증거' 혹은 '알리바이' 같은 과학적 방법으
로 살인사건을 해결해야 하는 것에 반하는, 비합리적이고 우연적인 것
이라는 지적이다. 사건 담당 M검사가 K란 서명이 있는 편지, 불확실한
알리바이, 피 묻은 바지 등을 증거로 제시하는 데 반해, 리만세는 고작
살인이 나기 며칠 전 비슷한 장소에 흥부에 단도로 찔린 제웅이 있었다
는 것에 기초한 '기괴하고 야릇한 환상'[53]이 증거의 전부였던 것이다.

---

51 최류범, 「約婚女의 惡魔性(探偵小說)」, 『별건곤』 제69호, 1934.1.1, 48면.
52 최류범, 「約婚女의 惡魔性(探偵小說)」, 『별건곤』 제69호, 1934.1.1, 52면.
53 이것을 '환상'이라 표현한 것은 작품 내에서 리만세의 서술에서 직접 드러난다. "한가지

1930년대 탐정소설에서 제육감, 불길한 예감, 야릇한 공상을 현실로 만드는 것은 바로 '우연의 일치'이다. 「약혼녀의 악마성」에서 제웅과 인간이라는 전혀 다른 두 살인사건은, "단도로 가슴을 찔린 집인형과 흰벽과 가티 흰 윤영애의 얼골에서 어렴풋이 박경숙의 얼골이 나타낫다가는 사라지고 하"[54]다가 갑자기 두 사건이 일치됨으로써 해결된다. 마찬가지로 「순아참살사건(順娥慘殺事件)」에서 순아가 짚더미 속에서 잔혹한 변사체로 발견된 사건은, 박돌이가 개를 독살하고 짚더미 속에 파묻은 범행과 우연히 일치[55]하게 됨으로써 밝혀진다. 그러나 류방의 「기차에서 만난 사람」처럼 우연들이 일치하는 것처럼 보이다가도 전혀 다른 방향으로 사건이 전개되기도 한다. '나'는 기차에서 우연히 만난 남자와 그 남자의 물건에서 어쩐지 수상한 기운을 느낀다. 그런데 하필이면 그 때 읽고 있었던 기사가 '리남작 미망인 행방불명' 사건에 관한 것이엇다. '나'는 그 남자가 가지고 다니는 물건과 리남작 미망인의 행방불명이 필시 무슨 관계가 있을 것이라 짐작한다. 그 둘의 연관성은 그 남자를 기차에서 우연히 다시 만났을 때 거의 확실시되는 것처럼 보인다. 그래서 '나'는 그 남자를 미행하여 세 번째 우연을 가장한 필연을 만들지만 '리남작 미망인 도라오다'라는 게시판의 문구와 함께 그 둘의 연관성은 어긋나버린다. 리남작 미망인의 행방불명 사건과 기

이상스러운 것을 생각하얏다. 그것은 살인이 행하기 전 5일 전에 거의 가튼 장소에 사람만한 제웅이 단도로 흉부를 찔니우고 너머진 것을 출발점으로 한 진실로 괴괴천만한 환상이엿다", "김영호는 무리를 주장하면서 구인이 된 이상 친우를 구하야 주는 의미로 그는 그 외 환상을 기초로 하고 한번 이 사건을 탐정하야 볼냐고 결심하엿다"(최류범, 「約婚女의 惡魔性(探偵小說)」, 『별건곤』 제70호, 1934.2.1, 60면). 강조는 필자에 의한 것임.

54 최류범, 「約婚女의 惡魔性(探偵小說)」, 『별건곤』 제71호, 1934.3.1, 58면.
55 M형사는 순아참살사건이 잘 풀리지 않자 머리를 식힐 겸 이발소에 갔다. 그러다 거기서 동네 청년들이 웅성거리며 이야기하는 것을 듣고 있다가 갑자기 박돌이 개를 죽인 범행과 이번 사건의 연관성을 확신하고 뛰쳐나간다.

차에서 만난 남자의 수상한 물건의 연관성에 대한 추측은, 논리적 추론이 아니라 '나'의 '육감'에 의존한 판단 결과라 볼 수 있다. 1930년대 탐정소설에서의 '육감'의 발달은, 이처럼 범죄사건, 특히 살인사건이 일어났을 때 대뜸 어떤 다른 사건과의 연관성을 짚어내는 것인데, 그것은 대부분 묘하게도 일치하게 된다. 류방의 「기차에서 만난 사람」에서 두 사건은 아무 관련이 없었지만 어쨌든 그 남자는 체포될 범죄자였다. 범죄자에 대한 '나'의 '육감'은 맞아떨어졌던 것이다. 이런 제육감의 영역은 1930년대 사건 조사에서 논리적이고 과학적인 수사 절차보다 더 확고한 것으로 자리매김하고 있었던 것으로 짐작된다.

또한 1930년대 탐정소설의 가장 큰 특성으로 꼽을 수 있는 것은, 바로 감정적·심리적 편향에 의한 사건 전개이다. 그것은 주로 탐정의 모습이 이지적인 판단력을 지닌 인물로 그려지는 것보다, 피해자 혹은 살인용의자로 오해받고 있는 자와 연애, 우정, 의리와 같은 '감정'에 얽혀 있는 인물로 형상화[56]되는 것에서 기인한다. 가령, 최류범의 「약혼녀의 악마성」에서 리만세는 김영호가 살인했을 가능성은 전혀 두지 않으며, 오히려 '김영호는 살인을 하지 않았다'라는 확고한 전제로부터 탐정을 시작한다. 「질투하는 악마」에서도 인물은 자신의 누나가 살인했을 것이란 생각은 하지 않는다. 그래서 그는 누나의 혐의를 벗기기 위한 과학적 증거를 찾아내려 동분서주한다. 1930년대 탐정소설에서 범인은 의외의 인물이 아니다. 탐정들이 처음부터 범인이 아니라고 믿어버리는 사람은 끝까지 범인이 아니다. 마치 선악의 명확한 구분이

---

56 채만식의 『艷魔』에 등장하는 백영호 탐정 역시 그런 모습을 드러내는데, 가령 그는 산책길에서 만난 여자가 범죄에 연루되었다는 사실을 알고 나서도 그녀의 반대편에 있는 자들을 추적하여 마치 그녀를 위해 사건을 해결하려 하는 것처럼 보인다. 백영호는 그녀에 대한 의심은 조금도 하지 않은 채 악인은 다른 사람일 것이라는 지배적인 생각을 품고 사건에 접근하고 있다(『염마』(채만식전집 1), 창작사, 1987).

있는 것처럼 어떤 사람은 선의 쪽(누명을 쓴 자)에, 그리고 어떤 사람은 악의 쪽(진짜 범인)에 줄을 세운 뒤, 탐정의 '감정'은 이미 선의 쪽으로 기울어져 있다. 물론 그런 '감정'의 얽힘 때문에, 진실을 파악하지 못하는 경우도 간혹 있다. 류방의「연애와 복수」에서 변호사이며 법학사인 안관호는 종로 네거리에서 우연히 자신에게 도움을 청한 한 여자와 교제를 하여 살림을 시작하게 된다. 여자의 이상한 점이 한 둘이 아니었음에도, 그는 그녀에게 빠져 있었으므로 여자의 말을 믿어버린다. 그러다 평북 제일의 부호 전윤수씨의 살해사건－나중에 자살로 판명되긴 했지만－의 진상에 자신의 아내로 살았던 리명숙이 배후에 있었음을 알게 된다. 안관호가 전윤수의 고문변호사였기 때문에, 그녀는 의도적으로 그에게 접근한 것이었다.

이처럼 1930년대 탐정소설은 한편으로는 과학적 수사를 강조하고 있지만, 다른 한편으로는 불길한 예감, 제육감, 우연의 일치, 혹은 감정의 편향 같은 것들에 의해 사건이 해결되는 경우가 많았다는 점이 두드러진다. 후자의 특성 때문에 1930년대 탐정소설들은 구성이 치밀하지 못하다고 하여, 혹은 탐정소설의 본질적 요건－이성의 판단에 의한 논리적 추론－에 충실하지 못하다고 하여 한계로 지적되기도 한다.[57]

---

57 김영민은 채만식의『염마』에서 구성의 치밀성이 부족한 점, 주인공 백영호의 성격이 일관되지 못한 점, 암호문의 의미가 결말에 흐지부지하게 처리된 점 등을 결함으로 지적한다(「채만식의 새작품『艶魔』론」,『현대문학』390호, 1987.6). 김창식 역시 김내성의『마인』과의 비교를 통해『염마』의 한계점을 지적하는데, 그의 초점은 탐정소설의 본질적인 요건에 얼마나 부합하느냐에 있다. 그래서 작품의 중간에 이미 범인이 밝혀진다는 점, 사건의 전모가 탐정의 추리에 의한 것이 아니라 서광옥의 진술로 드러난다는 점을 들어, 탐정의 소개와 단서, 조사는 있으나 해결에 대한 설명이나 공표 없이 곧바로 대단원으로 이어지고 있다고 한다(「추리소설 형성기의 실상과 김내성의『마인』」,『추리소설이란 무엇인가』(대중문학연구회 편), 국학자료원, 1997). 김창식의 논의는 탐정소설의 범위를 너무 협소하게 좁힌 데서 나타나는 결과이므로, 변격 탐정소설들은 본격 탐정소설에 비해 가치가 떨어진다는 논리가 숨어 있다. 그러나 김내성 스스로 밝혔듯이 탐정소설의 본질적인 요건은 변격 탐정소설에 해당하는 '기이한 것에의 충동'에

그러나 1930년대 탐정소설에서 나타나는 바로 이 육감적이거나 감정적으로 사건을 전개해 나가는 특성이야말로 그 시기 '탐정소설'이란 표제 아래에서 나타났던 다양한 장르 생성의 역동적인 움직임을 가능케 했던 숨은 힘이었다고 볼 수 있다. 연애사건이나 정에 얽혀 있는 1930년대 탐정들은 논리적인 수사를 전개하다가도 돌연 감정적 혹은 육감적으로 사건에 접근하기도 하기 때문이다. 이 지점에서 1930년대 탐정소설의 '감정적'이거나 '육감적'인 특성들의 규명은 다른 대중 장르의 형성 배경과 함께 논의되어야 할 필요성이 제기된다.

5. 결론

1930년대 탐정소설에서 크게 드러나는 ① 과학적 수사의 강조 ② 육감적 혹은 감정적 사건 전개라는 상반되는 두 가지 특성은, 서구의 번역 탐정소설과 국내에서 유행하던 다른 대중 장르와의 혼합에서 비롯된 것으로 짐작된다. 지금의 추리소설은 과학적 수사, 증명, 논리적 추론 과정에 초점이 맞추어지는 반면, 1930년대 탐정소설은 감정적 · 심리적 측면, 우연적 요소의 개입 같은 것들이 사건 해결의 열쇠를 쥐고 있었다. 두 가지 큰 특성 중 과학적 혹은 논리적 추론 과정이 아닌, 감

있으며, 변격 탐정소설은 중단편의 형식들로 나타난다고 지적했던 점을 감안한다면, 김창식이 주장하고 있는『마인』이 김내성 중단편소설의 한계점을 극복했다는 논리는 타당하지 않은 것이라 할 수 있다(김내성, 「탐정소설의 본질적 요건─『思想의 薔薇』서문」, 『한국 근대대중소설 비평론』, 태학사, 1997). 김영민의 지적들 역시 1930년대 탐정소설과 다른 장르(연애소설의 면모)와의 연관 관계 하에서 재고해 볼 필요가 있다.

정 혹은 육감의 발달에 의한 사건 전개는, 탐정소설의 범위를 넓히는 동시에 다양한 세부 장르를 형성할 것으로 기대된다. 그러나 현대로 오면서 후자의 특성은 소멸되고 전자의 특성만 강하게 남아, 그것이 탐정소설의 전부인 것처럼 인식되는 경향이 지배적이다.

1930년대 다양한 의미와 유형을 내포하던 탐정과 탐정소설은 현대로 오면서 오히려 협소해진 것으로 보인다. 탐정은 서술어적 의미가 사라지고 인물의 의미로 국한되었으며, 탐정소설은 감정적 혹은 육감적 사건 전개나 기괴한 이야기가 지니는 환상적인 매력은 사라지고 논리적 추리 과정에 초점이 맞추어지는 서구의 고전적 탐정소설 유형만이 남게 되었다. 1930년대 다양한 탐정소설의 유형들이 고전적 탐정소설로 정착되면서, 환상소설, 공포소설, 모험소설, 연애소설과 같은 다른 대중 장르에 얽힌 독특한 양식들은 사라졌다. 그런 면에서 1930년대 탐정소설의 고유한 특성을 밝히는 것은, 서구의 것과는 다른 한국적 탐정소설의 양식들이 발전할 수 있는 가능성을 제기하는 것이기도 하다. 앞으로 많은 후속 연구를 거쳐서 1930년대 탐정소설이 당시 다른 대중 장르와 어떻게 연관되어 있는지, 연애소설이나 괴기소설과 같은 다양한 장르의 양식들이 어떤 방식으로 탐정소설 안에 녹아 있는지에 대해 구체적으로 살펴볼 필요가 있다고 본다.

방정환의 소년탐정소설 연구

『동생을 차즈려』, 『칠칠단의 비밀』, 『소년사천왕』을 중심으로

1. 서론

국내에서 탐정소설은 1918년에 코난 도일의 「충복」이 『태서문예신보』에 번역[1]된 것을 계기로, 1920년대에 들어서면서부터 코난 도일, 모리스 르블랑, 앨런 포우 등의 서구 탐정 작가의 작품들이 본격적으로 번역·번안되었다. 순수창작물은 '정탐소설'이라는 표제를 단 이해조의 『쌍옥적』과 『구의산』[2]을 제외한다면, 1925년 방정환의 『동생을 차

---

1 탐정소설에 관한 서지 목록은 조성면의 『대중문학과 정전에 대한 반역』(소명출판, 2002)에 실린 것과 김창식의 「추리소설 형성기의 실상과 김내성의 『마인』」(『추리소설이란 무엇인가』, 국학자료원, 1997)의 것을 참고하였다.

2 한국 탐정소설의 효시에 관해서는 여러 가지 의견들이 엇갈리고 있다. 일단 1920~30년대 창작 번역된 탐정소설들은 작품의 표제에 '탐정소설'을 달고 나왔다. 가령, "탐정소설, 소년사천왕"과 같이 표기했으므로, 어느 것을 탐정소설의 범주에 넣을 것인지에 대한 논란의 여지는 거의 없다. 다만, 서구 탐정소설의 법칙들에 맞지 않는 것들을 여러 가

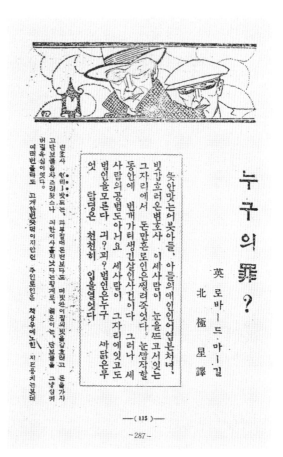

『별건곤』에 실린 방정환(북극성)의 「누구의 죄」(1926.12)
방정환은 탐정소설을 이른 시기에 창작하였을 뿐만 아니라 번역도 하였다. 여러 필명을 사용하였기 때문에 알려진 것 이외의 번역이나 창작물이 더 있을 것으로 추정된다. 여기에서는 북극성이란 필명을 사용하였다.

지 한계점들로 지적하면서 탐정소설이 등장한 시기에 대한 의견들은 다양하게 제시되고 있다. 임성래는 『명탐소설 쌍옥적』이 범죄, 수사, 해결의 과정을 담고 있다는 점에 주목하여 추리소설의 범주에 넣고 있으며(「개화기의 추리소설 『쌍옥적』」, 『추리소설이란 무엇인가』(대중문학연구회 편), 국학자료원, 1997, 139~159면), 조성면이 이해조의 『쌍옥적』과 『구의산』, 그리고 방정환의 작품들을 탐정소설의 서지 목록에 넣고 있는 데 반해(『대중문학과 정전에 대한 반역』, 소명출판, 2002, 287~289면. 탐정소설 작품 목록 중에서 순수창작물 목록 참고), 김창식은 이해조와 방정환의 작품들을 탐정소설의 목록에서 제외시켰다. 그는 1931년 최독견의 『사형수』를 가장 앞선 시기의 순수창작물로 기록하고 있다(「추리소설 형성기의 실상과 김내성의 『마인』」, 『추리소설이란 무엇인가』(대중문학연구회 편), 국학자료원, 1997, 169면).

즈려』가 지금까지 알려진 바로는 가장 앞선 시기의 작품이다. 방정환이 『동생을 차즈려』를 쓴 당시의 국내 실정은 탐정소설에 대한 독서 열기는 높았지만 순수창작물은 거의 전무한 형편이었다. 1930년대 들어와서야 최류범, 류방, 서동산(채만식), 김내성 등의 국내 작가의 탐정소설들이 등장하기 시작했다.

방정환은 탐정소설의 자리매김에서 '애매한' 위치에 놓인다. 선구적인 업적에도 불구하고 논자들에 따라 방정환의 탐정소설은 간단히 언급만 되거나 서지 목록에서 아예 생략되기도 했다. 그것은 그가 탐정소설에서 '재미'와 '유익'을 동시에 찾으려고 한 데서 비롯된다고 볼 수 있다. 당시 순수 문학가들은 탐정소설의 흥미 위주의 자극성에 대해 경계하였다. 가령, 채만식은 자신의 탐정소설 『염마』에서 '탐정소설은 문예 축에도 못 끼는 것으로 문단에서 낙오된 자들이 쓰는 것'이라 하였다.[3] 그러나 아이러니하게도 채만식이 그 발언을 한 곳은 서동산이란 필명으로 『조선일보』에 연재했던 자신의 탐정소설이었다. 안회남은 앙드레 지드의 『좁은 문』 한 권을 수개월간에 걸쳐 읽는 동안 수십 권의 탐정소설을 독파하였다고 언급한 바 있다.[4] 당시 순수 문예가들은 탐정소설이 현실도피의 문학, 오락만을 위한 문학이라 하여 폄하하면서도, 탐정소설이 주는 '재미'에 대해서는 부인하지 못하였다. 방정환은 탐정소설의 재미를 현실로 끌어오는 방법에 대해 고민하였는데, 그 방법이 '계몽'이었다고 볼 수 있다.[5] 조성면[6]은 방정환의 탐정소설

---

3 "그따우 탐정소설이니 대중문예니 또 소위 계급문예니 하는 것들은 문예 축에도 못 끼우는 것이야 ……. 나 날탕패나 문단에서 낙오된 찌스레기들이 할 수 없으니까 그거나마 가지리쓰꾸 하지."(채만식, 『염마』(채만식 전집 1권), 창작사, 1987, 452면).
4 안회남, 「탐정소설론」, 『한국 근대대중소설 비평론』, 태학사, 1997, 158면.
5 당시 순수 문예가들이 탐정소설을 현실도피의 자극적인 오락 위주의 문학이라 폄하한 것에 대해 탐정소설 작가들은 탐정소설이 단순히 흥미 위주 문학으로 떨어지는 것으로부터 벗어나고자 한 시도가 보인다. 그 중 한 방법이 탐정소설의 대중성을 활용하여

을 개화기 이해조의『쌍옥적』,『구의산』과 같은 계몽의 맥락에서 언급하고 있다. 그는 이해조가 탐정소설을 통해서 경인철도와 유학의 정당성을 설파했다면, 방정환은 탐정소설의 대중성을 활용하여 어린이들에게 꿈과 용기를 심어주려 하였다고 지적한다. 실제로 방정환은『소년사천왕』을 연재하면서 다음과 같이 탐정소설을 쓰는 이유에 대해 언급하였다.

①탐정소설은 퍽 자미있고 조혼 것입니다. 그러나 어른들과 달러서 어린사람들에게는 잣칫하면 해롭기쉬운 위험이 잇는 것입니다. 그것은 마치 낫븐 활동사진을 보고 낫븐 버릇이 생겨저서 위험하다는 것과 꼭갓치 잣칫하면 탐정소설이 잘못되야 그것을 닑는 어린 사람의 머리가 거츨고 낫버지기 쉬운 싸닭입니다.[7]

②“탐정소설의 아슬아슬하고 자미잇는 그것을 리용하야 어린 사람들에게 주는 유익을 더 힘잇게 주어야 한다”이런 생각으로 주의하야 쓴 것이라야 된다고 나는 언제든지 생각하고 잇슴니다.[8]

예문 ①은 탐정소설의 오락 위주의 자극적인 면에 대한 경계의 목소리를 담고 있다. 그러한 경계에도 불구하고 방정환은 탐정소설만큼 ‘재미있는’ 것은 없다고 생각한 듯하다. 그는 잡지『어린이』의 독자를 확보

방정환이나 이해조의 경우처럼 식민지 시대 민족을 계몽하려는 의도를 담아내는 것이었고, 다른 한 방법은 바로 김내성의 경우처럼 탐정소설을 예술적인 경지로 끌어올리는 방법이었다. 물론 김내성의 경우 그것이 당시에는 괴기 혹은 환상소설과 흡사한 양식을 띠었지만 담고 싶었던 것은 도스토예프스키의『죄와 벌』처럼 범죄자의 불안한 내면 심리였던 것으로 추정된다.

6 조성면,『대중문학과 정전에 대한 반역』, 소명출판, 2002, 70~78면.
7 北極星,「新探偵小說, 少年四天王」,『어린이』제7권 7호(특집호), 1929.9, 34면.
8 위의 글, 35면. 강조는 필자에 의한 것임을 미리 밝혀둔다.

하는 데 탐정소설이 효과적이라 판단하고, 예문 ②에서 그것을 활용하여 좀 더 많은 어린이에게 '유익'을 줄 것을 기대한다. 본 연구에서는 범인을 쫓는 '재미'에 빠져서 식민지 시대의 괴로움을 잊으려는 독자들에게, '재미'를 주면서 시대에 대한 고민을 같이 하도록 만드는 것이 탐정소설이란 장르 안에서 어떻게 가능했는지에 대해 고찰해보기로 하겠다.

방정환의 탐정소설은 범죄사건의 제시와 해결에는 별로 관심이 없다. 방정환의 탐정소설은 일종의 '모험소설' 양식[9]을 띤다. 모험소설에는 반드시 도달해야 하는 목적과 그 목적을 달성하는 동안 닥치게 되는 위기와 시련이 짝패를 이루고 있다.[10] 본 연구는 방정환의 탐정소설에서 소년은 무엇 때문에 모험을 감행하는지, 그러한 모험을 통해 도달하려는 작가 방정환의 목적은 어디에 있는지에 대해 살펴보기로 한다. 더불어 1회로 그친 「소년삼태성」을 제외한,『동생을 차즈려』,『칠칠단의 비밀』,『소년사천왕』의 세 편의 탐정소설을 텍스트로 삼고자 한다.

---

9 당시 모험소설이 탐정소설의 범주에 들어가는 것은 신기한 현상이었다. 스티븐슨의『보물섬』역시 탐정소설의 범주에 집어넣었으며, 일본의 아동잡지에서도 모험·탐정소설의 형식들이 인기를 끌며 창작되고 있었다. 서구에서 모험소설은 탐정소설이 등장하기 이전의 형태, 즉 악당소설과 같은 모험소설의 양식들에서 탐정소설이 발달하게 된 것임을 감안할 때, 1920년대 중반은 이미 코난 도일과 같은 고전적 탐정소설의 형식들이 확실한 자리매김을 하고 있었던 시기였다. 국내에서도 이미 그런 작품들의 번역 작업이 행해지고 있었다. 그런데도 모험소설의 양식들이 탐정소설의 범주에서 창작되었다는 것은, 당시 식민지 시대라는 국내의 특수한 상황이 영향을 미쳤던 것으로 미루어 짐작해 볼 수 있겠다.

10 John G. Cawelti, "Notes toward a Typology of Literary Formulas", *Adventure, Mystery, and Romance*, The University of Chicago press, 1976, pp.39~41.

2. 두뇌가 아니라 심장을 강조

—가슴과 눈물에 호소하는 동정(同情) 코드

방정환의 작품은 범인이 누구인지, 왜 그런 범죄를 저질렀는지, 혹은 범죄를 저지르기까지 어떤 과정을 거쳤는지에 대해서는 관심이 없다. 대부분 범인과 범행은 전반부에 밝혀지며, 작가와 독자의 관심 영역을 벗어난다. 방정환 탐정소설에서 소년탐정의 목적은 희생자를 구출하는 것이다. 독자의 관심 역시 희생자가 처한 상황에 초점이 맞추어져 어떻게 하면 희생자를 무사히 구출할 수 있을까에 집중된다. 희생자를 불쌍히 여기는 추적자의 감정은 고스란히 독자에게 전달된다. 독자는 희생자가 매를 맞고 울면 같이 울고, 위기에 처하게 되면 손에 땀을 쥐며, 위험한 고비를 넘기면 안도의 한숨을 쉬는 과정을 겪는다. 이처럼 방정환은 독자와 추적자에게 두뇌의 회전보다 가슴의 두근거림, 심장의 박동을 요구한다. 방정환이 독자에게 심장의 박동을 유도하는 방법은 추적자와 희생자 사이의 관계가 얼마나 끈끈한 정과 의리로 얽혀 있는가, 혹은 희생자가 얼마나 절박한 상황에 처해 있는가를 강조하여 동정(同情)을 이끌어내는 것이다.

1) 탐정과 희생자의 관계 —정(情)과 의리(義理)

『동생을 차즈려』, 『소년사천왕』의 제1장은 '누군가의 사라짐'으로 시작된다. 없어진 사람은 곧 누구라는 것이 밝혀지고, 추적자 오빠 혹은 동무는 누가 그들을 데려갔는가를 도입부에서 알아낸다. 『칠칠단

「칠칠단의 비밀」 1회(『어린이』, 1926.4) 북극성이라는 필명 사용. 삽화가 글의 내용을 전혀 짐작할 수 없게 엉뚱하다. 그러나 당시 『어린이』 잡지에는 이것과 흡사한 형태의 내용과 무관한 삽화가 종종 눈에 띈다.

의 비밀』은 제목이 암시하듯 칠칠단의 비밀을 파헤치는 것이 핵심 내용일 거라는 독자의 기대와는 달리, 오늬가 곡마단으로부터 탈출하려는 필사적인 사투를 중심으로 내용이 전개된다. 그들이 곡마단 단장 내외에게 유괴되었다는 사실은 3장에 등장하는 '이상한 노인'으로 인해 금방 밝혀진다. 다시 말해 세 작품의 도입부에서 '범죄의 스토리'에 해당하는 부분은 거의 생략되었다고 볼 수 있다. 대신 도입부에서 강조되는 것은 희생자[11]와 탐정 사이의 관계이다. 탐정 역할을 하는 인물은 희생자와 '정'이나 '의리'로 얽혀 있다. 이는 이지적인 판단력으로 사건을 해결해야 하는 냉철한 탐정의 면모와는 상반된 모습이다.[12] 따라

---

11 방정환의 탐정소설에 등장하는 범죄사건은 '어린이 유괴'이다. 이때 유괴된 어린이는 '희생자'에 해당한다.

서 探偵[13]의 목적은 범죄사건을 해결하는 것이 아니라 희생자를 안전하게 구출하는 것이다. 탐정과 희생자는『동생을 차즈려』와『칠칠단의 비밀』에서처럼 '남매간'이거나『소년사천왕』과「소년삼태성」에서 볼 수 있듯 친형제처럼 가까운 '동기간'이다.

①그러나, 할머니보다도 어머니보다도 아무보다도 더 슬퍼하기는 창호였습니다. 순희보다는 세 살 위이므로, 순희는 3학급에 다니고, 창호는 6학급에 다니는데, 한 오뉘라도 남달리 귀엽게 굴면서, 손목 잡고 한 학교에 다니던 터였습니다. / 순희가 없어지던 첫날과 이튿날은 밥도 먹지 않고, 눈이 동그래져 동무의 집마다 선생님 댁마다 돌아다니며, 찾아보았습니다. / 이틀, 사흘이 지나도 순희가 찾아지지 아니할 때에, 창호는 학교에서도 자꾸 울고만 싶었습니다. 상학 시간에도 선생님의 말씀은 조금도 귀에 들리지 아니하고, 골머리가 횡하면서, 순희 얼굴이 책장 위에 어른어른할 뿐이었습니다. 그리고, 그럴 적마다 두 눈에 눈물이 핑 돌았습니다.[14]

②동생을 생각하는 가여운 결심 압헤는 아모도 무서운 것도 업섯습니다. 아모 겁도 나지 안엇습니다. 열한시인지 열두시인지 깁고도 깁흔 밤 집에는

---

12 에드가 앨런 포우가 창조한 뒤팽, 코난 도일이 창조한 홈즈, 그리고 모리스 르블랑이 고안한 루팡의 경우 모두 냉철한 이성과 판단력을 지닌 인물이다. 탐정소설에서 희생자와 '정'과 '의리'로 얽혀서 이성보다 감성 혹은 감정이 앞서는 경우는 거의 볼 수 없다. 그러나 방정환의 작품과 1930년대 탐정소설들에서는 희생자와 '연애', '남매', '동기' 등으로 얽혀서 '감정'과 '직관'의 개입으로 사건을 해결하는 탐정들이 종종 등장한다.
13 이때의 探偵은 인물 탐정이 아니라 정탐, 탐지, 정후, 탐색, 탐사 등과 같은 서술어적 의미로 사용되었음. 探偵 용어의 서술어적 의미에 관련해서는 이 책의「1930년대 탐정의 의미 규명과 탐정소설의 특성 연구」(『동양학』, 2007.8, 26~30면) 중 2장 유행어로서의 '탐정'의 의미 부분을 참조할 것.
14 北極星,「동생을 차즈려」,『어린이』제3권 1호(신년호), 1925. 이 부분은『小波 方定煥 文集(下)』(小波方定煥先生紀念事業會 편), 河漢出版社, 1997, 811면에서 재인용. 이후의 인용 부분은 잡지『어린이』에서 발췌한 것들이다. 예문 인용시 지면상 단락 구분이 잦을 경우 / 표시를 사용하였음을 밝혀둔다.

할머니와 어머니와 또 아즈머니 아버지까지 울고 게시겟지 …… 그러고 창호까지 도라오지 안는다고 염려하고 게시겟지 …… 그러나 이 깁흔 밤에 어린 순희는 어느 구석에서 무지한 매를 맛고 잇겟구나! 생각하면 창호의 마음은 울고 십게 슯허지는 것이엿습니다.[15]

③ — 곡마단의 오늬꼿

그러나 그 사자보다도 중국사람보다도 더 구경꾼의 마음을 쩌는 것은 말등우에서 재조를 부리는 十五六살의 소년 한 사람과 가느다란 철줄 우에서 무도(舞蹈)를 하는 十三四살의 어여쁜 소녀엿습니다.[16]

④ 친남매가 아니라도 좃타! 이 넓은 세상에 부모도 형데도 업는 몸이니 우리 두사람끼리나 친옵바갓치 친누의갓치 밋고 지내자고 밤마다 울면서 밤마다 맹서하면서 지낼 뿐이엿습니다.[17]

예문 ①과 ②는『동생을 차즈려』도입 부분이고, 예문 ③과 ④는『칠칠단의 비밀』도입 부분이다. 두 작품의 도입부 모두 각별한 오누이간을 강조한다.『동생을 차즈려』에서 창호는 여동생 순희가 없어지자 할머니보다 어머니보다 더 슬퍼한다고 한다. 방정환의 탐정소설에서는 오누이(오빠-여동생)의 관계가 부모-자식의 관계보다 강조된다.『동생을 차즈려』는 여동생이 유괴되어 위험한 상황에 처하게 되는데, 그 여동생을 구하려는 오빠의 눈물겨운 활약상으로 전개된다. 부모와 자식의 관계는 급박한 분위기를 형성하는 배경으로 기능하며, 사건의 중심에서 벗어나 있다. 탐정 역할, 추적자 역할을 하는 인물은 바로 여동생을 구하려는 '오빠 창호'가 된다. 탐정(추적자)과 희생자 사이의 끈끈한 오누이 정은『칠칠단의 비밀』에서도 드러난다.『칠칠단의 비밀』제

---

15 北極星, 「동생을 차즈려」, 『어린이』제3권 2호, 1925. 2, 36면.
16 北極星, 「칠칠단의 비밀」, 『어린이』제4권 4호, 1926. 4, 29면.
17 위의 글, 30면.

一장의 소제목은 바로 '곡마단의 오늬꽃'이다. 상호와 순자는 설사 친남매가 아니더라도 모진 시련과 고난을 함께 겪은 동병상련의 각별한 사이일 수밖에 없다. 아무런 연고가 없는 그들은 곡마단장 내외의 혹독하고 잔인한 훈련과 감시 하에서 서로에게 의지가 되는 유일무이한 존재였다. 그러던 어느 날, 곡마단에 찾아온 이상한 노인에게서 친남매라는 사실을 듣게 된 이후로 그 둘의 오누이 정은 절정에 달한다.

이렇듯 『동생을 차즈려』와 『칠칠단의 비밀』에서는 '오누이간'이 강조되는가 하면, 『소년사천왕』에서는 남다른 '동기간'이 강조된다. 오누이간에서 두드러지는 것이 '정'이라면, 동기간에서 강조되는 것은 '의리'이다.

1979년 8월에 간행된 을유소년문고의 『칠칠단의 비밀』 겉표지와 속표지 겉표지는 청국인에게 끌려가 두려움에 떠는 오누이의 모습. 속표지는 곡마단에서 두 오누이의 곡예. 방정환의 탐정소설은 해방 후 50년대에는 아동문학전집에 들어갔다가 어느 순간 자취를 감춘 뒤 『칠칠단의 비밀』이 탐정소설이란 표제로 다시 간행되기 시작한 것은 1970년대 이후이다.

⑤ 二 남다른 동무

상남이가 업서저서 소동이 시작된지 닷새 동안 남모르게 걱정이 만코 남모르게 밧브게 지내는 사람이 세 사람 잇섯스니 서울××고등보통학교에 입학한 김영호!(金永浩) 상남이와 한학교에 단이다가 먼저 졸업하고 올봄에(十五歲) 그 누의동생 지금 상남이와 한학교 가튼 六학년에 단이는 혜숙(惠淑十四歲) 또 한사람은 역시 영호와 갓치 졸업하고 ○○고등보통학교에 단이는 류동석(劉東錫)이엿습니다. / 그들은 이 보통학교 四년급三년급에 단일 째부터 친형제 갓치 친하게 지내여 온 고로 그중에 영호와 동석이가 먼저 졸업하게 되야 봄부터는 다른 면 ─ 학교에 단이게 되엿건만은 전부터 하던 대로 일주일에 한 번씩 토요일오후에는 반듯이 한데 모여 놀앗슴니다.[18]

이들의 각별한 동기모임은 그들이 똑같이 따르던 선생님을 둘러싸고 형성된 것이다. "너의들이 이담에 자라서 서로 손목을 잡고 일을 할 째는 목숨보다도 의리를 의리를 …… 더 …… 조선사람들은 ……"[19]라는 선생님 말씀에서 '일'이란 조선을 위한 일이며, '의리'란 조국에 대한 의리를 의미한다고 볼 수 있다. "우리들은 갓갑게 모혀 잇슬 째보다도 멀─니 써러저 잇슬 째 더 한 몸 갓치 밋고 지내가는 일을 공부하여야 한다"[20] 하며 다른 학교로 떠나실 때도 그들에게 거듭 당부하던 이 말씀으로 인해 그들 네 소년의 모임이 결성된 것이다. 이들의 동기간 의리에는 살아도 같이 살고 죽어도 같이 죽는 생사고락을 같이하자는 비장함이 깃들어 있다. 소년들의 비장한 맹세는 어떤 한 친구가 위기에 처했을 때 그 친구를 위해 기꺼이 위험한 상황으로 뛰어드는 모험을

18 北極星,「少年四天王」,『어린이』제7권 9호, 기사(己巳) 송년호, 1929. 12, 36면.
19 위의 글, 37면.
20 위의 글, 38면.

감행하게 한다. 남다른 오누이나 동무들은 모두 같은 취미, 매체, 감정을 공유할 수 있는 동기간(同氣間)이다. 방정환의 탐정소설에서 이들 동기(同氣)들은 희생자에 대한 불쌍한 '감정'을 공유하며, 희생자를 구출하려는 동일한 '목적'을 가진다.

이처럼 추적자와 희생자의 정과 의리로 똘똘 뭉쳐 있는 관계가 작품의 도입부에서 장황하게 강조되는 반면, 추적자 혹은 희생자가 도움을 받아야 할 경찰과의 관계는 무정(無情)하게 그려진다. 『동생을 차즈려』에서 창호는 중국놈들의 집에서 겨우 탈출하여 경찰에게 한달음에 달려가 동생 순희가 어떤 상황에 처해 있는지를 설명하지만, 창호의 심정을 아는지 모르는지 경찰의 반응은 심드렁하다. 『칠칠단의 비밀』에서 상호와 순자는 오히려 경찰에게 쫓기는 신세가 되었으며, 경찰은 오히려 곡마단 내외를 도와 순자를 다시 그들에게 넘긴다. 『동생을 차즈려』, 『칠칠단의 비밀』, 『소년사천왕』에서 무정(無情)한 경찰 대신 희생자를 구출하는 데 일조하는 이들은, 동기들과 선생님들이다. 결국 범인을 잡기 위해 움직이도록 하는 원동력은, 단서에 의한 이지적 판단이 아니라 '정'과 '의리'에 의한 심(心)적 동요이다.

2) 절박한 상황으로 독자의 동정심(同情心) 유발―'불쌍한' 약자와 '마귀가튼' 악한

소년탐정소설에서 범인은 어린이 유괴범이며, 붙잡힌 희생자는 힘없고 불쌍한 어린이이다. 따라서 어린이를 유괴하고도 아무런 감정이 개입되지 않는 범인은, 반드시 붙잡아서 혼내주어야 하는 악마이다. '불쌍한' 희생자와 '마귀가튼' 범인의 대립적인 구도는 '수식어'에 의해 더욱 선명하게 드러난다.

'악마의', '마귀가튼', '독사가튼'과 '병든', '불상한', '생긔없는', '물에 저진 솜가티' 등의 대립적인 수식어들은, 추적자가 희생자를 더없이 불쌍하게 여기도록 하는 데 결정적인 기능을 한다. 이러한 희생자의 불쌍한 상황은 탐정(추적자)의 온몸에 소름이 쪽쪽 끼치게 하고 가슴이 뻐개지는 것 같게 한다. 결국 동생의 울음소리를 들은 소년탐정은 "내가 이러고 잇스면 불상한 순희를 누가 구원할 터이냐"[21]라며 두 주먹을 불끈 쥐게 된다. 방정환의 탐정소설에서 이러한 오빠의 눈물어린 심정은 독자에게도 고스란히 전해진다. 마치 영웅처럼 사건을 해결하는 탐정과는 달리, 방정환의 탐정소설에서 희생자(여동생)를 구출하기 위한 오빠의 필사적인 노력은 다른 사람들의 도움 없이는 불가능한 상황에 처한다. 오빠 역시 평범하고 불쌍한 어린 소년에 불과하기 때문이다. 따라서 희생자를 구출하는 데 가장 중요한 것은 바로 '독자의 동정(同情)'이다. '독자의 동정(同情)'을 이끌어내지 못한다면, 텍스트 내에서 추적자가 동화회나 조선인협회의 도움을 받는다는 가정은 무의미하기 때문이다. 방정환의 탐정소설에서 동정의 코드는 이중 혹은 삼중으로 켜켜이 겹쳐진다. 텍스트 내에서 추적자의 희생자에 대한 동정, 동화회나 조선인협회의 희생자에 대한 동정, 그리고 텍스트 밖에서 희생자에 대한 독자의 동정까지 여러 층위로 형성되는 것을 볼 수 있다. 소년탐정은 희생자를 구출하는 과정에서 자신 역시 위험에 빠지거나 불쌍한 상황에 처함으로써 독자의 눈물어린 '감정'을 유도한다. 독자는 처음에는 추적자의 감정이 고스란히 전달되어 희생자를 동정하다가 중간쯤되면 위기를 맞거나 딱한 상황에 놓인 추적자 역시 동정하게 된다.

가령, 『칠칠단의 비밀』에서는 희생자뿐만 아니라 추적자인 상호의 처지 또한 딱하고 가련하여 독자의 동정을 유발한다. 상호와 순자는

---

21 北極星, 「동생을 차즈려」, 『어린이』 제3권 5호, 1925.5, 27면.

아주 어렸을 때부터 부모도 모르고 고향도 모른 채 곡마단에서 재주를 익혀 왔다. 그들의 가여운 신세는 구경꾼들의 눈을 통해, 곡마단이 여관에 묵는 동안 여관 사람들의 눈을 통해, 그리고 그들 자신의 신세 한탄을 통해 독자의 공감을 얻는다. 특히 곡마단을 탈출하려던 상호가 갈 곳이 없어 어린 나이에 '거리에서 울면서'[22] 이곳저곳 돌아다니는 장면은 불쌍하기 그지없다. 방정환의 탐정소설에서 위험에 처한 어린 소년 소녀를 가련히 여기는 심정이야말로 사람들을 모으는 힘이다. 희생자 혹은 추적자와 아무런 관련도 없는 경찰은 거의 도움이 되지 않는다. 희생자와 얼마나 각별한 관계인가 혹은 희생자를 얼마나 동정하는가 하는 '감정'의 개입이 동반되어야 희생자 구출은 성공적으로 완수될 수 있다. 부모-자식의 관계보다 오누이 혹은 동기간의 정과 의리를 강조하는 것은, 당시 눈물을 자아내는 동정이 가족 혹은 친지를 넘어서는 '세대적' 혹은 '민족적' 공감이었음을 의미한다.[23] 『동생을 차즈려』에서는 친구들과 선생님, '동화회'의 도움으로, 『칠칠단의 비밀』에서는 기호 학생과 친아버지, '조선인협회'의 도움으로 희생자는 가까스로 구출된다. '동화회'나 '조선인협회'의 도움은 개인적 친분을 넘어서는 '세대적' 혹은 '민족적' 차원의 동정 코드가 작동된 것이라 볼 수 있

---

22 『칠칠단의 비밀』 제7장의 소제목이다. 『칠칠단의 비밀』은 1장에서 그들 오뉘의 재주를 구경하는 구경꾼에서부터, 2장의 눈물겨운 슬픈 신세 한탄을 통해 독자의 동정을 이끌어낸다. 7장 역시 상호의 불쌍한 처지를 강조함으로써 독자의 동정을 유도한다.

23 조은숙은 당시 동정은 특별한 의미를 부여받았던 감정이었다고 한다. 동정은 개별화된 근대 주체의 '정'을 공동체의 장으로 흡수할 수 있는 유용한 방도가 될 수 있었다. 동정은 인지상정과 같은 인간의 본성과 같은 것일 뿐만 아니라 정신 발달의 정도에 따라 비례하여 증진될 수 있는 교육과 문명의 결과물이었다고 한다. 따라서 자기 가족이나 친지밖에 사랑할 줄 모르는 자는 동정을 충분히 발달시키지 못한 범인 혹은 소인이며, 민족이나 인류와 같이 보다 큰 사회, 공동체를 위해 의무를 다할 수 있는 능력을 가진 자가 위인이며 군자였다고 한다(조은숙, 「한국 아동문학의 형성과정 연구」, 고려대 박사 논문, 2005.6, 127~140면 '동정'과 '취미'의 네트워크 부분 참조).

다. 동정(同情)은 상대의 처지를 연민하거나 깊이 이해하여 공감하는 마음이다. 희생자 구출에 도움을 주는 사람들은 이성적 이유 때문이 아니라 눈물 어린 '동정' 때문에 필사적으로 사투를 벌인다.

3. 긴장감 조성의 방법 – 강요된 무서움과 마련된 위기 상황

방정환의 소설이 범죄사건의 제시와 해결에는 별상관이 없음에도 탐정소설로서의 '재미'를 잃지 않고 있는 것은, 바로 지속적인 긴장감의 조성 때문이다. 그의 소설의 긴장감 조성은 '모험 스릴러' 양식에서 비롯된다. 그의 소설에는 모험소설의 필수요소인 위기 상황의 돌출, 불확실한 미래에 대한 불안과 공포 등이 엿보이는데, 이는 스티븐슨의 소설 『보물섬』을 연상하게 한다.[24] 방정환의 탐정소설이 『어린이』 잡지에 실려서 모험소설 양식의 아슬아슬한 위기 상황과 함께 긴장감을

---

24 『보물섬』의 소제목들을 중심으로 전반적인 내용을 살펴보면, 위기-극복, 위기-극복의 과정을 여러 번 거치는 것을 알 수 있다. 제1장 '늙은 해적'은 '벤보 여인숙의 늙은 손님', '블랙 독의 출현', '검정 딱지', '이상한 궤짝', '장님의 최후', '선장이 남긴 괴문서'로, 제2장 '요리사'는 '배와 선원을 구하다', '도망친 블랙 독', '화약과 무기', '항해', '사과통 속에서 들은 음모', '탄로난 음모'로, 제3장 '흑백의 대결'은 '모험은 이렇게 시작되었다', '숲속의 살인', '섬 사나이'로, 제4장 '언덕 위의 요새'는 '의사에 의해 계속된 이야기에 이어 짐 호킨스의 이야기', '실버의 저주', '공격'으로, 제5장 '바다에서의 모험'은 '용감한 소년', '해적선의 닻줄을 끊다', '작은 배에서 큰 배로', '해적기를 내리다', '헨즈와의 결투', '앵무새의 여덟 조각'으로, 마지막 제6장 '실버 선장'은 '적에게 점령당한 통나무집', '다시 등장한 검정딱지', '리브지 선생과의 약속', '보물찾기', '악당들의 말로', '귀향'의 소제목들로 구성된다. 이것을 자세히 살펴보면 위기, 모면, 위기, 해결, 또 다시 찾아온 위기, 극복 등의 과정이 수없이 반복되는 것을 알 수 있다(로버트 루이스 스티븐슨, 김남경 역, 『보물섬』, 도서출판 장락, 1994 참조).

유지하는 또 하나의 요소는, 자극적인 수식어들과 허구적 장치에 의한 심리적 전이 효과이다. 이러한 것들은 실상은 그다지 무서울 것도 없는데 '무섭기를 강요'하여 독자에게 공포감을 전달한다.

1) 심리적 전이 효과 – 자극적인 수식어들과 허구적 장치

탐정의 서술에 쓰이는 언어는 세부를 근거로 한 기술적 출발점, 즉 단서를 포함하는데 이 단서를 나타내는 것은, '묘한', '수상한', '나쁜', '낯선', '의심스러운', '이치에 닿지 않는', '기괴한', '실재하지 않는', '믿기 어려운' 등의 형용사들이다.[25] 방정환 소설에서 이 형용사들은 아무런 단서도 포함하지 않고 무서움을 강조하는 것으로 포장된다. 그의 소설에는 '기이한', '기괴한', '이상한', '괴상한', '괴이한', '수상한', '무시무시한', '잔혹한', '아슬아슬한' 등의 수식어들이 대거 등장한다. 그것들은 추적자와 독자에게 실상은 그다지 무서울 것도 없는데 '무섭기를 강요'한다. 가령, 『소년사천왕』에서 "이상한 일이엿습니다", "무시무시한 밤", "무서운 엽서엿습니다" 등에 동반되는 수식어들은 실제로 무서운 사건이 일어났는지 안 일어났는지의 여부와는 상관없이 독자에게 심리적 전이 효과를 자아낸다. 이러한 수식어들은 방정환의 작품 내에서도 자주 보이지만, 무엇보다 그 작품에 대한 잡지사의 홍보문구에서 압도적으로 나타난다. 자극적인 수식어를 동반하고 매회 따라다니는 잡지사의 홍보문구는 별것도 아닌 것들을 아슬아슬하고 엄청난 활동

---

25 슬라보예 지젝, 김소연·유재희 역, 『삐딱하게 보기』, 시각과언어, 1995, 113~114면 참조. 여기에 관한 더 자세한 내용은 필자의 「이청준 소설의 추리소설적 구조 연구」(고려대 석사논문, 2000, 25~30면)를 참조할 것.

인 것처럼 포장하여 무서움을 과장한다. 방정환의 탐정소설에서 잡지사의 홍보문구를 통해 특별히 강조되는 것은 '아슬아슬한' 재미, '무시무시한' 이야기, 그리고 '불나듯 하는 활동과 싸홈'이다.

> ① 굉장한 무서운 사건은 이제 시작되엇습니다. 숨도 들너쉬지 못하게 이상하고 무서운 사실이 런겁허 쏘다저 나옵니다. 상남이는 지금 어느 곳에 엇더케 잇스며 이 소년 三인은 무슨 재조로 그를 구해 내고저하며 이 엽서를 보낸 귀신가튼 사람은 누구인가 북극성(北極星) 선생(先生)님의 탐정소설은 조선 제일임니다.[26]

연재되는 동안 매회 끝부분에서 제시되는 위와 같은 잡지사의 홍보문구는 독자에게 "숨도 들너쉬지 못하게 이상하고 무서운 사실"은 무엇일까 혹은 엽서를 보낸 "귀신가튼 사람은 누구"일까에 대한 아슬아슬한 궁금증을 유발한다. 연재 형식에서는 '어디에서 끝나는가'에 해당하는 끝나는 장면이 중요하다. 가령, "대문소리와 발자국소리에 가슴이 선뜻하야 창문 엽헤 갓가히 안즌 동석이가 창문을 버럭 열더니 버럭!! 소리를 지르며 벌덕 이러낫습니다"[27]는 연재 2회의 끝나는 장면이다. 곧 이어 잡지사의 다음과 같은 홍보문구가 따라붙는다. "창문 밧게 엇던 사람이 낫하낫기에 **이러케도 쌈작 놀냇는지** 참말 아긔자긔한 사실이 요 다음 달치에 버러집니다. 상남이 소식 혜숙이 소식 낫분 놈들은 누구누구인가 …… 인제 정말 불나듯 하는 활동과 싸홈이 인제부터 시작됨니다 아모리 궁금하여도 二月호 나기를 기다리십시요."[28] 그러

---

26 北極星, 「少年四天王」, 『어린이』 제7권 9호, 기사(己巳) 송년호, 1929.12, 41면. 강조는 필자에 의한 것임.

27 北極星, 「소년사천왕」, 『어린이』 제8권 1호, 1930.1, 61면.

나 다음 호를 읽으면 창문 밖에 나타난 사람은 다름이 아닌 없어져서 그렇게 찾아 헤맸던 '혜숙'이다. 전혀 공포의 대상이 아니었던 것이다.

이처럼 잡지사의 홍보문구를 앞세운 자극적인 수식어들 이외에 무서움을 강요하는 또 하나의 요소는 허구적인 장치이다. 수식어들이 순간적인 긴장감을 형성한다면, 허구적인 장치는 작품을 읽는 내내 지속적인 긴장감을 유지한다. 가령, 『소년사천왕』에서 상남이의 사라진 곳을 알아내기 위해 '남다른' 동무들이 모여서 의논을 하던 중 갑자기 '이상한 엽서'가 배달된다. 그들이 동석이네 집에 모여 있던 바로 그 시간·그 장소로 배달된 엽서는, 그들에게 마치 일거수일투족을 감시당하고 있는 듯한 불안과 공포를 제공한다. 더군다나 한번으로 그치지 않고 그들이 모일 때마다 계속해서 날아오는 엽서는, 그들의 불안 심리를 한껏 고조시킨다. 그들의 증폭된 불안 심리는 독자에게도 고스란히 전염되는데, 잡지사는 그때를 놓치지 않고 독자에게 '이상한 엽서를 보낸 사람이 과연 누구인가'에 대한 퀴즈를 낸다.

②여러분은 신년호를 기다려서 점점 더 아기자기해 지면서 긔운나는 이 소설을 닑으십시요 그리고 닑어 가다가 엽서한 사람을 아르켜내면 十원 상금을 드립니다. 현상규측은 이 다음호에 납니다 동모에게도 광고하야 다—갓치 닑으십시요.[29]

賞金進呈

拾 圓

꼭타시요

---

28 위의 글. 강조는 필자에 의한 것임.
29 北極星, 「少年四天王」, 『어린이』 제7권 9호, 기사(己巳) 송년호, 1929. 12, 41면, 강조는 필자에 의한 것임.

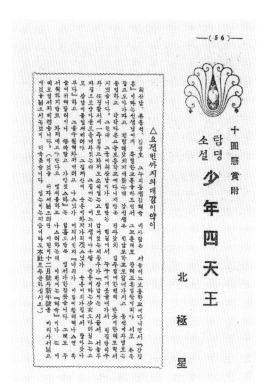

「소년 사천왕」(『어린이』, 1930.2) 제목 옆에 현상금 광고가 같이 나간 것이 인상적이다. 이 회 뿐 아니라 1회 연재가 시작될 때부터 잡지사가 현상금을 내걸었다. 그리고 2회부터 제목 옆에 현상금 광고가 몇 회에 걸쳐 반복해서 같이 나갔다.

이 탐정소설『소년사천왕』을 처음부터 닑으신 이는 그 엽서질을 하고 전보까지 치는 사람이 누구일지 혹 짐작이 나실 수 잇슴니다. 짐작이 잇는 이는 엽서만한 조희에 적어서 봉투에 너어서 六月二十五日안으로 보내십시요 꼭마친 사람에게 돈 十圓을 보내드리겟슴니다. 엽서질하는 사람의 성명을 모르면 '악한의부하'라고 하던지 '학교 선생님'이라 하던지 '누구의 어머니'라고 하던지 그 사람의 성명을 안 쓰드래도 짐작만하게 써도 좃습니다. 맛친 이가 단 한 사람이면 그에게 十圓을주고 두 사람이면 五圓씩 주고 두 사람以上이면 제비 뽑아서 두 사람에게만 보내드리겟습니다. 모르겟스면 지금이라도 속히 어린이 二月호三月호를 구해서 자세 닑어 보십시요.[30]

이상한 엽서를 보낸 사람에 대한 수수께끼는 그 사람이 누구인지 밝혀질 때까지 현상금을 건 광고와 함께 반복되어 나간다. 독자는 마치 탐정소설의 수수께끼를 푸는 것처럼 거기에 관심을 집중하며 작품을 읽어나가게 된다. 그러나 실제로 이상한 엽서를 보낸 사람은 어떤 무서운 대상이 아니라 바로 동석의 누님이었음이 밝혀진다. 다시 말해, 그것은 범인들의 행방과는 전혀 상관이 없었으며 사건 해결의 열쇠를 쥐고 있던 것도 아니었다. 그럼에도 이 허구적 장치인 '이상한 엽서'는 작품을 읽는 내내 독자의 긴장감을 지속적으로 유지시키는 역할을 한다.

2) 시간과 상황의 강약 조절─임박한 시간과 간헐적 위기

일반적으로 탐정소설은 '범죄의 스토리'와 '조사의 스토리'로 구성되어 있어, '범죄의 스토리'는 '조사의 스토리'가 시작되기 전에 끝난다.[31] 따라서 살인이나 범죄의 위험은 도입부에서 끝나버리고, 탐정은 이미 끝나버린 사건을 추적해가는 과정을 밟는다. 그러나 방정환의 탐정소설에서는 위기 혹은 절정의 순간이 사건이 진행되어 나가면서 지속적으로 등장한다. 처음에 벌어지는 사건은 '누군가의 없어짐', 즉 어린이 유괴이다. 그 다음의 이야기는 없어진 사람을 구하기 위한 소년의 모험담으로 구성된다. 소년은 희생자를 구출하러 가는 동안 쫓고 쫓기는 위험한 상황 속에서 가까스로 위기를 모면하는 과정을 몇 번에 걸쳐 반복한다. 모험 스릴러에서 탐정과 범인이 벌이는 쫓고 쫓기는 상황

---

30 北極星, 「소년사천왕」, 『어린이』 제8권 5호, 옛 동무 작품호, 1930.5, 69면.
31 츠베탕 토도로프, 신동욱 역, 「탐정소설의 유형」, 『산문의 시학』, 문예출판사, 1992, 50~51면 참조.

은, '잡힐까 말까' 혹은 '들킬까 말까' 하는, 독자로 하여금 손에 땀을 쥐게 하는 조바심을 생성한다.

『동생을 차즈려』는 '임박한 시간'과 '간헐적 위기'를 교묘하게 조절하여 긴장감을 형성한다. 다가오는 시간과 위험한 상황은 이중 겹으로 설정되어 추적자를 조여 간다. 일단 순희가 사흘만 있으면 청국으로 팔려간다는 사실은, 사흘이라는 시간 안에 순희를 구해내야 한다는 강박관념을 만들어 낸다. 그런 절박한 상황에 순간순간의 위기들이 간헐적으로 돌출한다. 가령, 순희를 구하기 위해 청국 사람들의 집에 몰래 잠입한 창호가 그들에게 들키기 직전의 상황을 살펴보자.

> ① 담에까지는 올라왓스니 인제 엇더케 할가하고 망설거리는데 그쌔 별안간에 담안 이층 위ㅅ방에 업던 불이 환―하게 켜지면서 밋헤서는 사람의 발자죽소리가 나면서 점점 갓가히 닥어왓습니다. / 창호는 큰일낫다! 생각하면서 가젓든 불을 훅 써버리고 숨을 죽이고 담우에 업드럿습니다.[32]
> ② 별안간에 온 집에 불이 켜지고 사람들이 쏫처오는 소리에 창호는 깜짝 놀라 "순희야 순희야" 부르든 소리를 긋치고 눈이 둥글하야 번개가티 도라섯스나 그러나 쌔는 임의 느젓습니다. 쿵쿵거리는 발자최 소리는 벌서 이 좁은 복도를 향하고 급히 쮜여오는 모양이엇습니다.[33]

청국 사람들의 집에 몰래 숨어 순희가 어디에 있는지 살피려던 창호는 가까이 다가오는 사람의 발자국 소리를 듣는다. 발자국 소리가 점점 가까워짐에도 도망갈 데가 없는 막다른 곳이라는 상황은, 창호가 '여기에서 저 사람들에게 붙잡히고 말 것인가' 아니면 '간신히 이 순간

---

32 北極星, 「동생을 차즈려」, 『어린이』 제3권 2호, 1925. 2, 36면.
33 北極星, 「동생을 차즈려」, 『어린이』 제3권 4호, 1925. 4, 30면.

을 모면할 수 있을 것인가' 하며 독자를 가슴 졸이게 한다. 창호가 가까스로 위기를 모면했는가 싶어 안도의 한숨을 쉬려는 찰나 청국 사람에게 붙들리고 마는 돌발적인 상황은, 독자가 한시라도 작품에서 눈을 떼지 못하도록 한다. 더불어 이미 어디론가 달아난 청국 사람들의 집에서 발견한 "금야 급행경성발"이라는 순희의 쪽지는, 앞으로의 사건 전개에 새로운 긴장감을 형성하면서 모험소설을 방불케 하는 추격전의 재미를 준다. 그리고도 위기 상황은 끊이지 않고 작품이 끝날 때까지 간헐적으로 등장한다.[34]

위기, 모면, 위기, 모면, 위기, 해결과 같은 '간헐적인 위기'의 지속적인 등장이 바로 방정환 탐정소설의 묘미이다. 『칠칠단의 비밀』은 순희를 데리고 중국으로 가버린 단장 내외를 쫓아가는 상호(추적자)가 단장 내외로부터 '도망당하는' 처지라는 것이 더 긴박한 상황을 만들어낸다. 도망갈 때마다 잡힐까 말까하는 손에 땀을 쥐게 하는 조바심은 독자로 하여금 시종일관 긴장감을 잃지 않고 작품에 몰입하게 한다. 『칠칠단의 비밀』에서는 총 세 번의 큰 위기가 닥친다. 그 세 번의 위기는 모두 도망치다 다시 잡히는 순간이다. 상호와 순희가 함께 곡마단에서 도망치려다 순희가 잡히고, 순희를 구해 외삼촌 집에서 한숨 돌리던 찰나 순사가 들이닥쳐 결국 순희가 다시 단장 내외에게 붙들리고, 칠칠단의 지하 터널에서 순희를 구해 도망치다 막다른 골목에서 단장에게 붙잡히고 마는 상황들은, 모험탐정소설로서의 재미를 마음껏 즐기게 해준다.

---

34 그들이 가는 곳이 봉천이 아니라 인천이라는 말을 들음(위기) → 인천차와 봉천차 두 패로 나뉨(해결) → 인천패가 순희가 거기 있다는 것을 알고 창호에게 전보를 침, 전보 치러 간 사이 다른 사람들이 모두 잡히고 최 선생님이 다치는 절망스러운 상황(위기) → 그들이 순희를 어디로 옮김, 혼자라도 따라가기로 함(해결) → 집을 알아놓았으나 중간에 차에서 떨어짐(위기) → 창호네 일행을 만남(해결) → 접전을 벌이나 수적으로 부족함(위기) → 동화회를 찾아가 도움을 요청함(해결)의 과정에서 볼 수 있듯 『칠칠단의 비밀』 작품 전체에서 위기, 모면, 위기, 모면, 또 다른 위기, 해결이 지속적으로 반복된다.

4. 희생자 구출 작전─꾀(재조)와 용기를 통한 육체 활동

방정환의 탐정소설에서 범인이나 범행을 밝혀내기 위한 결정적 계기가 되는 사건이나 단서는 뚜렷한 맥락 없이 '툭' 던져진다. 누군가의 사라짐으로 시작되는 사건의 경우, 어디로, 어떤 연유로 사라졌는지를 밝히는 과정은, 곰곰이 생각해서 알아내는 것이 아니라 여기저기 몸을 움직여서 순식간에 얻어내는 것으로 진행된다. 가령, 『동생을 차즈려』에서 동생이 쓴 편지에 나오는 벽돌집이 어느 집인지를 알아내는 과정은 특별한 단서 없이 진행되는데, 창호는 한밤중에 들려오는 울음소리가 분명히 조선 소녀의 소리였다는 것 하나만으로 "순희다! 분명히 순희다!"라고 외친다. 『칠칠단의 비밀』에서 그들 오뉘가 밤마다 하는, 대체 자기들의 고향은 어디이고 부모는 누구일까에 대한 고민은, '이상한 노인'이 나타나면서 일시에 해결된다. 이상한 노인은 상호에게 나이를 묻더니 대뜸 "네가 분명히 상호다 상호야"라고 외친다. 거기엔 어떤 불확실한 의심도 깃들어 있지 않다. 소년은 불확실한 의심으로 머리를 싸매는 대신 부지런히 뛰어다닌다. 방정환 탐정소설에서 희생자를 구출해내는 장소는 머리를 싸매는 '응접실'이 아니라 바로 몸으로 뛰는 '거리'이다.

1) 용기의 방편: '번개가튼' 활약─머리보다 몸이 먼저

방정환 탐정소설에서 모험을 하는 소년은 머리보다 몸을 먼저 움직인다. 몸을 움직일 때 강조되는 것은 '재빠른 활동'이다. 그의 작품에서 무서움을 강요하는 것 이외에 또 하나 자주 등장하는 수식어는 '귀신가튼'과 '번개가튼'이다. '귀신가튼'이 뛰어난 재주나 꾀를 강조한다면, '번개가튼'은 '빠른 몸동작'을 강조한다. "번개가티", "제비가티", "화살갓치" 등이 비슷한 의미로 사용되고 있으며, 빠름과 활약상은 정비례하는 것처럼 보인다.

> ① "번개가티 도라섯스나 그러나 째는 임의 느젓습니다."[35]
> ② "앗차! 하는 눈쌈짝할 사이에 창호는 참말로 번개ㅅ불가티 훗닥하더니 뒤에 잇는 료리ㅅ간(브억) 문속으로 쑥 드러가 버렷습니다."[36]
> ③ 상호는 그네에서 건너쮜는 곡마단솜씨로 제비갓치 날러서 횟 짝! 뒷담을 쮜여넘엇습니다.[37]
> ④ 그러나 학생은 두어 번 머리를 굽실굽실 숙이고는 제비가티 자전거에 올라 안저서 앗가와는 짠판으로 총알가티 다라낫습니다.[38]

위의 예문들을 살펴보면, 상대편에게 잡히느냐 잡히지 않느냐의 관건은 바로 얼마나 빠르냐에 달려 있다. 『동생을 차즈려』에서 최선생님을 따라 창호를 도우러 온 학생들은 모두 '민활한' 학생들이었다. 민활하지 못한 외삼촌과 아버지는 그들의 활동에 크게 도움이 되지 못하는 것으로 보인다. 몸을 움직이는 활동을 중시하는 모험담에서는 민첩하고 재빠른 것의 강조뿐만 아니라 공간의 이동이 크게 나타나는 것 또한 특징이다. 그들의 움직임이 많아질수록 활동 장소 또한 다양해진다. 그들은 벽돌집 밖에서 안으로 혹은 벽돌집 안에서 밖으로 담을 뛰어넘기도 하며, 국내에서 중국으로 국경을 넘나들기도 하며, 벽돌집에

---

35 北極星, 「동생을 차즈려」, 『어린이』 제3권 4호, 1925.4, 30면.
36 위의 책, 31면.
37 北極星, 「칠칠단의 비밀」, 『어린이』 제4권 6호, 1926.6, 33면.
38 北極星, 「칠칠단의 비밀」, 『어린이』 제4권 8호, 1926.8 · 9, 45면.

서 술집으로 마술같이 연결되는 지하터널을 건너가기도 한다. 이처럼 그들의 활동량은 방대하다. 여타 탐정소설의 공간이 범죄현장과 탐정의 사무실에 집약되는 것과는 대조적이다.

방정환의 소년들이 용기를 내어 감행하는 모험은 크게 두 가지이다. 첫 번째는 위험한 곳으로 혼자 뛰어드는 것이고, 두 번째는 몸으로 직접 맞붙어서 싸우는 것, 즉 악한과의 마지막 대결이다.

⑤ "창호는 그만 압뒤 생각을 할 새도 업시 쿵! 소리도 안 내고 삽풋이 안으로 쮜여나렷습니다."[39]

⑥ "들키거나 말거나 해보아야지 감안이 잇슬 때가 아니다"[40]

⑦ 그의 가슴은 썰리고 그의 손은 저절로 주먹쥐여 젓습니다.

"죽드라도 쮜여 드러가보자"고 엉쭝한 일을 뒤엣일 헤아릴 새도 업시 결심하엿습니다.[41]

위의 예문들을 살펴보면, 이성적 판단이나 신중한 생각 이전에 몸으로 뛰어든다. 이와 같은 위험한 모험을 감행하도록 하는 용기는 바로 감정적 동요로부터 생겨난다. 희생자를 향한 피 끓는 '감정'이 먼저 앞서고, 그러고 나서 '행동'이 뒤따른다. 가령, 예문 ⑤에서 창호가 청국 사람들의 집에 뛰어들기 전에 동생 순희의 울음소리를 듣는다. 그 순간 창호는 "압뒤 생각을 할 새도 업시" 쿵 하고 벽돌집 안으로 뛰어내린다. 동생을 가련히 생각하는 마음에 창호는 청국 사람들의 집으로 들어가는 위험을, 상호는 칠칠단의 소굴 속으로 들어가는 모험을, 그리

---

39 北極星, 「동생을 차즈려」, 『어린이』 제3권 3호, 1925.3, 32면.
40 北極星, 「동생을 차즈려」, 『어린이』 제3권 5호, 1925.5, 27면.
41 北極星, 「칠칠단의 비밀」, 『어린이』 제5권 3호, 1927.3, 30면.

고 동생 친구 상남이에 대한 동정(同情) 때문에 동석의 누님 역시 악마의 소굴로 들어가는 위험을 기꺼이 감행한다. 몸을 움직이게 하는 힘, 그것은 바로 '동정'이다. 마지막 장면의 접전에서 어린이와 어른의 불가능한 대결을 가능하도록 만드는 힘 역시 피 끓는 의지와 동정이다. 마귀 같은 악마에게서 불쌍한 약자를 구원해야 한다는 동정은 소년들, 젊은이들, 그리고 '조선인협회'나 '동화회' 같은 단체들을 움직이도록 선동하는 핵심이었다. 동정의 코드는 결국 악한과 정면으로 대결하는 용기와 행동을 위한 필수요소였던 것이다. 머리—이성이 생각(사고)을 낳는다면, 몸—감정은 행동(실천)으로 이어진다고 볼 수 있다.

2) 꾀의 방편: '귀신가튼' 계책 — 관찰, 미행, 변장

방정환 소설에서 소년의 탐정[42]은 한편으로는 용감한 행동으로, 다른 한편으로는 꾀로 진행된다. 꾀는 재주, 계책, 계교 등과 비슷한 의미로 사용되며, 보통 '귀신갓흔'의 수식어를 동반한다.

① 그거야말로 수천명 구경꾼의 가슴을 썰니게 하는 귀신갓흔 재조엿슴니다.[43]
② 귀신갓흔 계책[44]
③ 상남이는 지금 어느 곳에 엇더케 잇스며 이 소년 三인은 무슨 재조로 그를 구해내고저 하며 이 엽서를 보낸 귀신가튼 사람은 누구인가[45]

---

42 서술어 탐정임. 쉽게 풀이하면 '소년탐정'이 아니라 '소년의 탐정 행위'이다.
43 北極星, 「칠칠단의 비밀」, 『어린이』 제4권 4호, 1926.4, 28면.
44 北極星, 「칠칠단의 비밀」, 『어린이』 제5권 7호, 1927.9 · 10 합호, 57면.

'귀신갓흔 재조', '귀신갓흔 계책', '귀신가튼 사람'에서 '귀신갓흔' 혹은 '귀신가튼'이라는 수식어는, '남들이 따라할 수 없을 만큼 뛰어난' 혹은 '남들이 눈치 채지 못할 만큼 기발한' 등의 의미로 유추해 볼 수 있다. 이 중 '꾀'는 '남들이 눈치 채지 못할 만큼 기발한'의 의미와 동일하다. "암만해도 힘으로는 당할 수 업스닛가 꾀로 구해야 한다 꾀로 해야지 별 수가 업다"에서 보이듯 '힘'과 '꾀'는 상대어로 사용되고 있다. 그들이 '힘'이 아닌 '꾀'의 방편으로 택한 것은, 바로 위장 혹은 가장의 속임수 전술이다. 그들의 위장 전술은 주로 '변장'이었다. '변장'은 당시 '미행'과 함께 즐겨 사용되었다. 소년탐정소설에서 꾀의 유일한 방법은 바로 '변장'을 하고 '미행'을 하는 것이었다. 소년들은 뒤팽이나 홈즈처럼 응접실에 가만히 앉아서 범행을 밝혀내는 천재들이 아니라, 악한을 따라다니거나 그들의 집에서 쪼그리고 밤을 새우거나 하는 등의, 부지런히 몸을 움직이는 평범한 노력파들이었다. 당시 미행은 형사들의 잠복근무나 기자들의 사건 조사에 자주 쓰였던 것이었다.[46] 형사나 기자들에게 추적의 최적 방법은 바로 '관찰'이었으며, 관찰의 대표적인 수단은 '미행'이었다. 지금처럼 몰래 미행하는 것과는 달리, 당시 형사들은 수상한 용의자들을 드러내놓고 미행했었다. 미행당하는 사람은 자기가 감시당한

45 北極星, 「少年四天王」, 『어린이』 제7권 9호, 기사(己巳) 송년호, 1929.12, 41면. 강조는 필자에 의한 것임.

46 覆面子, 「斷髮娘 尾行記, 京城名物女 아모리 숨기랴도 나타나는 裏面」, 『별건곤』 제2호, 1926.12.1, 69~74면; 方小波, 「尾行當하든 이약이, 도리어 身勢도 입어」, 『별건곤』 제27호, 1930.3.1, 48~54면; 李晟煥, 「尾行當하는 이약이, 偶然한 일로」, 『별건곤』 제27호, 1930.3.1, 56~57면; 松岳山人, 「開城 夜話, 妓生尾行의 尾行記」, 『별건곤』 제57호, 1932.11.1, 50~52면; 尹梧月, 「尾行꾼 골려준 이야기」, 『별건곤』 제66호, 1933.9.1, 24~28면. 미행당하는 사람은 대부분 자신이 미행당하고 있다는 것을 알고 있었다. 형사에게 미행당한다는 사실은 자신이 요주의 인물로 감시당한다는 의미와 같았다. 한 가지 재미있는 사실은 당시 미행이 형사나 기자들의 감시 혹은 추적 수단뿐만 아니라, 젊은 남성들의 '단발녀'나 '기생'과 같은 색다른 여자들을 호기심에 쫓아가거나 맘에 드는 여자가 탄 전차에 뒤따라 오르는 등의, 연애를 거는 기술적 전략으로도 사용되었다는 것이다.

다는(미행당한다는) 사실을 알고 있었다. 그러나 '감시'가 아니라 탐정소설에서 범인을 추적하기 위한 '관찰' 미행일 경우는, 무엇보다 상대방에게 들키지 않는 것이 중요하다. 이 때 필요한 것이 기발한 '변장술'이다.

『칠칠단의 비밀』은 바로 '미행'과 '변장'을 교묘히 활용하여 악한을 추적한다. 미행은 뒤를 밟는 경우도 있지만, 악한의 은신처를 알아놓고 담 밑에서 쪼그리고 엿듣는 경우도 많았다. 몰래 뒤따라가는 것, 엿듣는 것이 가능할 수 있었던 것은, 벽돌집들이 즐비하게 들어서기 시작하면서 '벽돌담'과 '골목길'이 형성되었기 때문이라 볼 수 있다. 소년들은 벽 아래, 벽돌집들 사이에 자신의 몸을 숨기고 악한의 행동을 몰래 관찰했다. 미행할 때 공간의 활용 이외에 몸을 숨길 수 있는 최적의 방법이 바로 '변장'이었던 것으로 보인다.

④ 눈가장자리에 푸른 칠을 하고 코밋에 족고만 수염을 붓치고(이러한 일은 곡마단에서 날마다 하든짓이어서 아조 졸업생이엇습니다)모자를 눌러쓰고 다시 려관문을 나설 째는 려관 하인이 보고도 앗가 처음 드러오든 손님인 줄 아지 못하엿습니다.

상호는 려관에서 나오는 길로 곳 상덤을 차저가서 쓸테안경을 아모 것이나 손에 집히는 대로 사서 쓰고 쏘 집행이 하나를 사서 집헛습니다. 인제는 아모가 보아도 얼른 보고는 상호인 줄 알 수 업게 되엿습니다.[47]

위의 예문에서 알 수 있듯 대표적인 변장 도구들은 콧수염, 모자, 안경, 지팡이 등이었다. 어린이가 콧수염을 붙이고 지팡이를 짚는다는 우스꽝스러운 설정은 몸을 숨기기보다 오히려 시선을 잡아끌었을 듯

---

47 北極星, 「칠칠단의 비밀」, 『어린이』 제4권 6호, 1926.6, 35면.

하다. 모자는 너무 커서 이마까지 내려왔을 것이며, 뿔테안경 역시 손으로 열심히 끌어올려야 했을 것이다. 상상해보면 우스꽝스럽지만, 그럼에도 불구하고 당시 변장은 미행과 함께 대표적인 추적 방법으로 즐겨 사용되었다. 주목할 만한 사실은 꾀의 방편 역시 머리를 굴리는 것이 아니라 '몸'을 움직이는 '미행'이었다는 것이다.

5. 결론

　방정환 탐정소설은 첫째, 탐정과 희생자와의 관계를 강조하여 가슴과 눈물에 호소하는 동정을 유발했으며, 둘째, 강요된 무서움과 마련된 위기 상황으로 긴장감을 조성했으며, 셋째, 희생자 구출 과정에서 꾀와 용기를 활용한 육체 활동이 중심이었다. 시종일관 긴장감을 유지하게 하는 모험 스릴러 양식이 그의 소설에서 '재미'를 유발하는 요소였다면, 탐정과 희생자의 정적 관계를 강조한다든가 하여 독자의 동정을 유도하는 것은 그가 탐정소설에 담고 싶었던 '유익'이었다고 볼 수 있다. 방정환의 『동생을 차즈려』, 『칠칠단의 비밀』, 『소년사천왕』 세 편의 소설은 '재미'와 '유익'이 교묘하게 균형을 이루며 '탐정소설'이란 표제를 달고 수많은 독자들을 확보하는 데 성공했다.

　방정환이 '탐정소설'의 '재미'를 활용한 일차적인 목적은 다수의 『어린이』 독자를 확보하는 데 있었으며, 이차적인 목적은 바로 그 확보된 독자들에게 세대적이고 집단적인 공감을 형성하도록 하는 데 있었다. 당시 세대적이고 집단적인 공감은 바로 심장의 박동, 뜨거운 가슴과 눈물어린 동정으로 형성되었다고 볼 수 있다. 비슷한 연령대의 소년소녀들이 『어린이』 잡지에 실린 글을 읽고 동화회에서 구연되는 동화를 듣고 같이 울고 감동을 받는 집단적인 경험은, '같은 목적, 같은 취미로 사람들을 불러 모을 수 있는 힘'이 될 수 있었다. 방정환이 사람들을 '탐정소설'의 재미로 불러 모아서 나누어주려고 했던 '유익'한 사상은, 첫 번째는 바로 이러한 '동정(同情)'이라는 감정적 공감이었다. 오누이, 어린이―세대, 동화회 혹은 조선인협회와 같은 단체, 조선 민족으로 나아가는 동정(同情)의 확장 구도는, 당시 동정 코드의 작동이 식민지 시대 조국에 대한 독립 의지를 키울 수 있는 힘이었음을 말해준다. 두 번째는 위험한 곳을 향해 뛰어드는 용기 있는 행동력, 즉 '실천'을 향한 의지였다고 볼 수 있다. 일본 동경에서 유학하던 지식인들이 머리보다 몸을 움직이기를 기대한 것에서, 앞으로 나라의 미래를 짊어질 소년들이 체념하기보다는 조국에 대한 피 끓는 의지와 독립을 향한 용기를 가지기를 기대한 것에서, 방정환은 탐정소설 안에 '재미'와 '유익'을 함께 담고 싶었을 것이다.

방정환의 탐정소설에서 두드러지게 나타나는 탐정과 희생자 사이의 '감정'의 개입으로 인한 동정의 유발은 식민지 시대 탐정소설의 한 특성으로 볼 수 있다. 따라서 1930년대 탐정은 냉철하고 이성적인 비정(非情)한 탐정이 아닌 끈끈한 정에 이끌리는 유정(有情)한 면모를 보여준다. 방정환의 소설에서 오누이간이나 동기간으로 연결된 탐정과 희생자의 관계는 1930년대 다른 탐정소설에서는 연애 관계로 얽혀 있는 양상을 찾아 볼 수 있다. 희생자에게 애정을 품고 있는 유정(有情)한 탐정의 면모역시 당시 다른 대중 장르인 연애소설과 함께 고찰해 볼 필요가 있다.

채만식의 유정한(soft-boiled) 탐정소설 『염마』

1. 서론

'장르'란 기본적으로 반복적인 규칙에 의해 형성되는 '공식'을 필수 요소로 한다. '공식'을 발견하는 것, 그것은 곧 장르의 탄생을 의미한다. 장르의 공식이란 그 장르를 정의내릴 수 있는 '무엇'에 해당한다. 어떤 한 장르가 정착하기 위해서는 먼저 '탐정소설이란 무엇인가' 혹은 '무협소설이란 무엇인가'처럼 그 장르를 나름대로 정의하고자 하는 움직임이 인다. 그리고 그 움직임은 장르가 생성된 이후, 즉 장르의 관습적 공식이 어느 정도 밝혀진 이후에도 마치 관성의 법칙처럼 계속된다. 그러나 한 장르의 생성은 공식을 따르거나 혹은 '배반하려는', 작용과 '반작용'의 법칙이 맞물려 이루어진다고 볼 수 있다. 장르 '정의'에 쏟아졌던 관심들이 '유형' 연구로 옮아가는 것은 바로 그런 연유에서이다. 장르의 법칙을 벗어난다는 것, 그것은 장르의 소멸을 의미한다기보다 새로운 유형이 발달했다는 것을 의미한다.

장르는 '대중'과 함께 발달한다. 따라서 장르의 공식이란 그 시대 대중의 기호, 취미, 관습이 녹아서 빚어내는 일종의 문화적 증상이다. 이전 시대에 유행했던 장르가 다음 시대에서는 거의 소멸 지경에 이르기도 하고, 공식을 벗어나 새로운 유형으로 변주되기도 한다. 시기뿐만 아니라 공간이 바뀜에 따라서도 장르는 그 나라의 거리, 문화, 관습 등의 특색에 맞게 변모된다. 그것은 장르가 고정된 형식에 고착된 것이 아니라 관습적 공식을 변주하며 시·공간을 담아내는 '유동적'인 것이라는 의미이다. 탐정소설 장르 역시 시기에 따라 모험소설에서 고전적 탐정소설, 그리고 범죄소설로 변모하는 과정을 거쳤으며, 공간에 따라 영국의 고전적 탐정소설(미스터리 탐정소설), 미국의 범죄소설(하드보일드형 탐정소설), 프랑스의 경찰소설,[1] 중국의 공안소설[2] 등 명칭에서 드러

1 프랑스에서는 탐정이 영국처럼 경찰과는 별도로 움직이는 사립탐정이 아니라 경찰들이 그 역할을 담당한다. 따라서 프랑스에서는 Le roman policier(경찰소설)로 불린다(이브 뢰테르, 김경현 역, 『추리소설』, 문학과지성사, 2000). 국내에서 '추리소설'로 번역되었지만, 원제는 '경찰소설'이다. 이는 '경찰들은 무능력하다'라는 고전적 탐정소설의 공식에서 벗어난다. 그러나 각 나라는 고전적 탐정소설의 공식을 조금씩 변주하며 자기 나라 고유의 탐정소설 양식들을 형성하고 있다.
2 최근 한 중국 학자가 에드가 앨런 포우의 「모르그가의 살인사건」을 탐정소설의 효시로 보는 견해를 부정하고 나섰다. 그는 중국의 공안소설이 19세기 탐정소설보다 앞서서 18세기 초 이미 창작되었으며, 그것이 서구로 수입되었다고 주장한다. 중국의 공안소설은 서구와는 다른 중국식 특색을 가진 추리소설이라 볼 수 있다. 다만 유의할 점은 서구의 논리적인 수수께끼 위주의 추리소설을 기대해서는 안 된다는 것이다. 중국의 공안소설에는 꿈, 점괘, 귀신 등의 초자연적 요소가 들어 있으며, 꿈과 점괘의 해석이 사건 해결의 관건이 된다. 뿐만 아니라 서양의 추리소설은 탐정이 범인을 잡으면 거기서 끝나지만, 공안소설에 있어서는 그것으로 끝나지 않는다. 판관은 형을 집행해야 한다. 죄수를 끌어내 벌을 주어야 한다(李佳炯, 「中國의 公案小說-罪와 罰의 小說」, 『소설문학』, 1984.8, 401~409면 참조).

나듯 각기 다른 유형의 탐정소설이 발달해왔다. 아직까지 탐정소설을 위한 적절한 명칭도 발달하지 않은 국내의 사정과는 대조적이다. 물론 '추리소설'이라는 장르의 명칭이 현재 통용되고 있지만, 이는 국내 탐정소설의 고유한 특성으로 형성되었다기보다 서구의 '고전적 탐정소설'에서 강조되는 논리적 · 과학적 추리(추론) 공식을 그대로 흡수한 것에 지나지 않는다.

서구의 탐정소설 논자들은 '고전적 탐정소설'이 퇴색하고 탐정소설의 의미가 넓어지는 현상에 대해 팽팽하게 의견이 대립하고 있다. 탐정소설을 포괄적 의미로 수용하는 논자들은 하위 범주의 여러 '유형들'을 적극적으로 분류함으로써 고전적인 것에 새롭게 더해진 각각의 특성들을 기술하는 반면, 고전적 탐정소설만이 탐정소설의 전형이라 주장하는 논자들은 새롭게 나타나는 유형들에 대해 경계하고 비판하는 입장을 취한다. 이브 뢰테르는 탐정소설[3]의 유형을 미스터리 소설, 범죄소설, 서스펜스 소설로,[4] 츠베탕 토도로프는 추리소설과 스릴러, 서스펜스 소설로[5] 분류한다. 토도로프의 스릴러는 이브 뢰테르의 범죄소설에, 추리소설은 미스터리 소설에 해당한다. 토도로프는 추리소설과 스릴러의 특성을 결합하여 서스펜스 소설이 나왔다고 본다. 조금씩 의견을 달리하지만 이러한 탐정소설의 '유형'에 관한 연구들은 새로운

---

3 프랑스에서는 경찰소설로 불리어졌으며, 이르 뢰테르의 *Le Roman Policier*는 '추리소설'로 번역되었다. 본 연구에서는 편의상 탐정소설이란 표제를 내걸고 창작되었던 1930년대 용어를 그대로 따라 탐정소설이라 통일하기로 한다. 탐정소설에서의 탐정이 인물의 유형에 따라 탐정소설, 경찰소설과 같이 서구에서 불리어졌던 것에 반해, 1930년대 탐정 용어는 조사, 내사, 탐지, 정탐 등과 같은 서술어적 의미로 사용되는 경우도 많았다는 점을 감안하면, 탐정소설이란 명칭을 현재 일반적으로 통용되는 추리소설을 대신하여 사용해도 좋을 듯하다.

4 이브 뢰테르, 김경현 역, 『추리소설』, 문학과지성사, 2000.

5 츠베탕 토도로프, 신동욱 역, 「탐정소설의 유형」, 『산문의 시학』, 문예출판사, 1992, 47~60면.

양식으로서의 탐정소설의 등장을 의욕적으로 바라보고 그것들도 또 하나의 장르로 자리매김하도록 하는 데 기여하고 있다. 이와 반면에 호르헤 루이스 보르헤스는 탐정소설의 전통이 지적인 작업, 지성을 이용해서 비밀을 파헤치는 데 있다고 지적하며, 서스펜스나 스릴러, 범죄소설 같은 것들로 탐정소설의 의미가 확대되는 현상에 반대하는 입장을 표명한다.[6] 이처럼 서구의 논자들은 '고전적 탐정소설'과 '확대된 의미의 탐정소설'을 사이에 두고 의견을 달리한다.

서구 탐정소설 연구가 그것의 '유형'에 주목하는 반면, 국내 탐정소설 연구는 아직까지 개념 정의에 많은 노력을 할애한다. 국내 탐정소설의 '유형' 연구는 대부분 서구의 것이나 일본의 것(본격 탐정소설과 변격 탐정소설)을 번역하거나 정리한 것에 의존할 뿐이다. 국내 탐정소설의 '유형'이 어떻게 발전되고 전개되었는지에 관한 연구는 거의 찾아볼 수가 없다. 탐정소설의 '유형' 연구가 없다는 것은, 탐정소설의 양식들이 다양하게 발전하지 않았다는 것을 의미한다.[7] 그것은 곧 한국 탐정소설의 정체성이 확립되지 않았으며, 아직까지 과도기에서 벗어나지 못했다는 것을 의미한다. 탐정소설이란 장르의 보편적인 특성과 그 나라의 특수한 상황이 결합될 때 비로소 그 나라만의 고유한 탐정소설로 정착되는 것이다. 현재 탐정소설 연구자들은 '수수께끼의 제시와 풀기'라는 고전적 탐정소설의 공식에 얼마나 부합하느냐 하는 것으로 국내 탐정소설을 평가해오고 있다. 서구 고전적 탐정소설에 국한된 협소한 인식은 국내 탐정소설의 발달을 저해하는 결과를 초래했다. 현재 한국 탐정소설은 오히려 신문이나 잡지에 연재되어 대중들의 인기를 끌었

---

6   호르헤 루이스 보르헤스, 박병규 역, 「탐정소설론」, 『허구들』, 녹진출판사, 1992.
7   가령, 영미의 경우는 고전적 탐정소설에는 홈즈, 하드보일드형 탐정소설에는 레이몬드 챈들러 등의 추리소설의 하위 장르를 대표하는 작가들을 꼽을 수 있다.

던 1930년대 탐정소설보다 쇠퇴 혹은 소멸했다고 볼 수 있다.[8] 그런 면에서, 탐정소설이 처음 국내에 상륙하여 다양한 양상들로 장르의 변주를 시도했던 1930년대 탐정소설의 특성들을 규명하는 것은, 한국 탐정소설의 정체성을 모색하는 데 우선적인 작업이라고 판단한다. 따라서 본 연구에서는 지금까지의 연구들처럼 서구 고전적 탐정소설의 기준에 맞추어 1930년대 탐정소설의 한계점을 지적하기보다는, 1930년대 탐정소설[9]의 고유한 특성들을 있는 그대로 짚어내 보고자 한다. 그러한 작업이 선행된 이후에야 비로소 한국적 탐정소설이 탄생할 수 있다고 판단하기 때문이다.

채만식의 『염마』는 1934년 5월 16일부터 1934년 11월 5일까지 조선일보에 연재된 탐정소설이다. 당시 화려한 예고 기사와 함께 연재를 시작하여 대단한 인기를 누렸던 것으로 짐작된다.[10] 채만식의 탐정소설 『염마』는 1987년 김영민이 서동산이 채만식과 동일인임을 발굴한 이래,[11] 김내성과 함께 탐정소설 논의에서 간간이 연구되어 왔지만 아직

---

8 탐정소설 마니아들은 코난 도일, 모리스 르블랑, 애거서 크리스티 등의 서구의 것들을 읽다가 소년탐정 김전일이나 명탐정 코난과 같은 일본 탐정 계열로 관심이 이동하고 있다. 국내 탐정소설을 독파하고 있는 마니아들은 거의 찾아 볼 수가 없다. 신문이나 잡지에서도 탐정소설의 연재를 찾아볼 수가 없을뿐더러 '추리작가협회'에서 뽑는 '추리문학상' 역시 대중적인 관심을 끌지 못한다.

9 사실 방정환의 탐정소설은 1920년대부터 창작되었다. 그러나 1920년대는 주로 탐정소설들이 번역·번안되었으며, 방정환 이외의 탐정소설 작가들은 거의 전무한 실정이었으므로 최류범, 류방, 채만식, 김내성 등이 활동했던 시기를 대표적으로 잡는 것이 무방하다고 생각하므로 편의상 1930년대 탐정소설이라 명명하기로 한다.

10 "다음으로 실릴 소설은 서동산을 펜네임으로 한 모 중견 작가의 역작으로 된 탐정소설 艶魔입니다. 창작 탐정소설의 연재는 조선 신문계에서 드물게 보는 계획으로 지금까지는 번역품 같은 종류의 연재가 혹 있었으나 실력 있는 작가의 창작품은 좀처럼 보지 못하였습니다. 탐정소설의 엽기 그대로 작자의 씨명은 발표치 않습니다마는 ……"(『조선일보』, 1934.5.13)의 예고 기사와 함께 총 124회에 걸쳐 연재되었다. 연재 형식인데 『艶魔』가 그다지 분량이 짧지 않았다는 것은 당시 어느 정도 인기를 끌고 있었음을 짐작케 한다. 『艶魔』에서 유난히 많은 인물을 등장시켜야 했던 이유가 바로 인기 때문에 연장되었기 때문이 아닌가 한다.

까지 제대로 평가되지는 않았다. 채만식의『염마』는 1930년대 탐정소설 혹은 대중소설 연구자들에 의해 김내성의『마인』에 비해 미흡한 작품으로 인식되어 왔다.[12] 『마인』이 탐정소설의 완성된 형식이라면,『염마』는 그것으로 가는 과도기적 작품이라는 견해가 지배적이다. 이처럼『염마』는『마인』과의 비교선상에서『마인』의 확고한 자리매김을 위하여 논의되곤 했다.

　김영민은『염마』가 한국 최초의 탐정소설[13]이라 역설하고 ① 명백한 완전범죄 ② 시초에 의심받으나 무죄로 판명되는 자 ③ 경찰의 미숙함 ④ 뛰어난 탐정의 활동 ⑤ 탐정의 보조자 ⑥ 그럴싸한 증거가 사실은 잘못 짚은 것 등의 여섯 가지를 들어 탐정소설로서의 요건을 갖추고 있다고 논증한다.[14] 그런 후에『염마』의 결함으로 지나치게 잦은 우연한

11　김영민,「채만식의 새작품『艶魔』論」,『현대문학』, 1987.6, 340~353면.
　　「1934년 본보에 "염마" 연재 "국내 첫 탐정소설가는 채만식"」,『조선일보』, 1987.4.22, 조간 7면.
12　가령, "우리문단에서 탐정소설 작가로는 김래성이 유일무이한 존재였다. 물론 최초의 장편탐정소설은 채만식의『염마』였으나 채만식의 경우 탐정소설을 주로 쓴 것이 아니었고, 탐정소설의 수법에 있어서도 김래성에 미치지 못하였다."(강옥희,『한국 근대 대중소설 연구』, 깊은샘, 2000, 64면)처럼『마인』에 비해 뒤떨어지는 작품으로 평가되었다. 김창식 역시『마인』으로 가는 과도기적 작품으로『염마』를 평가하며,『마인』은『염마』의 한계점들을 극복했다고 지적한다(김창식,「추리소설 형성기의 실상과 김내성의『마인』」,『추리소설이란 무엇인가』, 국학자료원, 1997, 161~200면).
13　『염마』가 한국 최초의 탐정소설이라는 김영민의 견해는 굳어지지 않고 있다. 논자에 따라 최독견의『사형수』를 들고 있기도 하고, 최류범과 류방의 소설들이 1930년대 초에 이미 당시 대중잡지인『별건곤』에서 창작되었으며(이 책의「1930년대 探偵의 의미 규명과 探偵小說의 특성 연구」,『동양학』42호, 2007.8, 23~42면) 참조), 그 이전에 방정환의 탐정소설들이 이미 1920년대부터 창작되고 있었다(이 책의「방정환의 탐정소설 연구―『동생을 차즈려』,『칠칠단의 비밀』,『소년사천왕』을 중심으로」,『우리어문연구』30집, 2008.1, 401~432면) 참조). 모험소설 경향이 짙은 방정환의 탐정소설류는 채만식의『염마』와 비슷한 특성들이 많이 나타나고 있다. 채만식의『염마』는 김래성의『마인』과 같은 선상에서 논의되어야 할 것이 아니라 방정환의 장편소설들과 함께 논의되어야 한다고 사료된다.
14　김영민이『艶魔』에서 탐정소설의 요건들을 충족시키고 있다고 뽑은 여섯 가지 요소들은 '고전적 탐정소설'의 공식에 입각한 것이라 볼 수 있다(「채만식의 새작품『艶魔』論」,『현대문학』, 1987.6, 346~349면).

만남으로 인한 구성의 치밀성 부족, 이학희에 대해 연모하는 감정을 품는다든가 서광옥의 미모에 흔들리는 감상적인 태도를 보이는 백영호 탐정 성격의 일관성 문제, 마지막에서 암호문서 해독의 흐지부지함 등을 꼽는다.[15] 김창식[16]은 『염마』가 『마인』에 비해 뒤떨어진다고 평가하는데, 그 근거로 중간쯤 범인이 밝혀지고 그 이후부터 추리는 소멸하고 이미 밝혀진 범인 일당과 탐정의 대결을 그림으로써 흥미가 떨어짐을 든다. 또한 탐정의 보조자가 너무 많이 등장하여 마치 '수사반장'을 방불케 한다고 지적한다. 이정옥[17] 역시 이와 유사한 점을 들어 그것들이 텍스트의 완성도를 떨어뜨리는 원인으로 작용한다고 한다. 더불어 그것은 탐정소설이 아직 정착되지 않았던 문학사적 요인에서 기인한 것이라 한다. 이러한 논자들이 『염마』의 결함으로 지적한 것들은 대부분 일치하는데, 그것들을 몇 가지로 정리해보면 다음과 같다.

첫째, 범인이 미리 밝혀짐으로써 실질적인 추리 과정은 소멸되고 후반부는 탐정과 범인의 대결 양상으로 그려진다는 점, 둘째, 탐정의 보조자가 여러 명일 뿐만 아니라 등장인물이 너무 많이 나온다는 점, 셋째, 백영호 탐정이 연애 감정에 치우친다든가 범인에 일시적으로나마 흔들린다는 점이다. 본 연구는 지금까지 『염마(艶魔)』 연구에서 결함으로 지적된 것들이 '고전적 탐정소설'의 잣대로 바라보았기 때문이라 판단하고, 『염마』가 과연 고전적 탐정소설의 유형에 속하는가에 대해 진지하게 고민해보기로 하겠다. 『염마』가 처음부터 고전적 탐정소설의 유형을 염두에 두지 않고, 다른 탐정소설의 유형으로 창작된 것이라

15 김영민, 「채만식의 새 작품 『艶魔』論」, 『현대문학』, 1987.6, 340~353면 참조.
16 김창식, 「추리소설 형성기의 실상과 김내성의 『마인』」, 『추리소설이란 무엇인가』, 국학자료원, 1997, 186~192면 참조.
17 이정옥, 『1930년대 한국 대중소설의 이해』, 국학자료원, 2000, 116~117면 참조.

면, 지금까지『염마』를『마인』과 같은 선상에서 비교하여 그에 비해 뒤처지는 작품이라 평가한 것은 수정되어야 한다고 본다. 더불어 서구의 고전적 탐정소설의 잣대로『염마』를 평가하여 그 공식들에 어긋나기 때문에 결함으로 지적되어 왔던 것들 역시 재평가되어야 한다. 국내 탐정소설 연구는 지나치게 서구의 고전적 탐정소설의 유형에만 의존하여 현재 한국 탐정소설의 정체성을 상실한 채 1930년대보다 오히려 외소해진 양상을 겪고 있다. 따라서 본 연구에서는 기존의 논의들의 문제점이 무엇인지 밝히기 위해『염마』가 처음부터 고전적 탐정소설이 아니라 '범죄소설'의 유형으로 창작되었음을 증명하고자 한다. 이러한 증명은『염마』가 범죄소설이라는 것을 역설하기 위한 것이 아니다. 본 연구는『염마』를 고전적 탐정소설의 기준이 아니라 있는 그대로 받아들이면서 한국 탐정소설의 정체성을 규명하고자 하는 데 목적이 있다.

2. 1930년대 범죄소설의 특성과 범죄소설의 공간

1) 1930년대 탐정소설의 다양한 유형과 범죄소설의 탄생

1930년대 탐정소설은 지금보다 다양한 유형들이 활발하게 창작되었다. 탐정소설이란 용어도 유행처럼 작품과 기사의 표제[18]로 종종 쓰이

---

18 『염마』가 연재되었던『조선일보』에 실렸던 기사 중 탐정소설이란 용어가 제목으로 붙

곤 했다. 이들 용어 사용의 실례를 읽다 보면, 그다지 탐정소설과 관계
없는 것들에서도 제목으로 사용한 경우를 자주 볼 수 있다. 이는 탐정
소설이 당시 대중들에게 상당히 인기를 끌고 있었으며, 탐정소설이란
표제를 넣는 것 자체만으로도 독자의 흥미를 자극하는 수단이 되었기
때문인 것으로 짐작된다. 당시 '탐정' 혹은 '탐정소설'을 제목으로 넣은
기사에서 접할 수 있는 것은, 맥고모자, 지문 등의 범죄자가 남긴 흔적
을 통해 과학적 수사에 접근하여 범인을 찾고자 하는 유형[19]과 범죄의
기괴함 혹은 기상천외함 자체를 강조하는 유형[20]이다. 당시 기자 혹은

은 몇 가지 경우를 살펴보면 다음과 같다. 강조는 필자에 의한 것임.
「능욕당코 감금되었으니 나를 살려주시오. 종로경찰서에 투서 한 장. 探偵小說 갓혼 살
인사건」, 『조선일보』, 1929.6.13, 석간 2면; 「探偵小說도 赤面할 岡田首相脫出眞相. 福田
秘書의 縱橫無雙한 救出機略. 生? 死? 間日髮에서 來往」, 『조선일보』, 1936.3.8, 조간 2면;
「탐정소설에 影響―兩名이 공모 창안―범인들의 범죄동기」, 『조선일보』, 1938.3.26, 석
간 22면; 「탐정소설 탐독 경향? 기가 막힌 듯이 자식을 말하는 범인의 모친. 대구 유괴마
흉행 사건 속보」, 『조선일보』, 1939.12.6, 석간 12면.
그러나 이들 기사를 실제로 읽어보면, 기사 제목으로 분명히 '탐정소설'을 넣었음에도
불구하고 내용에서는 누락되어 있는 경우도 있고, 탐정소설과는 상관없는 범죄사건을
다루는 기사인 경우도 있었다. 특히 1936년에 강전수상 탈출진상 관련 기사를 대략 요
약해보면 다음과 같다. 강전수상은 어느 날 밤 관저에서 갑자기 군인들의 습격을 받는
다. 위급한 상황에서 송미대좌가 강전수상을 부엌 툇마루 쪽 문으로 얼른 내보내고 자
신은 반대편으로 다시 나가 죽음을 맞이한다. 곧 이어 들이닥친 군인들은 송미대좌가
강전수상인 줄 착각한다. 강전수상의 죽음이 알려지고 복전비서관이 이를 확인하러 그
의 시신을 들여다보는 순간, 죽은 자가 강전수상이 아니라 송미대좌임을 알아차린다.
복전비서관은 이 사실을 바로 알리지 않고 다음 날 강전수상의 장례식까지 기다렸다가
강전수상을 조문객으로 변장시키고 무사히 탈출시키는 지략을 발휘한다(「探偵小說도
赤面할 岡田首相脫出眞相. 福田秘書의 縱橫無雙한 救出機略. 生? 死? 間日髮에서 來往」, 『조
선일보』, 1936.3.8, 조간 2면). 이것은 마치 한편의 스릴러를 보는 것 같다. 고전적 탐정
소설보다는 모험, 위험, 범죄, 구출, 소탕 등의 요소들이 섞여 있는 범죄소설처럼 보인
다. 이는 당시 대중들은 탐정소설이란 용어를 그다지 상관없는 사건에도 여기저기 즐
겨 사용했던 것으로 짐작해 볼 수 있다. 뿐만 아니라 수수께끼형 탐정소설보다는 모험
소설 유형의 탐정소설들을 즐겨 읽었던 것으로 유추해 볼 수도 있겠다.

19 N警部 口述, 「名探偵秘話, 殺人事件과 指紋」, 『삼천리』 제1호, 1929.6.12.
20 東亞日報 金科白 기자의 「死刑囚의 奇怪한 瞬間」이라는 글에는 영구히 의문으로 남아
있지만 신문에 발표되지 않았던 괴상한 살인사건에 얽힌 이야기를 다룬다. 결국 그 살
인사건의 피고는 경찰 측의 명백한 증거로 인해 사형되었다. 명백한 증거에도 불구하

『凌辱當코 監禁됫스니 나를살려주시오』 종로경찰서에두서한장 ◇探偵小說갓흔殺人事件

『조선일보』(1929.6.13) 당시 살인사건이나 범죄 관련 기사를 '탐정소설'에 비유하여 표제로 다는 현상이 종종 있었다.

형사들의 사건 조사와 탐정소설에서 탐정들의 활약상은 비슷하게 묘
사된다. 1930년대 탐정소설은 지문과 같은 과학적 수사를 강조하기도
하는가 하면, 기담, 괴기실화 등과 흡사한 기이한 이야기 자체를 매혹
적으로 그리기도 한다. 전자가 당시 번역된 서구의 고전적 탐정소설의
영향이라면, 후자는 일본의 변격 탐정소설에 매료된 탓으로 여겨진다.

고 끝까지 피살자는 자살한 것이라고 경찰 측과 엇갈리는 진술을 하던 그는 사형대로
사라지는 순간 이상한 안광을 뿜어냈는데, 기자에게 이 사건은 이상한 안광과 함께 영
원한 의문으로 남게 되었다는 것이다. 이 내용은 독자로 하여금 기이한 살인사건, 엇갈
리는 진술, 이상한 안광, 남아 있는 의문 등 탐정소설의 요건들을 두루 갖추고 있어 마치
한 편의 탐정소설을 읽는 듯한 착각에 빠지게 한다(기자 홍종인, 김과백, 박윤석, 「名探
偵과 新聞記者 競爭記」, 『삼천리』 제3권 제10호, 1931. 10. 1, 69~71면).

이것 이외에 1930년대 탐정소설 중에는 기상천외한 상황에서 무사히 정상적인 상황으로 귀환하는 '모험담' 유형의 발달이 돋보인다. 대표적인 예가 방정환의 탐정소설들인데, 탐정과 범인이 몸싸움을 벌이는 모험담 위주의 탐정소설은 고전적 탐정소설의 공식만을 강조하는 현재 한국 탐정소설에서는 좀처럼 찾아보기 힘든 양상이다. 탐정의 모험, 희생자의 위험, 탐정과 범인의 대결, 희생자 구출, 범인 소탕 등으로 이어지는 일련의 탐정소설 유형은, 하드보일드형 탐정소설[21] 혹은 '범죄소설'[22]이라 일

探偵小說에 影響
兩名이 共謀·創案
犯人들의 犯罪動機

『조선일보』(1938.3.26)

컬어진다. 하드보일드형 탐정소설은 밀주 거래, 매춘, 도박, 숫자 맞추기 게임 등의 '조직범죄'의 만연과 함께 등장했다.[23] 현대 스릴러 장르인 하드보일드형은 탐정소설에서 최초의 거대한 혁명[24]이라 일컬어지며, 그

21 John G. Cawelti, "The Hard-Boiled Detective Story", Adventure, Mystery, and Romance, The University of Chicago press, 1976, pp.139~161.
22 이브 뢰테르, 김경현 역, 『추리소설』, 문학과지성사, 2000, 107~143면.
23 에르네스트 만델, 이동연 역, 『즐거운 살인 - 범죄소설의 사회사』, 이후 출판사, 2001, 63~77면.
24 위의 책, 69면.

것을 계기로 고전적 탐정소설의 공식들이 허물어진다. 고전적 탐정소설의 질문 '범인이 누구인가'는 범죄소설에서 '범인들을 어떻게 소탕할 것인가'로 전환된다. 따라서 수수께끼를 풀어서 '범인은 바로 너'를 지목하는 것이 중요한 게 아니라, 범인들의 은신처를 파악하는 과정, 그 은신처를 습격하여 그들을 잡아들이는 과정 자체가 중요하게 부각된다.

1920~30년대 서구에서 범죄소설이 탄생했다는 점을 감안하면, 서구와 거의 동시대적으로 국내에서 범죄소설이 창작되었다고 유추해 볼수 있다. 그러나 서구에서 범죄소설이 등장했음에도 불구하고 당시 국내에 번역된 탐정소설은 에드가 앨런 포우(6편), 코난 도일(14편), 모리스 르블랑(15편) 등 고전적 탐정소설에 국한된 것들이 대부분이었다.[25] 그 중 흥미로운 현상은 국내에서 모리스 르블랑의 작품이 가장 많이 번역되었고 『뤼팽전집』이 나올 정도로 상당한 인기를 끌었다는 사실이다. 모리스 르블랑의 탐정소설은 고전적 유형에 속하기는 하지만, 엄밀히 말하면 모험소설 면모, 낭만적 혹은 감정적 탐정(괴도) 등과 같은 공식을 배반하는 요소들이 깔려 있기 때문이다. 1930년대 탐정소설 작가들은 모리스 르블랑에 심취했었던 흔적을 볼 수 있는데, 방정환[26]이나 채만식의 탐정소설에서 감정에 얽힌 탐정의 등장과 모험활극, 김내성의 『마인』, 『가상범인』 등에 등장하는 탐정의 이름이 '유불란'이었

---

25 김창식, 「추리소설 형성기의 실상과 김내성의 『마인』」, 『추리소설이란 무엇인가』, 국학자료원, 1997, 171면. 1930년대 탐정소설 서지 목록은 김창식의 것과 조성면의 것(『대중문학과 정전에 대한 반역』, 소명출판, 2002, 285~290면)을 참고하였음을 밝힌다.
26 방정환의 경우 어린이를 대상으로 하기 때문에 조금 다른 각도에서 접근해 볼 수 있다. 방정환이 『어린이』 잡지에 소년탐정소설을 싣던 시기에 일본에서도 『소년 구락부』 잡지에 모험 · 탐정소설이 실려 상당한 인기를 끌고 있었다. 『어린이』 잡지의 목차는 당시 일본의 『아까이도리』와 『소년 구락부』의 목차와 유사하지만, 그렇다고 하여 방정환의 탐정소설이 일본의 영향을 받았다고 말할 수는 없다. 거의 비슷한 시기에 창작되었기 때문에 영향 관계를 논하기보다 국내사정을 염두에 둔 방정환의 독자적 창작욕으로 보는 것이 더 타당하다.

다는 점 등이 그 증거이다. 1930년대 국내 탐정소설에서 범죄소설의 유형이 나타난 것은 대실 해미트나 레이몬드 챈들러 같은 범죄소설 작가들의 영향이라기보다 모리스 르블랑의 영향 때문인 것으로 짐작된다. 따라서 당시 모험담 형식의 탐정소설류는 서구의 '범죄소설' 유형을 염두에 두고 창작되었다기보다 국내의 특수한 상황에 힘입어 마치 스파이가 상대방의 기지를 탐지하듯 발달해 나간 것으로 여겨진다. 편의상 본 연구에서는 당시 모험담 형식의 탐정소설류를 '범죄소설'이라 칭하기로 한다. 여기서의 '범죄소설'은 '범죄' 자체를 다룬 모든 소설을 총칭하는 넓은 의미[27]로 사용한 것이 아니라, '하드보일드형 탐정소설'[28]과 동일한 의미로서 탐정소설의 하위 '유형'을 지칭하는 좁은 의미로 한정하고자 한다.

범죄소설은 모험소설의 전통에 따라 미스터리 소설에서 핵심을 차지했던 지적 유희가 감동과 동일시의 체험에 자리를 내어준다.[29] 열렬한 흥미를 유발시키는 것은 모험들(대결, 에로티시즘 등), 인물들 그리고 그 세계이며 격렬한 신체적 움직임이 이야기 전반에 걸쳐 나타난다.[30] 탐정과 범인은 지적 대결이 아니라 몸싸움을 벌인다. 따라서 범죄소설

---

27 에르네스트 만델에 따르면, 악당소설, 고전적 탐정소설, 하드보일드형 탐정소설들이 '범죄소설'에 포함된다. 그에 따르면 탐정소설은 범죄소설의 발달에서 시기적 요청에 의해 악당소설 혹은 모험소설들이 변모되어 탄생한 것이다(이동연 역, 『즐거운 살인 — 범죄소설의 사회사』, 이후 출판사, 2001).

28 일반적으로 국내에 널리 통칭되는 이 장르의 명칭은 영어를 그대로 차용한 '하드보일드형' 탐정소설이다(정규웅, 『추리소설의 세계』, 살림, 2004, 62~70면 참조). 본 연구에서는 하드보일드형 탐정소설과 동일한 유형의 명칭으로 이브 뢰테르의 역자가 사용한 '범죄소설'이란 용어를 가져오기로 한다. 탐정소설의 하위 유형에서 이 둘의 용어가 같은 의미로 사용되고 있음에 대해서는 별다른 이견이 없으므로 '범죄소설'이란 용어를 사용하고자 한다. 본 연구에서 '범죄소설'이란 용어를 택한 것은, 하드보일드(hard-boiled)라는 용어를 배제하기 위함이다. 이유는 4장에서 밝히기로 한다.

29 이르 뢰테르, 김경현 역, 『추리소설』, 문학과지성사, 2000, 109면.

30 위의 책.

에서는 탐정의 지적 능력보다 신체적인 능력이 중요하게 부각된다. 뿐만 아니라 탐정 역시 희생자와 마찬가지로 위험에 노출되어 있다. 고전적 탐정소설에서 작품의 도입부를 화려하게 장식하고는 더 이상 등장하지 않는 경우와는 달리, 범죄소설의 희생자는 작품의 중간쯤까지 살아 있거나, 그 희생자가 죽는 순간 또 다른 희생자가 이미 두려움에 떨고 있다. 탐정의 임무는 작품이 끝날 때까지 희생자를 죽이지 않고 살리는 것, 다시 말해 범인으로부터 희생자를 무사히 구출해내는 것이다. 따라서 범죄소설의 핵심은 희생자를 사이에 두고 벌이는 탐정과 범인의 '육박전'이다. 범죄소설은 절정 부분에서 탐정이 한번 위기에 처하고 위기 상황에서 벗어나면 범인과의 대격돌이 벌어지고 범인들을 소탕하는 것으로 막을 내리는 것이 보편적이다. 고전적 탐정소설에서 독자가 풀리지 않을 것 같은 수수께끼 혹은 미스터리가 탐정의 지적 추리에 의해 풀리는 과정에 의해 스릴감을 느낀다면, 범죄소설에서의 독자는 희생자를 구출하는 과정에서 탐정에게 다가오는 위험 때문에 스릴감—서스펜스에 보다 가까운— 을 느낀다. 따라서 범죄소설에서 범인이 중간에 이미 밝혀졌다고 하여, 탐정의 지적 추리가 소멸되었다고 하여, 독자의 스릴감이 줄어든다는 것은 어불성설이다. 독자의 긴장감은 희생자가 무사히 구출될 때까지 지속된다. 범죄소설에서 긴장감을 형성하는 요소는 바로 도처에 잠복하고 있는 '위험'이다.

1930년대 범죄소설은 주로 신문이나 잡지의 '연재' 형식과 '장편'이라는 장르가 결합되어 탄생한다. 최류범과 류방이 지문과 같은 과학적 수사를 강조하는 단편 탐정소설을 썼던 것에 반해, 김내성은 오히려 장편이 본격(고전적) 탐정소설에 적합하다[31]고 주장하며『마인』을 창작

---

31 김내성은 변격 탐정소설에는 단편의 형식이, 본격 탐정소설에는 장편의 형식이 적합하다고 주장했다. 실제로 그가 쓴 단편 탐정소설은 기이한 이야기로 엮어진 변격 탐정소

했다. 그러나 김내성이 『마인』에서 유불란과 김수일과 이선배를 동일인으로 만들고 결정적으로 범인 주은몽을 쌍둥이로 만들 수밖에 없었던 이유는, 고전적 탐정소설의 공식으로만 장편 연재소설을 써 나가기가 힘들었기 때문으로 짐작된다. 신문 연재소설의 경우 매회 독자들에게 흥미를 제공해야 하는데, 그때마다 매번 고전적 탐정소설의 독자가 요구하는 '단서'나 '반전'을 준다는 것은 쉽지 않다. 그것보다 매회 위험이 도사리고 있다는 범죄소설의 유형이 신문연재소설의 형식에 적합했으리라 유추해 볼 수 있다.

2) 범죄소설의 공간-'골목어귀'의 탐정과 '지하실'의 범인

서구 탐정소설의 발달사를 살펴보면, '도시'와 '범죄'의 생성, 발달, 변화, 부패 등에 따라 유형을 달리해왔다는 것을 알 수 있다. 탐정소설에서 유형이 바뀌었다는 것, 즉 새로운 유형의 탄생은, 곧 시대의 유행과 증상을 담아내는 공간의 이동을 의미한다. 고전적 탐정소설의 공간은 농촌의 부르주아 가정의 응접실이었다. '응접실'이라는 한정된 공간과 함께 탐정들은 탁월한 지적 두뇌를 자랑했다. 고전적 탐정소설에 등장하는 탐정의 모습이 의자에 가만히 앉아서 사건을 해결하는 면모를 지니는 연유는 바로 공간의 협소함 때문이다. 하드보일드형 탐정소설(범죄소설)에서는 초기 탐정소설의 '거리'가 다시 등장하기 시작한다. 그러나 그 '거리'는 가스등과 네온사인이 장식하고 있는 화려한 상점들

설에 해당하고, 『마인』과 같은 장편은 본격 탐정소설에 해당하는 것을 볼 수 있다(「推理小說小論」, 『비밀의문』, 명지사, 1994, 340면. 1939년 방송 강연 원고 재수록).

탐정의 활동공간. 앞에서부터 『조선일보』(1934.5.31, 1934.6.12, 1934.7.3)에 실린 삽화 1930년대 탐정의 활동공간은 주로 벽돌집 밖의 골목길이다. 대문 밖에서 동정을 살피거나, 담벼락에 표시된 암호를 따라가거나, 그도 아니면 담벼락에 몸을 숨기고 미행한다.

주변이 아니라 '뒷골목'이다. '뒷골목'은 마약, 밀거래, 투기, 도박, 매춘 등의 범죄들이 들끓는 누아르(noir)의 세계이다. 그러나 1930년대 경성의 '골목길'은 서구의 범죄소설에 등장하는 더럽고 지저분한 '뒷골목' 과는 이질적인 정서를 뿜어낸다. 경성의 '골목길'은 잔인한 '살인'의 공간이라기보다 은밀한 '미행'의 공간이다.

1930년대 식민지 도시 경성은 새로운 것으로 가득 찼는데, 그 중에서 신식 '벽돌집', 양옥집이 죽 늘어서서 담벼락을 만들며 신흥 주택단지를 형성했다는 사실이 탐정소설에서 자주 눈에 보인다. 방정환의 탐정소설에 등장하는 '벽돌집'은 외국인들 거리, 그 중 청국 사람들이 살던 곳을 대표하며, 채만식의 『염마』에 나오는 벽돌집 거리는 하층민과는

인력거 탄 노인. 「염마」(『조선일보』, 1934.7.2)에 실린 삽화 홈즈 소설에 자주 등장하는 마차와 구분된다. 자세히 보면 오른쪽에서 노인을 주시하는 사내의 시선을 느낄 수 있다. 미행하는 장면.

거리가 먼 부유한 동네로 그려진다. 그곳에 사는 이들은 인력거와 자동차를 타고 다니며, 공원에서 아침 산보를 하는 여유를 누리고 있다.

'벽돌집'의 특색은 우선 이층으로 짓는 경우가 많았으며, 밖에서 안을 들여다볼 수 없도록 '담'을 쌓고 위압적인 '대문'을 달았다. '담'을 경계로 길가의 행인과 집안의 사람들이 확연히 구분되었다. 대문을 나서면 '벽돌담'과 '벽돌담' 사이로 이어진 '골목길'이 펼쳐진다. '골목길'의 등장은 1920~30년대 탐정소설에서 '범죄'와 밀접한 관련을 맺는다. 1930년대 탐정소설에서 '골목길'은 탐정의 주요 활동 무대로 등극한다. 범인을 잡는 대표적 방법 역시 단서나 흔적에 의한 유추가 아니라 어두운 골목길에서 잠복하고 있다 미행하는 것이었다. 『염마』에서도 미행 장면을 여러 군데에서 발견할 수 있다.

① 인력거가 움직이는 소리가 들리자 그는 재빠르게 밖으로 뛰어나왔다. / 인력거는 마침 예전 측후소 편으로 **골목 어귀로 돌고 있다.** / 상준이는 시치미를 뚝 떼고 좀 빨리 쫓아나갔다. / 한 희극으로 볼 수가 있다. 노인은 차부를 시켜 오복이의 뒤를 밟게 해가지고 영호의 집을 알아내었는데 이번에는 노인 자신이 영호의 수하에게 뒤를 밟히고 있는 것이다. / 상준이가 측후소 문앞까지 나와 보니 인력거는 큰거리로 나서서 남편으로 구부러진다. / 그는 얼핏 몸을 돌이켜 측후소 앞 빈터로 해서 **골목길로 빠져가**지고는 큰길로 나섰다. / 인력거는 남으로 해서 곧게 내려가 교동 어귀에서 동편으로 구부러졌다. / 상준이는 뒷골목으로 해서 동관 파주개로 나섰다. / 인력거는 여전히 까드락까드락하며 동편을 향하여 가고 있다. / 차부는 가다가 말고 잠깐 돌아서서 뒤와 좌우를 살펴본다. 아까 노인의 부탁을 잊지 아니한 모양이다. / 그러나 좌우의 포도로 즐비하게 오고가는 사람 가운데 시치미를 뚝 따고 걸어가는 상준이를 어찌 **미행자로** 발견할 수가 있으랴. / 혹시 그가 상준이를 측후소 골목 같은 데서 일단 보았다면 다소 의심을 할 것이나, 여기는 가령 열 명의 미행자가 있다손 치더라도 그는 발견하지 못할 것이다. / 인력거는 여전히 동편을 향하여 가다가 종묘 앞까지 이르렀다. 그때에 상준이는 인력거와 평행을 하고 있었다. / 종묘 앞길 어귀에서 인력거는 머물렀다. 탔던 노인이 **사방을 둘러보며** 내렸다. / 상준이도 그의 눈에 띄었다. 상준이는 천연덕스럽게 길 옆 담배가게로 들어갔다. / 담배를 사는 체하며 그는 노인을 **감시하였다.**[32]

위의 예문은 백영호 탐정이 수하의 인물인 상준이가 인력거를 타고 가는 노인(이재석)을 미행하는 장면이다. 『염마』에서는 마치 서로 쫓고

---

32 채만식, 『염마』(채만식 전집 1권), 창작사, 1987, 374~375면. 강조는 필자에 의한 것임을 밝혀둔다. 단락 구분이 잦으므로 지면 관계상 단락 구분 표시는 / 로 함을 미리 밝혀둔다.

쫓기듯이 미행하고 미행당하는 장면들이 반복된다. 노인은 백영호 일파가 자기 딸을 데려간 줄 알고 오복이(백영호의 수하 인물)를 미행하였는데, 상준이는 노인이 나타나길 기다리고 있다가 노인을 도로 미행하는 것이다. 미행의 관건은 들키느냐 마느냐에 달려 있다. 상대방 몰래 귀신 같이 상대방의 '은신처'를 알아내야 하는 것이다. 미행하는 자 역시 미행당할 위험에 노출되어 있으므로 조심해야 한다. 즉 자신의 '앞'과 '뒤'를 잘 살펴야 하는 것이다. '뒤'를 살필 때는 상대방의 변장술에 주의해야 한다. 상대방의 변장술을 눈치 채지 못하면 순간적으로 오복이가 탄 자동차처럼 전복당하고 만다. 오복이는 '협수룩한 사나이'를 미행하고 있었다. 그런데, 서광옥의 부하들도 '협수룩한 사나이'를 미행하고 있었던 것이다. 서광옥의 부하들이 미행에서 제일 유리한 위치인 맨 뒤에 있었기 때문에, 가운데의 위치에서 '협수룩한 사나이'를 미행하는 오복이 역시 서광옥의 부하들로부터 미행당하고 있는 처지였다. 서광옥 부하들이 고장 난 트럭을 손보는 체 하고 있었는데, 그 변장술에 속았기 때문에 위험에 처했던 것이다. 미행의 귀재가 되려면, 순간적이고 돌연적인 변장술이 요구된다. 상준이는 동네 목욕탕 가는 것처럼 수건 한 장만 달랑 들고 나오고, 노인은 인력거를 부른 것처럼 집 앞에서 기다리고 있고, 서광옥의 부하들은 트럭을 손보는 척 하고 있었다. 이들의 변장술은 모두 성공하여 상대방을 미행할 수 있었던 것이다. 노인은 백영호의 집을, 상준이는 노인의 은신처를, 서광옥의 부하들 역시 '협수룩한 사나이'의 은신처를 파악할 수 있었다. 이처럼 미행의 목적은 주로 상대방의 '은신처'를 알아내는 것이다. 1930년대 범죄소설의 공간은 미행의 공간(골목)과 은신처의 공간(집안 / 실내)으로 구분된다. 『염마』에서 백영호의 집은 새로 지은 벽돌집이다.

②작년 가을에 영호는 계동 위생계터의 주택지의 동편 언덕 위에 그중에도 훨씬 남쪽으로 당겨 자신이 손수 설계한 양옥을 지었다. / 한 열두어 층 되는 석축을 올라오면 나직한 **벽돌담**에 역시 나직한 회색 **철문**이 달리어 있다. 문을 들어서면 그다지 넓지는 못하나 손으로 쓰다듬은 듯한 정원이 있다. / 정원과 연하여 바로 서향의 석조(石造) 양옥이 서서 있다. 현관문을 열고 복도로 올라서면 바른편에는 이층으로 올라가는 **층계**가 있고 복도가 막다른 곳에 서생 겸 심부름꾼으로 부리는 상준의 방이 있다. / ……

이층은 층계로 올라가면 한가운데로 복도가 있고 그 좌우로 전부 영호가 쓰는 방이 있다. 왼편 큰방이 실험실이요, 바른편으로 첫번에 있는 것이 응접실 겸 항용 거처하는 방이요, 그 다음 것이 지금까지 아무에게도 보인 적이 없는 서재 겸 **침실**이다. 이 방만은 심지어 소제까지도 영호 자신이 하지 아무도 들인 적이 없다. 아무도 들인 적이 없다니 말이지 그러한 곳이 또 하나 있다. 그것은 **지하실**이다. / 지하실의 원문은 부엌으로 통하였으나 굳게 잠기어 있고 그 밖에는 어디로 통하는지 아는 사람도 없다. 또 누가 알아내려고도 아니한다.[33]

③이 방은 복도로부터 들어오는 도어가 있고 동편과 남편으로는 두터운 비단 커튼을 가린 두 겹 유리창이 달리어 있다. 그리고 침실로 통하는 도어가 있다. 방안에는 한가운데 조그마한 둥근 탁자와 또 암체어와 소파가 두어 개 있고 전화가 침실 편 벽에 달렸을 뿐 **별로** 눈에 띄는 것이 없다. 물론 사방벽에는 그럼직한 그림의 액이 달려 있기는 하지만―[34]

④영호는 침실 도어에 안으로 쇠를 잠근 뒤에 동편 벽을 가리어 선 책장, 그 **책장 모서리에 숨겨져 있는 초인종 단추** 같은 것을 눌렀다. / 그러니까 그 무거워 보이는 책장이(무거워는 보이지만 속은 텅 비었다) 도어가 열리듯

---

33 위의 책, 308~309면.
34 위의 책, 309면.

지하실, 은밀하고 비밀스러운 분위기를 풍기는 공간. 「염마」(『조선일보』, 1934.5.27) 『염마』는 백영호의 집 묘사에서 지하실 부분에 가장 많은 지면을 할애했다. 지하실은 백영호의 집 뿐만 아니라 범인 서광옥에게도 중요한 공간이다.

이 슬그머니 벽으로부터 벌어진다. / 책장이 물러난 자리에는 바닥에 널따란 판자가 깔리고 그 판자의 저편을 누르니까 이편 끝이 발딱 일어서 사람이 삼사인은 한번에 들어갈 수 있는 구멍이 입을 벌린다. / 영호가 그 구멍으로 들어자 다시 판자가 덮이며 이미 책장이 슬그미 움직여 전대로 놓인다. 침실은 전과 같이 감쪽같아진다. / 영호가 들어간 구멍은 지하실로 내려가는 경사 급한 층계다. 속은 캄캄 어두우나 영호는 더듬지 아니하고 층계를 내려갔다. 다 내려가서 층계는 한번 접질리었다. 지금까지 내려온 이 건물의 아래층이요 이제부터가 지하실이다. / 층계가 다한 곳에 문이 있다.[35]

---

35 위의 책, 444면.

②는 백영호 집 전체 구조, ③이 응접실, 그리고 ④의 예문이 지하실로 들어가는 통로에 대한 묘사이다. ③의 응접실 묘사가 상대적으로 분량이 짧고 탐정소설의 공간으로서 의심과 호기심을 불러일으킬 만한 요소가 눈에 띄지 않는 것으로 보아, '응접실'은 작품 『염마』에서 그다지 중요하지 않다고 여겨도 좋을 법하다.[36] 반면에 예문 ④에서 '지하실'은 이에 비해 연재분 1회를 차지할 정도로 비중 있게 다루어지며, 독자의 관심을 끌만한 장치를 여기저기에 배치해 놓는다. 마법단추를 누르면 책장이 스르륵 물러난 자리에 판자가 깔려 있고, 그 판자의 저편을 누르면 앨리스의 토끼굴 같은 구멍이 나타난다. '지하실'은 '미행' 당할 위험으로부터 안심하고 숨을 수 있는 은신처의 상징적 공간이다. 복잡한 백영호의 집에서 가장 중요한 곳이 지하실이듯이, 악한의 공간에서 가장 중요한 곳 역시 지하실이다.

⑤ 좌우간 빈 집이겠다 지하실이 있겠다 해서 악당들에게는 안성마춤이다. / 두 사람은 구두를 벗어 길 옆에 놓고 조심조심 언덕길을 다 올라갔다. / 널따란 정원이 나서고 그 뒤로는 그야말로 큰 벽돌집이다. 왼편으로 돌아가면 지하실로 내려가는 층계다.[37]

위의 지문에서 알 수 있듯이 '지하실'은 악당들의 범죄 소굴로 그려진다. 백영호 탐정과 범인 서광옥의 집은 둘 다 '벽돌집'이다. 그러나 백영호 탐정의 활동 무대가 벽돌집 밖의 '골목길'이라면, 범인 서광옥

---

36 에드가 앨런 포우의 「도둑맞은 편지」에서 뒤팽은 D장관의 집을 방문하여 '응접실'을 주의 깊게 살핀다. 뒤팽은 의자에 깊숙이 고개를 파묻고 곰곰이 생각하여 사건을 해결하는 전형적인 고전적 탐정소설의 면모를 띤다.
37 채만식, 앞의 책, 415면.

벽돌집. 「염마」(『조선일보』, 1934.8.5) 「염마」에서 벽돌집 삽화가 백영호의 집 세부 설명에 들어가지 않고, 범인 서광옥의 은신처를 설명하는 데 들어갔다는 사실도 흥미롭다.

의 활동 장소는 바로 벽돌집 안의 '지하실'이다. 탐정의 활동 무대가 넓어진 대신, 범인들의 은닉 장소는 지하실, 정신병원 서팔호실 등 협소해졌다. 탐정이 응접실에서 머리를 싸매는 대신 벽돌집 담을 뛰어넘어 골목길로 뛰쳐나왔다면, 범인들은 거리를 활보하는 대신 희생자를 납치해 벽돌집 '방(실)'으로 숨어들었던 것이다. 따라서 범인의 은신처는 곧 희생자가 납치된 장소이기도 하다. 범죄소설에서 탐정은 결국 범인의 은신처를 습격해 희생자를 구출하기 위해 부지런히 골목길을 달리는 것이다. 범인의 은신처, '지하실'은 바로 탐정과 범인의 마지막 대결이 펼쳐지는 대단원의 장소이다.

3. 범죄소설로서의『염마』의 특성

탐정소설에 꼭 필요한 등장인물은 탐정, 희생자, 범인이다. 탐정소설의 '유형'은 주로 이들의 구도를 어떻게 배치하느냐 혹은 이들 각각 인물에 어떠한 특성들을 부여하느냐에 따라 결정된다. 고전적 탐정소설에서 탐정의 권위는 절대적이다. 범죄소설 역시 탐정이 가장 중심 위치에 놓이며, 마지막에 탐정이 반드시 승리한다는 공식이 유지된다. 그러나 고전적 탐정소설에서 범인이 거의 배제되는 것과는 달리, 범죄소설에서의 '범인'은 이름과 함께 성격을 부여받으며 탐정과 대결 양상을 취한다. 『염마』에서는 과연 탐정, 범인, 희생자의 구도가 어떻게 배치되어 있는지 살펴보기 위해 탐정과 희생자의 관계(1절), 희생자와 범인의 관계(2절), 탐정과 범인의 관계(3절)를 중심으로 고찰해보기로 한다. 이들 관계를 고찰함으로써 드러나는 것은 탐정(1절)과 범인(2절)의 특성, 그리고 범죄소설에서 핵심을 차지하는 '탐정과 범인의 대결 양상'(3절)이다. 희생자[38]는 탐정의 행동을 추진하도록 하는 원인이자 최종목적으로서 기능할 뿐이다.

---

38 고전적 탐정소설과 하드보일드형 탐정소설의 중심인물은 탐정이다. 이들 두 유형에서 희생자는 그다지 중요하지 않은 것과는 달리, 서스펜스나 스릴러는 희생자가 처하게 되는 위험, 그로 인한 불안감을 중심으로 서사가 전개된다. 고전적 유형에서 배제되었던 범인의 특성이 부각되면서 새로운 유형(하드보일드형)이 발달하고, 그동안 소외되었던 희생자가 부각되면서 또 하나의 새로운 유형(스릴러)이 탄생했다고 볼 수 있다(정규웅,『추리소설의 세계』, 살림, 2004, 75~81면 참조).

1) **탐정과 희생자**−감정에 연루되어 행동 개시(탐정)

우선『염마』의 각 장의 소제목들을 살펴보기로 한다.

1. 손가락 한 토막 2. 이상한 손님 3. **추적** 4. **역습** 5. **참극** 6. 김서방 7. **좌우협공** 8. 새로운 사건 9. 우롱 10. 함정 11. 실족 12. 염마 13. 서팔호실 14. **자객** 15. 결말

1장과 2장을 제외하고 3장부터 추적 활동으로 들어간다. 고전적 탐정소설의 공식을 지키고 있는 것은 3장까지로 보인다. 기괴한 사건이 발생하고 그것을 파헤치는 데 주력하리라는 독자의 기대와는 달리, 이미 4장부터 육박전과 비슷한 충돌을 중심으로 서사가 전개된다. 1장의 '손가락 한 토막'이라는 호기심을 자극하는 제목과 2장의 '이상한'이라는 수식어가 없다면, 탐정소설의 소제목들이 아니라 마치 원수를 찾아가 복수하는 '무협소설'의 소제목들로 엮어진 것 같다. 3장의 추적 역시 그 핵심 방편이 미행이니 가만히 앉아서 범인의 행적을 추적하고 범행 동기를 짐작하고 범행 전모를 샅샅이 파헤치는 '응접실'용 탐정과는 거리가 멀다. 더군다나 백영호 탐정이 사건을 파헤치는 데 결정적인 역할을 하는 것은 그의 지적 추리력이 아니라 '우연적 요소의 개입'이다.

우선『염마』에 등장하는 탐정의 특성부터 살펴보기로 한다.『염마』에 등장하는 탐정은 백영호라는 인물이다. 돈 걱정이 없음, 가족 관계가 없음, 과학적 소양이 풍부함, 스포츠에 능함 등으로 요약되는 백영호의 특성은, 영락없이 코난 도일이 창조해낸 홈즈의 모습이다. 거기에 홈즈의 조수자 와트슨을 연상케 하는 상준이와 오복이까지 더해지면, 더욱 그러하다. 그러나 백영호가 홈즈와 닮았다고 생각되는 부

분은 딱 여기까지이다. 고민, 혹은 감정에 휩싸일 만한 일이라곤 없는 그가 갑자기 침울해진 것이다. 그 이유는 바로 산책길에서 만난 어떤 '여자' 때문이었다. '그 여자'를 만남으로 인해, 그는 고전적 탐정소설에 등장하는 이성적이고 냉철한 지성의 소유자와는 거리가 멀어지고, 개인적 '감정'에 연루된다. 오복이가 자꾸 걱정스레 묻는 말에 백영호는 "자네 연애 해봤나?"라는 질문을 던진다. 백영호는 산책길에서 만난 여자에게 '연애병'에 걸려버린 것이다. 그런데 산책길의 '그 여자'가 홀연히 사라져버렸다. '그 여자'가 홀연히 사라져버린 것과 오복이가 소포꾸러미를 들고 나타난 것은 거의 동시에 벌어진다. 오복이가 가져온 소포꾸러미에서는 기괴하게도 '손가락 한 토막'이 나온다. 그리고 '손가락 한 토막'을 싼 소포꾸러미를 오복이의 자동차 속에 버리고 간 자는 바로 산보터에 나타났던 '그 여자'라는 놀라운 사실이 발견된다.

백영호 탐정이 해야 할 임무는 '손가락 한 토막' 사건의 용의자로 '그 여자'를 잡아들이는 것이다. 그러나 백영호는 '그 여자'가 무서운 범죄에 연루되었다는 사실을 알고 난 이후에도 "아니, 그럴 리가 없겠지 …… 분명히 무슨 깊은 사정이 있는 일이겠지 …… 허, 이거 내가 이렇게 냉정하게 생각을 하지 못해 안됐군 ……"(318면) 하며 '그 여자'에게 이미 '감정적'으로 연루되어 생각이 자꾸만 '편향적'으로 돌아감을 깨닫는다. 이렇듯『염마』에서 백영호 탐정은 과학적 근거나 이성적 판단보다 '감정'에 연루되어 있다. 그는 범죄의 증거보다 '그 여자'의 인상에 더 의존하여, 이미 그녀의 편에 서 있다. 이후 그가 사건을 해결해 나가는 방법은 단서나 흔적을 찾아 지적 추리를 펼치는 것이 아니라 어떤 '우연한' 사건 혹은 인물의 개입에 의거한다.

'손가락 한 토막'은 백영호의 옛 하숙집 노인의 등장으로 '이상한 손님'의 것으로 밝혀진다. 노인이 등장하지 않았다면 영호는 가짜 소포

속에 들어 있었던 손가락 토막의 지문과 노인의 하숙집 건넌방에 거주하던 이상한 손님의 지문이 일치한다는 놀라운 사실을 알 수 없었을 것이다. 더군다나 손가락 토막의 주인으로 밝혀진 이상한 손님이 실종되었다. 이제 독자의 관심은 손가락 한 토막에서 사라진 이상한 손님의 행방으로 옮겨진다. 그러나 백영호 탐정은 기괴한 범죄의 이면에서 있는 "그 여자의 정체를 알아내 보겠다는 욕망"으로 불타올랐다. 범죄의 이면에 서 있는 것 같았던 '그 여자'는 백영호에게 협박장을 보낸 새로운 일파가 등장한 이후에 '범인'이 아닌 '희생자'의 위치에 놓인다. 그 여자가 희생자로 자리 잡는 순간, 사건 해결을 위해 이리저리 뛰어다니는 백영호의 모습은 마치 흉악한 범죄에서 여자를 지켜주기 위한 애정 행각처럼 보이기도 한다.

> 영호의 눈에는 어느 무서운 악당들에게 쫓기어 허덕허덕 피해 다니는 그 여자의 그림자가 애처로이 비치는 것이다. 그는 알지 못하는 사이에 두 주먹을 불끈 쥐었다. 그리고 속으로 외쳤다. ―적은 협박장을 보낸 그 일파다―고.[39]

그는 자꾸만 감정이 앞서 허둥지둥하는 자신을 보고 속으로 '연애와 탐정은 동시에 할 것이 못된다'고 탄식하면서도, 악당들에게 쫓기고 있는 '그 여자' 때문에 두 주먹을 불끈 쥔다. 1930년대 탐정소설에서는 이처럼 탐정이 희생자와 연애 혹은 정에 얽혀 있는 경우를 종종 볼 수 있다. 가령, 방정환의 탐정소설에서 탐정은 희생자와 남매간이거나 동무간이다. 방정환의 탐정소설이 희생자가 처한 불쌍한 상황을 자극적인 수식어로 강조함으로써 독자로부터 동정(同情)이라는 감정적 공감을

---

[39] 채만식, 앞의 책, 350면.

이끌어냈다면, 채만식의 탐정소설 『염마』의 백영호가 연루된 감정은 피 끓는 정의감이라기보다 '연애' 감정에 가까워서 오히려 독자와의 거리를 확보한다. 백영호의 희생자에 얽힌 감정은 독자와는 상관이 없다. 오히려 『염마』에서 독자는 희생자보다는 탐정이 위험한 상황에 처할 때 스릴감을 느끼게 된다. 백영호에게는 '그 여자'를 구출하는 것이 목적이지만, 독자에게는 다른 누군가도 위험한 상황에 처해 또 다른 희생자가 될 수도 있기 때문이다. 이처럼 범죄소설의 스릴감은 위험이 곳곳에 잠복하고 있다는 점, 희생자가 여럿일 수 있다는 가정으로부터 비롯된다. 골목길에서 범인의 뒤를 밟는 탐정조차도 안전하지 않다. 1930년대 감정에 연루된 탐정은 이성보다는 '제육감'을 믿고 행동을 개시한다.

2) 희생자와 범인 – '파'의 형성과 팜므파탈의 유혹적인 여자의 개입(범인)

『염마』에서 범인과 희생자의 구도는 고정되어 있지 않고 위치를 바꿔간다. 처음 '손가락 한 토막 사건'에서 희생자는 유대설이다. '손가락 한 토막 사건'의 용의자(범인)로 '그 여자' 일당이 떠오른다. 그러던 중 백영호에게 협박편지가 배달되고, 그는 협박편지를 보낸 사람이 누구인지 알아보러 갔다가 '그 여자' 일파와는 별개의 한 일파가 이 사건의 배면에 움직이고 있다는 사실을 알게 된다. '사방모자를 쓴 대학생'이 새롭게 등장한 것이다. 『염마』는 이처럼 새로운 인물이 등장할 때마다 하나씩 단서가 주어지는 형식을 취한다. 즉 인물 자체가 단서가 되는 셈이다. 탐정이 그들의 정체를 파악하기 전까지는 어느 쪽이 범인이고 어느 쪽이 희생자인지 명확하게 구분되지 않는다. '그 여자'가 납치당한 이후, 탐정이 쫓는 범인은 그 여자 일당이 아니라 '다른 일파'가 된다. 이

제 '그 여자' 이학희는 범인이 아니라 희생자의 위치에 놓이게 된다.

『염마』는 탐정, 범인, 희생자가 각각 한 명이 아니라 여러 명으로 구성되어 한 '파'를 이룬다. 백영호 탐정은 오복이와 상준이라는 수하인물과 같이 움직이며, 이학희네 역시 노인, '협수룩한 사나이'와 '그 여자' 이학희가 같이 활동한다. 이러한 '파'를 형성하는 양상은 당시 국내 탐정소설 중 방정환의 작품에서도 엿볼 수 있다. 방정환의 탐정소설에서는 엄밀히 말하면 탐정이 등장하지 않는다. 탐정 역할을 하는 인물은 희생자의 오빠(희생자가 여동생인 경우)이거나 동무이다. 그런데, 그들은 너무 어리므로 혼자 힘으로는 희생자를 구출할 수가 없어 동무들이나 선생님 등의 도움을 받기도 하고, 결정적으로는 조선인협회나 동화회 같은 큰 조직력을 동원한다. 또한 범인도 한 명이 아니라 전문적으로 어린이를 유괴하여 청국에 팔아넘기는 '칠칠단'과 같은 무서운 조직들이다. 그 조직들과 싸워서 희생자를 구출해내는 데 필요한 것은, 지략이 아니라 치열한 몸싸움이다. 이러한 조직들의 등장은 최류범과 류방, 김내성의 단편 탐정소설에서는 볼 수 없다. '파'를 이루는 악당들은 희생자를 유괴(납치)하여 자기들이 필요로 하는 것―돈, 지도, 암호문서 등―과 맞바꾸고자 한다. 바로 이 지점에서 탐정의 목적은 수수께끼를 풀어 범인이 누구인지를 밝히는 것이 아니라, 희생자(어린이 혹은 여자)를 무사히 구출하고 범인들을 소탕하는 것으로 '전환'된다. 백영호 탐정의 최종 목적은 바로 납치된 그 여자 이학희를 구출하는 것이다.

범인 일파는 서광옥, 그의 동생 서광식, 그리고 여러 수하 인물들로 구성된다. '협수룩한 사나이' 김서방을 통해 범인 일파의 배후에 서광옥이라는 여자가 개입되어 있다는 사실이 드러난다. 서광옥은 ××여학교를 졸업한 가운데 제일색이라는 영광을 가지고 있었다. 유대설과 서광옥은 연애하던 사이였다. 그러던 중 유대설(손가락 한 토막의 주인)은

범인 서광옥(위, 1934.10.14 – 양장, 마녀 이미지)과 희생자 이학희(아래, 1934.10.18 – 한복, 불쌍한 이미지)
한복과 양장의 옷차림으로 구여성과 신여성의 이미지를 그려냈다는 점도 흥미롭지만, 범인 서광옥을 양장 입은 신여성으로, 희생자 이학희를 한복 입은 구여성으로 배치해 놓았다는 것도 흥미롭다. 삽화 자체에서 당시 신여성에 대한 부정적인 이미지를 엿볼 수 있다.

서광옥에게 이종인 이재석(노인)의 돈을 뺏기 위해 가짜혼인을 제안하였다. 마침 이재석은 여학생을 원하였고, 미모와 학력, 게다가 젊음이라는 무기까지 완벽하게 갖춘 서광옥은 안성맞춤이었다. 서광옥과 유대설은 이재석으로부터 돈을 뺏어 상해로 달아난다. 이재석의 집은 그로 인해 완전히 몰락하게 된다. 상해로 건너간 서광옥과 유대설은 서광옥의 지칠 줄 모르는 남성편력 때문에 돈도 떨어지고 결국 유대설이 암호문서의 반쪽을 들고 그녀로부터 달아난다. 그러나 유대설은 그 암호문서 반쪽 때문에 손가락 한 토막이 잘리고 결국 시체가 되는 파국을 맞이하게 된다. 서광옥을 거친 남자들－이재석, 유대설－은 모두 파멸의 길을 걸어갔다. 그녀는 한국 탐정소설에서 팜므파탈 악녀의 효시라 볼 수 있다.[40] 『마인』의 주은몽 역시 비슷하지만『염마』에서 한국 탐정소설의 악녀는 이미 탄생했다고 볼 수 있다. 백영호 역시 서광옥의 미모 때문에 흔들린다. 범죄소설에서 팜므파탈의 여자는 사악한 면모와 매혹적인 면모를 동시에 갖고 있어 탐정을 뒤흔들어 놓는다.

3) 탐정과 범인의 대결 양상－함정과 육박전, 희생자 구출, 범인 소탕

범죄소설의 핵심은 탐정과 범인의 대결이다. 쉴 새 없이 이곳저곳을 찾아다니며 범인들을 추적하는 '행동파' 탐정은 집 안팎을 넘나들며,

---

40 『염마』가 한국 탐정소설의 효시라는 주장에는 동의할 수 없지만(방정환, 최류범, 류방과 같은 탐정작가들의 작품들이 엄연히 존재했었다), 적어도 한국 탐정소설의 정체성을 규명하는 데 있어 중요한 작품인 것에는 틀림이 없다. 특히 1930년대 국내 창작 탐정소설의 양상은 고전적 탐정소설의 양식으로만 국한되지 않았던 것이 특이한 점이었는데, 그것을 증명하는 하드보일드형(범죄소설) 유형에 등장하는 팜므파탈의 유혹적 여성의 전범이 바로 이 작품에서 탄생했었다고 보아도 무방할 것 같다.

지방까지 몸소 다녀오는 것도 마다하지 않으며, 필요하다면 국외라도 갈 용의가 얼마든지 있다. 심지어 『염마』의 백영호처럼 범인의 은신처로 들어가는 위험까지도 감수한다. 『염마』에서 백영호 탐정과 범인 서광옥의 대결 양상은 그 여자 이학희가 납치된 이후부터 본격적으로 전개된다. 논자들에 의해 탐정의 지적 추리가 소멸되었다고 하여 한계점으로 지적되는 후반부야말로 『염마』의 중심 서사라 할 수 있다. 서광옥 일파는 백영호 탐정에게 '암호문서'만 넘겨주면 '그 여자'를 돌려보내주겠다는 교섭 전화를 걸지만 거절당한다. 그 이후, 백영호 탐정과 범인 서광옥은 팽팽한 대결 구도를 취한다.

희생자 이학희가 서광옥에게 있는 이상, 대결 양상은 범인 서광옥에게 유리하게 전개될 수밖에 없다. 일단 후반부의 대결장을 중심으로 살펴보면, 9장 우롱, 10장 함정, 11장 실족, 그리고 14장 자객 편이다. 9장에서 11장까지 백영호 탐정은 서광옥에게 번번이 당하고 만다. '우롱' 편에서 서광옥은 지문과 같은 과학적 수사[41]를 하려 하는 백영호를 비웃기라도 하듯이, 그릇에 온통 자신의 지문을 묻혀 놓는다. 과학적 수사를 하기 위한 실험실 장비를 갖추고 있는 백영호는 이쯤에서 서광옥과 맞서기 위해 과학전보다는 '육박전'으로 들어갈 준비를 갖추어야 한다. '육박전'으로 들어가게 되면 탐정의 지적 능력보다는 육체의 민첩함이 필수적이다.

---

41 당시 '지문'은 과학적 수사의 대명사처럼 인식된 것으로 보인다. 최류범의 소설 속에서도 곧잘 등장하는 지문과 같은 과학적 수사는 실제 경찰이 범인을 찾아내거나 용의자에 대한 증거를 확보하려 할 때 매우 유용했던 것으로 짐작된다. 그러나 당시 과학적 수사가 '지문'에 의존하여 그것만 나오면 모든 증거를 확보한 것처럼 인식되는 사례와는 반대로, 탐정소설에 종종 과학적 수사의 대표적 방법으로 등장하는 '지문'은 위조되거나 자백을 받아내기 위한 연극적 장치로 고안된 경우가 많았다(이 책의 「1930년대 探偵의 의미 규명과 探偵小說의 특성 연구」(『동양학』42호, 2007.8, 33~38면), 본론의 마지막 장 '1930년대 창작 탐정소설의 특성 – 최류범과 류방을 중심으로' 부분 참조).

①아선 대로 그 다른 일파가 그처럼 위협을 했으니 그것이 말에 그치지 말고 이편에 육박전을 걸고 덤볐으면 좋겠는데 그것이 어느때에 올는지 또는 그저 위협에 지나지 못하는 것인지 알 수가 없는 일이다.[42]

②영호는 반사적으로 방어(防禦)의 자세를 취하였다. / 그들은 분명히 악당의 일파인 줄 짐작한 것이다. / 영호의 포켓 속에 집어넣은 손에는 독와사 펌프가 쥐어져 있다. / 그는 터럭 하나 들어올 빈 틈도 없이 어떠한 공격에 대하여서라도 막아낼 자세를 취하였다.[43]

③그러나 어쨌든 일은 잘되었다. 도리어 이편에서 기다리고 있는 터이다. / 아직 그 악당의 일파에게 대하여 조그마한 증빙과 단서도 없는 터인데 이것은 저편에서 자진하여 그것을 제공하는 셈이니까—[44]

『염마』에서 백영호 탐정이 가지고 다니는 무기는 독와사(독가스) 펌프이다. 독와사 펌프는 그 어떤 '증빙과 단서'보다 범죄소설에서 범인을 잡기 위해 필요한 것이다. 범죄소설에서 탐정은 한번쯤 위기에 처한다. 10장 '함정' 편에서 백영호는 친구 허철이 사모하는 향초 때문에 죽을 뻔 한다. 바다에 수장되어 물고기 밥이 될 지경에 이르렀을 때 자루를 죽 짓고 귀신처럼 살아났으므로, 탐정은 다시 한 번 진정한 '위험'에 처해야만 한다. 진정한 위험이란 악당의 소굴로 들어가는 것을 의미한다. 11장 '실족' 편에서 백영호는 손발이 묶인 채로 서광옥에게 납치되어 꼼짝도 못하는 신세로 전락하고 만다. 이쯤 되면 완전히 서광옥의 승리다. 그러나 아무리 탐정소설의 유형이 변한다고 하여도 탐정이 승리하게 되는, '진정한' 보편적 공식에 의해 독자는 백영호가 어떻

---

42 채만식, 앞의 책, 383~384면.
43 위의 책, 386면.
44 위의 책, 386~387면.

게든 그곳을 탈출하리라는 것을 알고 있다. 독자의 기대에 부응하여 백영호는 느슨해진 오라를 풀고 서광옥의 부하를 때려눕히고 무사히 탈출하여 희생자 이학희를 구해 내는 데 성공한다. 이제 상황은 완전히 역전되어 백영호에게 전적으로 유리하게 돌아섰다. 남은 문제는 범인의 은닉처를 습격해 범인 일파를 '소탕'하는 것이다. 14장 '자객' 편에서 백영호의 영역에 들어온 자객은 더 이상 위협의 대상이 되지 못하고 악당 일당을 소탕하는 데 일조하는 기능을 할 뿐이다.

백영호 탐정과 범인 서광옥의 대결 구도는 '희생자'를 사이에 두고 팽팽하게 벌어지다 희생자를 구출하는 순간 범인은 몰락한다. 또한 탐정과 범인의 대결 양상에서 이학희(희생자)와 등가 가치를 이루었던 암호문서 역시 희생자가 구출되자 언제 등장했느냐는 듯 '증발'해버린다.[45] 결국 『염마』에서 백영호 탐정은 암호문서의 수수께끼를 푸는 것이 중요했던 것이 아니라, 납치된 희생자를 구출해내는 데 목적이 있었던 것이다.

---

45 『염마』의 '암호문서'는 마치 에드가 앨런 포우의 소설 「도둑맞은 편지」에서의 D장관이 가지고 있던 '편지'와 비슷한 역할을 한다. 「도둑맞은 편지」에서 작가는 실상 그 편지의 내용이 무엇인지 구체적으로 밝히지 않는다. 그럼에도 다른 사람들이 '그가 편지를 가지고 있다'는 확신이 있으면, 편지의 실체를 확인하지 않았음에도 굉장한 권력을 행사할 수 있다. 암호문서가 흐지부지되는 것을 『염마』의 구성이 치밀하지 못한 한계로 지적하는 논자도 있으나, 작가가 처음부터 모험활극 같은 범죄소설을 쓸 의도였다고 가정한다면 암호문서 해독 자체는 애초부터 작가의 관심 밖이었던 것으로 볼 수 있다.

4. 한국적 탐정소설로서의 가능성

—유정한(soft-boiled) 탐정소설 『염마』

고전적 탐정소설에서 긴장감(스릴)의 형성은 탐정이 건진 '단서'에 의해 유지된다. 그리고 그 '단서'는 작품이 끝날 때까지 한 조각의 퍼즐로 기능해야지 바로 해답을 제공하는 전체 퍼즐그림이어서는 안 된다. 그러나 『염마』의 긴장감은 조각 '단서'에 의해 형성되지 않는다. 가령, 암호문서 한 조각이 발견되었다고 해도 그것이 탐정 혹은 독자에게 그 어떤 스릴감도 제공하지 않는다는 것이다. 대신 『염마』의 긴장감은 어떤 인물이 새롭게 등장할 때마다 형성된다. 사건 해결의 열쇠를 쥐고 있는 이들은 바로 '하숙집 노인', '세 명의 가형사대', '허철'과 같은 '매개자' 역할을 하는 새로운 등장인물들이다. 하숙집 노인의 등장으로 이상한 손님과 손가락 한 토막의 지문이 일치한다는 사실을 발견하고, 노인이 보낸 세 명의 가형사대로 인해 노인(이재석)이 어디에 숨어 있는지 알게 되고, 허철의 등장으로 아버지 허준에게 온 편지의 필체와 백영호에게 온 협박장의 필체가 같은 사람의 것임을 알게 된다. 『염마』에서 사건을 새로운 국면으로 접어들게 하는 것은 단서의 발견이 아니라 인물의 '우연한' 등장이다. 『염마』의 독자는 인물의 우연한 등장에 따라 의문이 증폭되기도 하고 해소되기도 한다.

'탐정의 보조자가 여러 명일 뿐만 아니라 등장인물이 너무 많이 나온다'는 점은 『염마』의 플롯상의 허점으로 지적되어 온 부분이다. 『염마』를 서구의 고전적 유형이 아니라 '범죄소설'의 관점에서 바라본다고 하여도 이 플롯상의 허점을 면할 수 없는 것처럼 보인다. 또한 실제로 등장인물이 너무 많이 나와 플롯이 허술하게 보이는 부분이 있다.

바로 '시골뜨기'라는 등장인물의 돌연한 증발이다.

『염마』의 인물은 백영호 탐정과 그의 수하 상준이, 오복이를 제외하고는 처음 등장할 때 모두 특징적인 인상착의로 지칭된다. 이학희, 이재석, 김서방, 유대설, 허준, 허철, 향초, 서광옥, 서광식 등 대부분의 인물들이 이름이 밝혀지는 것과 달리, 끝까지 이름이 밝혀지지 않는 경우는 허철을 제외한 옛 하숙집 마나님과 세 명의 가형사대의 '매개자들'이다. 그들을 제외하고 유독 이름을 얻지 못한 등장인물이 한 명 더 있다. 옛 하숙집 마나님네 행랑방에 들었던 '시골뜨기'이다. 행랑방의 '시골뜨기'는 건넌방에 든 '이상한 손님'이 실종되기 며칠 전 사라졌다. 필시 무슨 관계가 있을 법 한데 '시골뜨기'는 더 이상 등장하지 않는다. 이후부터 '협수룩한 사나이'가 새로 등장한다. '시골뜨기'와 '협수룩한 사나이'가 동일인이 아니라면, '시골뜨기'는 중간에 감쪽같이 증발해버린 것이다. 감쪽같이 증발해버리기에는 탐정의 그에 대한 의문이 집요했다. '시골뜨기'의 행방에 대한 백영호의 추적 과정을 살펴보면 다음과 같다.

　① "한 삼십 된 협수룩한 사람이 이십오 원씩 석달 신세를 내고 세로 얻었으나 그 밖에는 그의 가족이 어떤지 모르겠다."는 것이 그의 대답이다. / 영호는 그 사내의 인상을 일일이 물어보았으나 마나님네 행랑에 들었던 시골뜨기와는 같지도 아니하였다.(332면)

　② 더구나 그들 일행이 추리컨대 노인과 그 여자와 마나님네 행랑방에서 유숙했다는 그 시골뜨기 같다는 사나이와 또 셋집을 얻으러 왔더라는 협수룩하게 생겼다는 사나이까지 합하면 넷이나 될 것이니, 아무리 하여도 어느 여관에 묵고 있기가 십상팔구일 것이다.(336면)

　③ 그렇다면 마나님네 집에서 행랑에 들었든 그 시골뜨기는 사건에 아무 관계가 없고 정말 시골 철 아닌 구경을 하러 온 시골뜨기인가? / 그러나 마

나님네 집에서 그 거짓 화재소동을 일으키어 이상한 손님이 방으로부터 튀어나온 기회에 그 방에 들어가려는 연극을 꾸민 것은 분명 그 시골뜨기의 짓인 듯한데.(338면)

④ 그러나 이건 또 웬일일까? 회중전등에 비치는 그 잠입자는 생각했던 바와는 딴판으로 시골 농군(農軍)처럼 생긴 사나이가 놀라 허둥지둥하고 있지 아니하는가!(367면)

⑤ 영호는 막상 몰라 그를 끌고 마나님네 집에 와 대문을 흔들어 깨워 마나님께 보였으나 그 집 행랑에 묵던 시골뜨기는 아니라고 한다.(368면)

'시골뜨기'와 '헙수룩한 사나이'가 동일인이라는 가정은 예문 ①에서 금방 어긋나버린다. 백영호 탐정은 적어도 '시골뜨기'의 존재를 3장까지는 의식하고 있었다. 그러나 백영호가 그 여자 일당을 예문 ②에서처럼 '헙수룩한 사나이'가 새로 등장한 이후 네 명이라 가정하고 추적할수록 '시골뜨기'의 종적은 묘연하다. 그 여자 일당은 어느 곳에서나 '헙수룩한 사나이', '노인', '그 여자'까지 세 명이었다. 『염마』의 플롯에서 최대 허점으로 지적될 수 있는 부분은 바로 이 '시골뜨기'라는 인물의 증발이다.[46] 그러다 '그럼 그렇지. 잊어버릴 리가 있나' 하고 다시 등장하는가 싶은 장면이 있다. 바로 예문 ④에서이다. 악당 일파가 휩쓸고 간 집에 어두워지자 조심스레 '시골뜨기'처럼 보이는 인물이 들어서고 있었다. 다들 그 '시골뜨기'인 줄 알고 붙잡았으나 무언가를 훔치러

---

46 여러 논자들이 『염마』의 한계점을 지적하면서 이 부분을 눈여겨보지 않았다는 사실은 다소 이상하다. 탐정소설에서 긴장감을 유지하는 제일의 원리인 '의문'을 추적하는 과정에 해당하는 부분으로, 중간에 '의문'이 증발해버렸음에도 아무도 의구심을 품지 않았다는 것은 놀랍다. 백영호 탐정은 줄기차게 '시골뜨기'의 행방을 찾기 때문이다. 그러다 어느 순간 '시골뜨기'는 백영호의 관심에서 벗어난다. 그 지점을 잘 살펴보아야 『염마』의 특성을 이해할 수 있다.

온 좀도둑에 불과했다. 마나님네 행랑방에서 '이상한 손님'이 사라진 것과 연관이 있을 법한 '시골뜨기'는 정확히 말하면 '헙수룩한 사나이'가 등장한 이후 사라진다. 그러다 백영호 탐정이 서광옥에게 납치되어 그동안의 경과를 듣는 부분에 "몇 차례 암호문서를 빼앗아내려고 협박도 하고 또 수하 한 놈을 그 행랑방에 두어 계교도 썼으나 실패하였다"(537면)라는 간단한 한 줄의 언급으로 그친다.

'시골뜨기가 그 여자 일당이 아니라 범인 서광옥의 수하였다'라는 탐정의 의문 추적 과정이 간단히 생략된 것과는 달리, 탐정소설의 서사에서는 불필요한 이야기가 상대적으로 많은 분량을 차지하고 있다. 불필요한 이야기를 형성하는 부분은 탐정, 범인, 희생자의 구도에서 벗어나는 '인물'의 등장에서 기인한다. 『염마』의 전체 플롯은 '8장 새로운 사건'[47]을 계기로 하여 전·후반으로 나뉜다. '새로운 사건'이란 유대설이 경성역에서 트렁크 속 시체로 발견되었다는 것과 친구 '허철'의 급작스런 등장이다. 유대설이 전반부에 실종되었다가 후반부에서 시체로 발견된다는 점을 감안한다면, 전반부에 한 번도 등장하지 않다가 후반부에 새롭게 등장하는 허철이란 인물은 '문제적'이다. 『염마』는 '허철'의 등장을 계기로 전·후반부로 나뉜다고 볼 수 있다. 허철을 통해 새로 등장하는 또 하나의 인물은 그의 아버지 허준이다.

　⑥ 부자가 저녁상을 받고 앉았는데 마침 배달되는 석간신문을 하인이 들

---

[47]　참고로 전 15장으로 구성되어 있다. '8장 새로운 사건'은 정확히 가운데에 위치한다. 고전적 탐정소설의 관점으로『염마』를 평가하는 논자들은 8장 이후의 서사가 탐정과 범인 중심의 대결로 가득 찬 것을 지적 추리의 소멸로 보고 흥미를 떨어뜨리는 결함으로 지적한다. 그러나 분량상 절반이나 차지하고 있는 탐정과 범인의 대결 양상을 고전적 탐정소설의 공식을 벗어나는 사족으로 보는 것은 무리가 있다. 오히려 처음부터 고전적 탐정소설보다는 모험소설과 비슷한 범죄소설의 유형을 쓰려고 했던 것이 작가의 의도라 보는 것이 타당하다.

여오자 사회면을 죽 훑어보던 허준은 한참만에 괴로운 신음소리와 한가지로 얼굴이 해쓱해지고 사시나무 떨듯이 와들와들 떨었다. / 그 신문은 동소문 밖 살인사건을 보도한 것이었었다. / 전에는 잔인스러운 살인사건 같은 것이 보도되더라도 무서워하기는 고사하고 흥미 있게 그 사건을 수사를 보아왔는데, 이번에 한하여 그와 같이 공포를 느끼는 것은 무엇일까? / 그리하여 허철은 부친더러 그 피해자 이재석이를 아느냐고 물어보았다.[48]

위의 예문에서 허준은 마치 다음 '희생자'가 자신인 것처럼 두려움에 떤다. 『염마』에서 희생자는 마치 연쇄살인사건처럼 유대설 → 이재석 → 이학희 → 허준으로 이어진다. 이 모든 희생자에 대치되는 인물은 서광옥이다. 희생자들 중 유대설과 허준은 이재석의 재산을 사이에 놓고 서광옥과 공모한 사이였다. 허준의 등장으로 그 옛날 사건은 이재석-허준-서광옥 · 유대설의 삼각 구도를 형성한다. 그러나 허철의 등장은 옛날 사건에 얽혀 있는 아버지 허준을 끌어내기 위함이 아니다. 백영호 탐정은 허철 대신 서광옥이 요구한 약속 장소로 나갔다가 납치당한다. 백영호가 '함정'이라는 관문을 통해 범인의 은신처로 들어가도록 하기 위해 허철이란 '매개자'가 필요했던 것이다.

그러나 허철의 서사라인은 탐정이 범인의 소굴로 들어가기 위한 '매개자'로서의 역할을 담당하는 것 이상으로 장황하다. 허준-서광옥의 '범죄서사'에 허철-향초의 '연애서사'가 삽입되기 때문이다. 『염마』의 허철과 향초의 연애이야기는 탐정소설로서의 구조에서 불필요한 줄기이다. 향초를 이용하여 백영호를 '함정'에 빠뜨리려는 악당들의 계획이 수포로 돌아가기 때문이다. 그렇기 때문에 결국 허철-향초의 연

48 채만식, 앞의 책, 459면.

애서사는 탐정소설의 구조에서 그 어떤 역할도 담당하고 있지 않다. 백영호가 악당의 소굴로 들어가는 데는 허철-허준의 부자 관계면 충분하다. 그런데도 '연애서사'는 『염마』 전체에서 등장인물들을 움직이게 하는, 결정적인 감정적 자극제의 역할을 한다. 백영호 탐정을 움직이도록 하는 것이 '희생자 이학희에 얽힌 감정'이라면, 허철이 백영호의 지시에 따라 허준을 안전하게 도피시킬 수 있었던 행동력 역시 '향초를 향한 감정'에서 비롯된다.

『염마』는 서구 범죄소설의 잔인한 시체에 대한 과감한 묘사나 그것이 주는 전율을 포기하고 대신 '연애서사'를 삽입한다. 범죄소설에 드러나는 마약, 살인, 총싸움 등으로 대표되는 유혈이 낭자한 '비정한' 현실세계는, 『염마』에서 독와사 펌프(유일한 무기), 미행, 육박전 등의 '비정하지 않은' 세계로 묘사된다. 『염마』에서 그 틈새를 메우는 것은 인물에 불어넣은 '감정'이다. 탐정 역시 비정한 혹은 냉혹한(hard-boiled)[49] 인물이 아니라 유정한(soft-boiled) 면모를 띤다. 이 글에서 하드보일드(hard-boiled)형 탐정소설이라는 용어를 의도적으로 배제한 이유는 바로 그것 때문이다. 한국 탐정소설의 탐정 역할을 하는 인물은 서구 탐정과 달리, 방정환의 탐정소설에서처럼 희생자와 친남매간이나 동기간으로 '정'에 얽혀 있거나 『염마』의 경우와 같이 '연애' 감정으로 얽혀 있다. 범죄 사건과 연애 감정의 결합은 『염마』뿐만 아니라 김내성의 탐정소설에서 남녀의 애정 문제가 사건의 중요한 원인으로 부각된다거나 『마인』의 명탐정 유불란과 범인 주은몽이 연인 사이였다는 사실에서도 발견할 수 있다. 이것이 바로 『염마』가 범죄소설, 즉 하드보일드형 탐정소설로 창작되었으면서도 그것과

---

49 '하드보일드 픽션'이 하나의 소설 장르를 형성하면서 '간결하고 속된 대화와 냉정한 묘사에 의해, 잔인하고 유혈로 가득 찬 장면을 냉혹하게 객관적으로 묘사한 작품'을 일컫게 된다. '하드보일드'라는 영어 단어에는 '비정한' 혹은 '냉혹한'이라는 뜻과 함께 '현실적인' 혹은 '실제적인'이라는 의미가 내포돼 있다(정규웅, 『추리소설의 세계』, 살림, 2004, 65면).

결별하는 지점이다. 1930년대 유정한(soft-boiled) 탐정소설은 마약, 조직범죄, 살인이 자행되는 더러운 '뒷골목'과는 다른, 연애, 인간관계, 미행이 계획되는 은밀한 '골목길'이 빚어내는 공간의 특수성에서 기인한다고 볼 수 있다. '골목길'은 탐정소설의 주요 활극 무대이기도 했지만, 연애소설에서 연인들의 은밀한 밤거리이기도 했다. 한 작품에서 '범죄'와 '연애'를 동시에 배치하는 것은 당시 신문이나 잡지 독자들의 흥미를 배가시키기 위한 것으로 짐작된다. 1930년대 높은 판매부수를 자랑했던 김말봉의 『찔레꽃』과 김내성의 『마인』이 말해주듯 '연애소설'과 '탐정소설'이라는 두 장르는 양대 산맥을 이루며 대중들의 인기를 끌었을 것이다. 연애와 엽기적 사건을 동시에 배치하는 것은 당시의 문화적 증상이 빚어낸 결과라 볼 수 있다.[50]

5. 결론

『염마』는 지금까지 범인이 중간쯤 미리 밝혀진다는 점, 따라서 중간 이후부터 탐정의 지적 추리가 소멸되고 탐정과 범인의 대결 양상 중심

---

50 당시 치정에 얽힌 살인사건도 시사적 뉴스거리뿐만 아니라 신문소설에 자주 삽입 반복되어 등장한다. 『마도의 향불』, 『찔레꽃』, 『탁류』, 『삼대』 등에는 여자가 남자를 죽이는 살인사건이 등장한다. 1930년대 중요한 사회현상의 하나로 구여성의 남편독살사건 등을 꼽을 수 있었다. 실례로 방인근의 『마도의 향불』은 연애 통속소설이면서, 숙경이 정부와 짜고 남편 김국현에게 비소를 넣은 한약을 꾸준히 먹이는 범죄소설의 구성을 취하고 있다(한명환, 「1930년대 신문소설 연구」, 홍익대 박사논문, 1995, 98~115면 참조). 김내성, 방인근, 최독견 같은 작가들이 탐정소설에서 연애소설로, 혹은 연애소설에서 탐정소설로 전환할 수 있었던 것 역시 같은 맥락에서 살펴볼 수 있다.

『염마』와 『마인』의 자동차 달리는 장면 비교 『염마』(위, 『조선일보』, 1934.7.19)의 공간은 한국적 거리나 간판이 남아있는 가회동을 선택한 반면, 『마인』(아래, 『조선일보』, 1939.9.27)의 공간은 화려하고 이국적인 명수대를 선택했다.

으로 전개되어 독자의 흥미를 떨어뜨린다는 점, 마지막에 가서 암호문서의 해독이 흐지부지 된다는 점, 백영호 탐정의 성격이 '이성'보다 '감정'에 치우친다는 점 등이 결함으로 지적되어 왔다. 그러나 이러한 결함들은 고전적 탐정소설의 잣대로 『염마』를 바라보았기 때문에 나타난 결과이다. 『염마』는 고전적 탐정소설의 유형이라기보다 범죄소설의 유형에 가깝다. '범죄소설'의 관점에서 바라본다면, 중간 이후부터 탐정과 범인의 대결 양상 중심으로 전개된다는 점, 암호문서의 해독이 중요한 것이 아니라 희생자 구출이 중요하다는 점, 백영호 탐정이 여자를 향한 감정에 약한 행동파라는 점 등의 특징들이 작품의 결함이 아니라 다른 유형에서 비롯된 것임을 알 수 있다.

1930년대 범죄소설에서 범인을 미행하여 은신처를 알아내고 그곳을 습격하여 범인 일당을 소탕하는 작전은, 상대방의 정체를 파악하거나, 은닉된 기지를 찾아내 폭파하거나, 중요 인사를 납치하여 지하실에 감금하는 스파이 활동과 닮아 있다. 1930년대 유행하던 '탐정'이라는 용어는 비밀스러운 것에 대한 '조사' 혹은 '내사'와 비슷한 의미로, 혹은 스파이 활동에서 자주 사용되는 '정탐', '탐지', '비밀파괴사업' 등과 동일어로 쓰였다. 이때의 탐정은 인물을 지칭하는 것이 아니라 서술어로서 기능한다. '추리소설'이란 명칭이 서구의 고전적 탐정소설에서 '추리'라는 특성을 추출해 낸 것임을 감안할 때, 1930년대 '탐정'의 서술어적 의미를 살려 '탐정소설'로 명명하는 것이 한국적 탐정소설의 특성을 살리는 것이 아닐까 한다. 『마인』이 이국적인 가장무도회장을 그려내 서구의 고전적 유형을 답습하려 노력했다면, 『염마』는 1930년대 비밀 은닉처인 지하실을 '탐정'하려 했다고 볼 수 있다.

1930년대 모험탐정소설과
김내성 『백가면』의 관계

1. 서론

김내성의 『백가면(白假面)』은 1937년 6월부터 1938년 5월[1]까지 잡지
『소년(少年)』에 연재되었다. 김내성은 『백가면』을 집필하는 동안, 『동
아일보』에 『황금굴』(1937.11.1~1937.12.31: 총 55회 연재)[2]도 연재하고 있었

---

[1] 1938년 『소년』 5월호가 결호여서 확인 미정. 1938년 6월호부터 박태원의 『소년탐정단』
이 연재된 것으로 보아, 또한 38년 6월호 목차에서 『백가면』을 찾아볼 수 없는 것으로
보아, 『백가면』은 5월까지 연재된 것으로 미루어 짐작된다.
[2] 혹자들에 의해 연재 중단이라고 기록(조성면, 『대중문학과 정전에 대한 반역』, 소명출
판, 2002, 288면)되어 있는데, 이는 사실과 무관하다. 『동아일보』 12월 31일자 석간 3면
을 보면 분명히 '계속'이 아니라 '끝'이라고 되어 있다. 또한 고향으로 돌아가 고아원을
세우겠다는 내용 역시 이후 단행본에서의 끝과 동일하다(김내성, 『황금굴』(한국소년
소녀추리모험선집), 아리랑사, 1971, 108~109면).

다. 같은 시기에 소년탐정물을 두 편이나 창작한 것은 흥미로운 현상이다. 더군다나 그는 『백가면』 이전까지 장편보다는 중단편 탐정소설을 선보이고 있었다. 일본 잡지 『프로필』에 「타원형의 거울」(1935.3)로 데뷔한 이래, 「탐정소설가의 살인」(『프로필』, 1936), 『가상범인』(『조선일보』, 1937.2.13~1937.3.21), 『살인예술가』(『조광』, 1938.3~5) 등의 그의 탐정소설 목록에서 『백가면』은 이채롭다.

　『백가면』은 김내성의 첫 장편소설[3]이며, 특이하게도 '소년'탐정소설이다.[4] 당시 장편소설은 '연재' 형식을 띨 수밖에 없었고, 신문이나 잡지와 같은 대중매체를 통해 독자에게 읽혔다. 엄밀히 말하면 『백가면』 이전의 김내성의 탐정소설들은 대중 독자들을 매료시키지 못했던 것으로 보인다. 『백가면』을 계기로 『황금굴』, 『마인』 등의 장편 연재를 줄줄이 발표하고 있는 것으로 보아, 『백가면』은 김내성을 대중작가로 자리매김하도록 하는 계기가 되었다고 볼 수 있다. 김내성의 『백가면』은 연재가 끝난 바로 그 해(1938)에 한성도서에서 단행본으로 출간되었다. 그것만으로도 당시 인기를 짐작할 수 있을 듯한데, 그렇다면 『마인』[5]의 인기는 상당 부분 『백가면』에 빚지고 있다.

3　그러나 『황금굴』의 연재가 『백가면』의 연재보다 먼저 끝난다. 따라서 『황금굴』을 첫 장편소설로 보는 의견도 있을 수 있다고 본다. 그렇지만, 본 연구에서 필자는 『백가면』의 연재가 먼저 시작되었고, 이것이 이후 김내성의 수많은 아동물들로 이어지고 있다고 보기 때문에, 『백가면』을 김내성 아동물의 효시로 보고자 한다. 그러나 사실상 첫 장편 탐정소설은 1936년 창작되었지만 당시 미발표 상태였던 『사상의 장미』이다. 이 책은 해방 후 1955년 신태양사에서 간행되었다. 『사상의 장미』에 관해서는 필자의 「이론과 창작의 조응, 탐정소설가 김내성의 갈등」(『대중서사연구』 21호, 2009.6)을 참조할 것.

4　1937년 이후, 이 시기에 갑자기 소년탐정소설이 등장하기 시작한 것은 아무래도 일본의 에도가와 란포의 소년탐정물인 『괴인 20면상』(1936), 그것의 성공에 힘입어 뒤를 이은 『소년탐정단』(1937)의 영향이 짙었던 것으로 보인다. 잡지 『소년』에 실렸던 박태원의 소설은 란포 소설과 제목도 똑같은 『소년탐정단』(1938년 6월부터 총 6회 연재, 제일 마지막회(7회)는 송년호에 실린다는 광고가 있으나 38년 송년회를 구할 수 없어 확인 미정)이었다.

신연재(新連載) 탐정소설(探偵小說) 흑가면(黑假面)(김내성(金來成) 선생 작, 정현웅(鄭玄雄) 선생 화)

이미 우리『소년』에 탐정소설『백가면』[6]을 연재하여 주먹에 땀을 쥐고 읽게 하던 김내성 선생이 이번에 또 새로이 탐정소설『흑가면』을 써주시기로 되었습니다. 유령흑가면! 유령흑가면! 말만 들어도 무시무시한 이소설은 정녕코 여러분을 열광시키고 말것입니다. 손꼽아 기다리십시오.[7]

이것은 잡지『소년』의 광고 문구이다.『소년』은『백가면』의 인기몰이를『흑가면』까지 이어가고 싶어 했던 것으로 보이나 실행되지는 못했다. 이후의 김내성이 다시 자신이 처음에 창작했던 작품 색깔로 돌아가『살인예술가』, 「백사도」, 「백과 홍」, 「연문기담」 등의 중단편 탐정소설을 쓴 것으로 보아『백가면』과 같은 아동물을 계속 쓸 생각이 없었던 것처럼 보이기도 한다. 세 번째 장편이『마인』이라는 탐정소설의 정통인 것만 보아도 탐정소설 자체를 쓰려 했었다고 볼 수 있다. 김내성에 관한 연구 역시『마인』과 같은 정통 탐정소설에 집중되어 있다.[8] 그에 비해『백가면』은 소년탐정소설이라는 것 때문에, 탐정소설 논자들에게 소홀히 다루어지거나 누락되어 왔다.[9] 그러나 50년대 김내성의 수많은 아동

---

5   김내성, 『마인』, 『조선일보』, 1939. 2. 14~10. 11.
6   실제 지면에서는 '흑가면'이라 쓰여 있다. '백가면'의 오타임이 명백한 사실임으로 바로 잡아 쓴다(박계주, 「마적굴의 조선소년」(제9회), 『소년』, 1940. 11, 71면).
7   박계주, 「마적굴의 조선소년」(제9회), 『소년』, 1940. 11, 71면. 『마적굴의 조선소년』이 끝나 갈 무렵에 광고로 나갔으나 후에 쓰지 못했던 것으로 보인다. 아마 잡지『소년』이 41년 이후에는 간행이 중단되었기 때문인 것으로 사료된다. 『백가면』에 이어『흑가면』을 쓰려고 한 것으로 보면, 『백가면』의 인기를 짐작할 수 있을 뿐만 아니라 '가면'이라는 제목도 대중들의 흥미를 자극한 것으로 보인다. 당시 '가면'은『마인』에서 도입 부분을 장식하는 가장무도회 장면에서도 반복되는 코드이다.
8   김창식, 「추리소설 형성기의 실상과 김내성의『마인』」, 『추리소설이란 무엇인가』(대중문학연구회 편), 국학자료원, 1997, 161~200면; 조성면, 「한국 탐정소설과 근대성」, 『대중문학과 정전에 대한 반역』, 소명출판, 2002, 13~123면.

탐정소설 계통의 등장[10]은 『백가면』에서 이미 예고되었다.

『백가면』이 김내성의 순수창작소설이 아니라 번안소설이라는 설도 있다. 서광운은 『백가면』을 비롯한 『태풍』, 『진주탑』, 「비밀의 문」이 외국의 탐정소설을 번안했다고 언급한 바 있다.[11] 그러나 51년 개작판 서문에서 작가가 이 작품에 대해 번안소설이라 밝히고 있지 않다는 점을 염두에 둘 때, 창작소설로 보는 것이 타당하다.

개작판을 내면서

『백가면』은 지금으로부터 十五년 전에 『소년』 잡지에 一년 3개월 동안[12]

---

9 그렇다고 하여 김내성의 소년탐정소설들이 아동문학 쪽에서 다루어졌던 것도 아니다. 1930년대 『백가면』뿐만 아니라 1950년대 김내성의 수많은 탐정물들은 아동문학 연구자들의 작품 목록에서 아예 배제되어 있다. 김내성의 아동물 중 『쌍무지개 뜨는 언덕』 정도만 거론될 뿐이다. 이러한 현상은 김내성이 '아동문학가'가 아니라 '탐정소설가'라는 인식에서 기인한 것으로 짐작된다. 그러나 김내성의 소년탐정소설은 1950년대 아동소설의 명랑성을 구현하는 데 중요한 영향을 미쳤다고 판단한다. 김내성의 『백가면』은 1950년대 수많은 아동물 탄생의 시발점이다. 그런 면에서 『백가면』에 대한 연구는 1930년대뿐만 아니라 1950년대 아동문학과의 연계성을 살피는 데에도 필수적이라 판단한다.

10 번역·번안소설을 포함하여, 1950년대 김내성의 아동물이 마치 홍수처럼 범람하고 있음을 볼 수 있다. 존스톤 맥컬리의 소설 『검은별』(1954년 『학원』에 연재)의 번역을 비롯하여, 『황금박쥐』(학원사, 1957), 『꿈꾸는 바다』, 『도깨비 감투』, 『쌍무지개 뜨는 언덕』, 『보굴왕』(평범사, 1957) 등 다수의 아동물들이 연애소설 『청춘극장』, 『애인』, 『사상의 장미』, 『실락원의 별』과 함께 간행되었다.

11 정확한 문구는 다음과 같다. "37년 탐정소설 『假想犯人』(朝鮮日報)을 발표한 이듬해 조선일보사에 입사하여 『조광』 편집을 하면서 「狂想詩人」(조광), 『황금굴』(동아일보), 「貯金通帳」(조광타임스), 장편 『마인』(『조선일보』) 등을 연재한 후부터 외국의 탐정소설을 번안한 『백가면』, 『태풍』, 『진주탑』, 「비밀의 문」을 발표하여 우리나라 유일의 탐정소설가로 인기를 모았다(서광운, 『한국 신문소설사 1880~1970』, 해돋이, 1993, 237면). 그러나 이것은 온전히 받아들이기 힘들다. 첫 번째는 『마인』이 『백가면』에 비해 앞서 있는 등의 작품 발표 년도에 관한 문제제기이고, 두 번째는 「비밀의 문」 역시 번안소설의 범주에 넣어버렸다는 것이다. 따라서 어느 작품을 번안한 것인지 정확한 자료가 발굴되지 않는 이상, 이 의견은 수렴할 수 없다고 판단하고 논의를 전개하고자 한다.

12 김내성은 『백가면』이 1년 3개월 동안 연재되었다고 밝히고 있는데, 1937년 6월부터 최대 5월까지 연재되었다고 가정해도 기간이 일치하지 않는다. 1937년 4월, 5월호 목차에, 그리고 1938년 6월호 목차에 아예 없는 것으로 보아 김내성이 착각했을 가능성이 높다.

실렸던 작품입니다. 지금 중학교 一학년인 내 맏딸과 꼭 동갑이지요. 손이 모자라 자꾸만 울어대는 어린것을 부안고 이 작품을 쓰던 기억이 어제처럼 새롭고 눈물 겨웁습니다. 이번 부산으로 피난을 와서 이 책을 다시 세상에 놓게 된것은 마치 죽었던 자식이 살아 돌아온 것처럼 기쁩니다. 그리고 이 기쁨에 두가지 이유가 있습니다. 그 하나는 일제시대를 배경으로 했던 이 작품이 개작(改作)되어 다시금 대한민국에서 소생한 사실이요, 또 하나는 조선출판사에 판권이 팔리였던 이 작품의 출판권을 다시금 저자에게 돌려보내 준 동출판사 사장 이홍기씨의 다사로운 호의가 바로 그것입니다. 이 작품『백가면』에 대해서는 실로 많은 에피소—드와 회고담이 있읍니다만 지면이 없으므로 그것은 후일로 밀우기로 하겠습니다.

　　四二八四년 四월 二十七일 작자 씀[13]

　51년 개작판 서문에서 밝힌 작가의 글을 살펴보면, 이 작품의 구상 당시의 내력이나 여러 가지 에피소드가 있었다고 하는 것으로 보아 번안소설로 보는 것은 무리가 있다. 또한 이 작품에 대한 작가의 애정이 남다른 것으로 비쳐진다. 따라서 다른 자료가 발굴되기 전까지는 일단 김내성의 순수창작물로 보고, 논의를 전개하고자 한다.

　『백가면』은 '탐정모험소설(探偵冒險小說)'이라는 장르의 명칭을 표제로 달고 있다. 모험소설이란 장르는 국내에서 익숙한 것이 아니었다.[14]

13　김내성,『백가면』, 평범사, 1951(4284년으로 표기되어 있다), 5면.
14　'탐정모험소설'이란 장르의 명칭 역시 일본에서 먼저 사용되었다. 1920년대 일본의 아동 잡지계를 주름잡던『소년 구락부』는 장편 소년소설이 일기를 몰았고 '탐정모험소설'을 많이 다루어 독자의 흥미를 돋우었다(이상금,『사랑의 선물』, 한림출판사, 2005, 357~358면 참조). 그러나 1920년대 국내에서 일본의 탐정모험소설에 속하는 장르를 다룰 때, '탐정소설'이라는 명칭을 쓰고 있는 것을 발견할 수 있다. 1920년대 초·중반에 가장 많이 읽힌 민태원의 번안소설『무쇠탈』은 "佛國革命이 산출한 正史實蹟의 탐정소설"(『동아일보』, 1923.10.4)이라 광고되었고,『어린이』에서 방정환의『동생을 차즈려』등의 작품은

그런데, 『백가면』이 실렸던 1937년 4월에 창간된 『소년』잡지에 '모험(冒險)'이란 용어가 장르의 표제로 등장한다. 『백가면』의 장르 표제 역시 '탐정소설(探偵小說)'이 아닌 '탐정모험소설(探偵冒險小說)'이라 내세운다. 이전까지는 잘 쓰이지 않던 '모험'이라는 용어와 '탐정소설'이라는 장르가 결탁하게 된 것은 무엇 때문이며, 더불어 '모험탐정소설'이란 장르의 탄생이 의미하는 바가 무엇인지를 고찰하는 것이 이 글의 목적이다. 그것은 또한 아동물로서의 탐정소설 혹은 모험소설이 언제부터 인식되었으며 만들어졌는지를 밝히는 것이기도 하다. 1930년대 모험탐정소설의 등장배경과 의의를 고찰하기 위해 '모험탐정소설'이라는 표제를 단 대표 작품으로 인식되는 김내성의 『백가면』을 중심 텍스트로 삼는다. '모험탐정소설'로서의 『백가면』이 당대 어떤 분위기에 고무되어 창작되었는지 살피기 위해서는 1930년대 『소년』 잡지의 모험탐정소설, 소년소녀소설, 모험소설, 사실소설 등의 소설 장르 전반을 함께 고찰할 필요가 있다고 판단한다. 더불어 『백가면』과 비슷한 시기에 창작되었던 김내성의 소년탐정소설 『황금굴』과 한인택(韓仁澤)의 『괴도(怪島)의 연기(煙氣)』를 함께 다루기로 한다.

2. 1930년대 잡지『소년』과 모험탐정소설

김내성의 『백가면』이 실렸던 잡지 『소년』은 1937년 4월에 윤석중 주간으로 창간되었다. 1920년대 『어린이』 잡지와 비교해 볼 때,[15] 독자의

탐정소설이란 표제가 달렸다.

연령층을 좀 더 위로 상정해 놓았다. 미취학 아동보다는 취학 아동, 특히 초등학교 고학년 정도를 대상으로 한 것 같다. 동화, 전설, 설화 장르가 대폭 줄고 (장편)소설이 많이 들어가 있어 저학년이 읽기에는 다소 버거워 보이기 때문이다. 특이할 만한 사항은 비슷비슷한 유형의 소설 장르에 대한 명칭이 여러 가지로 혼용되어 사용되고 있다는 것이다. 가령, 소년소설, 소녀소설, 소년소녀소설, 실화소설, 사실소설, 모험소설, 탐정모험소설 등이 장르 표제로 쓰였는데, 실제 내용을 들여다보면, 거의 대개가 소년·소녀들(대개가 소년)의 고난이나 위기를 극복하는 과정을 다룬다. 일종의 성장소설 유형이라 볼 수 있다. 그 중에서도 위험한 상황에서 무사히 탈출하는 극적 상황의 재현이라든가 그곳에 납치된 누군가를 위험을 무릅쓰고 구출해내는 '모험담' 유형이 대표적이다.

　모험소설이란 문학작품상의 한 '장르'로 모험을 다룬 소설을 말한다. 모험을 위주로 다루었기 때문에, 사상성이나 심리성보다 주인공의 '행동'에 치중하였으며, 지식 계층을 위주로 한 순문학보다 대중문학이나 '아동문학' 분야에서 성행하였다.[16] 모험소설에는 실패나 좌절 따위가 설 자리가 없다. 일단 목표를 설정했으면, 그것을 향해 끊임없이 달려가는 강력한 의지로 가득하다. 그리고 그 목표는 반드시 실현된다. 이러한 모험소설이 가지는 낭만성[17]은 성장소설에서 좌절을 딛고 일어서

15　특별히 『어린이』와 비교하는 것은 『소년』 이전의 대표적인 아동잡지가 『어린이』였다는 판단 때문이다.

16　『동아백과사전』 '모험소설' 부분. 작은따옴표 강조는 필자에 의한 것임.

17　한용환은 "모험소설은 낭만적 정서, 낭만적인 세계관이 반영된 소설을 제한적으로 지칭하는 개념으로 관용화함이 옳다. 모험소설이라고 규정되는 소설이 펼쳐 보이는 모험은 따라서 특수한 것이라고 이해되어야 한다. 그것은 일상으로부터 비일상을 향해, 기지로부터 미지로 나아가는 모험이다. 그렇기 때문에 모험소설은 본질적으로 경이로움, 신비, 동경, 감미로운 공포로 가득 찬 이야기의 특수한 현상이다"라고 정의한다. 그러면서 모험소설의 그 특수성이 바로 모험소설에서 모험을 주도하는 인물들이 미성년으로 설정되는 까닭을 말해주는 것이라 한다(『소설학 사전』, 고려원, 1996, 142면).

서 성인 세계로 진입하는 것과도 차별된다. 그래서 끝까지 낭만적 세계에 머무르는 모험소설은 '아동문학'에 보다 더 적합한 것으로 받아들여졌다. 국내에서도 예외는 아니다. 그것은 모험소설 양식들이 『소년』과 같은 어린이들을 대상으로 하는 잡지에 주로 실려 있는 것으로도 증명된다. 서구 모험소설 유형은 『로빈 후드의 모험』을 거쳐 스티븐슨의 『보물섬』, 다니엘 디포의 『로빈슨 표류기』 등으로 이어진다. 20세기에 이르러서야 모험소설은 탐정소설, 탐험소설, 공상과학소설 등으로 세분화된다. 그러나 우리나라에서 모험소설이란 장르는 1930년대 이전까지 거의 찾아보기 힘들다. 국내에서 모험소설을 장르의 표제로 달기 시작한 것은, 탐정소설 중에 소년이 주인공인 것을 대상으로 하여 '모험탐정소설'이라 칭하기 시작한 것과 거의 시기를 같이한다.

'탐정모험소설'[18]이라는 장르의 명칭은 엄밀히 말하면 『백가면』 이전에는 거의 보이지 않는다. 가령, 방정환의 아동탐정물에 '탐정소설'이라는 장르의 명칭을 달았던 점을 감안해본다면, 적어도 1930년대 이후에나 등장한 용어로 짐작된다. 서양의 모험탐정소설은 악당(로빈 후드)소설의 전통에서 비롯된 것이라면, 우리의 모험탐정소설은 탐정소설에서 발달한 것처럼 보인다. 탐정소설이란 장르의 명칭이 먼저 있은 후에 모험소설이 등장한 것으로 짐작해 볼 때, 국내에서 모험소설은 탐정소설의 다른 유형으로 인식된 것이 아닌가 싶다. 다시 말해, 탐정소설이 모험소설보다 더 넓은 범주로 설정되어 있어 모험소설이 탐정소설의 하위 장르로

---

18 '모험탐정소설'이 아니라 '탐정모험소설'이라 칭했던 것도 재미있다. 그것은 아직 모험소설을 하나의 장르로서 인식하지 않고 있었다는 것을 보여준다. '모험'보다 '탐정'이란 용어를 먼저 썼을 때 나타나는 익숙한 호기심의 발로에 대한 기대효과 때문이었을 것이다. 그러나 잡지 『소년』의 뒤로 가면서 모험소설이 하나의 장르로 인식됨에 따라, '탐정모험소설'이 아니라 '모험탐정소설'로 표기된 것을 발견할 수 있었다. 그것은 당시 모험탐정소설이 '모험소설'의 하위 유형이 아니라 '탐정소설'의 하위 유형으로 인식되었다는 증거이다.

인식되었거나, 그도 아니면 서양과는 정반대로 탐정소설에서 모험소설, 탐정소설, 명랑소설과 같은 유형들이 세분화되어 나온 것으로 보인다.

'모험'이란 단어는『소년』잡지의 여러 소설들에서 찾아 볼 수 있다. 다음의 예문들을 먼저 살펴보기로 하자.

① 한가지 목적—이것은 **모험**이다.

우리가 세상에 나서 었테까지 한번도 시험 해 본적이 없은일, **모험** 해본 적도 없는일, 또 한번도 가본적이 없는 토지(土地)로 일정한 계획 밑에서 나가보랴는 일같이 상쾌한 작란은 없을것이다.[19]

② 여기서 잠간 이야기 하지 않을수 없는것은 백두산왕의 보굴(寶窟)에 대해서 입니다. 지금 이렇게 **모험**을 하고 있는 주인공 현리는 五년전에 다만 한아인 동생 현구를 몹시 따리였든 까닭으로 동생은 화가 떠서 약간의 여비를 마련해 가지고 영순이라고 이름을 고친다음 일확천금(一攫千金)의 꿈을 안고 함경도 라진(羅津)쪽으로 떠났든것인데 ……[20]

③ 아이들에게 고만한 **모험심**은 있어도 좋을것이 아니야? …… (그러나, 물론 그대로 저희들만 보낸다면 **위험**하기 짝없는 일 ……

그래 의원아저씨는 아이들 모르게 자기가 뒤를 따라가서 한편으로 소년 들을 **보호**하며 또 한편으로는 그들을 도와 도적을 잡기로 결심하였다.[21]

④ 먹을걸 도적질 하다가 고양이 한테 잡히문 영낙없이 죽는걸 그걸 **모 험하구** 도적질 해 온다구 아주 자세가 여간 아니지요.[22]

웅철이의 **모험**은 다음호부터 시작됩니다. 무시무시한 땅속나라에 큰 전 쟁이 터진것입니다! 손꼽아기다리십시오. 아기자기한 少年六月號![23]

19 金蕙園,「冒險實譚 南極氷原과 싸우는 少年」,『소년』제4권 2호, 1940. 2, 17면.
20 桂英哲,「모험탐정연재소설 白頭山의 寶窟」,『소년』신년호, 1940. 1, 19면.
21 朴泰遠, 鄭玄雄 그림,「少年探偵團」제5회,『소년』, 1938. 10, 65면.
22 주요섭, 정현웅 그림,「장편동화 웅철이의 모험」,『소년』제1권 2호, 1937. 5, 55면.

위의 예문들을 살펴보면, 당시 모험의 의미는 ①에서처럼 탐험, ②에서처럼 보물찾기, ③에서와 같이 범인잡기, ④에서와 같이 판타지 세계로의 이동 등처럼 여러 가지 경우로 인식되었다. 이들 각각은 서구 소설에서 전례를 찾을 수 있는데, 가령, ①은『80일간의 세계일주』, ②는『보물섬』, ③은『톰 소오여의 모험』을 연상시킨다. 예문 ④는 흔히 서구 아동판타지 문학에서 많이 보는 세계이다.[24] 토끼굴로 들어가는『이상한 나라의 앨리스』나 콩나무를 따라 올라가는『재크와 콩나무』등 무수히 많은 판타지의 세계가 모두 여기에 해당한다고 볼 수 있다. 탐험소설에 속하는 것은『남극빙원과 싸우는 소년』한 작품에 불과하고, 다른 지면에서도 거의 찾아보기 힘든 것을 상정한다면, 당시 탐험소설은 국내에서 그다지 실효성을 거두지 못한 것으로 짐작된다. 반면, ②의『백두산의 보굴』과 같은 보물찾기 유형은 여러 군데서 발견할 수 있다.[25] 김내성의 다른 작품『황금굴』을 비롯하여, 소년탐정소설로『동아일보』에 연재되었던『괴도(怪島)의 연기(煙氣)』(韓仁澤, 1938.7.19~8.12), 번안소설『선머슴식 무용전(武勇傳)』등에서 보물찾기 모티프는 반복된다. 그것은 보물찾기가 암호, 지도, 도둑 등과 같은 탐정소설의 공식들을 두루 갖추고 있어 탐정소설이 널리 읽히고 있던 당시 탐험소설이나 공상과학소설보다 친숙했기 때문으로 여겨진다.

그런데, 예문 ③과 ④에서 드러나듯 국내에서 '모험'은 항상 '위험'을

---

23 위의 글, 58면.
24 「웅철이의 모험」은 번안소설로 보여진다. 당시 국내 아동판타지 문학이 그리 발달한 상황이 아니었음에도, 상당히 길게 연재되었을 뿐 아니라 내용상으로도 아동판타지문학의 공식에 딱 부합하는 완성도를 갖추고 있기 때문이다. 그러나 정확히 어느 소설을 번안한 것인지는 아직까지 명확하게 밝혀진 바가 없다.
25 1950년대 작품에서도 보물찾기 유형은 지속된다. 대부분 소년들은 보물을 찾기 위해 배를 타고 바다를 건너며, 그 바다는 인도양으로 설정되어 있고, 보물은 바로 인도의 어느 섬에 숨겨져 있다.

동반한다. 모험은 즐겁고 재미나는 장난과 흥미진진한 탐험 이전에, 목표 달성을 위해 반드시 감수해야 하는 위험을 품고 있다. 따라서 익살, 코믹, 웃음의 정서보다 비장, 스릴, 슬픔의 정서가 압도적이다. 목표에 도달하지 못하면 보물을 찾지 못하거나 미지의 땅을 개척하지 못하는 것이 아니라 납치된 누군가가 다치거나 살해당한다. 1930년대『소년』 잡지에 드러나는 모험의 목적은 바로 위험한 적의 소굴로 들어가서 납치된 누군가를 구출해 내는 것이다.[26]『소년』의 소설에서 누군가가 납치된 상황 설정은 빈번하게 등장한다.『장편 소년소설 마적굴의 조선소년』(1940.3~12)에서 북간도에 사는 인선이는 마적에게 끌려가며,『장편 소녀소설 네거리의 순이(順伊)』(1939.8~1940.8)에서 순이는 어린애들을 팔아넘기는 집단에 유괴된다.『백가면』의 강박사 역시 백가면에게 납치당한다. 따라서 이들 모험의 목적은 마적 혹은 유령 집단에 들어가 납치당한 이들을 귀신같이 빼내 오는 것이다. 그도 아니면『백두산의 보굴』에서처럼 집 나가서 행방을 알 수 없는 동생을 찾아 나서는 것이다.

　모험소설은 위험한 상황을 극복하며 자라는 성장소설과 비슷하지만, 성장소설에서의 성인 사회로 진입하기 위해 겪어야 하는 '좌절'과 같은 비극적인 심리적 체험이 없다. 모험소설은 위기, 모면, 해결 등과 같은 위기 극복의 과정을 중심으로 전개되고, 목표는 '반드시' 달성된다. 1930년대 국내의 모험소설은 아슬아슬한 '스릴감'을 조성하는 탐정소설의 옷을 즐겨 입었다.

26　이것은 방정환의 탐정소설에서도 계속해서 등장하던 모티프이다. 탐정의 목적은 범인이 누구인지를 밝혀내는 것이 아니라 유괴된 동무나 동생을 그들로부터 구출하는 것이다. 방정환의 탐정소설에 관해서는 이 책의「방정환의 소년탐정소설 연구-『동생을 차즈려』, 『칠칠단의 비밀』,『소년사천왕』을 중심으로」(『우리어문연구』 30집, 2008.1, 401~432면) 를 참조할 것.

3. 1930년대 모험탐정소설로서 『백가면』의 특성과 의의

에도가와 란포의 『괴인 20면상』에 등장하는 고바야시 소년은 아케치 고고로 탐정사무소의 조수로 일하고 있다.[27] 따라서 그는 '소년탐정'이란 칭호가 따라붙을 만하다. 『소년탐정단』의 인기몰이까지 가세하여, 일본에서 '소년탐정'은 아직까지 유효하다.[28] 그러나 국내의 경우는 '소년탐정'이라 일컬을 만한 '이름'을 떠올릴 수 없다. 김내성의 『백가면(白假面)』 역시 대준과 수길의 이름은 독자의 기억에서 곧 사라진다. 오히려 남아 있게 되는 것은, 멋진 괴도 '백가면'과 명탐정 '유불란'이다. 탐정소설의 구도에서 상대편(적)의 역할을 담당하는 '백가면'은 그렇다 하더라도, 유불란 탐정은 실제로 사건 해결에 별다른 몫을 수행하지 않고 그저 '이름'만 등장하는 격이다.[29] 일본의 『괴인 20면상』이 '소년탐정'을 탄생시켰다면, 『백가면』이 거둔 효과는 무엇일까. 또한 유불란은 아무런 역할을 담당하고 있지 않음에도 왜 김내성의 소년탐정소설에서 종종 등장하고 있는가. 이 책의 『백가면』 연구는 이 두 가지 의문으로부터 출발한다는 점을 밝혀둔다.

---

27 江戶川亂步, 『少年探偵 怪人二十面相』(江戶川亂步全集1), 昭和 45, ポプラ社, 230면.
28 「명탐정 코난」, 「소년탐정 김전일」에 이르기까지 일본의 경우 소년탐정이 아직까지도 상당한 인기를 누리고 있으며, 국내에까지 방영되고 있다.
29 『검은별』의 바베크 탐정을 떠올리지 않을 수 없다. 유명한 탐정임을 계속 강조하면서도 어느 장면에서나 반복해서 검은별에게 당하기만 하는 모습이 연상되는 것은, 『백가면』이 『검은별』의 영향을 받았으리라는 추측을 가능케 한다.

1) 백가면 복장의 의미 —변장(도둑) 혹은 위장전술(스파이)

①백가면은 온 몸에 치렁치렁한 기나긴 흰 만또 같은 것을 입고 얼굴에는 보기에도 무시무시한 해골(骸骨)을 그린 역시 하얀 탈을 썼습니다.[30]

②아, 보시오! 자동차 앞에 앞발을 공중으로 쳐들고 이를 갈고 있는 한필의 백마(白馬)를! 그리고 무서운 해골의 탈을 쓴 말위의 백가면을!![31]

『소년』에 연재된「백가면」, 3회 삽화

위의 지문을 참고로 백가면의 특성을 짚어보면, 흰 해골 가면을 쓰고 흰 망토를 두르고 흰 말을 타고 다닌다. 이것은 좀 특이하다. 왜냐하면 '변장(變裝)'의 귀재라 일컬어지는 '괴도 뤼팽'이나 '괴인 20면상'의 경우, 어떻게든 눈에 띄지 않게 '평범한' 혹은 '익숙한' 복장과 얼굴로 만드는 것이 관건이다. 그런데, 흰 가면, 흰 망토, 게다가 흰 말까지 어느 것 하나 사람들 눈에 띄지 않는 게 없다. 지나가기만 해도 어디서나 누구에게나 주목을 받기 쉬운 복장 코드이

---

30 김내성, 『백가면』, 평범사, 1951, 9면. 『백가면』 연재 1회가 남아 있지 않다. 기본적으로 1930년대 아동잡지 『소년』에 실린 것을 텍스트로 하나, 간혹 빠져 있는 호는 1951년 평범사에서 나온 것을 텍스트로 선정하였음을 밝힌다. 『백가면』은 1938년 한성도서에서, 그리고 1946년 조선출판사에서 간행되었다. 이 글의 텍스트는 1951년 평범사에서 간행된 단행본이다. 1951년 평범사의 것이 1946년 조선출판사에서 나온 것을 개작한 것이므로 해방 후 어떻게 변모되었는지를 살피는 데 도움이 되리라 판단한다. 강조는 필자에 의한 것임을 밝혀 둔다.

31 김내성, 『백가면』, 평범사, 1951, 21면. 『소년』 잡지 연재의 1회에 해당. 3장 추격부터가 2회인데, 1회가 실린 37년 6월호가 빠져 있다.

다. 자신을 숨겨야 하는 괴도의 입장에서 오히려 자신을 드러내는 복장을 하고 있는 것이다. 이는 마치 현대 판타지 서사에서 슈퍼맨이나 배트맨 같은 민중의 '영웅'으로 자신을 드러내려 할 때 필연적으로 등장하게 되는 마법의 복장[32]처럼 보인다. 백가면은 강박사네 집에 예고장을 던지고 비밀수첩을 찾으러 나타난다. 이때 백가면은 유불란 탐정으로 변장(變裝)한다. 그런데, 뒤이어 진짜 유불란이 도착함에 따라 졸지에 유불란이 두 명이 됨으로써 변장의 효력이 상실되자 가방에서 백가면 복장으로 갈아입은 후 유유히 경관들 틈을 빠져나간다. 그 와중에 백가면은 왜 번거롭게 백가면 복장(해골 가면, 흰 망토)을 다시 착용해야 했던 것일까.

『마인』의 첫 장면은 가장(假裝) 무도회였고, 에도가와 란포는 『황금가면』을 창작했다. 그렇다면 문제는 '가면(假面)'이다. 왜 이 시기에 그토록 가면이 유행했던 것일까. 가면을 쓰고 망토를 휘두르는 도둑의 모습은 이 시기 서구에서도 찾아볼 수 있다. 50년대 김내성이 번역한 『검은별』의 검은별(Black Star)은 존스톤 맥컬리에 의해 1916년 3월 5일자 *The Street & Smith pulp Detective Story Magazine*에 처음 등장한 이래, 1930년까지 살아남았으며, 여러 다양한 시리즈물로 간행되었다. 백가면과 검은별 복장의 공통적인 특징은 색깔 혹은 문양만 달리하고 모두 가면을 쓰고 망토를 두른다는 점이다. 이는 흥미롭게도 kkk단을 연상시킨다. 결국 '가면'은 스파이 단체의 필수 항목과 결부된다. 이는 『백가면』의 연재가 시작되었던 '1937년'을 전후로 하여 비밀파괴, 탐정(정

---

32 복장을 입어야 슈퍼맨이나 스파이더맨은 힘을 얻어 인류를 구하는 영웅이 될 수 있다. 복장을 벗으면 그들은 어김없이 힘을 잃고 지극히 평범한 소시민으로 돌아간다. 복장은 그들에게 슈퍼맨으로서의, 배트맨으로서의, 스파이더맨으로서의 힘을 제공하는 마법(magic)이다.

바베크 탐정과 유불란 탐정 비교 『검은별』(윗줄)에서 검은별과 바베크 탐정의 관계는 『백가면』(아랫줄)에서 (가짜) 백가면과 유불란 탐정의 모습과 흡사하다. 검은별에게 당하는 바베크 탐정처럼 유불란 탐정도 (가짜) 백가면에게 어이없이 당한다.

탐) 등에 관한 기사가 『선봉』 신문에 대거 실렸던 것과 무관하지 않다.[33]

33 「백파—탐정군들에게 대한 재판」, 『선봉』, 1935.9.1; 「정탐군과 유격자들을 재판」, 『선봉』 17호, 1936.2.6; 「정탐군과 유격자들을 재판」, 『선봉』 18호, 1936.2.9; 「뜨로쯔끼주의적 정탐, 비밀파괴자, 조국의 변절자」, 『선봉』, 1937.1.27; 「뜨로쯔끼주의적 및 다른 해독자들과 비밀파괴자들 및 정탐자들과의 투쟁에서 우리의 과업들」, 『선봉』 57호, 60호, 1937.5.6; 「일본 탐정 계통」, 『선봉』 67호, 68호, 1937.5.21, 1937.5.23; 「탐정을 대중적으로 모집」, 『선봉』 90호, 1937.7.6; 「일본정탐」, 『선봉』 93호, 95호, 1937.7.12, 1937.7.17; 「일본

따라서 백가면의 가면의 목적은 변장이 아니라 신분위장이다. 자신이 누구인지를 숨기기 위함이지 자신이 한 행위를 숨기고자 함이 아니다. 도둑질 '행위'는 오히려 드러내어 자랑하거나 뽐낸다. 『괴인 20면상』에서 괴인 20면상이 사전에 예고장을 보내는 것과 같이, 백가면도 언제 강박사의 비밀수첩을 뺏으러 갈 것인지를 미리 통보한다. 따라서 무엇을 도둑질하는지, 괴도가 노리는 것이 무엇인지는 선명하게 드러난다. 밝혀야 할 것은 괴도(怪盜)[34]의 신분인 것이다.

① 경성 육십만 시민에게 고함!
귀신과도 같이 능란한 재주를가진 백가면은 마침내 남대문 꼭대기에서 연기처럼 사라지고 말았다. 백가면의 정체는 아직도 오리무중(五里霧中)이다. / 백가면이란 대체 어느나라 사람인고? …… 백가면이 조선말을 하

탐정부의 파탄적 사업」,『선봉』111호, 113호, 114호, 1937.8.24, 1937.8.27.『선봉』신문에 가장 많은 탐정(비밀파괴)에 관한 기사가 실렸던 년도는 1937년이었다. 1935년부터 간간이 등장하던 탐정군들에 대한 재판 관련 기사는 1937년을 전후로 하여 국가기밀사항 탐지, 정탐, 비밀파괴 등의 본격적인 '스파이' 관련 기사로 전환된다. 또한 그전까지 비밀 혹은 기지 파악 등의 역할을 수행하며 혼자 활약하던 스파이는, 1937년 무렵에 '파괴', '폭발'과 같은 좀 더 강력한 활동을 개시하는 '단체'(대표적으로 중국의 하남성을 중국에서 분리시키기 위한 '흑룡'을 들 수 있다)의 면모를 띠기 시작한다. 이 당시 탐정소설에 등장하는 도둑의 모습도 '~단'의 면모를 띤다. 가령, 1938년 7월 19일부터 8월 13일까지 『동아일보』에 연재된 한인택의 『怪島의 煙氣』에서 왕동팔은 '백골단의 괴수'로 등장한다.

34 괴도(怪盜)는 일본에서 넘어온 용어로 짐작된다. 르블랑의 작품에서 루팡을 해석할 때 '괴도'라는 용어를 쓴 것이(루팡은 에도가와 란포의 『괴인 20면상』 내에서도 "フランスの怪盜アルセーヌ・ルパンのやづ"(ポプラ社, 昭和 45, 56면)라고 표기되어 있다) 이후 『괴인 20면상』 역시 '괴'자를 그대로 계승하여 '괴인'이라는 용어를 이어간다. '괴이할 괴(怪)'는 일본에서는 아주 오래전부터 친숙한 용어이다. 요괴, 괴수, 괴인, 괴도, 괴기 등 '괴'가 들어간 용어가 자주 눈에 띤다. 그러나 우리나라에서는 요괴보다는 마녀가, 괴인이나 괴도보다는 도둑이 훨씬 낯익은 용어였다. 일본어로 번역된 것을 다시 한국어로 번역하는 과정에서, 혹은 일본소설에서 일본어 한자로 사용한 용어들이 넘어오면서 그대로 유입된 것으로 보여 진다. 실제로 『백가면』에서 '옥상의 괴인(怪人)'이란 소제목은 『괴인 20면상』의 '樹上의 괴인(怪人)'(38면)이란 소제목을 연상케 한다.

고 조선글자를 쓸줄 안다고 해서 그를 대번 조선사람이라고 말할수는 없는 것이다. 더구나 지금 전세계는 아세아(亞細亞)의 일각(一角)을 흘겨보며 공포에 떨고있는 사실을 시민제군은 아느냐 모르느냐? …… 그들의 생명과 그들의 재산과 그들의 왕좌(王座)를 일조일석(一朝一夕)에 물거품과 같이 만들어버릴 무서운 긔계가 이 아세아 한모퉁이에서 발명되는날을 얼마나 두려워하는가를 제군은 아느냐? 모르느냐? / 시민제군이어 이 비상시국에 처하는 제군은 벼개를 높이하고 코를 골면서 안락의꿈에 도취할 때가 아니다. 우리의 적(敵)은 단지 한사람의 백가면이 아니라, 지금 호시(虎視)를 부릅뜨고 강박사의 발명을 방해하려는, 그리고 기회만 있으면 긔계에관한 비밀서류를 빼앗고저하는 야수(野獸)와도 같은 전세계의 눈동자다. / 시민제군이어! 제군은 두 눈을 크게 뜨고 서울 장안을 살펴보라. 장안은 지금 각국에서 파견(派遣)된 스파이(軍事探偵)들로 말미암아 일대 수라장을 이루고 있다. 그들은 서로서로 백가면으로부터 비밀수첩을 빼앗어다가 자긔네가 세계의 제왕(帝王)이 되려고 쌈싸우고 있는 것이다. / 시민제군이어! 우리는 손과손을 마조잡고 힘과힘을 합하야 어떠한일이 있다할지라도 강박사를 구해내서 비밀수첩을 빼앗지않으면 안될것이다.[35]

②"네가 거이 매일밤처럼 우리들방으로 숨어들어와서 뭔가를 찾고있다는 사실은 우리들은 알고도 모르는척하고 있었다마는 대체 네가 찾는물건은 무엇이냐?" / "알고싶거던 가르쳐주마. ─그것은 너희들이 너희나라 정부(政府)로부터 받은 비밀지령(秘密指令)이다."[36]

위의 예문은 경찰들이 도주한 백가면을 잡지 못하고 어이없게 놓쳐버리고 난 뒤, 시민들에게 내보낸 기사로 삽입된 것이다. 그런데, 기사

---

35 「장편모험탐정소설 백가면」, 『소년』 제8회, 1938. 1, 86면.
36 「장편모험탐정소설 백가면」, 『소년』 제9회, 1938. 2, 70면.

를 읽다보면 백가면이 우리의 비밀서류를 빼앗으려는 '스파이'이기 때문에 온 시민이 힘을 합쳐 잡아야 한다는 것이 눈에 띤다. 백가면이 보석을 훔치는 도둑이 아니라 비밀서류를 빼앗으려는 스파이인 이상, 우리의 적은 비단 백가면에게만 국한된 것이 아니다. 조선 이외의 다른 나라는 모두 적(스파이)이라 볼 수 있다. 나라와 나라간의 비밀 파악 이것은 곧 '전쟁'에서 이기느냐 지느냐의 열쇠이다. 단번에 다른 나라를 쓰러뜨릴 수 있는 기계에 관한 비밀을 지키면 나라를 살리는 것이지만, 그것을 다른 나라에 빼앗기게 되면 반대로 나라가 위험에 처하게 되거나 다른 나라에게 넘어가게 되고 만다. 1937년 이후 소년탐정소설에서 각 나라의 비밀지령을 받은 탐정(스파이)의 활약상이 여기저기 등장하는데, 이는 '중일전쟁'의 발발 시기와 겹쳐진다. 적으로 지칭되는 나라 역시 '중국'으로 그려진다. 『백가면』에서 강박사로부터 비밀수첩을 빼앗으려는 스파이 역시 중국사람이다. 51년 개작판에서 '중국사람' 혹은 '중국'으로 표기된 부분은 '외국사람' 혹은 '외국'으로 고쳐졌다.[37] 그러나 외국 스파이가 아닌 국내 스파이인 백가면은 조선 사람에게 적이 아니었음을 알 수 있다. 도둑=스파이=좋은 사람(우리 편)이라는 공식은 1930년대 후반 국내 모험탐정소설에서 유용하고 적절했던 것으로 보인다. 그러나 도둑=스파이=좋은 사람(우리 편)이라는 공식은 50년대 모험탐정소설에서 도둑=스파이=(간첩)=나쁜 놈(상대편)으로 전복된다. 따라서 『백가면』에서 괴도 백가면은 반드시 승리해야 하지만, 『황

---

37 해방 후 『백가면』 개작판(평범사, 1951)의 내용은 1937~1938년 『소년』에 연재되었던 것과 거의 일치한다. 두 가지 경우만 고쳐 쓴 것을 찾아볼 수 있는데, 그 첫 번째 경우는 '경성역'을 '서울역'으로, '총독부'를 '중앙청'으로, '경성그라운드'를 '경성운동장', '평양역'을 '인천역'으로 등 지명이 현재에 맞게 고쳐진 것이었다. 두 번째 경우가 바로 스파이로 지칭하던 '중국사람 혹은 '중국'을 '외국사람 혹은 '외국'으로 표기한 것이었다. 이것은 1937~1938년 4월 무렵 당시 조선 사람들에게 스파이는 대개 중국사람으로 인식되었다는 것을 말해주는 증거이다.

금박쥐』에서 황금박쥐 일당은 반드시 소탕되어야 한다. 1930년대 도둑은 대중에게 판타지를 심어주는 '영웅'이었을 가능성이 크다. 1930년대 탐정이라는 용어는 국내에서 범죄사건을 해결하는 '사립탐정'의 경우보다 국가 간의 비밀을 파악하는 '군사탐정(스파이)'에 더 친숙했던 것으로 보인다. 『백가면』 17장의 소제목은 '스파이戰'[38]이다. 1930년대 모험담 유형의 탐정소설, 다시 말해 스파이 유형의 탐정소설이 발달한 것은 국내의 상황과 맞물려서 빚어졌다고 볼 수 있다.

2) 유불란 탐정 등장의 의미─탐정(모험) 혹은 보호자(가족)

『백가면』에 유불란 탐정이 왜 등장하는지에 관한 질문은, 왜 사라졌던 아버지가 사건을 해결하는가에 관한 질문이기도 하다. 우선, 유불란 탐정이 『백가면』에서 하는 역할은 무엇일까에 대해 생각해보도록 하자. 『백가면』의 실제 주인공은 사실 제목에서부터 이미 등장하고 있는 괴도 백가면도 아니고, 백가면에 대적하리라고 예상되는 유불란 탐정도 아니다. 바로 박대준과 강수길이라는 두 소년이다. 사건의 발발과 동시에 유불란 탐정은 부재한다. 더불어 강박사는 납치됨으로써, 박지용은 아주 오래전 행방불명됨으로써, 두 소년의 아버지 역시 부재한다. 반면에 사건이 시작하면서부터 두 소년(박대준이 활약하거나 강수길이 움직이거나 해서 둘 중 한 명은 항상 지면에 등장하고 있다)은 한 번도 자리를 비우지 않는다.

① 동아호텔로 들어선 백가면! 그뒤를 쫓는 박대준소년! 동아호텔 안에서는 어떠한 일이 벌어졌는가? 또 동아호텔 팔호실에 묵고 있다는 박지용이

---

38 「장편모험탐정소설 백가면」, 『소년』 제9회, 1938. 2, 65면.

라는 이는 과연 우리 대준소년의 아버지임에 틀림없는가? 그렇다면? 대준
소년은 아버지를 찾고 백가면을 어떻게 무슨 수로? 대준소년의 가슴은 여러
분의 몇곱쟁이나 더 두근거리고 안타깝습니다. 二月號 二月號『소년』二月
號를 기다리십시오.[39]

　②그러더니 백가면이 어떤 공중전화통으로 들어가지를 않겠습니까. 그
래서 두 소년은 전화통뒤에 숨어서 백가면의 전화거는 소리를 감쪽같이 엿
들었습니다. 그랬더니 백가면은 의외로 황금정 동아호텔에 전화를 걸어 자
기는 ××경찰서의 경관이요 지금 곧 조사할 것이 있어서 호텔로 갈 터이니
잘 안내하라고 이른 후에 동아호텔로 걸어갑니다. 그 뒤를 다르는 두 소년![40]

　③"속았구나. 유불란이게 속았구나!"

백가면은 분한듯이 발을 둥둥 굴렀습니다마는 기쁘기가 짝이 없는 것은
박대준소년입니다.

'에헴! 유불란선생에게 속은 것이 아니라 박대준선생에게 속았다, 이놈!'[41]

　예문 ①은 연재 8회가 끝날 때 다음호에 대한 잡지사의 광고이다. 잡
지사의 줄거리 요약(지금까지의 대강이야기) 광고 문구에서도 독자가 두
소년의 행동을 쫓아가도록 유도한다. 유불란 탐정은 관심 밖이다. 작
품을 읽는 독자에게도 마찬가지이다. 예문 ②에서도 주체는 두 소년이
다. 그리고 예문 ③에서 백가면을 골탕 먹이는 것 역시 유불란 탐정이
아니라 대준 소년이다. 백가면을 뒤쫓아 동아호텔로 들어가는 박대준
소년, 백가면의 전화를 엿듣고 괴도를 골탕먹이는 두 소년의 모험담은
여느 탐정 못지않다. 두 소년이 이렇게 부지런히 뛰고 있는 동안, 유불
란 탐정은 백가면을 잡기 위해 무엇을 했을까.

39　「장편모험탐정소설 백가면」,『소년』제8회, 1938.1, 86면.
40　「장편모험탐정소설 백가면」,『소년』제9회, 1938.2, 66면.
41　위의 책, 69면.

④ 유불란 선생 이하 여러 경관들은 저마다 두 손으로 눈을 부비며 이리 갔다 저리갔다, 이마를 서로 부디치는 사람, 머리로 담을 받고 나가넘어지는 사람─그것은 마치 무슨 이야기에 나오는 소경지옥(盲人地獄)과도 같은 광경이었습니다.[42]

⑤ 그러는 동안에 백가면들은─아니 저 밉살스런 스파이들은 비밀수첩을 빼앗아가지고 자긔네들이 타고온 자동차─저편 바위밑 숲사이에 멈추어 두었던 자동차를 향하여 의긔양양한 발걸음으로 걸어가질 않겠습니까. / "선생님, 이 일을 어찌합니까?" / 하고 두 소년이 일시에 물었습니다. 그러나 유선생은 비장한 얼굴로 그들의 뒷모양을 물끄럼히 바라다볼 뿐이었습니다.[43]

위의 예문에서 유불란이 탐정으로서 하는 역할은 아무 것도 없다. 흔히 탐정은 완벽함을 필수 요소로 하고 범인은 어딘가 허점을 보여야 탐정이 사건을 해결하는 권위가 선다. 그런데, 예문 ④에서 유불란은 백가면에게 당하여 이리저리 허둥지둥 하는 우스꽝스런 꼴이다. 이 장면은 마치 검은별에게 번번이 당하는 바베크 탐정을 연상시킨다. 예문 ⑤에서도 진짜 백가면도 아닌 가짜 백가면들에게 몸뒤짐을 당하여 비밀수첩을 뺏기고 꼼짝 못하는 신세로 전락한다. 무슨 저항 같은 것을 해 볼 겨를도 없이 어이없이 당한다. 결국, 『백가면』에서 유불란 탐정은 육박전에서도 지적 게임에서도 무력한 모습만 보여준다. 김내성은 이 작품에서 괴도 루팡의 창시자인 르블랑의 이름을 차용하여 명탐정 유불란을 처음 탄생시켰음에도, 탐정 쪽이 아닌 괴도 쪽에 오히려 '멋진' 괴도 루팡의 이미지를 투영한다.[44] 그렇다면, 이렇게 아무런 역할

---

42 김내성, 정현웅 그림, 「長篇探偵冒險小說 백가면」, 『소년』 제5회, 1937.10, 44면.
43 김내성, 정현웅 그림, 「長篇探偵冒險小說 백가면」, 『소년』 제10회, 1938.3, 74면. 지면상 단락 구분은 / 로 표기하기로 한다. 이후의 / 표기는 단락 구분임을 미리 밝혀 둔다.

도 담당하고 있지 않은 무력한 탐정을 등장시킨 이유는 무엇일까.[45]

이 부분은 당시 다른 소년탐정소설과 함께 살펴볼 필요가 있다. 『백가면』 이후에 연재되는 박태원의 『소년탐정단』의 경우를 보면, 의원아저씨는 아이들의 도둑잡기 계획을 엿듣고 그들의 뒤를 미행한다. 아이들의 모험에 위험이 따를 것을 감안하여 뒤에서 보호해 주려는 의도였다. 『동아일보』에 연재되던 『괴도(怪島)의 연기(煙氣)』(韓仁澤, 1938)에서도 민우가 은희와 할아버지를 찾아 가는 동안 언젠가부터 어떤 남자가 동행한다. 후에 그 남자는 죽었다고 알고 있었던 은희 아버지임이 밝혀진다. 즉, 국내 소년탐정소설 혹은 모험탐정소설에서 탐정은 사건을 해결하는 역할이라기보다 아이들을 위험으로부터 지켜내는 '보호자'의 역할을 한다. 그래서 별다른 역할을 하지 않음에도 탐정은 항상 아이들의 모험에 '동행'한다. 아이들은 혼자 길을 떠나지 않는다. 이러한 양상은 『톰 소오여의 모험』에서 톰과 허크가 집을 떠나 가족들(어른들)과 연락을 끊은 채 외딴섬으로 며칠간 모험을 감행하던 모습과는 대조적이다.

⑥ "그러면 대준군, 수길군! 군들이 잃어버렸던 아버지를 찾으러가자. 대준군은 박지용씨를, 수길군은 강박사를" / "정말입니까? 선생님?" / 두 소년은 일시에 부르짖었습니다. / "나는 아직까지 거짓말을 못해본 사람이라 두분의 신변에는 지금 무시무시한 위험이 절박하고 있다." / "무시무시한 위험?" / "그렇다!" / "그러면 선생님, 우리들은 지금부터 어디로 가야합니까?"

---

44 국내에서 모리스 르블랑의 작품이 인기를 끌었던 것은, 루팡이 탐정이 아니라 괴도(범인)라서가 아니었을까. 법, 질서의 시스템을 더욱 공고히 구축하는 탐정편이 아니라, 그것을 파괴하는 괴도(스파이) 쪽으로 끌리는 것은 당시의 시대 상황을 고려해 보았을 때 지극히 당연한 심리적 반응이라 볼 수 있다.

45 방정환의 경우처럼 따로 탐정을 등장시키지 않고 그냥 소년이 탐정의 역할을 하면 된다. 실제로 방정환의 탐정소설 전반에서 직업적인 탐정은 등장하지 않는다. 사건 해결의 중심에는 어디까지나 소년들이 있다.

/ "황햇가 강박사의 연구소로!" / "항햇가로요?" / 흥분과 희망과 **모험감**(冒險感)에 떨리는 이 두 소년의 가슴속! 황햇가 강박사의 연구소에서는 과연 어떠한 무서운 일이 생길 것이며 유불란선생이 본 아까 그 편지에는 무엇이 씨어 있었던고? …… 백가면은 또 어디로 자취를 감추었으며 저 흉악한 스파이들은 지금 무엇을 하고 있을 것인고? …… / 이와 같은 의문이 두 소년의 머릿속을 뭉게뭉게 떠돌기 시작하였습니다.(계속)[46]

보물찾기를 위해 길을 떠나거나 혹은 미지의 세계를 탐험하기 위해 길을 떠나는 서양의 모험소설과는 달리, 1930년대 국내 모험탐정소설의 특성은 잃어버린 누군가를 찾아나서는 것이다. 『백가면』에서 황해로 위험한 모험을 감행하는 목적 역시 잃어버린 두 아버지를 찾기 위해서이다. 잃어버린 가족 혹은 친구, 그도 아니면 애인을 찾는 것이 목적인 탐정소설 유형은 이미 방정환부터 시작하여, 채만식의 『염마』에까지 이어지는 한국 탐정소설의 특성이다. 희생자와 '정(情)'에 얽혀 있는 관계, 납치된(사라진) 희생자를 구출하는 것이 탐정의 최종 목적이 되는 것은, 당시 국내 상황과도 맞물려 있다(아마 국내 스파이들은 애국지사를 구출하는 것이 최종 목적이었을 것이다). 국내 모험탐정소설의 한 특성이 사라진 아버지(가족)를 구하고자 하는 것이라면, 다른 하나의 특성은 바로 그 사라졌던 아버지(백가면)가 사건을 해결한다는 것이다. 유불란 탐정의 역할은 바로 아버지가 부재하는 동안 아이들을 보호하는 것이다. 무사히 아버지에게 아이들을 인도하는 순간, 탐정의 역할은 끝난다.

사라졌던 아버지가 사건 해결에 도움을 주는 것은 방정환의 탐정소설 『칠칠단의 비밀』에서부터 지속되어온 모티프이다. 1938년 『동아일

---

46 김내성, 정현웅 그림, 「長篇探偵冒險小說 백가면」, 『소년』 제9회, 1938.2, 75면.

보』에 연재되었던 소년탐정소설 『괴도의 연기』(韓仁澤)에서도 사라졌던 은희 아버지가 백골단의 괴수 왕동팔을 죽임으로써 사건을 해결한다. '모험'탐정소설 『백가면』과 '소년'탐정소설 『괴도의 연기』는 같은 장르로 인식된다. 따라서 '소년=모험'이라는 공식이 탄생한다. 즉 모험은 소년의 향유물이라는 인식이 싹텄던 시기였다고 할 수 있다. 그 전까지 탐정소설과 아동을 결합하는 것은 일반적인 현상은 아니었다. 혹 아동잡지에 탐정소설 장르를 싣는다 하더라도 그것은 어디까지나 '탐정소설'의 여러 양상을 드러내는 한 유형 정도로 받아들여졌다. 그러나 『백가면』에서 탐정모험소설 혹은 모험탐정소설이라는 장르의 명칭이 서로 혼용되어 쓰이기 시작하면서 탐정소설이 아동의 것이라는 인식이 확산되었다. 탐정소설과 아동이 결합하는 지점은 바로 모험이다.[47] 아동의 모험은 낯선 경험, 일상으로부터의 일탈에서 비롯된다. 그러기 위해서는 집, 학교로부터 벗어나야 한다. 그러나 서양의 모험이 집(가족)을 떠나면서부터 시작되는 것과는 달리, 우리의 소년들은 언제나 집(가족)의 테두리 안에서 '보호'받는다.

3) '힘'으로서의 기계의 발명 – 과학(근대문명) 혹은 공상(판타지)

흔히 탐정소설에서 괴도가 노리는 것은 값나가는 보물이거나 그런 보물이 숨긴 곳이 표시된 지도 혹은 암호이다. 그러나 『백가면』에서 서로 빼앗으려고 기회를 노리는 것은 강박사가 만든 '기계'에 관한 비밀서류이다. 탐정소설의 유행과 함께 '지문'과 같은 '과학적' 수사가 강

---

47 이에 대해서는 4장에서 다시 논의하기로 한다.

조되고, '자백'이 아닌 '증거' 확보가 중요하게 부각되었다. 즉, '과학' 용어들은 탐정소설의 국내 유입과 등장을 같이한다. '과학'은 탐정이 멋들어지게 사건을 해결하여 범인을 잡을 수 있는 '권위'이자, 전쟁에서 상대편을 쓰러뜨릴 수 있는 절대 '무기'로 등극한다. 『염마』에서 독가스 펌프가 전부였던 탐정의 무기는 1930년대 후반 잡지 『소년』의 모험탐정소설로 넘어오면 총으로 탈바꿈된다. 『백두산(白頭山)의 보굴』(계영철, 1940)에서 그들 일행은 '총'으로 백두산의 원주민들에게 '힘'을 과시한다. 1937,1938년 『동아일보』에 연재되었던 『황금굴』이나 『괴도의 연기』와 같은 소년탐정소설의 소년들에게 총을 쏘아 상대방을 쓰러뜨리는 것은, 곧 용감한 행동을 상징한다. 『백가면』에서 '기계'의 발명[48]이 그토록 강한 힘으로 상징되는 것도 같은 맥락이다. 유불란 탐정은 비밀수첩에 적힌 강박사가 발명한 기계를 보고 "그렇다! 이 기계가 성공만 한다면 어떠한 나라와 전쟁을 한대도 무섭지 않을 것이다. 반드시 이길 것이다 반드시 이길 것이다!"[49]라고 한다. 기계=전쟁에서의 승리의 공식이 성립되는 것이다.

　다음의 예문을 보면 이과, 발명, 발명가, 기계, 전자석 등과 같은 단어가 눈에 띤다. 이러한 단어들은 이전까지 흔히 볼 수 없었던 것들이다.

　　여러분은 보통학교 잇과(理科)교과서에서 자석(磁石) – 소위 지남철이라는 것을 배웠을 것이며 따라서 자석이 쇠(鐵)를 빨아드리는 힘을 가졌다는

48　기계에 대한 관심은 『마인』에서도 엿볼 수 있다. 『마인』의 끝장면을 살펴보면, 뜬금없이 풍선기구가 등장한다. "이 M백화점으로 말하면 요즈음 창설 이십 주년 기념으로 할인 대매출로 손님을 끌고 있었는데, 거기 대한 선전광고로 매일처럼 이 옥상에서 '창설 이십 주년 기념! 할인 대매출'이란 깃발이 달린 커다란 '애드바룸(廣告球)'을 띄웠다. / 그런데 지금 오상억은 그 '애드바룸'의 줄을 마치 곡마사처럼 발발 기어 올라가고 있지를 않은가!"(김내성, 『마인』(김내성대표문학전집 6권), 삼성문화사, 1983, 432면).
49　김내성, 정현웅 그림, 「장편모험탐정소설 백가면」, 『소년』 제8회, 1938.1, 83면.

애드바룸 삽화. 「마인」(『조선일보』, 1939.10.7(위), 1939.9.30(아래)) 『마인』의 끝부분에 등장하는 '풍선기구'는 지금의 독자에게는 어이없고 황당하지만, 당시 기계 혹은 기구에 대한 관심이 상당했다는 것을 보여준다.

사실도 배웠을 것입니다. / 그런데 자석에는 여러분도 아시는 바와 같이 천연자석(天然磁石)과 인공자석(人工磁石)이 있는데 이 인공자석 가운데서 가장 강도(强度)의 흡인력(吸引力—빨아들이는 힘)을 가지고 있는 것은 전자석(電磁力)입니다. / 옛적부터 위대한 발명이란 모두가 다 사소한 일에서부터 시작되었습니다. 사과나무에서 사과가 떨어지는 것을 보고 만유인력(萬有引力)을 발견하였으며 김으로 말미암아 주전자 뚜껑이 열리는것을 보고 증긔긔관차를 발명하지를 않았습니까. / 그러면 발명가 강영채 박사는 지남철이 쇠를 빨아드리는 사실을 보고 대체 무엇을 생각했는고? …… 만일 전자석에다 강렬한 전긔를 통한다면 어떻게 될 것인고? …… 크고도 무거운 철분(鐵分)을 흡인할 수가 있지 않은가? …… 그러고 과연 그와같은 긔계가 성공만 한다면 어떠한 결과를 맺을 것인가? …… 자장(磁場—지남철긔운이 떠돌고 있는곳) 이 미치는 한도(限度) 내에 있는 쇠라는 쇠는 모조리 끌리어 올것이 아닌가? …… 그러고 가령 그런 긔계를 미츠코시같은 높다란 곳에다 만들어 놓는다면 장쾌하리라 쇠로 만든 물건은 무엇이든지 획획 날아올 것이 아닌가? …… 자전거가 날아오고 구두징이 빠져나가고 전차의 선로(線路)가 공중으로 우불꾸불 춤을 추면서 날아 올라오는 가장 유쾌하고도 무서운 광경을 강박사는 혼자서 상상하며 빙그레 웃었을 것입니다.[50]

위의 지문이 들어간 장의 소제목은 '무서운기계(機械)'[51]이다. 유불란 탐정은 강박사가 발명한 기계에 대해 '무섭다'고 몇 번이나 강조해서 반복한다. "아아 강박사는 실로 무서운 긔계를 발명했고나!"라며 스파이들이 이 기계를 빼앗을 경우를 생각하고 "온몸은 아지못할 공포에 휘잡혀버리었"다. 공상과학소설에서 기계는 흔히 호기심과 신기함과

50 위의 책, 83~84면.
51 김내성, 정현웅 그림, 「장편모험탐정소설 백가면」, 『소년』 제8회, 1938. 1, 82면.

함께 등장하는 것이 일반적이다. 그런데, 유독 '무서운 기계'라 강조하고 있다. 『어린이』에 실렸던 공상과학소설의 유형에 속하는 「천공(天空)의 용소년(勇少年)」[52]이란 작품을 보면, '기계', '발명', '가보지 않은 행성'에 대해 신기함과 호기심으로 가득찬 화성소년이 등장한다. '가보지 않은 행성'에 가는 여러 장비를 고안한 별박사는 소년에게 경탄의 대상이다. 이렇게 미지의 우주 탐험에 대한 호기심은 그들이 지구라는 행성에 도착하는 순간, 두려움, 공포로 전환된다. 그곳에는 '신기한' 기계의 발명으로 인해 '전쟁'이 일어났던 것이다. 그 순간 신기한 기계는 무서운 기계로 탈바꿈된다. 이처럼 기계는 신기한 매혹과 두려운 공포의 이중적 감정을 동시에 품게 하는데, 『백가면』에서는 기계 혹은 발명에 대한 두려움이 신기함을 압도해버린다.

그렇지만, 그 무서운 기계를 가지는 자가 승리하는 것이기 때문에, 그것을 발명한 '발명가'의 지위는 상당하다. 유불란 탐정도 "수길의 아버지 강박사는 한국에서도 유명한 발명가(發明家)이며 우리나라가 중심으로 아까와하는 둘도 없는 학자"(『백가면』, 평범사, 1951, 14면)라고 하며 수길군에게도 아버지를 본받을 것을 권유한다. 더불어 의학을 다루는 의사, 『황금굴』에서의 무전사 등 '기술'을 다룰 줄 아는 직업이 인기를 끌었다. 앞의 지문에서 이과교과서가 강조되고 지남철에 관한 설명이 장황한 것 역시 기술(공업)에 대한 관심이 상당했음을 보여준다. 이는 1930년대 대중들에게 '기술'이 곧 '기계'의 발명으로 이어지는 '실효성'을 거둘 것이라는 믿음 때문이다.

그러나 우리에게 과학소설 혹은 과학은 마치 '판타지'와 같은 모습이었던 듯하다. 말 그대로 '공상' 혹은 '상상'이라 인식되었다고 볼 수 있

---

52 허문일, 「천공의 용소년」, 『어린이』 제8권 8호, 제8권 9호, 1930. 10, 58~63면, 24~29면.

다. 강박사의 연구소가 '황해도 바닷가'의 절벽 바로 옆에 아슬아슬하게 위치해 있다는 것은, 공학연구소 자체가 현실에서 생소하고 낯선 것이었음을 말해준다. 혹 '무서운 기계'가 발명되었으면 하는 낭만적 환상을 꿈꾸었던 것이 아니었을까. 흥미로운 것은 「천공의 용소년」과 『백가면』이 탐정소설의 목록에 들어간다는 것이다.[53]

4. 탐정소설에서 모험생 탄생

　『백가면』을 비롯하여 모험탐정소설 혹은 탐정모험소설이라는 표제를 달았던 유형의 아동물들은 50년대 『학원』과 같은 청소년잡지와 『아리랑』 같은 대중잡지를 간행하던 학원사와 아리랑사에서 소년소녀추리모험소설선집, 명랑소설선집 등으로 묶여 나오며 선풍적인 인기를 끈다. 특이한 것은 50년대 아동소설 속 아동들은 '웃기' 시작한다는 점이다. 더불어 '명랑성' 구현이 마치 아동물의 공식처럼 부각된다. 김내성의 작품 분위기도 변모한다. 『백가면』에서 아버지를 구해야 한다는 두 소년의 비장한 각오는, 『황금박쥐』에서 황금박쥐보다 먼저 보물을 찾으리라는 두 소년의 흥미진진한 탐정놀이로 바뀐다. 이렇게 바뀌기까지 아동탐정소설들은 어떤 과정들을 거쳤을까 짚어보기로 한다.

53　조성면, 『대중문학과 정전에 대한 반역』, 소명출판, 2002, 287~288면.

少年小說 선머슴武勇傳

—第二回—

史又春

(鄭玄雄 畵)

—10—

（지난달이야기） 동리의 선머슴대장 톰과 학크는 어느 날밤 공동묘지로 죽은 고양이를 가지고 사마귀 떼는 약을 만든다고 갔다가 무서운 살인사건을 보았습니다.

사람백장이라고 소문이난 인디안·쪼ー와 모주대장이라고 이름이백힌 빨라가 동리의 젊은 의사 로빈손과 같이 몰래 공동묘지로 와서 그날 장사를 지낸 윌리암스의 무덤에서 해부용(解剖用)으로 시체를 파냈습니다.

빨라와 쪼ー는 의사에게 돈을 더내와야지 그렇지 않으면 시체를 내버려두겠다고 하면서 쌈을 걸었습니다. 젊은 의사는 두 사람을 메어쳤으나 전에 힘의줄을 가지고 있던 쪼ー는 빨라가 새끼를 끊느라고 거내는 단도로 의사를 찔렀습니다. 그러나 그새 쪼ー타는 의사에게 몽치로 얻어 맞고 정신을 잃고있었습니다。

『소년』지에 연재된 「선머슴식 무용전」(1938.2) 서구 모험소설의 전형으로 자리잡고 있는 『톰 소오여의 모험』의 번안이다. 1938년 1월부터 연재되었으며, 다음 회부터 지난달 이야기를 요약해서 싣고 있다.

1) 다양한 소설 양식의 실험장으로서의 探偵小說

『보물섬』과 함께 서구 모험소설의 전형으로 자리잡고 있는『톰 소오여의 모험』은『소년』에『선머슴식 무용전(武勇傳)』이라는 제목으로 번안되었다. 작가는 사우춘(史又春)으로 되어 있다. 흥미로운 것은,『톰 소오여의 모험』중에서 톰과 허크가 인디아나 조의 살인사건을 목격한 장면과 인디아나 조가 숨긴 보물찾기의 과정에 해당하는 부분만을 번안하였다는 사실이다.『선머슴식 무용전』은 바로 톰과 허크가 공동묘지에서 살인사건을 목격하는 장면으로 시작한다.[54] 마치 한 편의 '탐정소설'을 연상케 하는『선머슴식 무용전』은, 장편 소년소설이란 장르 명칭을 달고 있다. 이는 당시 소년소설, 모험소설, 탐정소설이 딱히 구분되지 않았다는 것을 말해준다. 1920년대부터 1930년대까지의 장르 용어의 사용을 살펴보면, '모험' 혹은 '모험소설'이라는 용어의 사용보다 '탐정' 혹은 '탐정소설'이란 용어의 사용이 앞서 있었음을 볼 수 있다. 가령, 1920년대부터 간행된『어린이』같은 경우, 목차를 대략 살펴보면 만화, 소품, 우화, 역사동화, 감상, 과학(「천공의 용소년」), 탐정(『소년사천왕』,『칠칠단의 비밀』,『동생을 차즈려』), 전기, 소설, 전설 등의 장르가 있었다. 과학소설, 탐정소설, 역사소설과 같은 소설의 하위 장르가 있었지만, '소설'이란 장르 표제가 붙는 경우가 자주 있었던 점을 감안하면, '소설'이 아직 다양한 장르로 분화되기 이전임을 알 수 있다. 그럼에도 불구하고 '탐정소설'은 이미 장르의 명칭으로 달리고 있었다. 「천공의 용소년」(허문일) 같은 경우 과학소설이란 표제를 달고 있었지만, 과학소설에 속하는 다른 작품들은 거의 찾아볼 수가 없었다. 여기서 말하는 과학소설은 '공상과학소설'에 해당

---

[54] 사우춘(史又春), 정현웅 그림, 「선머슴식 武勇傳」제1회,『소년』, 1938.1, 28~38면.

한다. 『백가면』에서야 비로소 공상과학소설의 모티프는 다시 등장한다.

『백가면』에서 강박사의 전자석을 이용한 무시무시한 기계의 발명은 공상과학소설의 모티프를 담지하고 있다. 또한 『백가면』은 '탐정모험소설'이란 표제를 달고 있는 반면, 『소년탐정단』은 '탐정소설', 『백두산의 보굴』은 '모험탐정소설'이란 장르 표제를 달고 있다. 이는 '모험'이란 단어가 막 등장하기 시작하면서 빚어진 현상인 것처럼 보인다. 가령, '판타지 사극'과 '사극 판타지'는 기본적으로 그것이 속하는 장르를 달리한다. 전자는 판타지 요소를 내포하고 있지만 '사극'에 속하고, 후자는 사극을 표방하고 있지만 '판타지'에 속한다. 따라서 모험탐정소설과 탐정모험소설이라 했을 경우, 전자는 탐정소설의 유형에 속하지만, 후자는 모험소설의 유형에 속한다고 볼 수 있다. 37년 창간되어 40년까지 간행된 『소년』 잡지에서 '모험소설'이란 용어를 단독으로 사용하여 장르의 표제로 달고 있는 경우는 거의 찾아볼 수 없다. 『마적굴의 조선소년』의 제3회, 4회에서 잠시 '모험소설'이란 표제를 달았지만, 5회부터 다시 처음에 '실화소설'로 시작한 것의 뒤를 이어 '사실소설'로 바뀐다.[55] 그리고 『백두산의 보굴』에서는 탐정모험소설이 아닌 '모험탐정소설'이라 단다. 당시 대중들에게는 탐정소설이 모험소설보다 훨씬 익숙했다. 따라서 당시 모험탐정소설은 '탐정소설'의 한 유형으로

---

[55] 모험소설이라 달았다가 금방 다시 바꾼 것은, 아무래도 어렴풋하게나마 '모험소설'이란 장르가 어디까지나 사실보다는 낭만적 이상을 담고 있기 때문인 것으로 보인다. 소설의 내용은 인선이가 마적들에게 끌려가 비극적 결말을 맞이하는 것이다. 비극적 결말 자체가 모험소설이란 장르에 어울리지 않는다는 것을 당시 이미 파악했던 것으로 보인다. 또한 모험소설이라 달린 회(3회와 4회)의 내용을 살펴보면, 인선이가 마적들에게 납치되어 가는 도중 뒤를 좇는 그림자가 있다는 부분이다. 결국 그 뒤를 좇는 그림자는 인선이네가 기르던 개임이 밝혀지고 개와 마적들이 일대 격투를 벌이게 된다. 이는 당시 국내 탐정소설의 유형에 해당한다고 볼 수 있다. 이런 점들로 미루어 짐작해 볼 때, 당시 모험소설과 탐정소설은 거의 같은 의미로 인식되었다는 것을 알 수 있다.

인식되고 창작되었다고 볼 수 있다.

소년탐정소설, 모험탐정소설, 소년소설, 소녀소설 등의 내용도 누군가를 위험한 상황에서 구출해내는 국내 탐정소설의 양상, 가령, 방정환의 탐정소설에 등장한 모티프가 반복된다. 장편 소녀소설이라는 장르표제가 붙은 『네거리의 순이(順伊)』 역시 '탐정소설'의 양식을 띠고 있다. 거리에서 꽃을 팔던 순이는 어느 날 어떤 여자의 꼬임에 빠져 낯선 곳으로 유괴된다. 순이의 눈을 통해 그 낯선 곳을 묘사하는 장의 제목은 '이상한 집'이다.

① 순이가 그 이상한 마누라에게 끌리어 온 집은 정말 괴상한 집이었읍니다. / 겉으로 보기에는 초라한 채림채림에 아주 조그만 초가집이었으나 정작 안으로 들어가보니 여기저기 방이 많고, 또 방마다 어서 그렇게 모라다 놓았는지 왼통 계집애들판이었읍니다. / 순이는 인력거에서 나리자 곧 수상한 마누라를 뿌리치고 도망질을 치려했으나 그러나 그것은 공연한 헷수고였읍니다.[56]

② "순이만은 어서 이집에서 도망을 해야될텐데 이일을 어떻거면 좋으냐." / 그들은 이야기를 다 듣고나서 이런 근심도 하여 주었읍니다. 그러나 이상하게도 그들의 이야기가 밤 늦게까지 계속하면은 으레 창 앞에는 이상한 그림자가 어른거리는 것이었읍니다. / "쉿!" / "누굴까?" / 이상하고 궁금한 생각이 나서 하루는 재경이가 가만히 문을 열고 내다보았읍니다. / "앗!" / 그것은 아니나 다를까 무서운 주인마누라의 그림자였읍니다. 제일 첫째 이상한 것은 그집은 왼종일 이상한 사나이와 여편네들이 끄치치 않고 드나드는 것이었읍니다.[57]

---

56 김영수, 「네거리의 순이」(제4회), 『소년』 제3권 12호, 1939.12, 19면.
57 위의 책, 21면.

위의 지문을 살펴보면, '이상한', '괴상한', '수상한' 등의 탐정소설의 수식어들이 대거 동반된다. 순이와 다른 잡혀 온 친구들의 행동 역시 무언가를 탐지하려는 '아동탐정'의 모습과 흡사하다. 가령, 이 집은 대체 무얼 하는 곳일까, 이곳으로부터 도망하려면 어떤 방법이 있을까 등등을 연구하는 모습들은 탐정소설의 한 장면을 연상시킨다. 거북이와 할아버지, 그리고 영옥이의 도움으로 그곳으로부터 탈출하는 데 성공하는 이 소녀소설은 모험(소년)탐정소설의 유형과 닮아 있다. '사실소설' 혹은 '실화소설'이라는 장르 표제가 붙은 『마적굴의 조선소년』역시 마찬가지이다. 북간도 명성촌에 살던 인선이는 어느 날 갑자기 낯선 마적들의 방문을 받고 그들에게 납치된다. 그런데 납치되어 가는 도중에 '뒤를 쫓는 그림자'[58]가 있다. "그러나 그들은 자기들뒤에 이상한 그림자 하나가 뒤를 쫓고 있다는 것을 전혀 몰랐습니다",[59] "이상한 소리가 들려왔습니다. 이 기괴한 소리에 깜작 놀라는 마적들은 약속이나 한듯이 일시에 머리를 뒤로 돌렸읍니다"[60] 등의 문구를 사용하여 독자의 긴장감을 조성한다.

1930년대 탐정소설은 다양한 장르의 소설 양식들의 실험장(實驗場)으로서의 역할을 담당했다. 1930년대 다양한 장르 생성의 힘을 발휘하던 탐정소설이 누가 범인인가를 알아맞히는 서구의 고전적 탐정소설에 국한됨으로써 이러한 역동적인 장르 생성의 움직임 또한 그치고 말았다. 현재 국내 공상과학소설이나 모험소설(아동모험소설은 판타지 장르로 발달한다) 양식들이 발달하지 않은 것에 비추어 보면, 그러한 양상은

---

58 박계주, 「모험소설 마적굴의 조선소년」(제4회), 『소년』, 1940.6, 20면. '뒤를 쫓는 그림자'는 한 장의 소제목을 차지하고 있다.
59 제3회, 1940.5, 34면.
60 제4회, 1940.6, 23면.

1930년대 탐정소설이 50년대를 넘어서면서 '추리'소설로 바뀌는 순간 이미 예고된 것처럼 보인다.

2) 모범생(명분)에서 모험생(명랑성)으로-'우는' 아동에서 '웃는' 아동으로

한국 모험탐정소설의 소년은 가족 혹은 학교의 체제를 잘 따르는 '모범생'으로 등장한다. 서구 모험소설의 소년의 모습들이 말썽꾸러기 혹은 익살꾸러기인 것과는 달리, 국내 모험소설의 소년은 학교에서도 공부 잘하고 부모님 말씀도 잘 듣고 동생들과도 사이좋게 지내며 동무들과도 사이좋게 어울리는 흠잡을 데 없는 '모범생'이다. 『소년탐정단』에서 거의 유일하게 거짓말하고 집에 책가방만 던져놓고 밖으로 뛰쳐나가는 천방지축형 선머슴식 소년의 모습이 나타난다. '선머슴'은 모범생과는 거리가 멀다. 『톰 소오여의 모험』을 번안한 작품에 『선머슴식 무용전』이라 제목을 붙인 것으로 보아도 톰과 허크의 모습이 칭찬해야 할 모범생이라기보다 학교나 집에서 통제하기 힘든 '선머슴'으로 비쳐졌던 것이라 짐작된다. 선머슴은 당시 국내 소년소설에는 좀처럼 등장하기 힘든 캐릭터였다.

『백가면』에서 유불란 탐정은 거리에서 대준 소년을 만나자 "음 대준 군인가. 공부 잘하는가?"(제2회 39면)라며 안부 인사를 한다. 더불어 대준이가 강박사의 아들이라 소개해주는 수길에게도 "음. 그러냐! 나도 몇번 만나 뵈였지마는 강박사는 참 훌륭한 분이지. 인제 얼마만 있으면 세계에서 제일 가는 발명을 하실 분이지. 그러니 수길군도 아버님께 지지않을만큼 공부를 잘 해야만 될걸—"(제2회 39면)하고 어깨를 툭 쳐준다. 대준과 수길 소년은 그 말을 가슴에 새긴다. '학교에서 공부를 잘 하는 것'이 곧 훌륭한 사람이 되는 것이라 믿었던 당시 국내소설의 소년은 번안소설 『선머슴식 무용전』에 나오는 틈만 나면 학교에 빠질 궁리를 하는 톰의 모습과는 대조적이다. 톰은 학교에 가서 재미없는 공부를 하는 대신, 교회에 가서 지루한 목사님의 설교를 듣는 대신, 한밤중에 죽은 쥐를 가지고 공동묘지에 가거나, 인디아나 조의 뒤를 몰래 밟으며 그가 숨겨놓은 보물찾기 놀이에 열중한다. '학교', '집', 그리고 '교회'는 톰과 허크에게 가장 지루한 곳이며 가장 멀리하고 싶은 곳이다. 그들에게 신기한 곳은 '공동묘지', '동굴', 그리고 '빈집'이다. 학교와 집, 교회의 원칙으로부터 벗어나는 것, 그래서 그들만의 결사대를 만드는 것이 그 순간 그들에게 지상 최대의 가치이다. 반면, 우리의 소년소녀들은 "위대한 사람이 되어라. 제가 옳다고 생각하는 일에는 조금도 겁을 내지말고 용감히 싸워라. 그러면 너는 우리가 자랑할 만한 훌륭한 사람이 될 것이다"(『백가면』, 평범사, 1951, 14~15면)라는 부모의 말을 가슴 깊이 새기며 자란다. 학교에서 선생님 말을 듣지 않고 집에서 부모님 말을 듣지 않는 학생은 처음부터 개조해야 할 대상으로 인식된다. 이러한 '모범생'은, 『백가면』뿐만 아니라 비슷한 시기 김내성의 다른 소년탐정소설인 『황금굴』에서도 강조된다.

① 학준(學準)이란 소년은 금년 열 여섯 살인 부모 없는 고아(孤兒)입니다. 그래서 그는 일곱 살 먹었을 때부터 지금까지 쭉 고아원 생활을 하지 않으면 안 되었습니다. 학준 소년이 살고 있는 고아원에는 학준이와 같이 부모도 없고, 의지할 친척도 없는 불쌍한 소년 소녀들이 한 십 명 가량 되는 가운데서 학준이처럼 본받을만한 애는 적었습니다. 그는 제가 옳다고 믿는 일은 제 몸을 돌보지 않고 용감히 싸울 뿐만 아니라, 약하고 옳은 자를 도와 주고, 강하고 나쁜 자를 용서치 않고 부셔대는 의용심(義勇心)이

남보다 한층 더 굳세였습니다. / 그래서 학준 소년은 원장(院長) 선생님으로부터 **모범생**이라는 칭찬을 받을 뿐만 아니라, 여러 애들은 그를 자기 친형제와도 같이 따르고 좋아했습니다.[61]

집에서는 부모님 말씀을 잘 듣고 학교에 가서는 공부 잘하는 것을 지상최대의 가치로 아는 1930년대 소년들에게 있어 '모험'은 곧 '모범생' 되기를 포기하는 것이다. '탐정소설'은 바로 모범생 되기를 포기하지 않으면서 모험을 할 수 있는 유일한 탈출구로서의 역할을 담당한다. 학교를 가지 않아도, 집에 들어가지 않아도 용서가 되는 상황은, 바로 납치(유괴)된 누군가를 찾기 위해 동분서주할 때이다. 바로 이 지점에서 당시 소년의 '모험'은 '탐정소설'과 결탁할 수밖에 없었다. 탐정소설에서 '가족' 혹은 '동무'를 구출해야 한다는 명분은, 착한 모범생 이미지를 공고히 구축하면서도 동정을 불러일으키는 요소가 되기 때문이다. 따라서 모범생 이미지를 유지하며 모험을 감행해야 했던 1930년대 소년들의 정서는 눈물, 울먹임, 걱정, 울분 등으로 표출된다. 당시 『소년』에 실린 소년소녀소설 중에서 몇 작품 예를 들어 살펴보기로 한다.

　②그리고 부룩쇠가 또 어머니를 찾다가 우니까 아버지는 어제 저녁처럼 야단도 아니하고 때려주지도 아니하고 되려 사탕을 주면서 살살 달랬습니다. 사탕이 좋아서 부룩쇠는 그때만 어머니를 잊어버리고 **울음을 근쳤습니다**. / 그뒤로 어머니는 영영 없었습니다. 부룩쇠는 아주 풀이 죽어버렸습니다. 어디 나가놀다가 들어올때도 사리문밖에서 엄마—하고 불르기는 하지만 제깐에도 시름이 없어 소리도 크지 아니했습니다.[62]

61　김내성, 『황금굴』(한국소년소녀추리모험선집), 아리랑사, 1971, 14~15면.
62　채만식, 「소년소설 어머니를 찾아서」(제2회), 『소년』 제1권 2호, 1937.5, 37면.

③ 순이는 그냥 울었읍니다. 울 수밖에 없었읍니다. 순사는 마침내 순이더러 옷을 벗으라고 하였읍니다. 몸뒤짐을 하자는 것이었읍니다. / 순이는 저고리를 벗었읍니다. 아무것도 나오지 않았읍니다. (순이야 울지마라)[63]

순이는 그날밤 울어서 꼽박 새었읍니다. / 이렇게 아모도 없는 빈 골방에 가치니, 왜 그런지 깡깽이 하라버지와 거북이의 생각이 더 간절히 났읍니다.(골방의 순이)[64]

④ 인선이는 끌려 가면서도 그리고 발비둥 치고 떼를 쓰면서도 이 뜻하지 않은 변이 꿈만 같았으나 그러나 그것은 너무도 똑똑한 현실(現實)이었읍니다.[65]

오늘은 즐거운 단옷날. 모든 아이들이 새옷 입고 엄마 압바를 따라 혹은 동무들과 짝하여 거리로 구경가는 날. 그러나 인선이에겐 이 즐거운 꿈도 다 깨뜨려지고 가싯길을 걸을 수밖에 없는 불상한 운명의 소유자가 되고 말았다고 생각할 때 눈은 더욱 뜨거워 났읍니다.[66]

예문 ②는 채만식의 『소년소설 어머니를 찾아서』, 예문 ③은 김영수의 『소녀소설 네거리의 순이』, 예문 ④는 박계주의 『실화소설 마적굴의 조선소년』이다. 이들 예문의 공통점은 주인공 소년 혹은 소녀가 처한 상황이 한없이 서글프다는 것이다. 이들은 거의 울면서 나날을 보낸다. 또한 이들은 모두 잃어버린 누군가를 찾아가거나 혹은 어딘가에 강제로 끌려가 탈출해야 하는 '절박한' 상황이다. 이러한 소년 소녀들의 슬픈 사연이 탐정소설과 만나게 되면 '용기'를 얻어 굳센 의지의 소유자가 된다. 그

---

63 김영수, 「장편 소녀소설 네거리의 순이」(제1회), 『소년』 제3권 8호, 1939.8, 13면.
64 김영수, 「장편 소녀소설 네거리의 순이」(제4회), 『소년』 제3권 12호, 1939.12, 25~26면.
65 박계주, 「모험소설 마적굴의 조선소년」(제4회), 『소년』 제4권 6호, 1940.6, 19~20면.
66 위의 글, 21면.

러다 해방이 되고 전쟁을 거쳐 50년대로 넘어오면서 탐정소설 속에서 용감한 행동을 감행하던 소년들은 '명랑성'을 띠기 시작한다. 김내성의 『황금박쥐』의 문철과 학길 소년은 서로서로 대장이라 으스대며 장난도 잘치며 설사 황금박쥐를 대면한다고 해도 두려움이 없다. 50년대 굉장한 인기를 끌었던 김내성 번역의 『검은별』은, 1954년 『학원』에 연재되었다가 여러 출판사(학원사, 아리랑사 등등)에서 단행본으로 출판되었으며, 1982년 MBC에서 아동극으로 방영되기도 했다. 50년대는 소년소녀추리모험선집, 명랑소설선집, 세계명작선집 등 어린이선집의 황금시대라 불리도 좋을 만큼 여러 선집들이 묶여 나와 어린이들에게 인기를 끌었다. 『백가면』, 『황금굴』에서 『황금박쥐』로 이동함에 따라 아동들은 '탐정'[67]의 목적 자체가 바뀌었다. 『백가면』에서 대준과 수길이 누군가를 찾아야(구해야) 하는 '명분'을 가지고 출발하였던 반면, 『황금박쥐』에서 문철과 학길은 그야말로 그들의 '재미'에 빠져든다. 독자 역시 그들의 '벼락 맞은 바위'의 암호풀기와 보물찾기를 순수한 '놀이'로서 동참한다. 아동문학에서 '놀이'로서의 탐정소설은 엄밀히 말하면 아동의 '명랑성' 구현과 함께 탄생했다고 볼 수 있다. 그리고 그 '명랑성'은 바로 1930년대 후반 '모험탐정소설'이 빚어낸 것이었다.

---

67 동사 '탐정하다'라는 의미의 서술어 탐정임.

5. 결론

1930년대 『소년』 잡지에는 세부 유형으로 분화되기 이전의 모험소설 양식들이 여러 가지 장르 명칭으로 창작되고 있었다. 소년소설, 소녀소설, 탐정소설, 모험탐정소설, 실화소설, 모험실화 등등 다양한 장르 명칭을 혼용해서 사용했다. 장르의 명칭을 달리하는 이들 소설들은 대부분 납치된 누군가를 구출하거나 혹은 그곳으로부터 탈출하기 위해 안간힘을 쓰는 내용들로 엮어진다. 김내성의 『백가면』 역시 백가면에게 납치된 강박사를 구하기 위해 두 소년들은 유불란 탐정과 함께 동분서주한다. 그런데, 특이할 만한 사실은 그러한 세부 유형들이 모험소설의 자식들이 아니라 '탐정소설'의 하위 유형들이었다는 것이다. 1930년대 탐정소설은 지금보다 훨씬 다양하고 넓은 의미로 인식되었다. 서구의 모험소설이 20세기로 오면서 탐험소설, 탐정소설, 공상과학소설 등으로 분화된 것과 달리, 우리의 경우 1930년대 당시 국내의 특수한 상황과 맞물려 '탐정소설'에서 '모험탐정소설'의 양식들이 빚어졌으며, 그것이 후에 아동모험물의 발달에 영향을 끼쳤다. 1930년대 탐정소설은 모험소설, 공상과학소설 등의 모티프들이 혼합되어 다양한 장르 실험장으로서의 역할을 수행했다. 에도가와 란포의 『괴인 20면상』이 '소년탐정'을 낳았다면, 김내성의 『백가면』은 '모험'을 가능케 했다. 『백가면』 이후에도 우리에겐 유명한 '소년탐정'은 탄생하지 않는다. 그렇지만 소년들은 50년대 피난지에서도 수많은 추리모험소설들을 읽었고, 그러면서 아동문학의 소년들은 더 이상 집이나 학교에서 말 잘 듣는 '모범생(模範生)'에서 벗어나, 때로는 말썽도 피우고 때로는 동료들과 위험한 가출도 감행하는 '모험생(冒險生)'이기를 자청했다.

식민지 시기 탐정소설의 번역과 수용 양상 및 장편 번역 탐정소설 서지연구

아서 벤자민 리브, 에밀 가보리오, 이든 필포츠의 번역작을 중심으로

1. 서론

낯설고 이질적인 장르가 새로운 땅에 정착하기 위해서는 토착문화와 갈등과 충돌을 빚는 과도기를 거친다. 과도기를 거쳐 적응하려면 대상(장르), 토질(국내사정), 사람의 3요소가 맞아야 한다. 그 중에서 가장 중요한 것은 바로 사람이다. 새로운 대상을 선택하여 들여오는 것도 사람이고, 그것을 받아들이는 것도 사람이다. 그러나 들여오는 사람과 받아들이는 사람은 층위가 다르다. 전자가 주로 유학파를 필두로 하는 지식인 계층이라면, 후자는 그 땅에서 살고 있는 대중[1]이다. 그

---

1 식민지 시기의 대중과 해방 후 1950년대로 넘어오면서 형성된 대중은 서로 층위가 다르

땅의 토질에 오랫동안 젖어있던 이들이 낯선 장르를 처음부터 그대로 흡수하기는 어렵다. 대중은 일단 익숙하고 친숙한 것에 관성처럼 반응하기 마련이다. 그러면서 새로운 것에 묘한 자극을 받으며 신선한 재미를 느끼기도 한다. '번역'은 바로 낯설고 이질적인 장르와 그 땅의 대중을 처음 만나게 해주는 징검다리이다. 새로운 장르가 '번역'을 통해 처음 들어올 때, 대중은 장르 자체의 특성보다 그 안에 녹아있는 어떤 풍경이나 감각이 익숙하기 때문에 반응하기도 한다. 낯선 것에서 발견하는 익숙한 풍경이나 감각은, 국내 사정과 맞물려 대중의 정서적 공감을 불러일으키는 당대의 문화적 코드 혹은 취미라 할 수 있다. '번역'은 '창작된' 나라의 풍경이나 관습 같은 문화적 배경을 드러내기도 하지만, 역으로 '들여온' 나라의 문화나 정서를 반영하기도 한다. 따라서 번역 과정에서 어떤 것이 선택되고 배제되었는지를 따라가 보면, 당시 국내사정과 대중의 취향이 어떠했는지를 알 수 있다.

현재 대중에게 인식된 '추리소설'은 '논리적 추리와 이성적 탐정'을 앞세우는 서구의 고전적 유형에 해당한다. 서구 탐정소설의 '논리적 추리와 이성적 탐정'은 식민지 시기 과학·기계·이성의 자각과 함께 부각되었다. 과학이나 기계의 발명, 이성적 판단과 논리적 추론을 내세우는 서구의 '고전적' 탐정소설 유형은 그 자체로 근대와 동일시되었다. 탐정은 '서구의 탐정처럼' 이성적이고 냉철해야 한다는 사고는 국

다. 그것은 식민지 시기 문맹률이 낮았던 점을 감안하면 쉽게 이해할 수 있다. 가령, 여성의 경우 남성에 비해 문맹률이 훨씬 떨어졌는데, 식민지 시기 신문이나 잡지를 읽었던 여성은 신여성, 여학생 등과 같은 소위 엘리트 계층이었다. 구여성으로 대표되는 가정부인과 신여성으로 대표되는 여학생의 읽을거리도 『춘향전』과 같은 딱지본 고전소설이나 가정소설 유형과 새로운 장르로 신선한 자극을 주었던 신문·잡지의 연재소설로 확연히 나뉘어졌다. 따라서 식민지 시기 신문이나 잡지의 독자는 소위 시대의 유행을 민감하게 읽어내며 만들어가는 엘리트 계층에 속했다고 볼 수 있다. 그런 점을 고려하여 본 연구에서 '대중'이라고 표현하는 경우의 대중은 당시 신문이나 잡지의 독자층을 말한다.

내 창작 탐정소설 속 연애하는 탐정을 무력하게 했고 더불어 그것의 평가도 떨어뜨렸다.[2] 그러나 식민지 시기 근대기획이 반근대적인 것과 갈등과 충돌을 일으키며 모순을 빚어냈듯, 탐정소설 역시 '논리적 추리와 이성'에 반하는 것들이 혼재해 있었다. 탐정은 때로 희생자 혹은 범인과 연애 감정에 휩싸이기도 하고, 논리적 추론이나 과학적 증거보다 감정적 호소나 정면대결의 육박전에 의존하기도 했다. 그러나 연구자들은 한국 탐정소설을 평가함에 있어 서구의 고전적 유형에 해당하는 것만을 잣대로 삼아 탐정소설이 도입되던 시기의 다양한 특성들에 관심을 두지 않았다. 그것은 마치 식민지 시기의 근대기획에서 근대에 반하는 것들을 타파해야 할 대상으로 혹은 전근대적(前近代的)인 것으로 간주하던 경향과 유사하다.

그렇다면, 탐정소설이 처음 국내에 유입되던 식민지 시기의 서구 탐정소설들에서도 과연 논리적이고 이성적인 탐정이 등장했을까가 궁금하다. 당시 대중들도 퍼즐풀이식의 논리적 추론 과정에 몰입했을까. 즉, 당대 번역 탐정소설들도 모두 서구의 고전적인 수수께끼 유형이었는지가 의문이다. 식민지 시기 번역 탐정소설은 탐정소설이란 장르가

---

2 강옥희(『한국근대 대중소설 연구』, 깊은샘, 2000, 64면), 김창식(「추리소설 형성기의 실상과 김내성의 『마인』」, 『추리소설이란 무엇인가』(대중문학연구회 편), 국학자료원, 1997, 161~200면), 이정옥(『1930년대 한국 대중소설의 이해』, 국학자료원, 2000, 116~117면) 등의 연구자들이 채만식의 『염마』의 한계점으로 대표적으로 꼽는 것이 '탐정이 범인이나 희생자에게 애정을 품었다'는 점이다. 그러나 필자는 바로 그 점을 들어 『염마』를 '유정한(soft-boiled) 탐정소설'로 간주하고 서구의 것과 차별되는 한국적 탐정소설이라 재평가했다(이 책의 「채만식의 유정한 탐정소설 『염마』」(『현대소설연구』, 2008. 4, 199~228면) 참조). 또한 식민지 시기 유일한 본격 탐정소설로 평가받던 『마인』에 쏟아지던 찬사가 비판적 색채를 띠게 된 이유 중 하나 역시 유불란 탐정이 범인 주은몽과 연애 감정에 사로잡혀 있었다는 것이다(윤정헌, 「한국근대통속소설사연구」, 『한국근대소설론고』, 국학자료원, 2001, 143~182면; 정혜영, 「김내성과 탐정문학—일제시대 창작 작품에 대한 서지학적 연구를 중심으로」, 『한국현대문학연구』, 405~433면, 특히 422~425면 참조). 뿐만 아니라 실제로 『마인』의 유불란 탐정은 바로 그 이유 때문에 작품의 말미에서 탐정폐업을 선언한다.

국내에 정착하기 전에 대중과 접촉하고 충돌하던 것이므로 날것 그대로의 대중의 반응과 수용 양상을 살펴볼 수 있다. 본 연구는 식민지 시기 '탐정소설'이란 낯선 장르가 대중에게 어떤 방식으로 유통되었고, 대중은 그것을 어떻게 흡수해 나갔는지를 당시 '번역 탐정소설'을 통해 고찰해보고자 한다. 낯선 장르가 국내사정과 맞물려 정착하기 위해 우선적으로 거쳐야 하는 '번역'에서 드러나는 어떤 작가가 대중에게 인기를 끌었는지 혹은 같은 작가라도 그 작가의 어떤 작품이 선택되고 배제되었는지를 살펴보고, 그러한 번역 탐정소설의 특성을 국내 탐정소설에서 얼마나 수용하였는지를 유추해 보고자 한다.

지면상 모든 번역 탐정소설을 다룰 수 없는 관계로 본 연구에서는 신문연재형식과 주로 결합했던 '장편'을 택하기로 한다. 그것은 '서사' 중심인 장편이 '플롯' 중심인 단편에 비해 낯선 장르를 처음 접하는 대중에게 좀 더 쉽게 다가갈 수 있다는 판단 때문이다. 이 글의 일차적인 목적이 번역 탐정소설을 통한 식민지 대중의 탐정소설 수용 방식이라면, 부차적인 목적은 장편 번역 탐정소설의 서지목록을 작성하는 데 있다. 한국 탐정소설사에서 누락된 작가와 작품들의 발굴과, 기록되었다고 하나 창작인지 번역(번안)인지 불명확한 것들에 대한 정리 작업이 함께 진행될 것이다. 그것은 한국 탐정소설사의 누락된 부분을 메우는 것이면서, 결국 연구자 중심의 대중 문화사를 대중이 향유했던 것 중심으로 옮겨놓는 중요한 작업의 일환이 될 것이다. 식민지 시기 번역된(선택된) 탐정소설에 내재한 '당대 대중의 취향이나 정서'의 고찰은, '이성과 과학'을 내세우는 근대적 결과물이 아니라 새롭고 낯선 것과 오래되고 익숙한 것이 빚어낸 '갈등과 충돌' 자체에 주목하는 것이다.

2. 식민지 시기 장편 번역 탐정소설의 서지 목록

식민지 시기 탐정소설 서지목록은 아직도 정리되지 않은 채로 남아 있다. 식민지 시기 번역된 탐정소설을 찾다보면, 신기하게도 당시에 이미 번역되었던 것들이 현재에는 흔적을 찾아볼 수 없거나 심지어 그 작가의 작품 자체가 아예 이후 국내에서 번역된 사례가 없는 경우를 만나기도 한다. 혹은 그와 정반대로 당대 대중의 인기를 끌어 번역되었던 작품들이 현재에도 그 작가의 대표 작품으로 이어지고 있는 사례도 있다. 식민지 시기 탐정소설의 목록을 작성하는 것은 한국 탐정소설의 맥락을 짚어보는 것이면서 현재 국내 탐정소설의 실태를 가늠해보는 중요한 작업이다. 당대와 지금, 무엇이 달라지고 무엇이 선택되고 배제되었는지를 살펴보려는 시도는, 오늘날 왜 한국 탐정소설의 명맥이 사라지고 있는 것일까에 대한 고민으로부터 출발한다. 일단 목록을 작성함에 있어 신문이나 잡지의 연재본 장편 탐정소설 번역을 위주로 하였음을 밝혀둔다. 그것은 신문이나 잡지가 당시 중요한 대중매체로 기능하였으며, 단편보다 '장편'이 대중 흡입력이 우세했다고 판단했기 때문이다. 식민지 시기 단행본으로 간행된 것은 목록에 포함시키지 않았으나(딱지본이나 신소설 류[3]가 더 있었을 것으로 추정되나 확인할 바가 없으므로), 1940년 조광사에서 발간한 『세계걸작탐정소설전집』을 포함시키기로 한다. 이 책은 전

---

3 박진영은 신문연재소설은 아니지만 '정탐소설'을 표제로 내걸거나 그렇게 분류할 수 있는 번안소설들로 『지환당』(역자미상, 1912.1), 『비행선』(김교제, 1912.5), 『지장보살』(김교제, 1912.12), 『도리원』(1913.1), 『일만구천방』(김교제, 1913.4), 『누구의 죄』(이해조, 1913.6) 등이 있다고 한다(「1910년대 번안소설과 '정탐소설'의 매혹」, 『대동문화연구』 제 52호, 2005.12, 305면). 이는 모두 신소설로 분류되고 있는데, 이와 같은 작품들이 더 있었을 것으로 추정되나 본 연구에서는 미확인 단계여서 일단 제외시키기로 한다.

집을 낼 계획이었던 것으로 짐작되나, 3권으로 그친다. 제1권이 바로 김내성의 『홍두 레드메인 일가』와 안회남의 『르루주 사건』의 합본이다. 이 책을 선택한 것은 이 책 자체 때문이 아니라 김내성과 안회남이 번역하기 이전에 이미 이 두 작품이 번역되었었다는 사실 때문이다. 따라서 실제로 논의에 포함되는 것은 김내성과 안회남의 번역 이전의 박노갑의 『미인도』와 은국산인(이해조)의 『누구의 죄』[4]이다.

① 아서 벤자민 리브, 천리구 역, 『엘렌의 공』, 『동아일보』, 1921.2.21~7.1.[5]

② 코난 도일, 천리구 역, 『붉은 실(주홍색 연구)』, 『동아일보』, 1921.7.4~10.10.[6]

③ 모리스 르블랑, 운파 역, 『813』, 『조선일보』, 1921.9.16~?.[7]

④ 모리스 르블랑, 백화 역, 『협웅록(기암성)』, 『시대일보』, 1924.3.31~9.9.

---

4 김교제가 편찬한 1968년 을유문화사의 『신소설전집 제7권』에서 『누구의 죄』의 작자는 은국산인으로 표기되어 있다. 그런데, 논자들의 신소설 목록에서 『누구의 죄』는 이해조의 번역소설로 되어 있다. 가령, 최원식은 『누구의 죄』(보급서관, 1913)를 이해조의 식민지시대 신소설 목록에 포함시키고 있으나, 서양 탐정소설의 번역인 이 작품이 『구미호』(1922)와 『강명화실기』와 함께 문학사적 의미가 빈약하기 때문에 논의에서 제외시켰다(『한국 근대소설사론』, 창작사, 1986, 33면과 114면 참조). 박진영 역시 이 작품이 이해조의 것이라 밝히고 있으나, 소설사적인 파급효과가 별로 없어 그야말로 언급만 하고 말았다(「1910년대 번안소설과 '정탐소설'의 매혹」, 『대동문화연구』 제52호, 2005.12, 305면). 그러나 1913년 6월 보급서관에서 발행된 『누구의 죄』라는 단행본이 을유문화사의 『신소설전집 제7권』에 실린 『누구의 죄』와 동일한 작품이라면, 『르루주 사건』의 최초 번역자는 바로 이해조였던 것이다. 을유문화사의 『신소설전집』의 『누구의 죄』는 1913년 보급서관에서 발행한 것으로 기록되어 있다(514면 참조). 그렇다면, 두 작품은 같은 작품이다. 그러나 1913년 보급서관에서 발행한 『누구의 죄』를 확인하지 못했으므로 작자의 표기에서 은국산인을 내세우고 이해조를 괄호로 묶기로 한다.

5 『동아일보』 1921년 7월 1일과 7월 2일에 '씃'이라고 표기된 마지막 회가 반복해서 실려 있다. 그러므로 실질적 연재는 7월 1일에 끝난다. 조성면과 김창식의 서지목록에서 모두 7월 2일까지라고 표기되어 있으나, 7월 1일로 바로잡는다.

6 『동아일보』 1921년 7월 3일에 연재예고기사가 실린다. 『엘렌의 공』 연재기사도 실렸을 것으로 추정되나, 신문자료가 남아 있지 않아 확인이 불가능했다.

7 『조선일보』 1921년 9월 30일자까지는 연재되었다. 그러나 이후 10월부터 11월 9일까지의 신문자료가 남아 있지 않아 확인이 불가했다. 11월 10일자 신문부터는 연재된 사실이 확인되지 않았다. 연재 중단일 가능성이 높다.

⑤ A. M. 윌리엄슨, 리상수 역, 『귀신탑』, 『매일신보』, 1924.6.3~1925.1.7.[8]

⑥ 포르튀네 뒤 보아고베, 봄바람 역, 『낙화(만년의 르콕)』, 『조선일보』, 1925.3.2~8.30.[9]

⑦ 모리스 르블랑, 양주동 역, 『813』, 『신민』 21~24호, 1927.1~4.[10]

⑧ 모리스 르블랑, 金浪雲(단정) 역, 『최후의 승리(수정마개)』, 『중외일보』, 1928.1.30~5.15(총 105회).

⑨ 모리스 르블랑, 원(苑)동(洞)인(人) 역, 『범의 어금니』, 『조선일보』, 1930.8.5~1931.5.15.[11]

---

8 『귀신탑』은 연구자들의 서지목록에서 저자가 알려지지 않은 채로 있으나, A. M. 윌리엄슨의 *A Woman in Grey*가 원작이다. 일본에서 구로이와 루이코가 『유령탑』이라는 제목으로 번역해서 인기를 끌었던 작품이다. 저자 A. M. Williamson의 결혼 전 이름은 Alice Muriel Livingston이었으나 Charles Norris Williamson과 결혼 후 자신을 Mrs. C. N. Williamson으로 소개했다. 그래서 웬만한 검색에 잘 걸리지 않는다. A. M. Williamson으로 검색해야 한다. 부부의 공동저서가 많지만, 구로이와 루이코가 번역한 *A Woman in Grey*(1898)는 윌리엄슨 여사의 개인작이면서 그녀가 탐정소설계에 첫발을 내딛었던 작품이다.

9 이상하게도 이 탐정소설의 저자는 그렇게 어렵지 않음에도 불구하고 논자들 사이에서 의견이 분분했으며, 지금까지도 밝혀지지 않은 채 잘못 알려져 있다. 김병철의 목록에서는 저자가 불명확한 것으로 되어 있다. 김병철은 이 소설 역시 구로이와 루이코의 번역을 중역한 것이라 밝히고 있다. 그러나 구로이와 루이코의 책에서는 저자가 보아고베로 밝혀져 있다(김병철, 『한국근대번역문학사 연구』, 을유문화사, 1998(초판, 1975), 642면 각주 참조). 조성면(『대중문학과 정전에 대한 반역』, 소명출판, 2002, 285~290면)과 김창식(「추리소설 형성기의 실상과 김내성의 『마인』」, 대중문학연구회 편, 『추리소설이란 무엇인가』, 국학자료원, 1997, 167~170면)의 서지목록에서는 모리스 르블랑의 작으로 되어 있는데, 읽어보면 너무나 쉽게도 르콕 탐정이 등장하는 에밀 가보리오 작품인 것처럼 보인다. 그런데, 에밀 가보리오의 작품들을 아무리 뒤져보아도 『만년의 르콕』이란 작품은 찾을 수가 없다. 결국 '르콕 탐정'으로 찾아 본 결과 원작이 구로이와 루이코가 밝혔던 보아고베의 것이었음을 확인할 수 있었다. 『만년의 르콕(*La vieillese de Monsieur Lecoq*)』은 보아고베가 쓴 에밀 가보리오의 르콕 탐정에 대한 원작 자체를 충실히 살린 일종의 모방품(pastiche)이었던 것이다. 조성면과 김창식의 목록에서 3월 1일부터 연재되었다고 기록되어 있으나, 3월 1일에는 연재예고 기사가 실리고 3월 2일부터 연재가 시작된다. 이 글의 탐정소설 서지목록 정리의 초벌작업은 위의 세 연구자(김병철, 김창식, 조성면)의 도움을 받았음을 밝힌다.

10 전편과 속편으로 나뉘어 연재할 계획이었던 듯하다. 『신민』 1927년 4월에 前篇完으로 되어 있으나, 속편은 찾아볼 수 없다. 속편이 계속될 것이라고 하나 전편으로 연재가 중단되었다.

⑩ H. 랜돈, 역자 불명, 『흉가의 비밀(녹색의 문)』, 『별건곤』, 1930.10.1~1931.2.1.[12]

⑪ 호프만, 流邦 역, 『무죄한 사형수(스퀴데리양)』, 『별건곤』, 1932.11.1(1회).

⑫ 모리스 르블랑, 윤성학 역, 『호저의 비밀(푸른 눈 처녀)』, 『별건곤』, 1933.5.1~7.1(3회).

⑬ A. A. 밀른, 朴禹錫 역, 『「붉은집」의 살인사건』, 『별건곤』, 1933.11.1(1회).[13]

⑭ 모리스 르블랑, 李軒求 역, 『明眸有罪(푸른 눈 처녀)』, 『조광』, 1936.5~1936.8(4회 완).

⑮ 푸레싸, 金煥泰 역, 『疑問의 毒死事件』, 『조광』, 1936.9~1937.3.[14]

---

11 조성면과 김창식의 목록에서 모두 『조선일보』 1930년 8월 1일부터 연재가 시작된다고 표기되어 있으나, 8월 4일 연재예고 기사(『범의 어금니』-明日부터 八面에 게재(1930.8.4, 3면))가 실리고 8월 5일부터 연재가 시작된다. 루팡이 루반으로 표기되어 있다. 같은 신문에 먼저 실렸던 『813』에서도 루반으로 표기되었는데, '루반'은 일본 번역을 중역했을 때의 일본식 표기이다. 지금은 루팡이라는 표기가 우세하다. 모리스 르블랑은 일본 번역을 중역한 경우가 많았는데, 국내 르블랑의 인기는 일본의 영향을 고스란히 받았다고 볼 수 있다.

12 『별건곤』 1930년 10월 1일부터 1931년 2월 1일까지 총 5회 연재되었다. 1931년 3월 1일자부터는 더 이상 보이지 않는 것으로 보아 연재중단. 이후 『별건곤』에 실린 탐정소설 서지목록에 관해서는 이 책의 「1930년대 탐정의 의미 규명과 탐정소설의 특성 연구」(『동양학』 42호, 2007.8, 23~42면)를 참조할 것.

13 곰돌이 푸우로 유명한 아동문학가 밀른은 1930년대 당시 『붉은 집의 수수께끼』라는 탐정소설로 유명하다. 『별건곤』에서 발 빠르게 번역시도를 했으나 아쉽게도 1회로 그쳤다. 『삼천리』에 밀른의 「글 쓰는 법」에 관한 글이 실리기도 했다.

14 조성면과 김창식의 목록에서 역자미상으로 되어 있으나, 안회남의 글에 저자가 언급되어 있다. "그후로 대(大) 뒤마의 『몽떼끄리스또 백작』, 르블랑의 『813』 등 탐정소설이라기보다 일종의 모험소설이라고 할 수 있는 것이 여러 개 번안되었고 본격적인 것으로는 이하윤씨의 손으로 포우의 『황금충』이 처음 번역되었다고 믿는다. 그리고 최근에 와서 『조광』지상(誌上)으로 이헌구씨와 김환태씨가 각기 르블랑과 푸레싸의 것을 하나씩 소개하였으며, 방금 동지(同誌)에 연재중에 있는 고 김유정씨의 『잊혀진 진주』는 그가 병상에서 집필한 반 다인의 처녀작 『벤슨 살인사건』의 이식인 것이다."(안회남, 「탐정소설」, 『조선일보』, 1937.7.13). 당시 세계 십대 탐정소설 작가(「세계 십대 탐정 작가」, 『동아일보』, 1934.3.6~7. 2회 연재. 이 글은 조성면과 김창식의 비평글 목록에서 송인정의 글로 표기되었는데, 실제로 『동아일보』에 게재될 때는 작가가 명시되지 않았다. 혹 다른 곳에서 송인정의 글임을 밝힐 수 있는 자료가 있는지 궁금하다)에도 들어가 있

⑯ 반 다인, 金裕貞 역, 『잃어진 寶石』, 『조광』, 1937.6~1937.11.

⑰ 이든 필포츠, 박노갑 번안, 『미인도(빨강머리 레드메인즈)』, 『농업조선』, 1938.8~1938.9(상편과 하편).

⑱ 코난 도일, 이석훈 역, 『바스카빌의 괴견(怪犬)』, 조광사, 1940.

⑲ 『세계걸작탐정소설전집 제1권』(이든 필포츠, 김내성 역, 『홍두 레드메인 일가』; 에밀 가보리오, 안회남 역, 『르루주 사건』), 조광사, 1940.[15]

⑳ 김내성 역, 모리스 르블랑, 『괴암성』, 『조광』, 1941.1~1941.9.

위의 장편 번역 탐정소설 목록에서는 저자가 밝혀지지 않은 작품은 포함시키지 않았다. 가령, 고유상 번역의 『금강석』(회동서관, 1923.1.20)과 박준표 번역의 『비행의 미인』(영창서관, 1923.5.10)은 원전을 밝히지 못해 제외시켰다. 그러나 책은 확인 가능하므로 원저자가 계속 밝혀지지 않으면 차후 저자미상인 채로 목록에 넣을 것이다. 또한 단행본을 포함시키지 않았으나 (가령, 신소설이나 딱지본뿐만 아니라 신문이나 잡지에 연재된 후 단행본으로 발간된 경우 포함), 이석훈 번역의 『바스카빌의 괴견(怪犬)』은 이전에 신문이나 잡지에 연재된 적 없이 단행본으로 바로 발간되었기에 코난 도일의 번역 경향도 살필 겸 포함시켰다. 마지막으로 신소설이라 위의 목록에는 포

던 '푸레싸'라는 인물은 누구인지 찾을 수가 없다. '영국의 토속학자이며 역사가이자 시인'이라는 수식어구가 따라 붙는 이 인물은 대체 누구인가. 안회남이 언급할 정도면 대중작가라기보다 순문예가로 활동했을 가능성이 높다.

15 논자들의 목록에서 안회남이 번역한 에밀 가보리오의 『르루주 사건』은 사실 이 세계걸작전집 제1권에 수록되었던 작품이다. 그러니까 안회남 번역의 『르루주 사건』(조광사, 1940)을 아무리 찾아봐도 찾을 수가 없었던 것이다. 이 책에 수록된 이든 필포츠의 『홍두 레드메인 일가』와 에밀 가보리오의 『르루주 사건』은 지금까지 전혀 밝혀지지 않았지만 이전에 이미 번역되었었다. 탐정소설 서지목록에서 창작 탐정소설로 기록되어 있는 박노갑의 『미인도』는 이든 필포츠의 『빨강머리 레드메인즈』의 번안이며, 『한국 신소설전집 7권』(金敎濟 外篇, 을유문화사, 1968)에 실린 『누구의 죄』는 에밀 가보리오의 『르루주 사건』의 번안이다. 국내에서 가장 먼저 번역된 장편 탐정소설은 위의 목록에서는 아서 벤자민 리브이지만, 사실은 에밀 가보리오의 『르루주 사건』이라 할 수 있다. 그렇게 본다면, 세계 첫 장편 탐정소설과 국내에서 번역된 첫 장편 탐정소설이 일치하는 셈이다.

함되지 않았지만, 『르루주 사건』의 번역인 『누구의 죄』는 논의에 포함시킨다. 사실상, 확인된 바로는 첫 장편 번역 탐정소설이다.

위의 목록에서 두드러지는 현상은 장편 탐정소설 목록에서 모리스 르블랑의 번역이 압도적이었다는 사실이다. 모리스 르블랑은 단편까지 포함시켜도 식민지 시기 탐정소설사에서 가장 많이 번역된 작가이다. 모리스 르블랑은 범인이 누구인가에 주목하는 퍼즐풀이식의 서구 고전적 탐정소설 유형과는 거리가 있다. 일본에 이은 모리스 르블랑의 인기는 눈여겨볼 만하다.[16] 모리스 르블랑과 쌍벽을 이루는 코난 도일은 장편이 원래 많지 않아서이기도 하겠지만, 르블랑에 비해 상대적으로 번역된 사례가 적다. 명탐정 홈즈가 전지전능하게 사건을 해결하는 코난 도일의 단편은 국내에서 큰 인기를 끌지 못했던 것으로 보인다. 코난 도일은 아서 벤자민 리브와 함께 가장 앞서서 번역된 작가이기는 하지만 이후 눈에 띄게 자취를 감춘다. 두 작가를 제외하고 두 번 이상씩 번역된 작가는 이든 필포츠와 에밀 가보리오이다. 기이하게도 식민지 시기 상당히 유명세를 떨쳤던 에밀 가보리오의 『르루주 사건』은 아직까지 번역되지 않았다.[17]

위에서 번역된 작가가 현재 추리소설 작가로 꼽고 있는 이들과 비슷한 양상을 보이는지 살펴보기 위해 김내성과 안회남의 탐정소설론에서 언급되는 작가들을 비교해보기로 한다. 특별히 김내성과 안회남에

---

16 식민지 시기 모리스 르블랑의 탐정소설 번역 양상에 관해서는 이 책의 「식민지 시기부터 1950년대까지 모리스 르블랑 번역의 역사」(『국어국문학』, 2010. 12)를 참조할 것.

17 에밀 가보리오의 작품으로 국내에 번역된 것은 현재까지 『르콕 탐정』뿐이다. 『르콕 탐정』조차도 최근에 와서야 비로소 번역되었다(한지영, 『르콕 탐정』, 국일미디어, 2003). 그런데, 국내에서 에밀 가보리오 작품의 첫 선으로 『르루주 사건』이 아닌 이 작품을 택한 것은 의문이다.

반 다인, 『잃어진 보석』, 『조광』(1937.6~11) 반 다인의 작품은 식민지 시기 탐정소설론에서 빠짐없이 거론되었지만, 실제 번역 사례는 이것이 유일하다.

주목한 것은, 김내성은 현재까지 식민지 시기 탐정소설사에서 살아남은 유일한 본격 작가이기 때문(연구자들이 김내성의 『마인』을 택했으며, 연구자들에게 선택받은 그의 이론은 이후 한국 탐정소설사에 지대한 영향을 끼쳤을 것으로 사료된다)이며, 안회남은 당대 대중문예가가 아니라 순문예가로서 탐정소설론을 전개시킨 비평가이기 때문(당시 대중문예가가 뽑은 탐정소설 작가는 위의 목록과 크게 다르지 않을 것이라 사료된다. 그럼에도 결국 훗날 영향을 미친 것은 순문예가인 안회남의 비평이었다고 볼 수 있다)이다. 또한 이 두 사람은 조광사에서 1940년 기획했던 세계걸작탐정소설의 제1권을 맡아서 각각 『홍두 레드메인 일가』와 『르루주 사건』을 번역하기도 했다. 당대에도 인정받았던 이 두 사람이 꼽은 탐정작가들은 결국 오늘날까지 유명세를 떨치고 있는 이들이다.

① "······ 영국에서는 탐정소설은 이미 일반대중(一般大衆) 뿐만 아니라 지식계급(知識階級)을 즐겁게 하고 있다. 역사가(歷史家), 철학가(哲學家), 정치가(政治家), 종교가(宗敎家) 등등, 골치 아픈 자기들의 일을 제쳐 놓고 아가다·크리스티 여사(女史)(미국계의 영국여류탐정작가―Agatha Christie) 의 작품에 열중하고 있다고 말하였다."[18]

② 포우의 작품이라도 좋고 가브리오의 작품이라도 좋고 '루팡'물(物)도 좋고 반 다인이나 퀸도 좋고 에도가와람뽀나 또는 필자의 작품도 좋다.[19]

③ 협의의 탐정소설의 대표적인 작가로서 앨런 포와 코난 도일이나 가스통 르루나 가브리오나 아놀드 녹스나 크로포츠나 이든 필포츠나 체스터튼이나 아가다 크리스티나 반 다인이나 앨러리 퀸 등을 들 수 있을 것이다.[20]

④ 도일의 셔얼록 홈즈, 반 다인의 파이로 번스, 벤틀리의 트랜트, '리차드 오스틴' 프리맨의 손다이크 박사 등 이러한 일류 명탐정에까지 자기 자신을 비약시켜 그러한 인격을 대담, 건강, 박학, 현명, 재기를 소지하고 싶어하는 것이다.[21]

이 중에서 단편 작가와 작품 수가 다른 이들에 비해 적은 가스통 르루, 크로포츠, 벤틀리 등의 작품을 제외한다면, 일단 눈에 띄는 차이점은 식민지 시기 장편 번역 탐정소설 목록에서는 서구 고전적 탐정소설의 전형인 애거서 크리스티나 앨러리 퀸, 탐정소설 법칙으로 자주 언급되었던 아놀드 녹스의 작품을 단 한 작품도 찾아 볼 수 없다는 것이다.

---

18 김내성, 「탐정소설론」, 『새벽』, 1956.3, 123면. 불란서의 연구가 프랑소아 포오스카의 말 재인용. 강조는 필자에 의한 것임을 밝힌다.
19 위의 글, 124면.
20 김내성, 「탐정소설론(제2회)」, 『새벽』, 1956.5, 122면.
21 안회남, 「탐정소설」, 『조선일보』, 1937.7.15. 안회남은 당시 김내성의 『가상범인』이나 『마인』에 대해서 평할 정도로 영향력이 있는 비평가였다. 안회남은 주로 서구의 고전적 유형을 탐정소설의 전형으로 꼽았는데, 『가상범인』에 대해서는 본격적인 탐정소설로 간주하지 않았으면서 『마인』에는 찬사를 아끼지 않았다.

『별건곤』에 실린 「「붉은집」의 살인사건」(1933.11) A. A. 밀른은 국내에서 곰돌이 푸우의 작가로 더 널리 알려져 있다. 이 작품은 2000년대 이후 동서문화사에서 『빨강집의 수수께끼』라는 제목으로 이철범에 의해 번역되었다.

반 다인의 번역은 『잃어진 보석』 한 작품이 『조광』에 김유정의 유작으로 번역되었지만, 이 작품은 안회남의 추천을 받은 것이라서 대중의 선호라기보다 비평가의 선호를 반영한 것이라 할 수 있다. 반 다인은 김내성과 안회남의 비평에서 빠지지 않고 중요하게 언급되지만, 대중에게는 반 다인식의 퍼즐풀이가 낯설었던 것으로 보인다. 대신 식민지 시기 신문이나 잡지에서 장편연재의 소재로 택한 작가는 아서 벤자민 리브나 에밀 가보리오, 앨리스 뮤리엘 윌리엄슨, 앨런 알렉산더 밀른(밀른은 국내에서 곰돌이 푸우의 아동문학 작가로 더 널리 알려져 있다), 이든 필포츠 등 현재 잘 알려지지 않은 탐정작가들이다. 이 중에서 국내에 탐정소설이라는 표제를 달고 신문 연재의 첫 선을 보인 아서 벤자민 리브(미국)와 국내에 아직까지 번역되지 않았거나 잘 알려지지 않았음에도 당시에 두 번 이상 번역된 작가인 에밀 가보리오(불란서)와 이든 필포츠(영국)를 중심으로 식민지 시기 장편 번역 탐정소설의 특성을 찾아보고자 한다. 식민지 시기 번역된 탐정소설의 특성을 살펴보는 것은, 국내에 탐정소설이 어떤 방식으로 수용되었는지를 따라가 보는 것이다. 안회남의 『르루주 사건』과 김내성의 『홍두 레드메인 일가』 대신 은국산인(이해조)의 『누구의 죄』와 박노갑의 『미인도』를 분석 텍스트로 정한 것은, 후자가 『르루주 사건』과 『홍두 레드메인 일가』의 번역이었다는 사실에서도 드러나듯 작품의 중요도에 비해 지금까지 연구에서 소홀히 다루어져 왔다는 점 때문이다. 『누구의 죄』와 『미인도』가 신소설이나 번역소설 연구에서도 창작 탐정소설 연구에서도 제외되어 왔던 것에 반해, 안회남이나 김내성에 대한 주목은 이미 진행되고 있는 상태이다. 그러나 『누구의 죄』와 『미인도』와 같이 연구자들의 눈에 띠지는 않았지만 신소설이나 변두리 잡지를 통해 대중과 호흡할 수밖에 없었던 이 작품들이야말로 순수하게 당대 대중의 취향을 반영하는 것이라 볼 수 있다.

3. 식민지 장편 번역 탐정소설의 특성

—아서 벤자민 리브, 에밀 가보리오, 이든 필포츠

식민지 시기 번역된 탐정소설은 지금 국내에서 인기를 끌고 있는 추리소설과는 다소간 괴리를 보인다. 식민지 시기 번역된 탐정소설은 대중에게 익숙한 코드인 이성적 · 논리적 추론, 전지전능한 탐정이 등장하는 탐정소설이 아니다. 그렇다면, 식민지 시기 신문이나 잡지의 연재 혹은 신소설 등의 소재로 선택된 탐정소설은 어떠한 것이었을까. 거기에서 선택된(번역된) 작가나 작품 또한 지금과는 다르다. 가령, 국내에서 가장 먼저 신문 연재 탐정소설로 번역된 아서 벤자민 리브의 작품은 국내에 단편 「블랙 핸드」 이외에는 단 한 편의 번역도 찾아볼 수 없다. 더군다나 과학탐정 케네디의 진수를 알 수 있는 단편집(*The Poisoned Pen* 이나 *Silent Bullet* 같은)이 아닌 장편 『엘렌의 공』을 가져왔다는 것 역시 의외이다. 세계 첫 장편 탐정소설이면서 국내에 유입된 첫 장편 탐정소설인 에밀 가보리오의 『르루주 사건』은 현재까지 번역되지 않은 것으로 알려져 있다.[22] 그나마 이든 필포츠의 『빨강머리 레드메인즈』는 1977년 동서문화사 미스터리 시리즈로 번역되었다. 다른 두 작가에 비해 이든 필포츠의 이 작품이 좀 더 이르게 번역된 것은 아마도 두 작품에 비해 이것이 서구의 고전적인 수수께끼 유형에 가깝기 때문인 것으로 보인다. 그렇다면, 당시 번역된 탐정소설은 현재의 탐정소설과는 어떤 간극이 있는지, 당대에는 즐기지 않았던 퍼즐풀이 탐정소설이면서도 『빨

---

22 『르루주 사건』은 이해조의 신소설 『누구의 죄』, 안회남의 『르루주 사건』, 그리고 후에 김내성의 번안소설 『마심불심』에 이르기까지 여러 번 채택되었다. 그럼에도 불구하고 현재 마니아들은 이 소설의 번역 사례를 전혀 접하지 못하고 있다.

THE SILENT BULLET

THE ADVENTURES OF CRAIG KENNEDY
SCIENTIFIC DETECTIVE

BY
ARTHUR B. REEVE

With frontispiece by Will Foster

Printed at
THE VAN REES PRESS
NEW YORK

A well-directed blow shattered the mechanism of
the delicate wheel. (Page 387)

아서 벤자민 리브의 *The Silent Bullet*의 속표지 아서 벤자민 리브의 작품 중 유일하게 국내에 번역된 *Black Hand*는 이 작품집에 들어있다.

강머리 레드메인즈』는 무엇 때문에 두 번이나 번역되었던 것인지 짚어 보고자 한다. 이들 작품들의 특성은 당대의 국내사정과 대중의 선호 경향이 무엇이었는지 드러내게 될 것이다.

1) 육박전과 과학전 ─아서 벤자민 리브의 『엘렌의 공』

신문연재 첫 번역 탐정소설인 아서 벤자민 리브의 『엘렌의 공』은 탐정이 범인 찾기에 주력하는 서구의 고전적 유형을 벗어난다. 마치 『검은별』에서 그다지 유능하지도 않은 바베크 탐정과 악당 검은별 사이의 대결을 보는 것 같기 때문이다. 국내에서 『검은별』이 성인물이 아닌 아

The
Dream Doctor

The New Adventures of
Craig Kennedy, Scientific Detective

By

Arthur B. Reeve

Author of "The Silent Bullet," "The Poisoned Pen," etc.

Illustrated by
Will Foster

It was Mrs. Brainard, tall, almost imperial in her loose morning gown,
her dark eyes snapping fire at the sudden intrusion.

Printed at
THE VAN REES PRESS
NEW YORK

아서 벤자민 리브의 *The Dream Doctor*의 속표지 응접실 배경으로 사건을 파헤치는 과학탐정 케네디의 모습.

동극으로 유명하듯이, 이 작품 역시 현대 독자에게는 보잘 것 없기 그지없다. 그러나 아서 벤자민 리브는 과학탐정 케네디를 내세운 고전적 유형에 속하며, 당시 코난 도일, 모리스 르블랑과 함께 탐정소설의 장르를 국내에 알리는 3대 탐정소설 작가로 꼽혔다.[23] 그의 추리를 맛보려면 단편이 제격이다. 장편과 단편에서 전혀 다른 스타일을 선보인 아서 벤자민 리브의 작품 중에 장편 『엘렌의 공』은 독특한 위치를 점유한

---

23 이종명, 「탐정문예 소고」, 『한국 근대대중소설 비평론』(조성면 편저), 태학사, 1997, 113
면 참조(『중외일보』, 1928.6.8 재인용). "아더 리브는 전기(前記) 두 작가와 비교하여 훨
씬 현대적이고 과학적입니다. 그의 소설 속에는 모든 현대 문명의 이기가 종횡으로 구사
되어 있습니다. 그의 역작인 「권골(拳骨)」 ─김동성씨 역명(驛名)「움켜쥔 주먹」, 「쌍생
아의 복구」(雙生兒의 復仇)─등은 상당한 가작입니다. 이상 삼인은 현재(現在)한 인물
인데 아직도 각기 자국에서 왕성히 활동하고 있는 모양입니다."(『중외일보』, 1928.6.9(위
의 책, 114면)).

"I AM NOT BY NATURE A SPY, PROFESSOR KENNEDY, BUT—WELL, SOMETIMES ONE IS FORCED INTO SOMETHING LIKE THAT"

THE CRAIG KENNEDY SERIES

THE TREASURE-TRAIN

BY ARTHUR B. REEVE

FRONTISPIECE BY WILL FOSTER

HARPER & BROTHERS · PUBLISHERS
NEW YORK AND LONDON

아서 벤자민 리브의 *The Treasure-train*의 속표지. 앞에서부터 제시된 아서 벤자민 리브 작품집의 속표지에 들어간 그림은 모두 배경이 응접실이며, 케네디 탐정이 사건을 의뢰받는 장면은 셜록 홈즈와도 흡사하다. 식민지 시기 아서 벤자민 리브의 작품으로 선택된 『엘렌의 공』에서 제시되는 케네디 탐정의 활동무대와는 전혀 다르다.

다. 그런데, 식민지 시기 신문연재는 장편 『엘렌의 공』을 택했다. 그것은 신문연재가 장편의 형식과 부합해서일 수도 있고, 『엘렌의 공』이 당시 대중의 기호에 맞았기 때문일 수도 있다.[24] 단편보다는 장편이 대중의 형식이라는 점과 『엘렌의 공』이 창작 탐정소설에 미친 영향력 등을 고려할 때 두 가지 이유가 모두 복합적으로 적용했을 것이라 짐작된다.

---

[24] 신문연재 첫 장편 탐정소설인 『엘렌의 공』은 성공을 거둔 것으로 보인다. 바로 뒤이어 김동성의 또 다른 번역소설 『붉은 실』이 연재되기 때문이다. 게다가 『붉은 실』 연재예고 기사는 『엘렌의 공』이 끝남과 동시에 그 인기에 대해 언급하고 있다. "오리동안 본지에 련재되어 만텬하 독자제군에게 열렬한 환영을 밧든 『엘렌의공』은 작일로써 긋을 맛추고 명일부터는 세계 데일류의 정탐소설가로 일홈이 놉은 '알터, 코난, 도일'씨가 지은 『붉은 실』을 련재하게 되엿다"(「新小說豫告 明日부터 連續揭載-붉은 실」, 『동아일보』, 1921.7.3, 4면).

일단 『엘렌의 공』은 탐정과 범인이 벌이는 대결로 전체서사가 이루어진다. 탐정이 가진 키워드는 '과학', 즉 '기계'의 발명이다. 『엘렌의 공』에서 케네디 탐정과 움켜쥔 주먹이 펼치는 대결은 과학전이다. 과학전답게 '몽혼약', '수은폭발탄', '에프 광선', '음성통(목소리귀신)', '뎐션전화(도청장치)', '뎐긔로 호흡식히는 기계', '엑스광선(엑스레이)', '뎌항미열계', '뎡탐경(볼록렌즈를 이용하여 지나가는 거리 사람들 관찰)' 등의 새로운 약 혹은 기계가 속속 등장한다.

① "여러분 이것 좀 보시오 내가 발서 이러한 일이 싱길 줄 알고 수은(水銀)폭발탄 한 개를 가지고 왓슴니다 억만 조각으로 부스러질 터이니 당신네들이 싱명을 앳기지 아느면 총을 노흐시요 일곱 놈이나 되는 도적은 원리 '케네듸'씨가 유명한 탐뎡으로 과학에 능난한 재조를 알고 잇든 것은 새삼스럽게 설명할 필요도 업는 것이다 그 도적들이 일시에 뒤로 멈칫하엿다 '케네듸'씨는 텬연스럽게 의자 우혜 안저서 그 폭탄을 무릅 우혜 놋코 두 손을 모도아 손가락 끗만 서로 대이고 그 도적들을 향하야 빙그레 우섯다 일곱의 도적은 모혀 드러 죽음을 희롱하는 '케네듸'씨를 정신업시 바라다보고 잇섯다[25]

② "이것이 이태리사람이 발명한 에프광선의 자국인대 멀리서 비초이더리도 영락업시 맛초이고 이러한 쌈은 뎜을 남기여 놋는 것이오 그 사람이 지금 뉴욕에 잇슴니다"[26]

③ "…… 그 에프광선은 이태리사람 '울리비'가 발명한것을 '레크로스'라는 사람이 더 연구하얏는대 사람의뢰를 태우는 긔운이 잇다하며 그러나 그 긔운을 데어하기는 빅금판에 석면(石綿)을 부친 것이라 하엿다 / 그후에

25 아서 벤자민 리브, 「엘렌의 공ー七. 쌍으로노흔돗(六)」, 『동아일보』, 1921.4.20, 3면.
26 아서 벤자민 리브, 「엘렌의 공ー九. 혹독한광선(五)」, 『동아일보』, 1921.5.6, 4면.

'케네듸'씨는 궤짝을 열고 빗금판을 한 개 쓰내 엿는대 이것은 자긔가 발명한 것이엇섯다 이판을 들고 나다려 엇더케 하며는 그 광선의 긔운을 막는다고 설명하엿다[27]

④ 나는 엇지하야 어처구니업시 녁이엇느냐하면 '케네듸' 씨의 계교로 남아미리가에 간다고 속이던 효험이 이 지경에 이르고 말녀나 하고 의심하엿다 우리는 항구를 바라다보고 파선을 당하는 것이나 되지아니하나 성각하엿다[28]

위의 예문 순서는 작품 전체의 서사과정과 맞물린다. 예문 ①에서 도적의 소굴에 들어간 케네디 탐정은 수은폭발탄 한 개로 오히려 도적들을 위협한다. 예문 ②에서 움켜쥔 주먹은 케네디 탐정이 계속 자기 일을 방해하자 에프광선으로 행인을 살인함으로써 항복을 받아낸다. 항복한 줄 알았던 케네디 탐정은 예문 ③에서 에프광선을 막는 석면백금판을 발명한다. 그러나 이러한 노력도 잠시 케네디 탐정은 다시 움켜쥔 주먹의 계략에 말려든다. 이렇듯 케네디 탐정과 움켜쥔 주먹의 대결에서의 승리는 누가 신무기를 개발하느냐에 달려 있다. 과학, 신무기의 개발은 곧 힘의 우세이다. 이러한 과학전은 식민지 탐정소설사에서 유일하게 살아남은 김내성 소설에서도 종종 접할 수 있다. 『백가면』, 「비밀의 문」, 『태풍』에서 비밀무기 혹은 파괴광선으로 등장하는 '과학발명'의 힘은 스파이전에서의 승리를 암시한다. 『엘렌의 공』에서 펼쳐지던 과학전은 국내 탐정소설에서 주로 '스파이'와 함께 등장했다. 신무기 개발과 같은 과학전뿐만 아니라 탐정과 범인의 대결 양상을 중심으로 전개되는 탐정소설은 당시 번역과 창작 모두에서 나타나던 현

---

27 아서 벤자민 리브, 「엘렌의 공―九. 흑독한광선(六)」, 『동아일보』, 1921.5.7, 4면.
28 아서 벤자민 리브, 「엘렌의 공―九. 흑독한광선(七)」, 『동아일보』, 1921.5.8, 4면.

상이었다. 특이한 점은 탐정이 전지전능하다기보다 오히려 무능할 정도로 '열세의 위치'에 있다는 것이다. 전지전능한 탐정을 기대했던 독자를 배반하며 케네디 탐정은 예문 ④에서처럼 고전을 면치 못한다.

식민지 시기 악당에게 번번이 당하는 '고전하는 탐정'은 모리스 르블랑의 『최후의 승리(수정마개)』나 포르튀네 뒤 보아고베의 『낙화』, 김내성의 『백가면』에 이르기까지 종종 등장한다. 범인은 탐정소설의 범인이라기보다 마치 악당소설(피카레스크 소설)의 인물처럼 활동한다. 악당소설(피카레스크 소설)에서 극의 전개상 빼놓을 수 없는 요소는 희생자이다. 악당에게서 희생자를 구출해야 하는 정의의 사자가 등장하는 것이 기본 패턴이기 때문이다. 혹은 악당 자신이 정의의 사도와 동일시되기도 한다(『로빈 후드』, 모리스 르블랑 유형, 『쾌걸 조로』 등). 따라서 악당소설은 어떤 방식으로든지 악당(정의의 사도)이 희생자(여자)와 연애 감정에 연루되기 마련이다. 움켜쥔 주먹으로부터 매번 희생자 엘렌양을 구해야 하는 사명을 띤 케네디 탐정은 작품의 초기부터 엘렌양과 연애 감정으로 얽힌다. 움켜쥔 주먹의 정체가 드러난 마지막에 가서 케네디의 적수는 더 이상 '도적' 움켜쥔 주먹이 아니라 엘렌 양을 사이에 둔 '연적' 빼넷 변호사이다. 사랑하는 연인을 사이에 두고 벌이는 사나이들의 육박전처럼 보여지는 『엘렌의 공』은 이후 창작 탐정소설의 주 경향이 된다. 장편 창작 탐정소설이 몇 편 되지 않는 상황에서 가만히 앉아서 머리를 쓰는 두뇌게임보다는 몸을 움직이는 육박전이 중심이 되는 식민지 탐정소설 계보는 방정환의 탐정소설을 거쳐 채만식의 『염마』, 김동인의 『수평선 너머로』에서 김내성의 『백가면』까지 이어진다. 김내성이 『마인』에서 범인 주은몽과의 연애 감정 때문에 탐정폐업을 선언했던 것과는 달리, 식민지 시기 서구 탐정소설의 탐정은 냉철한 이성의 소유자라기보다 연애 감정에 기꺼이 빠질 만큼 유정(有情)한 면모를 띤다. 『엘렌의 공』의 케네디 탐정은 초반부부터 엘렌을 흠모하며, 그녀에게 선사할 청혼 반지까지 사는 등 연애 감정을 적극적이고 노골적으로 드러낸다.

> '케네듸'씨는 그때에 자긔평성에 처음 되는 일로 '말튄'패물뎐에서 금강석 반지를 한 개 사서 가지고 '엘렌'양을 차저 왓섯스니싸 그이의 깃분 태도야 사람의 일평싱에 그런 경험을 몃 번 지나지 못할 만한 그때이엇섯다[29]

이처럼 탐정이 연루되는 감정적 면모는 비단 『엘렌의 공』에만 국한된 것이 아니다. 당시 이든 필포츠의 『빨강머리 레드메인즈』의 탐정 마크 브랜던이 사건을 해결하지 못한 이유 역시 산보길에서 우연히 만난 여인(범죄에 깊숙이 관련된 여인)에게 애정을 품었기 때문이다. 그리고 무엇보다 식민지 시기 가장 많이 번역되었던 탐정작가 모리스 르블랑이 매 작품마다 여자와 사랑에 빠지는 연애 애호가가 아닌가. 그런데, 왜 '탐정소설의 탐정은 연애를 하면 안된다'가 절대 법칙인 것처럼 오늘날까지 대중에게 각인되었던 것일까. 심지어 김내성은 『마인』에서 바로 그 이유 때문에 탐정폐업까지 선언한다. 그리고 『마인』이 식민지 탐정소설사에서 탐정소설의 요건을 두루 갖춘 본격 탐정소설로 자리매김한다. 덕분에 『마인』의 형식과 일치하지 않았던 『염마』는 과도기적 작품으로 평가되었다. 그러한 연구자들의 평가는 이후 서구 고전적 유형만이 탐정소설의 전형인 것으로 인식하도록 만들었다. 그러나 그것은 반 다인이나 녹스의 법칙을 우상시하는 비평가들이 만들어놓은 허상이며 사실 서구의 탐정들에게서도 '연애'는 금기시 조항과는 거리

---

29 아서 벤자민 리브, 「엘렌의 공―十. 생명의물구비(五)」, 『동아일보』, 1921. 5. 16, 4면.

가 멀었다. 그러면서 왜 모리스 르블랑의 루팡의 연애에 대해서는 아무도 이의를 제기하지 않았던 것인지 의문이다. 아서 벤자민 리브의 『엘렌의 공』은 모리스 르블랑의 도적(정의의 사도) 루팡의 모험과 상당 부분 닮았다. 그것이 바로 식민지 대중이 아서 벤자민의 단편이 아닌 장편 『엘렌의 공』을 택한 이유이며, 동시에 코난 도일의 셜록 홈즈 시리즈가 그다지 인기를 끌지 못했던 이유이기도 하다.

2) 비밀한 가정사, 가정비극 유형―『누구의 죄』와 『미인도』

『누구의 죄』(보급서관, 1913.6)와 『미인도』(『농업조선』, 1938.8~9)는 각각 에밀 가보리오와 이든 필포츠의 작품을 번역 또는 번안한 것이다. 두 작품 모두 신문연재소설이 아니다. 『누구의 죄』는 신소설 형식의 단행본으로 간행되었으며, 『미인도』는 『농업조선』에 두 달에 걸쳐 상편과 하편으로 연재되었다. 두 작품은 모리스 르블랑의 소설이나 아서 벤자민 리브의 『엘렌의 공』에 비해 배경이 '가정' 아니면 '재판소'로 한정되어 있다.[30] 식민지 대중에게 탐정소설이란 장르가 주는 낯섦은 주로 작품의 배경무대가 바다 한 가운데의 섬(『몽테크리스토 백작』의 샤토 디프 섬)이거나 오래된 고성의 숨겨진 지하통로이거나 동화 속 공주가 갇혔던 절벽으로 이어진 높은 다락 혹은 감옥(『철가면』의 바스티유 감옥, 『수정마개』의 악당이 갇힌 곳)인 것에서 기인한다. 낯선 공간은 식민지 번역 탐정소설에

---

30 김내성은 국내에서 탐정소설의 창작이 활발히 이루어지지 않는 이유가 배경 무대의 한정 때문이라 한다. 탐정소설이 등장하기 전까지 국내에서 창작은 주로 가정소설 위주였다. 신문연재소설에서 『몽테크리스토 백작』의 번안작 『해왕성』이 등장했을 때, 독자의 신선함은 비단 서사 때문만은 아니었을 것이다. 그것은 아마도 바다 한가운데 홀로 떠 있는 외딴 섬, 샤토 디프 감옥이 주는 '공간'의 신선함도 한몫 했을 것으로 사료된다.

서 인명은 한국식으로 표기하되 지명은 그대로 차용할 수밖에 없도록 했다(『낙화』의 역자는 실제로 그 부분을 신문연재 시작과 함께 밝혔다). 그것은 코난 도일의 작품 속에 등장하는 마차와 채만식의 『염마』에 나오는 인력거의 간극과도 같았다. 그런 면에서 작품의 배경무대가 '가정' 혹은 '재판소'로 한정되었던 것은, 가정비극 유형에 익숙했던 국내 독자를 거부감 없이 이야기 속으로 끌어들일 수 있었다.

　『누구의 죄』는 파리라는 지명이라든가 판사 다부톤 같은 인명 없이 작품 내용만으로 본다면 번역인지 창작인지 애매하다. 파리의 한 촌에서 과부 살인사건이 발생한다. 그 과부는 사도 부인의 아들 사도 노무의 유모(원문에서는 Lerouge 부인)였다. 사도 노무는 정탐 지구론에게 모친의 편지를 보여준다. 편지의 사연은 사도 부인과 고현 후작이 사랑하는 사이였으며, 사도 노무는 그 둘 사이에서 태어난 자식이었다. 그런데, 문제는 여기서 그치지 않는다. 사도 노무와 본처 소생인 고현 유덕이 서로 바꿔치기 되었다는 것이다. 이에 사도 노무는 담판을 지으러 고현 후작의 집으로 달려가 유덕과 마주한다. 사실을 알게 된 유덕은 집안의 명예를 중시하는 고현 후작의 말을 듣지 않고 현실을 받아들이기로 결심한다. 그리고 과부 구소사(사도 노무의 유모) 살인사건의 용의자로 체포된다. 정탐 지구론은 한결같이 자신이 범인이 아니라 주장하는 유덕의 성실성을 믿고 사형수가 된 유덕의 무죄를 증명하기 위해 동분서주하다 결국 범인이 사도 노무였음을 밝힌다. 이상이 간단한 줄거리 요약이다. 『누구의 죄』는 처첩 간의 갈등, 본처의 아들과 첩의 갈등, 정부, 억울하게 누명 쓴 자, 살인사건의 범인은 역시 첩의 아들, 범인의 자살(사도 노무는 그의 애인 조디 낭자와 함께 동반자살(정사(情死)) 등 신소설적 요소가 듬뿍 가미되어 있다. 뿐만 아니라 이 소설을 가장 신소설답게 만드는 요인은 바로 제목에 있다. 번안자 은국산인(이해조)은 '구소사 살인사건'이라든가 '과부 살인사건'(영어 번역시 택한 제목은 '과부 르루주 사건'이었다)이라는 정탐소설(1913년 당시는 탐정소설이라는 용어가 아직 들어오기 전이었다)에 적합한 제목 대신 '누구의 죄'라는 신파적 제목을 선택했다. '누구의 죄'라는 제목은 범인이 누구인가를 밝히는 '누가 죄를 지었는가'를 묻는 어조가 아니라, '누구의 죄란 말인가? 내 죄다 내 죄'라는 신파 형식의 자학의 어조이다. 사실 사도 노무와 고현 유덕은 바뀌지 않았다. 마지막 편지(유모와 사도 부인 사이의 편지)가 증거 유실됨으로써 밝혀지지 않았는데, 그 내용은 바뀌치기 하지 않았다는 것이었다. 그래서 결국 범인은 '첩(정부)의 아들'인 사도 노무가 된다. 아들이 서로 바뀌었다는 사실을 알고 나서 고현 후작은 과거에 본처를 속이면서까지 그런 끔찍한 일을 저질렀기 때문에, 고현 유덕이 살인을 저질렀다고 생각한다. 그러나 바뀌지 않았다는 사실이 드러났음에도 불구하고 잘못은 여전히 정직하고 성실했던 사도 노무를 살인범이 될 상황으로 몰고 갔던 고현 후작에게 있었다. 그것은 근대적 부부관계인 '일부일처제'를 깨뜨렸기 때문이다. 『누구의 죄(르루주 사건)』는 근대적 법제도인 '일부일처제' 하에서 정부를 두었던 고현 후작의 죄책감을 드러내면서도, 범인은 역시 '첩의 아들'이라는 전근대적 가치관에 의존하고 있는 모순된 당대의 상황을 고스란히 드러내고 있다. 식민지 시기 '일부일처제'가 유입되기 시작하면서 살인사건의 범인을 '첩'으로 그려냈던 것은, 방인근의 『마도의 향불』과 같은 국내 작품에서도 접할 수 있다.[31]

---

31 국내에서 '일부일처제'의 유입은 『누구의 죄』가 번역되었던 1913년보다 더 뒤인 1920~30년대 무렵이었다. 이에 관해서는 정지영의 「근대 일부일처제의 법제화와 '첩'의 문제」(『여성과 역사』, 2008, 79~119면)와 이 책의 「식민지 조선의 여성범죄와 한국 팜므 파탈의 탄생 – 방인근의 『마도의 향불』을 중심으로」(『정신문화연구』, 2009.6, 165~191면)를 참조할 것.

① "못된 일은 하지 못할 것이로다. 내가 전년에 황족의 신분으로 이태리 전권공사(全權公使)로 있을 때 내 지위 높은 것을 믿고 재판이 무서운 줄을 잊어버리고 큰 죄를 범하였더니, 그 죄가 지금 돌아와서 유덕은 살인죄를 범하고 내 몸도 역시 재판소에 호출이 되어 삼백여 년래 더레임이 없던 고현의 가명(家名)까지도 더러이게 된 것은 전혀 나의 죄라. 판사 각하여! 유덕의 죄는 내가 잘못한 데서 나온 것이니, 내가 만약 이십 년 전에 천지에 용납지 못할 큰 죄를 아니 범하였더면, 어찌 오늘날 이런 일이 있겠는가? ……"[32]

『미인도』 역시 지금까지 창작 탐정소설의 목록에 들어가 있다. 박노 갑이 『미인도』를 발표했던 1938년 8월 『농업조선』에는 김내성의 「백사 도」가 함께 실려 있다.[33] 그러므로 김내성과 이든 필포츠의 만남은 이 때 이루어졌다고 보여 진다. 박노갑의 『미인도』가 없었다면, 김내성의 『홍 두 레드메인 일가』도 번역되지 않았을 가능성이 높다. 『미인도』는 문희 (제니 펜딘)의 남편 조씨(마이클 펜딘)가 그녀의 셋째 삼촌(로버트 레드메인) 에게 살해당하는 사건으로부터 출발한다.[34] 문희는 둘째 삼촌(밴디고 레 드메인)네로 옮기고 거기서 수부 민씨(주제페 도리아)를 만나 결혼한다. 그 러나 사라졌던 셋째 삼촌이 다시 출몰하여 둘째 삼촌마저 살해당하고 첫째 삼촌(앨버트 레드메인)에게로 간다. 최탐정은 둘째 삼촌이 살해당할 때까지도 전혀 사건을 해결 짓지 못하고 문희에게 빠져 있었다. 첫째 삼 촌네에서도 셋째 삼촌이 출몰하자 김탐정이 새롭게 등장한다. 김탐정

---

32 은국산인(이해조), 『누구의 죄』, 『한국 신소설전집 제7권』(김교제 외편), 을유문화사, 1968, 226면. 이 글에서 『누구의 죄』를 인용할 때의 저자표기는 1913년 보급서관 판본 이 아니므로 은국산인으로 하기로 한다.
33 『농업조선』을 통틀어 탐정소설은 김내성의 「백사도」(1938.8)와 「이단자의 사랑」(1939.3), 그리고 박노갑의 『미인도』(1938.8~9)가 전부이다.
34 『미인도』는 현재 『빨강머리 레드메인즈』의 유일한 번역으로 나와 있는 1977년 동서문 화사의 것과 비교하며 대조 분석하였다.

은 최탐정에게 문희가 사건에 연루되었음을 넌지시 암시하지만 최탐정은 끝까지 냉정을 찾지 못한다. 그러나 김탐정과 최탐정이 합심하여 문희의 둘째 남편이 첫째 남편과 같은 인물이고, 용의자로 지목되는 셋째 삼촌은 이미 살해당했으며, 범인은 문희와 그의 남편이었음을 밝힌다. 그러나 첫째 삼촌은 이미 민씨에게 살해당한 이후였다. 결국 이 두 탐정은 한 명의 희생자도 건지지 못하고 뒤늦게 사건을 해결했던 것이다.

『미인도』를 창작 탐정소설로 간주하고 읽다보면, 제일 먼저 드는 의문점이 '왜 탐정이 두 명 등장하는 것일까'라는 것이다. 그것도 갑자기 뜬금없이 말이다. 그러한 의문은 이 소설이 이든 필포츠의『빨강머리 레드메인즈』의 번안이라는 사실을 알고 나서야 풀리게 된다. 최탐정은 호숫가 산책길에서 우연히 만난 미모의 여인에게 마음을 빼앗겨 사건해결을 못하는 얼간이 탐정 마크 브렌던과, 김탐정은 뒤늦게 등장함에도 처음부터 범인을 알고 시작하는 은퇴한 미국 탐정 피터 건즈와 일치하기 때문이다. 박노갑의 번안에서 잘 살리지 못한 부분은 바로 이 김탐정(피터 건즈)의 등장이다.

②탐정은 끝끝내 이 얼굴 아름다운 사나이와 문희를 맺어 놓고 생각을 하였다. / 이르나 늦으나 문희는 반드시 이 사나이의 것이 되고 말것 같이 생각되엇다.[35]

③그는 최탐정에게 이 사건에 대한 긴 이야기를 들엇다. 그는 한숨만 후후 내쉬다가는 "흥! 나의 친구 김군이 아니면 이 사건을 풀수가 없겠지! 정말 지식도 있고 명민한 탐정이지 지금은 멀리 가 있지만! 물론 내가 편지를 하면 와주겠지!" 하였다.[36]

---

35 박노갑 번안, 「美人圖(上)」,『농업조선』, 1938.8, 109면.
36 위의 글, 114면.

④ 그들은 각처에 편지를 띠윗다. 장사를 나간 문히의 남편 민도 불르고 최탐정에게도 알리윗다. 김탐정에게도 통지를 하엿다.(계속)[37]

⑤ "당신은 문히를 사랑하엿지오. 사건중 중요한 인물을 당신은 사랑하엿든 것입니다."[38]

최탐정은 처음부터 범죄와 연루된 여자에게 마음을 빼앗겨 사건을 제대로 바라보지 못한다. 예문 ②에서도 그의 관심사는 살인사건해결이 아니라 문히의 주변상황이다. 예문 ③에서 첫째 삼촌은 최탐정에게 사건에 관한 이야기를 들은 후, 김탐정만이 이 사건을 해결할 것이라 한다. 상식적으로 이 말은 바로 옆에 있는 최탐정을 무시한 발언이다. 그럼에도 이에 대한 최탐정의 반박이라든가 감정 등은 묘사되지 않는다. 예문 ④에서 다시 나타난 셋째 삼촌 때문에 여러 곳에 통지를 하는데, 김탐정을 부를 거면 최탐정을 부르지 않아도 되건만 굳이 두 탐정을 부르는 연유는 무엇일까. 그러면서 상편이 끝나고 하편에서 김탐정이 등장한다. 박노갑의 번안은 이든 필포츠의 『빨강머리 레드메인즈』에서 피터 건즈의 위치를 혹은 마크 브렌던의 묘사를 적절히 하지 못하여, 두 탐정의 동시 등장을 뜬금없게 만든다. 그러나 나중에 등장한 김탐정은 이후 탐정소설사에서 연구자들에 의해 국내 대중독자의 뇌리에 박힌 이성적이고 전지전능한 탐정이다. 더불어 그가 예문 ⑤에서 최탐정에게 문히를 사랑한 점에 대해 훈계한다. 그가 내세우는 '탐정은 사건 중 중요한 인물과 감정으로 얽히면 안 된다'라는 법칙은 김내성의 『마인』의 유불란을 거쳐, 현재까지 국내 대중독자에게 각인된다. 연구자들이 주목한 것은 최탐정의 면모가 아니라 서구의 고전적

---

37 위의 글, 115면. 上篇의 끝부분.
38 박노갑 번안, 「美人圖(下)」, 『농업조선』, 1938.9, 97면.

유형인 퍼즐풀이를 잘하는 냉철하고 이성적인 김탐정이었던 것이다. 식민지 시기 대중이 받아들인 것은 범죄와 연루된 여자와 연애도 하고 범인과의 싸움에서 고전도 하는 최탐정이었지만, 이후 연구자들이 받아들인 것은 김탐정이었다. 이든 필포츠의 이 작품에서 등장하는 두 명의 탐정은 대중과 비평가 사이의 탐정소설 장르에 대한 인식의 괴리를 고스란히 보여준다.

이든 필포츠의『빨강머리 레드메인즈』는 처음부터 범인을 알고 현장으로 가는 고전적 탐정의 면모를 드러내는 수수께끼형 본격 탐정소설의 유형에 속한다. 그렇다면, 모리스 르블랑이나『엘렌의 공』처럼 탐정과 육박전이 아니라 두뇌게임을 벌이는 이 작품은 왜 두 번이나 번역된 것일까. 당시 국내 대중독자에게 범인 맞추기의 복잡하고 정교한 반 다인식의 퍼즐풀이는 그다지 실효성을 거두지 못했다고 볼 수 있는데, 유독 이 작품이 박노갑의 눈에 띠게 된 것은 무슨 연유일까.

그것은 이 작품의 배경이 '가정'에 국한되어 있다는 점을 들 수 있을 것이다. 문히와 문히 남편이 세 삼촌을 살해한 동기는 할아버지가 남긴 유산 때문이다. 아버지가 죽은 문히는 세 삼촌이 없다면 유산을 모두 독차지할 수 있는 것이다. 혈연에 얽힌 유산상속문제는 식민지 시기 처첩간의 갈등 혹은 본처의 아들과 첩의 갈등 등을 일으켜 심지어 본부살해까지 이르게 했던 민감한 문제였다. 당시 번역 탐정소설에서도 유산상속문제를 둘러싸고 벌이는 살인사건이 소재인 경우가 많았는데, 이것은 탐정소설이란 낯선 장르를 익숙한 '가정비극' 코드로 전환한다.『누구의 죄』는 에밀 가보리오의 작품인 줄 몰랐다면 신소설이라고 해도 의문을 제기하지 않을 서사구조이다. 결국 따져보면 본처와 첩의 자식 간의 유산상속문제를 둘러싼 살인사건이 핵심서사라인이다. 보아고베의『낙화』에서도 결국 죽은 미인은 범인이 쫓던 유산 상속자였다. 유산상속문제는 당시 가정비극을 빚어내는 주요 동인으로 작동했던 것으로 보인다. 이든 필포츠의 이 작품 역시 범인이 누구인지에 집중하는 서사 때문에 번안되었다기보다 혈연에 얽힌 유산상속문제를 둘러싼 살인사건이라는 가정비극 유형이었기 때문에 채택되었던 것으로 보여 진다. 『미인도』의 첫 장면은 채만식의 『염마』와 흡사하다. 산책길에서 만난 여자에게 첫 눈에 연애 감정에 빠지는 것은 동일한 설정이지만, 『염마』는 작품의 초반에서 범죄에 연루되었던 여자를 희생자의 위치로 바꿈으로써 백영호 탐정의 연애에 청신호를 켜 주었다. 이든 필포츠 소설의 첫 장면에서 고적한 호숫가의 평화로운 풍경과 그에 대비되어 동떨어진 문화주택의 묘사는 압도적인 인상을 남긴다. 『미인도』는 번안이다 보니 생략된 감이 없지 않지만 김내성의 소설에서도 종종 등장하는 '주변 경관과 어울리지 않게 홀로 우뚝 솟은 문화주택'은 범죄의 온상지로 그려진다. 그것은 서구 탐정소설에 등장하는 그 공간이 얼마나 이질적이었는지, 당대 문화주택이 얼마나 기괴한 이미지였는지를 말해준다.

3) 근대의 재판 과정과 무죄한 사형수—에밀 가보리오의 『누구의 죄』와 보아고베의 『낙화』

『낙화』는 원작자에 대한 의견이 분분한 작품이다. 김병철의 『한국 근대번역문학사 연구』에서는 작자가 미확인이라고 되어 있으나, 원전은 구로이와 루이코의 『사미인(死美人)』이라고 밝혀져 있다. 그런데, 구로이와 루이코의 『死美人』에서 원작자는 포르튀네 뒤 보아고베로 표기되어 있다.[39] 그럼에도 불구하고 김병철은 보아고베를 원작자로 받아들이지 않았다. 아무래도 '르콕 탐정'이 등장했기 때문에, 에밀 가보리오 작으로 찾다가 원전을 확인하지 못한 것으로 보인다. 그런데, 이것이 조성면과 김창식의 서지목록에서는 버젓이 모리스 르블랑의 작품으로 둔갑한다. 왜 이 작품을 모리스 르블랑의 작품이라 인식했을까. 다른 이름은 다 바뀌어도 탐정 르콕(레콕으로 표기)의 이름은 살렸는데도 말이다. 그것은 아마 르콕 탐정의 '변장' 때문인 것으로 짐작된다. 모리스 르블랑의 루팡의 전혀 다른 사람으로 살아가도록 하는 변장술은 『낙화』에서 르콕 탐정에 의해 유감없이 발휘된다. 늙은 로선생은 인도의 대후작 마호라(71회부터 등장), 법률가 일운 선생(102회부터 등장), 영국로손회사원 김인배(129회부터 등장) 등에 이르기까지 르콕 탐정이 아닌 다른 사람으로 활동한다. 변장한 채 진범을 찾기 위해 동분서주

하는 그의 모습은 모리스 르블랑의 루팡이면서, 알렉상드르 뒤마의 몽테크리스토 백작이다. 바로 그것 때문에 이 작품의 원작자는 보아고베에서 작자미상을 거쳐 모리스 르블랑으로 둔갑했던 것이다. 본 연구에서는 원래의 보아고베 작으로 바로잡는다. 에밀 가보리오의 작은 아니지만 르콕 탐정의 연장선 하에서 분석 대상에 포함시킨다.

『낙화』 3회(『조선일보』, 1925.3.4) 삽화 『낙화』의 대본인 구로이와 루이코의 『死美人』의 제목과 일치하는 죽은 미인 삽화. 금발의 웨이브와 관능적인 육체가 한 눈에 봐도 이국적이다.

---

39 실제로 구로이와 루이코는 보아고베의 소설을 가장 많이 번역했는데, 국내에 보아고베의 소설이 많이 들어온 것 역시 구로이와 루이코의 영향이다. 보아고베의 작을 번역한 구로이와 루이코의 국내 번역 사례에 관해서는 박진영의 연구를 참조할 것(「1910년대 번안소설과 '정탐소설'의 매혹」, 『대동문화연구』 제52호, 2005.12, 291~315면).

『낙화』는 르콕이 탐정세계를 은퇴하고 아들과 함께 노후를 보내던 어느 날, '미인살인사건'의 조언을 들으러 경시청에서 경찰청장이 찾아오고, 뒤이어 자신이 조언하던 그 '미인살인사건'의 범인으로 아들 준길이 체포되었다는 청천벽력과 같은 말을 듣는다. 이후 은퇴한 퇴경선생 르콕은 아들의 무죄를 증명하기 위해 자취를 감춘 채(다른 신분으로 변장한 채) 동분서주한다. 경찰과 함께 탐정 생활을 했던 그는 재판 과정에 대해 누구보다 잘 알고 있기 때문에, 오히려 더 전전긍긍한다. 재판에서 증거 확증으로 유죄로 판결되면 뒤집기가 쉽지 않다는 것을 알고 있기 때문이다. 그것은 여러 범인을 법정에 넘긴 경험이 있는 그가 이미 재판이 신뢰할 수 없는 것임을 알고 있다는 말이다. 『낙화』는 독자에게 르콕의 변장에 의한 사건해결을 지켜보는 재미 이외에 '무죄한 사형수'를 만들어내는 근대의 재판 과정의 불합리함에 대한 공감을 불러일으킨다. 무죄한 사형수의 '억울함'을 풀어주기 위해 동분서주하는 탐정은 『낙화』뿐만 아니라 『누구의 죄(르루주 사건)』에서도 엿볼 수 있다. 두 작품에 드러난 근대 재판 과정의 불합리함을 짚어보기로 한다.

① 로선생은 실망하는 빗을 숨길 수 업섯다 이제까지는 예심정에 불리어 가기 전에 그를 맛나서 판사 암헤서 할말과 하지 안홀말을 미리 일러주랴고 하엿든 것인데 벌서 불리어 갓다 한즉 얼마나 리롭지 못한 말을 할는지도 몰 으며 판사에게 한번 말한 일은 일일이 적어서 두는 것이닛가 나종에 아모리 변명을 하여도 소용업는 일인즉 두려운 것은 판사의 **취됴**이엇다 사실로 **무죄** 하면서도 예심에서 말을 잘못하여 애매한 죄를 입게 되는 일이 흔히 잇는 고로 로선생은 준길이가 엇더케 말을 하엿나하고 념려하지 아니할 수 업섯다[40]

---

40 포르튀네 뒤 보아고베, 봄바람 역, 「낙화(44회)」, 『조선일보』, 1925.4.14, 3면. 띄어쓰기는 역자에 의한 것임.

② "아아 그러면 정부가 법률로써 살인죄를 범하는 것이다 사형이 아니라 살인이다 사형에 처할 만한 죄가 업는 자를 사형에 처하는 것은 살인이다 자네도 그것을 잠잠ㅅ고 그대로 잇다는 것이 무엔가"[41]

③ (지)"다부톤씨, 지금 유덕을 공판으로 넘겨서는 다시 무를 수 없는 것이오. 각하까지 이미 충분히 인정하시는 증거가 있는 터에 이것을 만약 공판으로 넘기면 아무 배심관(陪審官)이라도 필연코 유덕이를 유죄로 인정할 터이니, 만일 유덕이가 처형(處刑)이 된 뒤에 정범이 나서면 어떻게 하시렵니까? 각하의 명예와 내 명예는 이뿐이올시다."[42]

④ (다)"그는 못되오. 이미 증거가 있는 죄인을 잡은 이상에는 함부로 딴사람을 의심두고 정탐을 고쳐 하는 등 그런 일은 못하오. 그야말로 무죄한 사람 잡을 장본이오. 그래도 당신이 호기심으로 정탐을 고쳐 하기는 자의이지마는 나는 도저히 그렇게 하라고는 할 수 없소. 기위(其謂) 유덕의 유죄한 증거가 나선 이상은 당신의 직책은 다하였고, 인제부터는 예심판사되는 내직책인즉, 나의 직책대로 범인과 증거를 함께 공판 맡은 판사에게로 넘길 뿐이니, 누가 아무리 말을 하더라도 직책대로는 다할 터이오."[43]

⑤ "아, 유덕이는 암만하여도 무죄한 사람을 잡아 억울하게 옥에 집어넣기는 이 지구론 내로구나. 판사는 연천(年淺)한 소치로 직무를 대단히 여겨 그리 말하는 것도 괴이치 않다. 아무렇든 큰일났구나. 유덕이가 옥속에서 너무 낙망을 하여 자살이나 아니하면 좋겠구면. 요전에도 무죄한 놈이 자살을 한 뒤에 정작 범인이 잡혔던데, 어쨌든 딱한 일이다."[44]

---

41 포르튀네 뒤 보아고베, 봄바람 역, 「낙화(162회)」, 『조선일보』, 1925.8.12, 1면.
42 隱菊散人, 『누구의 죄』, 『한국신소설전집 7권』(金敎濟 外篇), 乙酉文化史, 1968, 244면.
43 위의 책, 245면.
44 위의 책.

예문 ①과 ②는『낙화(만년의 르콕)』에서, ③, ④, ⑤는『누구의 죄』에서 인용한 것이다. 두 작품에서 드러난 재판 과정을 따라가 보면, 탐정의 증거 확보 → 범인 체포와 경찰 심문 → 예심판사의 취조 → 본심 재판 → 판결 확정 → (사형 혹은 자살) → 진범 체포 등의 순서를 거친다. 증거에 의해 범인이 유죄로 확정되었지만, 결국 진범이 따로 있었으며, 사형수는 무죄였다는 설정은 '증거주의'에 입각한 근대 재판 과정의 허상을 드러낸다. 더군다나 예문 ①에서 르콕의 입을 빌어 전해지는 예심 판사의 취조는 뒤집을 수 없는 절대적인 것으로 그려진다. 예심 판사의 의견이 이미 판결이나 다름없음을 드러낸다. 예심 판사가 의존하는 것은 오직 '증거'뿐이다. 조작된 증거를 밝혀내는 것은 판사의 임무가 아니라 그 이전 단계에서 해결해야 하는 것이다. 조작된 증거로 무죄한 죄가 드러났음에도 사형일이 바로 코앞에 닥친 죄수를 구하는 것은 결코 쉽지 않았던 것으로 보이는데, 그것은 그만큼 판사의 판결(권위)이 절대적이라는 의미이다. 그래서 예문 ②에서 르콕은 '사형'을 '법률에 의한 살인'이라 표현한다. 『누구의 죄』에서 유덕은 조작된 '증거'에 의해 유죄로 판명되지만, 증거가 있는 이상 판사는 범인이 무죄일 가능성에 대해 의심을 품지 않으며, 증거와 함께 기계적으로 공판에 회부할 뿐이다. 그러다 결국 무죄한 이가 사형된 이후, 진범이 잡히는 억울한 사연이 생기게 된다. 식민지 시기 대중은 '무죄한 사형수'의 '억울함'에 대해서 감정이입했던 것으로 보인다. '법'이 억울함을 호소하는 장치가 아니라 오히려 억울함을 생산하는 장치였던 것이다. 그래서 식민지 시기 탐정소설에는 범인과 '가족' 혹은 '친구' 혹은 '애인' 등의 관계로 '정'에 얽혀 있는 탐정이 범인으로 체포된 자의 무죄를 증명하기 위해 동분서주하는 내용이 간혹 보인다. 호프만의『스퀴데리양』은 국내에 완역된 지 얼마 되지 않았지만, 1932년 11월『별건곤』에서 류방[45]이 '무죄한 사형수'라는 제목을 택하여 번역을 시도했었다. '무죄한 사형수'는 당대 국내에 유입된 불란서 탐정소설의 가장 큰 특징이었다. 에밀 가보리오의 작품은 바로 '무죄한 사형수'의 억울함에 대한 감정이입 때문에 국내에서 인기를 끌었던 것으로 보인다.

⑥ 방청인들은 피고가 울면 가티 울고 피고가 괴로워하면 가티 괴로워하야 그것으로써 스스로 락을 삼는 것이 마티 연극을 구경하는 것이나 일반임으로 이제 피고의 태연한 모양에 누구나 대게 실망을 하야 "저게 피고야 너무 침착하지 안나 마음에 죄가 업스닛가 아니 흉물스러우니짜"하고 여러 가지로 중얼거렷다[46]

⑦ 한편은 로한 것과 갓고 한편은 肅허하는 것과 가탓다 한편은 꾸짓는 것과 갓고 한편은 사정하는 것과 가탓다[47]

⑧ "아, 천시(天時)로다. 원수라 생각하던 유덕이가 이렇게 큰 죄를 범한데다가 내가 맡아 이 직무로 원수를 갚게 된 것은 원치도 아니하고 뜻도 아니한 좋은 기회로다." / 하고 자기 직책을 잊어버리고 싱긋 웃는데, 이것은 아무라도 면치 못하는 인정의 미혹이라. 그러나 미상불 판사까지 복무하는 몸인 까닭으로 얼른 돌려 생각하고, / (잘못하였도다, 잘못하였도다. 내가 속에 이런 몹쓸 마음을 품고 어찌 죄인을 다스리리요? 내가 날 생각해도 이러한 비루한 성미가 생기는 것은 참 가통하도다. 이 사건은 다른 판사에게 양여(讓與)할 것이오, 내가 할 재판은 못 되는 것이다. 더구나 이전에 유덕을 죽이려고 총부리를 제 등에다까지 향하여 놓으려던 사람으로 오히려 이 사건에 참섭하는 것은 내 마음에도 부끄럽도다.)[48]

---

45 1930년대 『별건곤』에서 탐정소설의 번역과 창작 활동을 활발히 했던 류방에 관해서는 이 책의 「30년대 탐정의 의미 규명과 탐정소설의 특성 연구」(『동양학』 42집, 2007.8)를 참조할 것.

46 포르튀네 뒤 보아고베, 봄바람 역, 「낙화(58회)」, 『조선일보』, 1925.4.28, 3면.
47 포르튀네 뒤 보아고베, 봄바람 역, 「낙화(68회)」, 『조선일보』, 1925.5.9, 3면.

위의 예문은 각각 법정의 방청객, 변호사, 판사의 입장을 대변한다. 그런데, 기이하게도 각각 다른 입장을 표방하는 세 측이 모두 이성적이라기보다는 '감정적'이라는 공통점을 가진다. 예문 ⑥에서 방청객들은 억울한 죄를 뒤집어쓴 피고를 동정한다. 이때 피고의 용모는 전혀 범죄자답지 않다. 그러나 피고가 감정적이지 않을 때, 방청객의 감정이입은 확 식어버린다. 식민지 시기 사회적 정의와 대중의 정의는 일치하지 않았다. 법을 수호했음에도 민족의 반역자일 수 있었고, 살인자임에도 민족의 우상일 수 있었다. 따라서 식민지 시기 '법정'은 억울한 죄를 뒤집어쓴 '피고'에게 감정이입하는 곳이며, 개인의 감정이입이 민족의 감정으로 공감되는 곳이었다. 억울한 죄로 법정에 서게 되는 가련한 피고는 식민지 시기 대중소설에서 종종 등장하는 모티프이다. 가령, 『순정해협』(함대훈, 『조광』, 1937)의 소희는 사장살해범이라는 누명을 쓰고 법정에 서며, 『순애보』(박계주, 『매일신보』, 1939)의 최문선은 심지어 범인이 누구인지로 모른 채 자신이 죄를 뒤집어쓴다. 식민지 시기 법정에서 판결을 기다리는 피고는 억울하거나 가엾거나 해서 동정의 대상이었으며, 민족의 처지를 반영하는 감정이입의 대상이었다. 그래서 『순애보』에서처럼 법정에 선 피고는 다른 사람을 위해 억울하게 죄를 뒤집어 쓴 희생적 코드로 전환되기도 한다. 이러한 방청객의 감정을 잘 들여다보듯 예문 ⑦에서 변호사의 변론은 증거를 통한 객관적인 언변이 아니라 감정적 호소에 불과하다. 에밀 가보리오의 작품(보아고베의 pastiche를 포함하여)은 이제 막 증거 확보에 의한 범인 검거라는 근대 재판 과정이 들어온 국내의 상황과 맞아떨어지면서 대중독자를 확보할 수 있었다.

르콕 탐정이 등장하는 작품이 국내에 두 편 이상 번역되어 인기를

---

48 隱菊散人, 『누구의 죄』, 『한국신소설전집 7권』(金敎濟 外篇), 乙酉文化史, 1968, 207~208면.

끌 수 있었던 한 측면이 억울함의 간접적 호소라면, 다른 한 측면은 인정지정(人情之情)의 탐정에 의한 억울함의 해소라 할 수 있다. 예문 ⑧에서 판사 다부톤 역시 인정에 미혹된다. 그러나 판사의 인정에 사로잡히는 모습은 무죄한 피고의 억울함만을 가중시킬 뿐이다. 『누구의 죄』에서 다부톤 판사가 유덕이 살인자로 체포되었을 때의 쾌감은 가히 짐작할 만하다. 규패 낭자를 사이에 두고 다부톤 판사와 유덕은 적수였다. 유덕과의 이전 '감정'에 사로잡히는 다부톤 판사의 면모는 부정적으로 그려지는 반면, 정탐 지구론의 유덕의 성실성을 믿는 모습이라거나 『낙화』에서 아들의 무죄를 증명하려는 르콕 탐정의 필사적인 노력은 긍정적으로 묘사된다. 대중에게 판사, 혹은 법정이 억울함을 제공하는 원천이라면, 르콕 탐정은 억울함을 해소해주는 해결사로 다가온다. 『낙화』에서 르콕이 아들의 무죄를 위한 증거를 확보하기 위해 동분서주하는 것은 경찰조직으로 있을 때가 아니다. 오히려 경찰조직으로부터 은퇴하고 나서, 경찰에서 실수 한 번으로 잘린 백수 탐정과 함께, '죄인' 아들의 무죄를 증명하기 위해 역으로 범인이 아닌 '탐정'을 쫓는다. 탐정(청소마)이 범인이라는 사실은 독자에게 충격을 던져주며, 이 작품이 왜 독자의 열렬한 반응을 얻었는지를 설명해준다.[49] 식민지

---

49 『낙화』의 연재가 끝나고 나서 번역자 봄바람은 독자제씨에게 다음과 같은 글을 싣는다. "숙자의 가엽슨 운명과 로선생 자신의 무한한 고심에 만히 동정하시고 은근한 응원을 만히 주섯다 하야 로선생으로부터 독자제씨에게 깁히 감사한 뜻을 표하여 달라는 던보가 오늘 무선던신으로 왔습니다―봄바람"(『조선일보』, 1925.8.30, 1면)라는 봄바람의 글은 『낙화』가 상당히 인기를 끌었음을 간접적으로 말해준다. 봄바람은 혹 방인근의 다른 필명이 아닐까 하고 추측한다. 그것은 르콕 탐정 이외에 경찰에서 일하던 탐정 두 명이 더 등장하는데, 하나는 차후 르콕을 돕는 김백수 탐정이고, 다른 하나는 경찰서에 계속 남아 일을 보는 '장비호' 탐정이다. 다들 알다시피 '장비호'는 방인근의 해방후 탐정소설에 등장하던 탐정이었다. 또 하나는 방인근이 자신의 탐정소설에 차용한 외국소설의 언급에서 모리스 르블랑과 에밀 가보리오 두 작가를 들고 있다는 것이다(방인근, 「탐정소설론」, 『한국 근대대중소설 비평론』(조성면 편저), 태학사, 1997, 202~203면 참조). 그가 모리스 르블랑의 『813』을 번역하고 전집을 발간했던 점을 감안하면, 에밀 가보리오의 작품도 번

시기 '탐정'은 결코 민중의 편이 될 수 없었으며, 피해 다녀야 하는 '경찰의 편이었던 것이다. '경찰과 결별할 때 탐정은 비로소 민중의 무죄를 증명할 수 있다는 것이다. 그리고 실제로 '탐정'은 '경찰과 결별하고 활동하는 것이 불가하므로 식민지 시기 탐정소설 속 탐정은 국내에서 적지 않은 마찰을 빚었을 것으로 사료된다.

4. 식민지 조선의 탐정에 대한 인식

에드가 앨런 포우의 뒤팽, 코난 도일의 셜록 홈즈, 반 다인의 파이로 번즈, 애거서 크리스티의 에르큘 포와로, 오스틴 프리맨의 손다이크 박사 등 세계적으로 명망 높은 탐정의 지위는 탐정소설 내에서도 텍스트 밖의 독자에게도 절대적이다. 또한 그들은 취미에 부합해서 이 일을 택했다고 하지만 자신의 일에 대한 대단한 자부심을 가지고 있다.

① 대저 세상에 정탐같이 괴로운 직무는 없고 또한 이처럼 재미있는 직책은 없는 것이라. 죄인의 증거를 얻지 못할 때는 공연히 마음을 썩이고, 공연히 몸을 수고로이 하고 공연히 시간과 금전을 허비하여 무한한 애만 쓰므로 이것처럼 괴로운 것은 없는데, 그대신 한 번 증거를 얻으면 남 모르는 것을 알고, 남 보지 못하는 것을 보아서 착한 사람을 구하고 악한 사람을

역했을 가능성이 높다. 다만 이 작품을 번역했다면 르콕 탐정이 등장하기 때문에 원작자를 보아고베가 아니라 에밀 가보리오로 알았을 수 있다.

잡아 왕후귀족이라도 마음대로 수중에 넣고 번롱(翻弄)하는 것은, 이처럼 재미있는 것은 없는 것이라. 그러므로 불란서에서는 장난 겸 정탐 되기를 지원하는 호사자들이 많은데, 정탐 지구론도 그 중의 한 사람으로 공로를 얻은 사람이다.[50]

②"그거야 선생님 가트면 그러케도 할 수 잇지만 저의들이야 될 수 잇슴 닛가 그리고 쏘 저는 정탐이 아니오 경찰본부의장이라는 직무를 가지고 잇 스닛가 직무에 대하야서도 그러케 변장을 하고 나설 수도 업슴니다" …… / " …… 이와 가티 중대한 일을 안심하고 맛길만한 사람은 하나도 업슴니 다 물론 죄인을 미행하는것쯤이야 누구든지 할 수 잇겟지오마는 만일 벙 어리가 우리의 생각과는 짠판으로 지혜가 잇서서 자긔뒤에 뎡탐이 부터오 는 줄을 알아차린다 하면 도로혀 뎡탐을 속이어 넘기거나 쏘는 속이어 넘기 지 못한다 하면 얼투당치도 안한 데로 끌고 가거나 할 것임니다"[51]

③탐정을 그만두고 지금은 탐뎡이란 것을 아조 이저버린 듯이 누구를 맛 날지라도 보통 세상이야기로 자미스럽게 웃고 지내며 …… / " …… 그째 에 나는 세상에 이름도 없섯고 쏘 곤궁하게 지냇스나다만 하나밧게 업는 자식에게 내 직업이 죄인을 상대로 한다는 것을 알게 하기가 실혀서 고통 을 당하면서도 영국으로 보내서 공부를 하게 하고 쏘 그 다음에는 독일로 보내엇다가 이제는 장가를 들째도 되고 하야서 수년전에 다려왓네 자아 다려오고 본즉 나는 탐뎡이란 것을 그만두어야 할 것 아닌가 남에게 뎡탐 의 자식이란 말을 듯게 하거나 쏘는 내가 탐뎡의 자식이로구나 하는 생각 을 가지게 하는 것이 엇지 마음에 조켓나 그래서 나는 탐뎡을 그만둔 것일 세 지금은 내가 즉 탐뎡 '레콕'인 줄은 아모도 몰으네"[52]

---

50 隱菊散人, 『누구의 죄』, 『한국신소설전집 7권』, 金敎濟 外 篇, 乙酉文化史, 1968, 202~ 203면.
51 포르튀네 뒤 보아고베, 봄바람 역, 「낙화(7회)」, 『조선일보』, 1925.3.8, 3면.

예문 ①은『누구의 죄』에서 정탐 지구론의 자신의 직업에 대한 생각이다. 흥미로운 것은, 정탐은 "괴로운 직무"이지만 또한 "재미있는 직책"이라고 표현한 점이다. "괴로운 직무"가 "재미있는 직책"이 되려면 '증거'가 요구된다. 정탐의 증거는 왕후귀족도 움직일 수 있는 권력이 되는 것이다. 정탐의 증거 확보는 곧 범인 체포로 이어지며 이후 판결에까지 영향을 미친다. 따라서 증거 확보는 경찰조직 내에서 공로로 인정되고 공로가 쌓이면 정탐은 승진의 기회를 얻으며 동시에 정탐으로서의 '지위와 이름'을 획득하게 된다. 정탐의 '재미'란 '직책', 다시 말해 경찰조직으로 표상되는 제도권 내에서 인정받는 지위, 즉 '권력'을 의미한다고 볼 수 있다.

예문 ②와 ③은『낙화(만년의 르콕)』에서 인용한 것이다. 예문 ②를 보면, 정탐과 경찰본부의 장은 같은 목적을 가지고 있지만, 경찰본부의 장은 변장을 하지 않고 제복을 입고 다니는 데 비해 정탐은 변장을 위해 사복을 입는 것을 알 수 있다. 따라서 변장을 하고 미행을 하는 것은 제복 경찰이 아니라 사복 정탐이다. 정탐이 하는 일은 주로 '미행'이라고 할 수 있다.『누구의 죄』(1913)가 아직 '탐정'이란 용어가 국내에 유입되어 통용되기 이전이라 정탐이란 단어를 일관적으로 사용하고 있는데 반해,『낙화』(1925)는 탐정이란 용어가 국내에 들어와 어느 정도 인식되고 있었던 시점임에도 정탐과 탐정, 두 용어를 같이 사용한다. 물론 당시 탐정소설에서 정탐과 탐정이 같은 의미로 혼용되긴 했지만,『낙화』의 번역자는 '탐정' 르콕을 말할 때는 절대 '정탐' 르콕이라고 표기하지 않는다. 이것은 '정탐'이 주는 어감이 부정적이라는 것을 암시한다. 주로 사상분자의 감시나 미행 일을 하는 정탐은 국내에서 범인

---

52 포르튀네 뒤 보아고베, 봄바람 역, 「낙화(8회)」,『조선일보』, 1925.3.9, 3면.

을 잡아 사회 정의를 실현하는 대상이 아니라 그야말로 '적'일 수밖에 없었다. 국내에서 그렇게 인식되던 정탐이 탐정소설이란 낯선 장르 안에서 존경받는 대상으로 그려졌을 때의 독자들의 이질감이 상당했을 것으로 사료된다. 예문 ③에서 르콕은 경찰조직으로부터 은퇴한 후, 자신이 탐정이었다는 사실을 숨긴다. 그것은 아들에게 '탐정의 자식'이란 꼬리표를 붙여주지 않기 위해서였다. 이 작품의 저자 보아고베는 '르콕 탐정'의 아들이면 자랑스럽고 당당할 법한데 이상하게도 탐정이란 직업에 어딘지 떳떳치 못한 이면이 있음을 드러내며 탐정에 대한 부정적인 인식을 내포하고 있다.[53] 이러한 탐정에 대한 인식은 보아고베의 르콕 탐정에 대한 재해석으로 볼 수 있다.

더군다나 『낙화』에서 미인살인사건의 범인은 바로 르콕의 아들을 범인으로 체포했던 (영국)'탐정' 청소마였다. 탐정이 어느 순간 범죄자가 되고 범죄자가 어느 순간 탐정이 되는 보아고베의 에밀 가보리오의 르콕 탐정에 대한 'pastiche'인 이 작품은, 식민지 대중의 탐정에 대한 이질적이고 모순적인 인식과 어느 정도 상통되는 면이 있다. 경찰조직과 결합된 탐정의 권력은 곧 민족에게는 감시이며 통제일 수밖에 없었기 때문이다. 현재까지 기록된 창작 작품 목록 중에서 가장 초기 작품으로 알려져 있는 박병호의 『혈가사』나 단정학(저자 미상)의 『겻쇠』와 같은 작품에서 탐정이 조선의 사상분자를 색출해내는 민족의 배반자로 그려지는 것은 지극히 당연한 일이라고 할 수 있다. 따라서 법정에서 판사나

---

53 에밀 가보리오가 르콕 탐정을 창조해 낼 때 세계적인 범죄자이면서 이후 경찰의 사립 탐정으로 일하면서 경찰조직에 많은 도움을 주었던 '비독'을 모델로 삼았던 점을 감안하면 이해가 간다. 포르뛰네 뒤 보아고베는 에밀 가보리오를 오마주로 삼아 르콕 탐정의 모방품(pastiche) 『만년의 르콕』을 창작한다. 르콕이 탐정이란 직업에 대해 품는 부정적인 인식은 『낙화(만년의 르콕)』에서의 르콕이 에밀 가보리오에 의해 쓰여 진 것이 아니라 보아고베가 재창조한 르콕이기 때문이다. 기본적으로 'pastiche'는 원전에 충실한 모방이 목적이지만, 이처럼 새로운 인식이 가미되기도 한다.

검사가 내미는 과학적 증거보다 오히려 피고에게 훨씬 감정적으로 몰입할 수밖에 없었다. 식민지 대중은 명탐정 셜록 홈즈보다 도적 루팡이 심리적으로 훨씬 가까웠던 것이다. 식민지 시기 과학적 증거에 의존하는 논리적 추론 과정을 앞세우는 탐정소설이 창작되기 어려웠으며, 정통에서 벗어난다고도 할 수 있는(도적이 주인공인) 모리스 르블랑의 탐정소설이 인기를 끌 수밖에 없었던 것은 바로 그 때문이라 할 수 있다.

5. 결론

탐정소설이란 장르가 국내에 처음 유입되어 정착을 시도하던 때인 식민지 시기의 탐정소설은, 지금의 '추리소설'이 가진 특성들과는 여러 면에서 다른 양상을 빚어냈다. 지금의 독자는 서구의 탐정소설 중 '누가 범인인가'에 주목하는 고전적인 수수께끼 풀이 유형만을 최고봉으로 꼽는 데 반해, 당대가 선택한 서구 탐정소설은 탐정과 범인이 대결 양상을 펼치는 구도가 중심을 이루었다. 식민지 시기 번역 탐정소설에 등장하던 탐정은 절대적으로 우세한 위치를 점유하는 것이 아니라 때로 범인의 계략에 말려 위험에 처하기도 하고, 사랑하는 여자를 구하기 위해 범인과 사투를 벌이기도 한다. 또한 '탐정은 절대로 연애를 하면 안 된다'라는 법칙을 계속해서 깨고 있으며, 탐정소설의 가장 기본적인 특성으로 꼽히는 '논리적 추론 과정'에 관심을 두지 않았으며 논리적 추론 과정을 위해 제시되는 '과학적 증거' 조차도 신뢰하지 않았다. 그것보다는 법정에 선 '피고'를 동정하고, 그 '피고'가 억울하게 누명을 쓴 '무죄한 희생자'라는 것에 감정몰이를 했다.

특히 경찰이 체포한 범인에게 감정적으로 훨씬 가까운 에밀 가보리오의 탐정소설은 당대에 열렬한 독자의 환영을 받았던 것으로 사료되나, 현재에 번역되지 않는 것은 현대독자에게 에밀 가보리오의 작품이 그다지 실효성을 거두지 못하기 때문인 것으로 보인다. 근대 재판과정의 불합리함과 그로 인한 억울한 사연, 근대 일부일처제의 법제화와 첩의 문제 등을 다룬 『르루주 사건』은 근대제도가 도입되던 시기의 '모순과 충돌'을 그대로 반영한다. 법정에서는 '과학적 증거'가 가정에서는 '일부일처제'가 당연한 원칙으로 받아들여지는 현대독자에게 에밀 가보리오의 『르루주 사건』은 공감을 얻기 힘들 것으로 보인다. 현대 번역자들이 최초의 첫 장편 탐정소설인 『르루주 사건』을 인식하지 못했을 리는 없다. 다만 그 작품에 대해 강렬히 끌리지 않았기 때문에 선택하지 않았던 것으로 짐작된다. 따라서 이성적이고 과학적인 탐정, 전지전능한 탐정, 해결사 탐정, 냉철한 탐정이 등장하는 서구의 고전적 유형을 탐정소설의 전형으로 꼽는 인식은, 연구자들이 식민지 시기 유일한 본격 장편인 『마인』에만 집중하여 다른 작품은 그것으로 가기 위한 과도기적 작품으로 평가한 데서도 기인하지만, 현대 대중의 취향과 정서가 과거의 대중과는 근본적으로 달라진 탓도 크다고 볼 수 있다.

그러나 문제는 과거 대중의 선호했던 경향이나 취미가 어떠했으며, 그것이 현재와 어떤 면에서 다른 것인지 알 수 없다는 데 있다. 후세의 연구자들은 식민지 시기 탐정소설을 평가함에 있어 당대의 대중은 고려하지 않았다. 식민지 시기 탐정소설이 서구의 고전적인 유형에 적합한지를 기준으로 삼아, 적합하면 높이 평가하고 적합하지 않다면 미흡한 작품으로 간주해버리거나 언급조차 하지 않았다. 더불어 식민지 대중의 탐정소설 수용 방식까지도 누락되어 버렸다. 탐정소설이란 낯선 장르가 국내에 정착하기 위해 어떤 과정을 거쳤는지, 당시 국내에 적합한 탐정소설의 유형은 어떠한 것이었으며, 그 시대 대중은 탐정소설을 어떤 방식으로 즐겼는지 등에 관한 대중의 취향이나 관심사는 식민지 탐정소설사에서 삭제되어 왔다. 대중문화사는 대중과 비평가의 상호작용으로 쓰여 지지만, 지금까지 한국 탐정소설사를 장식한 것은 비평가나 이론가들이 선호했던 경향이었다. 오늘날 서구의 고전적인 탐정소설, 즉 추리소설이라 일컫는 장르에 내재하는 공식들은 서구 이론가의 것을 그대로 받아들인 것에 불과했다. 당시 대중의 취향을 분석하고 그 시대 탐정소설의 특성을 고스란히 짚어 가는 것은, 한국 탐정소설의 정체성을 찾는 중요한 작업이다.

식민지 시기부터 1950년대까지 모리스 르블랑 번역의 역사

1. 서론

모리스 르블랑이 식민지 시기 가장 많이 번역된 탐정소설가라는 것은 김창식, 조성면, 오혜진 등의 서지목록을 통해 이미 알려진 사실이다. 그러나 그는 비단 탐정소설 서지에서뿐만 아니라 번역문학사 내에서도 1920~30년대 프랑스 문학에서 모파상과 함께 가장 많이 번역된 작가이다.[1] 식민지 시기 서구문학(영·미·불) 중에서 1920~30년대에

---

1 김병철, 『한국근대번역문학사 연구』, 을유문화사, 1998(초판, 1975), 1~953면. 특히 437면과 732면 참조; 김창식, 「추리소설 형성기의 실상과 김내성의 『마인』」, 『추리소설이란 무엇인가』(대중문학연구회 편), 국학자료원, 1997, 161~200면; 조성면, 『대중문학과 정전에 대한 반역』, 소명출판, 2002, 285~290면. 탐정소설 서지목록 부분 참조. 이 글의 서지연구는 일차적으로 위의 세 연구자의 도움을 받았음을 밝힌다.

현대의 '루팡' 여괴도(『별건곤』, 1933.3) 루팡에 비유한 범죄관련 기사는 종종 있었지만, 상대적으로 홈즈에 비유한 범인 검거나 범죄 관련 기사는 찾아볼 수 없었다.

각각 4편 이상씩 번역된 작가는 토마스 하디, 로버트 루이스 스티븐슨, 오 헨리, 모파상 등이다. 이들은 지금까지도 세계문학전집에 빠지지 않고 들어가는 '정전'의 작가들이다. 여기에 코난 도일과 모리스 르블랑이라는 탐정소설 작가가 포함된다는 사실이 특이할 정도로 이례적이다. 식민지 시기에 유입된 대중소설은 원작 혹은 원작자를 밝히지 않은 상태에서 번역된 사례가 허다하기 때문이다. 이에 비해 코난 도일과 모리스 르블랑은 당대에도 인지도를 형성하고 있었다고 판단되며, 특히 모리스 르블랑의 번역 회수가 코난 도일에 앞선다는 것은 그의 소설이 더 인기가 있었다는 것을 말해준다. 최근 연구에서 모리스 르블랑의 신문연재소설이 단행본으로 간행되지 않았다는 점을 들어 대중의 인기를 끌지 못했을 가능성을 제기하기도 하는데,[2] 이는 어불성설이다. 당시 신문의 범죄 관련 기사에서 루팡에 비유하여 범행을 묘사한다거나[3] 바리모아 형제가 출현하는 '알세누 루팡'이 영화로까지 상영[4]되었던 것을 감안한다면 당대 루팡이 대중에게 인기를 끌었던 것

---

2 김종수, 「일제 식민지 탐정소설 서적의 현황과 특징」, 『우리어문연구』 37집, 2010.5, 587~588면.

3 신문에서 실제 범행사건에 '루팡'의 이름이 비유되기 시작한 것은 1929년이 지금까지 확인된 바로는 최초이다. 그 이전에는 범죄관련기사에서 '루팡'을 직접적으로 거론하는 경우는 없었다. 1929년 『중외일보』 11월 8일자에 "루팡'의 과학 탐정소설과가티 지능색채가 농후하여감으로 범인이 려객기를 리용하여 도주하지 안을가하는 의심은 과민한 현대경찰의 신경을그대로 두지안케되엿다'라는 기사가 나가고, 뒤를 이어 1930년대가 되면 범죄관련기사에서 신출귀몰하고 대담한 범행을 저지른 범인을 루팡에 비유하는 기사들이 실린다. 대부분 제목부터 루팡의 이름을 거론하며 화려하게 장식한다. "신문에도 발표안된 현대의 '루팡'여괴도 백주종로서 생긴 대담한 범행 — 이 이야기는 사실노 잇섯든 이야기로 최근 서울 모금은상에서 생겨진 범죄실화이다. 이는 소설에 나오는 괴도 루팡 이상의 대담교묘한데 혀를 내둘를 만하다. 더구나 범행자가 여자라는 점에서 흥미 백퍼센트의 범죄비화이다."(『별건곤』 제61호, 1933.3.1), "'루팡'이상교묘한 변장술로 전후육차 기록적 탈주 동원 경관만 전 조선으로 수만명의 다수 신출귀몰 탐정큭가튼 경로"(『매일신보』, 1937.4.30, 4면).

4 「신영화'바리모아' 형제 출연 '알세누 루팡' 흥미와 긴장의 탐정극」, 『동아일보』, 1933.3.31. 『동아일보』의 대대적인 광고 이외에 경성이 아닌 부산지역에서도 이 영화가 상영되었다는 기록이 있다. 부산의 보래관에서 바리모아 형제 출연의 알세누 루팡 영화 상영이 기록되

홈즈의 소설에서 홈즈 사진을 넣은 경우는 거의 찾아볼 수 없다. 「흡혈귀」 번역에 삽입된 사진(맨 오른쪽)이 유일하다.

반면 루팡 탐정소설에서는 제목과 함께 루팡의 모습을 아이콘처럼 같이 내세웠다.

셜록 홈즈와 루팡 삽화 비교

어 있다(홍영철, 『부산근대영화사』, 산지니, 2009, 446면).

은 틀림없다. 본 연구는 당대 다른 서구작품을 능가할 정도의 인기를 구사했던 모리스 르블랑의 작품이 어떻게 번역되었고 대중은 이를 어떻게 수용했는지를 고찰해보기로 한다.

일차적인 작업은 모리스 르블랑의 번역 목록을 작성하는 데 있다. 모리스 르블랑의 서지목록은 김병철, 김창식, 조성면, 오혜진 등의 연구자들에 의해 기본적으로 이루어졌다. 본 연구는 이들의 서지목록을 바탕으로 잘못된 것을 바로잡고 누락된 것을 복원하는 이차 서지정리가 될 것이다. 다만, 지금까지의 서지연구에서 어떤 텍스트를 대본으로 하였나에 주목하던 것과 달리, '국내 번역본'을 중심으로 한 작가의 같은 작품이 시기나 역자를 달리하면서 어떻게 변모되었는지를 중심으로 짚어보고자 한다. 따라서 시기별로 연대순대로 역자와 작품 목록을 나열하는 것에서 그치지 않고, 전 시기를 거쳐 모리스 르블랑의 작품 중 가장 많이 번역된 것은 무엇이며, 어떤 작품들이 대표작으로 인식되었으며, 같은 작품이 역자에 따라 제목이 어떻게 바뀌었는지 등을 함께 고찰해보고자 한다. 한 작가의 같은 작품에 대한 번역의 '연계성'에 중점을 둘 경우, '제목'이 어떻게 바뀌었는지는 논의의 주요한 핵심이다. '제목'을 달리하며 번역된 양상을 포괄적으로 고찰하기 위해 식민지 시기부터 해방 후 1950년대까지의 작품 목록을 포함하고자 한다. 50년대는 아직까지 서지정리가 되어 있지 않아 본 연구에서 일차적인 작업이 이루어진 후 추후 보강하는 작업이 지속되어야 할 것이다. 다음은 식민지 시기부터 1950년대까지의 모리스 르블랑 작품의 번역 목록이다.

식민지시기	해방 후 1950년대까지	비고
① 운파 역,『奇怪探偵小說813』,『조선일보』, 1921.9.16~?.	① 유두응 역,『천고의 비밀(서른 개의 관)』(루팡전집 1권), 삼우출판사, 1945; 방인근 역,『천고의 비밀(서른 개의 관)』(루팡전집 5권), 삼중당, 1954.	처음
② 피파생 역,「금고의 비밀」,『청년』 2권 7호, 1922.7.	② 노춘성 역,『이억 만원의 사랑(호랑이 이빨)』, 문신사, 1948; 노춘성 역,『괴도 루팡 명탐정(호랑이 이빨)』, 慈善社, 1953.	●
③ 포영 역,「새빨간 봉납」,『동명』 33, 1923.4.15.		
④ 백화(양건식) 역,『협웅록(俠雄錄) 기암성』,『시대일보』, 1924.3.31~9.9.⁵	③ 방인근 역,『괴도 루팡813의 비밀』상하, 文運堂, 1949; 방인근 역,『813의 비밀』, 문성당, 1952; 방인근 역,『813의 비밀(813이 아님. 불가사의한 저택)』, 평화문화사, 1965.	●
⑤ 양주동 역,『813』,『신민』 21~24호, 1927.1~4(전편만).		
⑥ 김낭운(단정) 역,『최후의 승리(수정마개)』,『중외일보』, 1928.1.30~5.15.(총 105회).⁶	④ 방인근 역,『루팡탐정소설 괴도(怪盜)와 마인(魔人)(불가사의한 저택)』, 문지사, 1953;『괴이한 집』	●
	⑤ 방인근 역,『연판장(수정마개)』(루팡전집 1권), 삼중당, 1954; 방인근 역,『연판장』, 이론사, 1957.	처음
⑦ 원동인 역,『범의 어금니(호랑이 이빨)』,『조선일보』, 1930.8.5~1931.5.15.	⑥ 방인근 역,『마수(바리바)』(루팡전집 2권), 삼중당, 1954; 오영백 역,『세－느강의 비밀(바리바)』(명작탐정소설총서), 정음사, 1954.	처음
⑧ 이하윤 역,「결혼반지」,『조선일보』, 1931.7.30~8.14.⁷	⑦ 방인근 역,『怪美人(강력반 형사 빅토르)』(루팡전집 3권), 삼중당, 1954; 방인근 역,『괴미인』, 이론사, 1957.	처음
⑨ 윤성학 역,『호저(湖底)의 비밀(푸른 눈 처녀)』,『별건곤』, 1933.5~7(3회).	⑧ 방인근 역,『가면(假面)의 무희(舞姬)(두 개의 미소를 지닌 여인)』(루팡전집 4권), 삼중당, 1954; 방인근 역,『가면의 무희』, 이론사, 1957.	처음
⑩ 이헌구 역,「第三者」,『조광』 6, 1936.4.⁸	⑨ 방인근 역,『루팡탐정소설 황금광(황금삼각형)』, 삼성사, 1954.	처음
⑪ 이헌구 역,『명모유죄(푸른 눈 처녀)』,『조광』 7~10, 1936.5~8.	⑩ 방인근 역,『루팡탐정소설 여적(칼리오스트로 백작부인)』, 삼성사, 1954;⁹ 방인근 역,『루팡탐정소설 여적』, 한양출판사, 1965.	처음
⑫ 김내성 역,『괴암성』,『조광』 63~71, 1941.1~9.		
⑬ 정래동 역,『장편연애탐정소설 이억 만원의 사랑(호랑이 이빨)』, 성문당(광성인쇄소 인쇄), 1941.	⑪ 우창원 역,『奇巖成』(알세느 루팡 전집 1), 문림사, 1955; 정효영 역,『奇巖成』, 서울문화사, 1955;『기암성』(루팡전집 1권), 신생문화사, 1956; 김내성 역,『보굴왕』, 평범사, 1957; 김규동 역,『기암성』(世界大로망전집 14), 삼중당, 1960.	●
⑭ 방인근 역,『813의 비밀』(세계걸작탐정소설전집 제2권),『조광』, 1941.		

---

5 양건식은 식민지시기『노라』,『삼국지』,『협웅록』등의 번역가로 활동했으며, 최남선이 창간한『동명』에「빨래하는 처녀」로 등단한 소설가이기도 하다. 횡보 염상섭과 절친한 사이여서 자주 드나들었고 염상섭이 침거할 때마다 여러 신문사에 지면을 마련해 주기도 했다. 양건식의『협웅록』바로 뒤에 연재되는 작품이 횡보(염상섭)의『快漢智道令』(『시대일보』, 1924.9.10~12.2(총 95회))인 점을 보아도 알 수 있다. 횡보(염상섭)의『快漢智道令』은 알렉상드르 뒤마의『삼총사』를 번역한 것이다. 대(人)뒤마의『삼총사』는 50년대 들어

식민지 시기는 기존 방식대로 연대별로 기록한 것이며, 해방 후 1950년대는 같은 작품에 대한 번역을 중심으로 모아서 연대순으로 정리한 것이다. 비고란은 식민지 시기에 번역되었던 것과 해방 후 처음 번역된 것을 분류해 보았다. 해방 전과 후의 번역 양상이 어떻게 달라졌으며, 그러면서도 연계성을 짚어보기 위해 비교형식을 택했음을 밝힌다. 50년대 르블랑의 번역은 더 있을 것으로 추정되며 위의 표는 추후 계속해서 보완될 것이다.

와서 김내성이 『아리랑』에 번역한 것이 최초인 줄 알고 있으나, 사실 염상섭이 이미 식민지시기 번역했었던 작품이다.

6 번역자(번안자) 김낭운은 뒤에 가서는 단정(丹頂)으로 표기된다. 뒤에 가서 다시 한 번 언급하겠지만 단정(김낭운)은 혹 『겻쇠』의 작자 단정학과 동일인물이 아닐까 한다. 김낭운은 『생장』을 창간했던 민족주의자인데, 『겻쇠』의 내용은 다분히 민족주의적인 색채가 담겨 있다. 가령, 『겻쇠』에서 탐정은 민족의 배신자이자 일본의 밀정이라는 부정적 색채로, 범인은 박상범(식민지시기 독립운동을 하였던 실존인물)이라는 애국단체의 수령으로 묘사되었다. 김낭운은 이외에 「기인기록」(『조선일보』, 1924. 10. 29~1925. 2. 23)을 연재한 바 있다. 『기인기록』은 르콕 탐정에 대한 pastiche인 보아고베의 『낙화』(1925년 3월 1일부터 연재시작) 바로 전에 연재된 작품이다.

7 1930년대는 해외문학파에 의한 역자들에 의해 서구문학의 번역이나 번안이 활발하게 전개되었다. 그 중 이하윤은 서구소설을 국내에 소개하는 데 가장 적극적으로 참여했다. 1931년 5월 22일부터 『조선일보』에 '세계걸작단편선집'이란 特輯하에 로버트 루이스 스티븐슨의 「하로ㅅ밤」, 호오돈의 「하博士의 實驗」, 에드가 앨런 포우의 「황금충」, 루이 필립의 「자살미수」 등을 실었다. 모리스 르블랑의 「결혼반지」도 그 특집란 기획하에 번역된 것이었다.

8 이헌구는 『조광』에 모리스 르블랑의 「제삼자」라는 단편과 「명모유죄(초록 눈동자의 아가씨)」라는 장편 두 편을 번역했다. 「제삼자」는 성귀수가 『초록 눈동자의 아가씨』 뒤편에 「암염소가죽 옷을 입은 사나이」로 번역했다. 「제삼자」는 모리스 르블랑의 에드가 앨런 포우에 대한 흠모를 드러내는 작품으로 범인이 오랑우탄으로 밝혀지는 「모르그가의 살인사건」을 연상케 한다. 작품의 내용상으로 볼 때 「암염소가죽 옷을 입은 사나이」보다는 「제삼자」라는 제목이 좀 더 적절해 보인다. 이 작품은 탐정소설에 관한 최초의 학술논문이라 할 수 있는 레지 메삭의 「탐정소설과 과학정신의 영향」(1929)에서 분석대상으로 다루어졌으며 모리스 르블랑의 수작이라 평가 받는다(모리스 르블랑, 성귀수 역, 『초록 눈동자의 아가씨 / 암염소가죽 옷을 입은 사나이』, 까치글방, 2003, 307면 해설 참조).

9 이 책은 국립중앙도서관에 소장되어 있었다. 그런데, 필자가 신청할 당시에 책이 너무 많이 훼손된 관계로 볼 수 없었다. 필자가 신청할 당시의 목록을 마지막으로 이후부터 소장자료에서 삭제되었다. 그러나 사서에게 문의한 결과 1965년 판과 면수도 동일하고 똑같은 내용임을 확인하였다. 다만 더 이른 시기에 다른 출판사에서 간행되었다는 점을 확인하였다.

식민지 시기부터 1950년대까지 가장 많이 번역된 모리스 르블랑의 작품은『기암성』이다.『기암성』의 번역 중 눈에 띄는 것은 김내성이 식민지 시기의『괴암성』을 해방 후『보굴왕』이란 제목으로 바꿔 단 사례이다. 이것은 표에서도 알 수 있듯, 1950년대로 오면서 오히려 식민지 시기보다 원제와의 편차가 훨씬 심해졌으며, 번역보다 '번안'이 융성했었다는 사실과 무관하지 않다. 해방 전『기암성』이외에 두 번 이상 번역되었던 작품은『813』,『호랑이 이빨』,『초록 눈동자의 아가씨』이다.『초록 눈동자의 아가씨』는 50년대에 번역된 사례가 아직까지 밝혀지지 않았으며, 1966년 평화문화사의 루팡 전집에 들어간 것을 확인할 수 있다.『호랑이 이빨』은 1948년 노춘성이 정내동과 똑같은『이억 만원의 사랑』이란 제목을 달아 번역함으로써, 해방 후까지도 '장편연애탐정소설'로 읽혔던 것으로 유추된다. 본 연구는 위의 표에서 식민지 시기 두 번 이상씩 번역되었으며, 50년대에도 지속적으로 번역된『813』,『기암성』,『호랑이 이빨』을 논의대상으로 한다. 여기에 르블랑 번역 역사에서 중요하다고 판단한 1928년『중외일보』의『최후의 승리(수정마개)』와 1950년대의 전반적인 번역 양상을 함께 논의하기로 한다.

　　위의 표에서 놀라운 것은 50년대에 이미 르블랑 작품 상당수가 번역되었다는 사실이다. 따라서 국내에서 최초 번역이라고 밝히는 작품이 이미 이 시기에 번역된 경우도 종종 발견된다. 그런데, 자세히 들여다보면 알 수 있듯, 해방 후 대다수의 모리스 르블랑 번역의 역자는 방인근이었다.『기암성』이 가장 많이 번역되었으며 역자도 가장 다양한 데 비해,『813』의 역자는 방인근이 유일하다(완역된 것만 따지자면). 이 두 작품을 제외한 1950년대 르블랑의 번역은 '제목'만으로 원작을 알 수가 없다. 그런 면에서 1950년대 번역 목록은 '원작'을 밝히는 것에 주력했다. 뿐만 아니라 50년대는 전집으로 간행되었다고 하나 한 권 이외에는 확인할 수가 없는 경우, 같은 작품을 여러 출판사에서 간행했는데 위의 목록 이외에 더 있을 경우, 제목과 안의 내용이 일치하지 않는 경우 등 아직까지 정리되지 못한 것들이 많다. 따라서 이 글의 목적은 일차적으로 서지정리 자체에 있으며, 부차적으로 국내 번역 역사에서조차 소외되어 온 '번안'의 과정이 대중과 소통하는 독특한 자생력을 가진 양식이었음을 증명하고자 하는 데 있다.

2. 유령 텍스트 『813의 비밀』의 번역 과정

국내에서 모리스 르블랑의 장편 중 가장 이른 시기에 번역 시도된 것은 *813: La double vie d'Arsène Lupin*(이하 『813』)이다. 식민지 시기 『813』은 모두 세 번에 걸쳐 번역된 것으로 기록되어 있다. 첫 번째가 1921년 『조선일보』에 운파가 번역 시도했다가 정간으로 연재 중단되었고, 두 번째는 1927년 『신민』에서 양주동에 의해 전편과 속편으로 연재 계획되었다가 전편으로 그쳤으며, 세 번째는 『조광』에서 기획한 세계걸작탐정소설전집의 제2권으로 방인근 역의 『813의 비밀』이 간행되었다. 앞 장의 표에서 살펴보면 해방 후에도 『813』의 역자는 방인근이 유일하다. 이것은 *L'Aiguille creuse*가 식민지 시기에 백화 양건식과 김내성에 의해 완역된 사례가 있었으며, 해방 후에도 여러 역자들에 의해 번역된 것과 비교된다. 『813』은 루팡의 대표작으로 꼽히면서도 무슨 연유로 두 번이나 완역되지 못했으며, 해방 후에도 역자들의 선택에서 배제되었던 것일까. 완역되지 못했을 경우 어떤 부분이 번역되었고 어떤 부분이 번역에서 제외되었는지 번역 양상을 조금 따라가 보기로 한다.

운파 역의『조선일보』에 실린『기괴탐정소설(奇怪探偵小說) 813』(1921)은 '피살(被殺)'이란 소제목 안에 다시 '기괴(奇怪)한 내객(來客)', '흑색(黑色)의 상자(箱子)', '에르·에ㅁ의 연초갑(煙草匣)' 등의 하위제목으로 구성되어 있다. 식민지 시기 평범사에서 간행되었던 일본판 루팡 전집에 '괴기탐정소설(怪奇探偵小說)'이란 표제가 달렸던 것과 마찬가지로 '기괴탐정소설(奇怪探偵小說)'이란 표제를 살리고 있다. '기괴(奇怪)(괴기(怪奇))'라는 말은 이때부터 쓰이기 시작해서 해방 후까지도 루팡 탐정소설의 표제나 작품 내에 종종 쓰이곤 한다.[10] 작품의 표제에 이 용어가 들어갔다는 것은 모리스 르블랑의 번역이 일본을 경유하여 재번역 형태로 이루어졌음을 의미한다. 그래서 식민지 시기 국내에서 김내성의 탐정소설에 사용하던 '괴기소설'과는 전혀 다른 형태로 차용되고 있다. 국내에서 괴기소설이 일본의 본격과 변격 탐정소설의 구분에서 변격을 대변하는 용어로 환치되곤 했었던 점을 상기하면, 그것보다 이른 시기에 사용되었던 이 용어는 일본의 것을 거름장치 없이 그대로 가져온 것이었다. 그러나 모리스 르블랑의 작품 중 가장 먼저 선택된『813』은 의외로 국내에서 고전을 면치 못했으며, 역자나 편집자의 작품에 대한 이해도 부족했던 것으로 보인다. 가령,『조선일보』에 실렸던『813』연재예고 기사에서 광고하는 문구는『813』의 내용과는 무관하다.

　　기괴탐정소설(奇怪探偵小說) 813 운파역(雲波譯)

　　　양(洋)의 동서(東西), 시(時)의 고금(古今)을 막론(勿論)ᄒ고 엇던 나라이던지 국가의 일대비밀(一大秘密)은 ᄒ느식(式) 감추워 잇는 것이다 이에

10　괴이한 집, 괴기한 사건, 괴기루팡전집 천고의 비밀, 괴도 루팡 등.

연재(連載)코자ᄒᆞ는 기괴탐정소설(奇怪探偵小說) 813은 적불란서왕국시대(佛蘭西王國時代)의 비밀(秘密)-그 나라 황족(皇族)도 신하(臣下)도 백성(百姓)도 모르고 황제(皇帝)만 알고 잇다가 결종(結終)에 자기(自己)의 후위를 이을 황자(皇子)에게만 전ᄒᆞ고마는 그 무삼 비밀-그후에 엇지엇지ᄒᆞ야 그 나라 엇더한 신하(臣下)가 이 비밀을 알엇다 그러ᄂᆞ 무참(無慘)히 그 신하(臣下)는 철가면을 씨워서 컴컴ᄒᆞ고 부자유흔 옥속에서 영영광명(永永光明)을 못보고 여년(餘年)을 맛게 되엿다 그리ᄒᆞ야 이 비밀은 영영 매장되고 말엇다 지금ᄭᅡ지 오히려 해결(解決)치 못흔 그 비밀-불국의 유명한 소설가 '모리스 루풀란'씨(氏)는 이 ᄋᆞ지 못홀 불가사의(不可思議)의 비밀을 자기의 추리(推理)대로 그리여 너엿다 사실이라고 단언홀 수는 업다만은 그리도 그 비밀에 근사ᄒᆞ다고 할 수 잇다 이 813은 '모리스 루풀란'씨(氏)의 추리적으로 자기나라의 비밀을 그리여 너인 장편의 소설 가운데 그 중(中) 자미(滋味)잇고 통쾌(痛快)흔 일부분이다 여기 의협적(義俠的) 쾌남아(快男兒)의 괴인(怪人) '알센·루쨘'이 잇다 그의 행동은 세상의 이목(耳目)을 놀닉이고 경찰(警察)의 대주목을 밧는다 대흉적(大凶賊)이라는 악명을 밧고 잇스나 살인은 결코 안이한다······ / '루-반'의 화염(火焰)갓흔 애국심(愛國心)은 만흔 위기(危機)와 만흔 곤란(困難)을 불사(不辭)ᄒᆞ고 비밀의 연을 잡엇다 이대(二大) 음모(陰謀)를 타파ᄒᆞ고 이화구(二火口)를 압(押)하야 폭발탄(爆發彈)을 발사코자 흠은 실로 저가 일생일대의 대모험(冒險)이다 심혈(心血)을 주ᄒᆞ는 대고난(大苦難)이다 대음모(大陰謀)이다 국치(國恥)의 한(恨)을 멸(滅)ᄒᆞ고 불국민(佛國民)의 씨골두(氏骨頭)를 발군(撥軍)ᄒᆞ야 '카이자'에게 복수(復讐)코자ᄒᆞ는 근세(近世)의 사외사전무협(史外史傳武俠) 탐정(探偵)이 즉 이 813-전체를 통흔 대골자(大骨子)이다······ / 꼿갓튼미인(美人), 협사(俠士), 괴걸(怪傑), 형체(形體)를 알 수 업는 살인괴(殺人怪), 황제(皇帝)'워혜ㅁ'이세영상(二世英相), 불국(佛

國)의 명사(名士) 등(等)이 본편(本編) 중(中)에 출연(出演)된다 역사적 비
밀(秘密)의 삼국동맹파(三國同盟巴) 이간문제(爾幹問題), 구주전쟁(歐洲
戰爭)의 일심인(一深因), 비중괴중(秘中怪中)의─그 자세(細)홈은 본편(本
編)으로 흐야금 어더볼 수가 잇다 우─괴문자(怪文字) 813[11]

　위의 연재예고기사에서 내세우는 불란서왕국의 비밀과 거기에 얽
힌 철가면 이야기는 『813』의 내용과는 상관없다. 당시 불란서에서 인
기를 끌었던 '철가면 모티프'를 착용해 모리스 르블랑이 나름의 추리를
선보인 것은 L'Aiguille creuse(기암성)에서이다. 『813』의 연재예고기사
는 L'Aiguille creuse(기암성)의 내용을 앞세워 독자를 끌어당기려 하고
있다. 또한 연재예고기사에서는 『813』의 후반부 내용을 다루고 있는
데 반해, 실제 텍스트에서는 예고기사에서 빠져 있었던 연쇄살인사건
이라든가 루팡의 이중생활 등 전반부 내용이 담겨 있다. 『813』의 연재
예고기사에서 강조되는 것은 영 · 불 · 독 삼국의 파이문제라든가 독일
황제 카이저와 루팡의 비밀 협약 등 국가 간의 기밀을 둘러싼 암투이
다. '괴문자(怪文字) 813'은 연쇄살인사건을 해결하는 단서인데, 아무런
맥락 없이 마지막 문구를 장식하고 있다. 마치 작품의 제목이므로 어
딘가에 집어넣어야 하는데 적절한 곳을 찾지 못하다 슬쩍 끼워 넣은
것처럼 말이다. 『813』 연재예고기사는 편집자가 『813』을 읽지 않았거
나 이해하지 못한 상태라는 것을 보여주는 단적인 사례이다.
　『813』은 르블랑의 대표작으로 평가되면서도 식민지 시기 번역에서
순조롭지 못한 양상을 반복했다. 1927년『신민』에서 양주동에 의해 다
시 번안되는 『장편(長篇) 괴기(怪奇) 탐정(探偵) 813』은 전편과 속편으로

---

11 「기괴탐정소설 813 운파역」(연재예고기사), 『조선일보』, 1921.9.15, 1면. 띄어쓰기는
　필자에 의한 것임.

기획되었으나 전편으로 그치고 만다. 1927년 1월호부터 4월호까지 연재된 『813』은 첫 회에 『조선일보』에 연재되었던 내용을 전부 다루고 있다. 즉, 살인사건의 발생과 범인으로 몰리는 루팡, 사건현장에서 발견된 813이라는 숫자와 단서로 제공되는 엘엠(L.M)의 담뱃갑 등의 상당히 많은 분량의 내용을 단 한 회에 압축해 놓았다. 양주동의 번역은 이처럼 상당한 압축과 생략을 감행하였는데, 이는 사건전개의 긴박함이나 긴장감을 형성하지 못한 채 줄거리 전개에만 급급한 결과를 초래했다. 4회에 걸친 전편에서 '연쇄살인사건과 루팡의 이중생활'까지를 모두 다루고 있으니 독자가 서사를 따라가기에는 무리했을 법도 하다. 『조선일보』의 연재 중단이 정간으로 인한 것이었다면, 『신민』의 속편이 게재되지 못한 것은 역자가 방대한 분량을 끝까지 번역하지 못하고 중도에서 포기하였거나 전편까지의 내용이 독자에게 그다지 흥미를 끌지 못했거나 둘 중 하나이다. 해방 후에도 역자들이 『813』을 선택하지 않았다는 것은 이 작품이 분량으로나 내용으로나 부담이 컸다는 것을 말해준다.

『조선일보』에 연재된 것이 예고기사에서 기대했던 것과 어긋나거나 『신민』에 연재된 것이 긴장감 형성의 실패로 독자를 끌어당기지 못했다고 하여도 르블랑의 대표작이 식민지 기간이 끝날 무렵까지 완역되지 못했다는 사실은 눈여겨볼 만하다. 초반부에 연쇄살인사건과 거기에 제공되는 단서는 현대 탐정소설 독자에게는 루팡의 모험 이상으로 흥미진진한 부분이다. 그런데, 당시의 운파나 양주동 같은 역자들이 바로 이 부분을 살리지 못하였기 때문에 독자의 흥미를 끄는 데 실패했다고 보인다. 역자의 역량 부족 탓도 있지만 당시 국내 대중에게 복잡하게 얽힌 추리서사가 낯설었기 때문에 번역에서도 독해에서도 어려웠을 수 있다. 그것은 『조선일보』에 실린 연재예고기사에서 르블랑의 탐정소설을 연쇄살인사건의 추리서사보다 알렉상드르 뒤마의 모험서사로 내세웠던 것과 무관하지 않다. 당대 대중에게 모리스 르블랑의 소설이 가장 많이 번역되어 인기를 끌었던 것은 여타의 탐정소설이 내세우는 '추리'가 아니었기 때문이다. 대담무쌍한 범행, 교묘한 변장술, 신출귀몰한 재주 등의 대명사로 국내에 명성을 높인 루팡은 탐정이라기보다 알렉상드르 뒤마의 몽테크리스토 백작에 가깝다. 모리스 르블랑의 탐정소설은 식민지 시기 국내에 '추리서사'가 아닌 '모험서사' 계열의 탐정소설이 자리 잡도록 하는데 결정적 영향을 끼친다.

『813』은 『조광』에서 기획한 세계걸작탐정소설전집 2권의 방인근 역이 최초 완역본이다.[12] 그 후 1949년 문운당(文運堂)에서 방인근에 의해 상, 하 두 권으로 간행된 『813의 비밀』이 있다. 『813』은 르블랑의 대표작이어서 활발하게 번역되었을 것 같지만 이것이 유일하다. 역자 역시 방인근이 유일하다. 더 재미있는 사실은 1965년 『탐정소설 813의 비밀』이란 제목 하에 방인근이 번역한 작품이 있는데, 실제 텍스트의 내용은 『813』이 아니라 『불가사의한 저택』이다. 『불가사의한 저택』에 『813의 비밀』이라는 제목을 단 것은 방인근의 순간적인 착오였을 텐데, 편집자 역시 그것을 바로 잡지 않고 단행본으로 출간하였던 것이

---

12 김창식과 조성면의 서지목록에서 『813의 비밀』은 방인근 역으로 1941년 명성출판부에서 간행되었다고 되어 있으나 서적을 찾을 수 없었다. 또한 1940년 『조광』에서 김내성이 기획했던 '세계걸작탐정소설전집 2권'에 포함되었던 것으로 보이나 서적을 확인할 수 없다. 그렇게 본다면 해방 전의 『813』의 완역본은 마치 유령처럼 떠돌고 있었던 셈이다. 본격적인 완역으로 만날 수 있는 것은 해방 후 방인근의 『813의 비밀』(문운당, 1949)을 통해서이다. 1953년 간행된 방인근의 루팡전집에도 『813』은 포함되지 않는다. 방인근의 루팡전집은 1권 『연판장』, 2권 『마수』, 3권 『괴미인』, 4권 『가면의 무희』, 5권 『천고의 비밀』로 구성되어 있으며 1953년 『삼중당』에서 간행되었다는 사실을 『아리랑』 잡지의 광고를 통해 확인할 수 있었다(국립중앙도서관에 있는 서적은 1954년 판본이다). 그렇다면, 역시 논자들의 서지목록에 들어 있는 1945년 삼우출판사에서 간행된 유두응 역의 『루팡전집』에도 『813』은 들어있지 않았던 것일까. 실제로 이 전집은 1권 『천고의 비밀』 이외에는 찾을 수 없으며, 방인근은 해방 후 자신의 것이 '최초의 루팡 전집'이라고 밝히고 있다(모리스 르블랑, 방인근 역, 『마수』(루팡전집 2권) 서문, 삼중당, 1954, 3면).

『813의 비밀』(문운당, 1949)과 『괴인 대 거인』(평화문화사, 1966) 단행본 표지 『813의 비밀』에서의 광대 같은 우스꽝스러운 복장이나 『괴인 대 거인』에서 수염 기른 루팡의 모습은 우리에게 각인된 멋진 신사 루팡의 이미지와는 다르다. 식민지시기에 실크햇트와 레알 안경이 트레이드 마크였던 루팡은 해방 후 다양한 양상으로 변주된다. 『813의 비밀』은 방인근 역이고, 『괴인 대 거인』은 임호 역이다. 임호는 임호탐정시리즈를 썼던 천세욱의 필명으로 짐작된다.

다. 이렇게 본다면, 『813』은 명성에 비해 번역에서는 상당히 홀대를 받았다고 볼 수 있다. 독자 역시 이 작품을 실제로 즐겨 읽었을지는 의문이다. 르블랑의 국내 첫 번역 작품으로 선택되었던 『813』이 상당히 늦은 시기에 완역되었음에도 불구하고, 『813』은 제목만으로도 식민지 시기부터 1950년대까지 르블랑의 대표작으로 인식되었다. '절대 살인을 하지 않는다'라는 의협남아 루팡의 이미지와는 달리, 르블랑 작품 중에서 루팡이 유일하게 무고한 죄인을 구원하는 데 실패하고 사랑하는 여인을 살인하기에 이르는 『813』을 첫 번역 작품으로 선택했다는 것 자체가 이미 완역되면 안 되는 운명이었다. 『813』이 완역되지 않음으로써 결과적으로 '루팡의 살인과 실패'는 은폐되었으며, 루팡은 국내에서

'의협남아'의 이미지를 굳힐 수 있었다. 그러니까『813』은 완역되지 않음으로써만 루팡 캐릭터를 살릴 수 있었던 것이다. 그것이 오랫동안 완역되지 못한 채 번역자의 선택에서 배제되었으면서도,『813』이 르블랑의 대표작으로, 유령 텍스트로 존재할 수 있었던 힘이었다.[13]

3. L'Aiguille creuse의 번역 역사와 '철가면'의 관계

L'Aiguille creuse는 상당히 이른 시기에 백화 양건식에 의해『시대일보』에『협웅록(俠雄錄)』이란 제목으로 완역되었다. 1924년에 이미 완역된 이 작품은 1941년『조광』에 김내성이『괴암성(怪巖城)』으로 다시 번역한다. 식민지 시기 L'Aiguille creuse의 번역본은 양건식과 김내성의 것 두 개이며 둘 다 완역이다. 김병철은『근대번역문학사연구』에서 이 두 번역이 모두 일역의 중역이라 언급하며, 대본이 보소용서역(保篠龍緖譯)의『奇巖城』(ルパン全集 第1卷)이라 밝히고 있다. 그런데, 두 번역은 한눈에 봐도 제목의 편차가 심하다. 김내성의『怪巖城』은 제목부터 일역 대본인『기암성』에서 온 것임을 알 수 있으나 양건식의 제목은 그것과 전혀 달라 의문이 제기된다. 게다가 양건식은 식민지 시기『삼국지』,『수호지』,『홍루몽』, 야담 등에 이르기까지 중국문학을 국내에

---

13 완역되지 않은 상태에서도『813』은 르블랑의 대표작으로 빠지지 않고 식민지 시기 탐정소설 관련 논자들에게 언급되었다. 이종명은 르블랑의 대표작으로『813』,『기암성』,『수정마개』를 꼽았고, 김영석은『813』,『호의 아(虎의 牙)』,『수정마개』,『기암성』을 들었다. 안회남은 이현구의『명모유죄(초록 눈동자의 아가씨)』이전의 르블랑의 번역본으로『813』만 기억하고 있다.

소개한 번역가이다. 특히 이 무렵은 그가 초기 일역을 중역하던 관습을 버리고 중국문학의 번역에 어느 정도 자리를 잡고 있었던 시점이다. 게다가 발표지면이 그가『빨래하는 처녀』로 등단했던『동명』의 폐간 후 창간된『시대일보』이며, 이 때『홍루몽』도 번역했다는 사실을 감안하면『협응록』역시『홍루몽』과 마찬가지로 대본이 중역일 가능성이 높다.[14] '무협소설'의 전통이 짙은 중국에서 번역한 제목을 가져왔을 가능성을 제기할 때,『협응록』(1924)과『괴암성』(1941)의 간극은 좁혀질 수 있다. 그러나 L'Aiguille creuse의 두 번역본에서 드러나는 내용상의 차이는 조금 눈여겨볼 필요가 있다.

1924년 양건식이 번역한『협응록』과 1941년 김내성이 번역한『괴암성』에서 가장 큰 차이를 보이는 부분은 바로 전체 서사의 핵심 동인인 '에귀유 크루즈'의 내력과 그 비밀을 푸는 과정이다. 이것은 원작 L'Aiguille creuse의 제목에 대한 부연설명이며 동시에 르블랑이 이 소설을 쓴 이유이기도 하다. 따라서 역사적 사실을 바탕으로 한 '에귀유 크루즈'에 대한 르블랑 나름의 추리가 담긴 부분이다.

① 샤―르ㆍ루ㆍ삼대왕이 북방(北方)의 야만족(野蠻族) 로―루족 사이에 체결(締結)한 조약문 중에 로―루 추장(推奬)의 성명을 쓰고 그 우에 각종(各種)의 위계(位階)를 긔입(記入)한 가운데에 '에기의 비밀왕'이라 하는 말이 잇다 / 삭손종족편년사(카부손판 일백삼십사페지)에 윌리 얌 정복왕

---

14 김병철은 백화 양건식의『인형의 집』번역인『노라』도 일본의 島村抱月의『人形の家』이 대본이라 밝히고 있으나(『한국근대번역문학사연구』, 을유문화사, 1998, 569쪽),『양백화문집 1』의 해제에서는 백화의 이 번역도 중국의 호적(湖適)과 그 제자들이 번역한 중국판『노라』를 재번역한 것이라 한다(김영복,「백화의 문학과 그의 일생」,『양백화문집 1』, 지양사, 1988, 287면). 그런 점을 고려해 본다면, 김병철이 일역의 중역이라 밝히고 있는『협응록』역시 중역의 재번역일 가능성이 높다.

(征服王)에 관한 긔사(記事)가 잇는데 가로되 왕의 군긔(軍旗)의 긔ㅅ대 끗은 가늘고 쇬족한 강철로 되엇는데 '에기'(바늘)가티 한 구멍을 뚤허 잇섯다 / 렬녀(烈女) 짠·따르가 잡히어 심문(審問)을 당할 째에 "오히려 한 가지, 불란서왕에게 전치 아니치 못한 것이 잇다"고 대답함에 이에 대하야 심판관(審判官)은 "그러타 나는 너의 말하고자 하는 비밀을 안다 그론고로 나는 너를 사형에 처하지 아니치 못한다" 하엿다[15]

② 과연 그가 수집한 수백 종의 역사적 참고서 중에 여기저기에 '에이규이유의 비밀'이란 문구가 씌어 있는 것을 발견하였다.[16]

③ 편즙장족하, 이 위와 가튼 사실(史實), '무쇠탈' 쏘는 저, 근위대위와 밋 그 자손에 관한 전설(傳說) 등, 내가 긔술(記述)한 사항은 모다 내가 오늘 우연히 어느 서적 중에서 발견한 것이라 이 책은 그 대위의 자손의 손으로 일천 팔백 오년 류월 즉, '로오-루-' 대전쟁(大戰爭)의 전날, 혹은 그 이튿날에 발행된 것으로 즉, 마츰 소위 병마공총(兵馬倥偬)한 째이엇슴으로써 세상 사람이 돌아보지 안흔 것이라 …… 그런데 압헤 말한 시-싸의 주석서 제 삼권을 낡음에 니르러 그 고서 중에 긔재한 사항을 인용(引用)함을 발견하고 해연(駭然)히 놀란 것이니 샤-르왕의 조약문, 삭손력대사(歷代史), 짠·따르의 심문 등, 요컨대 모든 사실이 그 서적 가운데에 인용이 되어 잇섯다[17]

④ 그런데 편집국장! / 이상과 같은 사실(史實)-즉 철가면, 근위대위 그리고 그의 몇 대 자손 인사관에 관한 전설 등을 기록한 서적을 나는 오늘 우연한 기회에 발견하였다. 내가 발견한 이 서적은 그 사관의 손으로 一八一五年 六月에 발행된 것인데 이 서적의 가치가 어떻다는 것은 이 서적을 읽

---

15 백화 양건식 역, 「협웅록(66회)」, 『시대일보』, 1924.6.5, 4면. 이하 띄어쓰기는 필자에 의한 것임을 밝힌다.
16 김내성 역, 「괴암성(6회)」, 『조광』, 1941.6, 385면.
17 백화 양건식 역, 「협웅록(67회)」, 『시대일보』, 1924.6.6, 4면.

어본 사람이래야 비로소 알 것이라고 믿는다.[18]

예문 ①과 ③은 『협웅록』 텍스트, 예문 ②와 ④는 『괴암성』 텍스트의 인용이다. 각각 같은 부분을 두 역자가 달리 번역(번안)한 부분이다. 『협웅록』에서는 거의 생략 없이 완역을 하고 있는 반면, 『괴암성』은 완역이지만 사이사이 내용전개에서 생략된 부분이 많다. 가령, 에귀유 크루즈의 비밀에 관한 이야기에서 샤를 3세의 조약문, 색슨 족의 연대기, 잔 다르크의 심문 등은 김내성 역에서는 모두 삭제되었다. '수백 종의 역사적 참고서 여기저기에 '에귀유의 비밀'이란 문구가 있는 것을 발견하였다'라는 단 한 문장으로 압축해 놓은 것이다. 따라서 여기에 관해 정리하는 문구도 이 부분이 모두 빠져서 예문 ④에서 남아 있는 부분은 철가면, 근위대위, 그리고 근위대위의 자손에 관한 전설만 포함되어 있다. 복잡한 역사적 배경 하에서 전개되었던 에귀유 크루즈 이야기가 김내성 역에서는 철가면을 둘러싼 이야기로 집중되어 있다. 그러나 김내성이 삭제한 이 부분은 에귀유 크루즈의 비밀을 푸는 열쇠이다. 철가면 이야기는 흥미를 돋우기 위한 미끼에 불과하며, 실제로 에귀유 크루즈는 각각의 역사적 사건들(샤를 3세의 조약문, 색슨 족 연대기, 잔 다르크의 심문)이 모두 하나로 귀결되는 곳인 '노르망디'로 집약되어야 하기 때문이다. 따라서 에귀유 크루즈 성은 하나의 눈속임이 되고, 실제로는 이 모든 역사적 사건들이 관련된 '노르망디' 쪽으로 눈을 돌려 그곳에서 찾아야 하기 때문이다. 이런 일련의 역사적 사건들이 생략되었다는 것은 곧 르블랑이 '철가면 이야기'에 남겨진 프랑스 국가의 비밀문서를 찾아내기 위해 나름대로 '추리'를 선보인 과정이 사라졌다

---

18 김내성 역, 「괴암성(6회)」, 『조광』, 1941.6, 385면.

는 의미가 된다. 1924년의 더 이른 시기에는 오히려 포함되었던 추리 과정이 탐정소설이 어느 정도 정착되었고 르블랑 소설도 번역이 활발히 이루어지고 있었던 이 시점에서 생략된 것은 무슨 연유일까. 그것은 백화 양건식과 김내성이라는 두 역자의 차이일 수도 있다.

김내성은 모리스 르블랑의 이 작품뿐만 아니라 코난 도일의 「얼룩끈」를 번안한 「심야의 공포」[19]에서도 셜록 홈즈의 날카로운 논리적 추리과정을 배제한 채 '가정비극' 형태로 바꾸어 놓았다. 김내성이 코난 도일이나 모리스 르블랑의 작품을 제대로 이해하지 못했을 가능성은, 그의 탐정소설 이론이나 작가 경력으로 보더라도 있을 수 없다. 그가 대중의 반응에 민감한 대중소설가라는 점을 감안하면 당시 대중이 복잡하고 정교한 추리과정에 몰입하지 못했을 가능성이 크다. 사실 *L'Aiguille creuse*에서 프랑스의 역사적 사실을 바탕으로 한 르블랑의 추리과정은 어렵고 생소하다. 결국 1924년과 1941년의 시간적 간격을 두고 재번역된 *L'Aiguille creuse*는 국내 대중에게 이미 『무쇠탈』로 익숙한 서사인 '철가면 이야기'에 중점을 두게 된다. 『협웅록』에서부터 강조되던 『무쇠탈』 이야기는 생소한 불란서 국가의 비밀을 익숙하게 접하도록 유도하는 장치로 기능하는데, 흥미로운 지점은 『동아일보』에 연재되었던 『무쇠탈』의 원작자가 포르튀네 뒤 보아고베가 아닌 알렉상드르 뒤마로 알려져 있다는 사실이다. 다음 예문은 『협웅록』 연재 중간에 역자 양건식이 삽입한 글이다.

⑤ 이 죄수야말로 의심업시 저유명한 '무쇠탈'의 주인이엇다 / '무쇠탈'은 불란서 혁명시대에 잇든 사실로 이것을 불국문호 듀마씨가 소설로 맨든 것이 잇나니 이 소설은 먼저 민우보군의 손에 우리글로 번역되엇느니라[20]

---

19 『조광』, 1939.3, 336~348면.
20 백화 양건식 역, 「협웅록」, 『시대일보』, 1924.6.3, 4면. 띄어쓰기는 필자에 의한 것임.

알렉상드르 뒤마의 『철가면』은 루이 14세의 쌍둥이 모티프를 차용한 것으로, 『무쇠탈』의 보아고베 원작과도 *L'Aiguille creuse*에 삽입된 철가면 서사와도 전혀 다른 내용이다. 더군다나 국내에서 『철가면』 서사는 보아고베의 것을 제외하고는 번역된 사례가 없었다. 그럼에도 불구하고 식민지 시기부터 해방 후까지도 『무쇠탈』의 원작자는 뒤마로 인식되었으며, 『무쇠탈』과는 전혀 상관없는 쌍둥이 모티프가 대중에게 전해 내려왔다.[21] 알렉상드르 뒤마의 『철가면』은 모리스 르블랑의 『813』과 마찬가지로 번역되지 않은 유령 텍스트로 실제 텍스트 이상의 숨은 힘을 발휘하여 대중을 흡입하고 있었다. *L'Aiguille creuse*의 이른 완역과 김내성의 재번역, 그리고 해방 이후에도 지속적으로 번역된 것은, 이것의 비밀을 푸는 동인인 '철가면 이야기'가 대중에게 익숙하고 흥미로운 코드였기 때문이다. 따라서 *L'Aiguille creuse*의 인기는 상당 부분 알렉상드르 뒤마의 '철가면'에 빚지고 있으며, 식민지 시기 모리스 르블랑의 소설은 탐정소설로서보다 알렉상드르 뒤마의 모험소

---

[21] 『무쇠탈』의 원작자는 많은 이들에게 알렉상드르 뒤마로 알려져 왔다. 이종명은 1928년 『중외일보』에 연재한 「탐정문예 소고」에서 뒤마의 『철가면』이 국내에 『무쇠탈』로 번역된 적이 있다고 언급하였으며(『중외일보』, 1928.6.6), 심지어 백화 양건식은 『협웅록(기암성)』에 삽입된 철가면 이야기를 부연 설명하는데 뒤마의 이 작품이 국내에 민태원에 의해 번역된 바 있다고 하였다(『시대일보』, 1924.6.3). 심지어 연구자들 사이에서도 『무쇠탈』의 원작자를 뒤마로 알고 있는 현상이 드러났다. 천정환은 『근대의 책읽기』에서 『무쇠탈』이 뒤마의 『철가면』을 번안한 소설이라 언급하였다(『근대의 책읽기』, 푸른역사, 2003, 286면). 국내에 단 한 번도 번역된 적이 없었던 뒤마의 『철가면』이 수십 년 동안 유령처럼 『무쇠탈』의 원작 행세를 하고 있었던 셈이다. 보아고베는 이름조차 들어볼 수 없었다. 그러다가 박진영에 의해 구로이와 루이코가 가장 많이 번역했던 보아고베라는 작가가 재조명되고, 당시 국내 번안소설의 가장 많은 부분을 차지하고 있었던 것이 보아고베라고 언급되며 그동안 원작자가 밝혀지지 않았던 많은 작품이 보아고베 작품이었다는 사실이 밝혀졌다(박진영, 「1910년대 번안소설과 '정탐소설'의 매혹」, 『대동문화연구』 제52호, 2005.12, 291~315면). 알렉상드르 뒤마의 『철가면』은 해방 후 아동문학전집 쪽에서 번역되었다. 장수철은 알렉상드르 뒤마의 『철가면』과 보아고베의 것 중에서 전자의 루이 14세의 쌍둥이 이야기에 얽힌 『철가면』을 택했다고 해설에서 밝혔다(『철가면』(세계동화명작전집 41), 광음사, 1973, 190~195면).

이지도르 보트를레와 루팡의 대결을 그린 『괴암성』

설을 읽을 때의 장쾌함으로 독자에게 다가갔다.[22] 국내에서 모리스 르블랑의 *L'Aiguille creuse*의 번역은 흥미롭게도 '철가면 이야기'와 함께 했으며, 그것은 알렉상드르 뒤마를 『철가면』의 작가로 내세우고 보아고베를 지우는 역할에 일조하였다. 이것은 김내성이 1941년 번역한 『괴암성』을 해방 후 『보굴왕』이란 제목으로 다시 번역하는 것과도 무관하지 않다. 『보굴왕』은 알렉상드르 뒤마의 『몽테크리스토 백작』의 일역 대본이었던 『암굴왕』을 연상시키는 제목이기 때문이다.

---

22 안회남은 뒤마와 르블랑의 소설을 일종의 모험소설로 구분하였다. "대(大) 뒤마의 『몽테크리스토 백작』, 르블랑의 『813』 등 탐정소설이라기 보다 일종의 모험소설이라고 할 수 있는 것이 여러 개 번안되었고 본격적인 것으로는 이하윤씨의 손으로 포우의 「황금충」이 처음 번역되었다고 믿는다."(『조선일보』, 1937.7.13)

⑥ 불란서(佛蘭西) 탐정문단(探偵文壇)을 찬연(燦然)히 빛내는 위대(偉大)한 작가(作家)가 네 사람 있었으니, 그두사람은 고전작가(古典作家)에 속(屬)하는 에밀·까보리오(Emile Gaboriau)와 포르튜네·듀·보아고베(Fortune du Boigoqey)요. 남은 두 사람은 현대(現代)에 속(屬)하는 모ー리스·르블랑(Maurice Leblanc)과 가스톤·루루ー(Gaston Leroux)다. …… 여기에 번역(飜譯)한 『암굴왕(寶窟王)(괴암성(怪巖城))』은 그의 수많은 장편중(長篇中)에서도 대표

루팡이 사랑하는 여인의 시체를 안고 떠나는 마지막 장면을 포착한 『기암성』(신생문화사, 1956) 표지

적 작품의 하나로서 거도(巨盜) 유판(劉判(루팡))과 일개(一介) 중학생(中學生)인 홍안미소년(紅顔美少年) 이보돌(李保乭)이 이상한 '공침(空針)의 비밀(秘密)'을 둘러싸고 전개(展開)되는 전율적(戰慄的) 투쟁기(鬪爭記)이다.[23]

보아고베를 제일 먼저 언급한 사람은 김내성이었으며, 해방 후 간행된 『보굴왕(괴암성)』의 서문에서였다. 예문 ⑥에서 그가 꼽고 있는 불란서 탐정소설 작가 네 명은 고스란히 식민지 시기 국내 번역 탐정소설 역사를 장식한 인물들이었다.[24] 『보굴왕』 서문에서 김내성은 이 이야기가

23 모리스 르블랑, 김내성 역, 『보굴왕』 서문, 평범사, 1957, 7~8면.
24 필자 역시 이 계보에 착안하여 식민지 시기 가스통 루루가 번역되었었나 하고 의구심을 품기 시작해 찾기 시작해서 결국 1928년 『중외일보』에 연재되었던 최서해 역의 『사랑의 원수』가 가스통 르루의 『노랑방의 수수께끼』임을 발견했다. 이에 관해서는 이 책

한 마디로 압축해서 루팡과 이보돌의 공침의 비밀을 둘러싼 '전율적 투쟁기'라고 한다. 김내성은 루팡이 에귀유 크루즈에 관한 비밀을 푸는 것(추리서사)에 관심을 두지 않고 두 남자의 대결 양상(모험서사)을 부각시켰다. *L'Aiguille creuse*에 대한 번역에서 루팡과 이보돌의 대립적 경쟁관계를 강조하는 것은 일본을 경유한 루팡의 수용 양상을 드러낸다. 『협웅록』과 『괴암성』의 번역상의 차이에서도 루팡과 이지도르의 관계와 명칭에서 차이를 보인다. 『협웅록』에서 이지도르 보트를레는 '소영웅(小英雄)'으로 루팡은 '영웅(英雄)'으로 표기되는 반면, 『괴암성』에서는 보르를레는 '소년탐정(少年探偵)'으로 루팡은 '괴도(怪盜)'로 표기된다.[25] 『협웅록』 텍스트에서 이지도르 보트를레는 지금은 소영웅이지만 언젠가는 루팡과 같은 영웅이 되리라는 기대를 품게 하는 성장하는 인물로 그려진다. 반면 『괴암성』에서 이지도르 보트를레와 루팡은 대립적인 경쟁관계에 있다. 『괴암성』에서 중요하게 부각되는 것은 루팡의 상대자(적대자)로서의 이지도르 보트를레이다. *L'Aiguille creuse*를 이지도르 보트를레의 성장서사를 중심으로 볼 것이냐, 루팡과 이지도르 보르를레의 경쟁서사를 중심으로 볼 것이냐는 전혀 다른 원전을 바탕으로 했을 가능성을 높인다. 식민지 시기 『협웅록』과 『괴암성』의 두 번역은 해방 후 김내성이 『보굴왕』으로 다시 번역함으로써 국내 『기암성』 번역 역사를 후자 쪽으로 기울였다.

의 「최서해 번안 탐정소설 『사랑의 원수』와 김내성 『마인』의 관계 연구」(『현대소설연구』, 2010.12)를 참조할 것.
25 백화 양건식이 『협웅록』에서 '영웅'이라고 표기한 사실은 흥미롭다. 널리 쓰이는 '괴도', '도둑' 대신 '영웅'이라는 표기는 식민지 시기 모리스 르블랑의 번역을 통틀어 『협웅록』이 유일하다. '괴도'가 일본의 영향임을 감안할 때, '영웅'이라는 표기는 중국의 영향이 짙게 배어 있다.

4. 모험(대결 양상)서사로서의『최후의 승리』와 연애서사로서의『이억 만원의 사랑』

『813』과『협웅록』이 단행본으로 간행되지 않았던 것은 국내에 루팡의 캐릭터가 자리 잡기 이전이라는 것을 의미한다. 그러면 과연 루팡은 국내에서 언제 대중에게 인식되기 시작했으며, 어떤 방식으로 독자에게 설득력을 행사할 수 있었는지가 궁금하다. 1929년 ルパン전집이『동아일보』신간소개란에 소개되기 시작한다. 이 때 세계탐정소설전집도 함께 소개된다. 평범사에서 간행되는 일본어판인 ルパン전집이 이때 번역되는 거의 모든 르블랑 소설의 대본이 되는 것만 보아도 이 전집의 국내에 끼친 영향력을 간과할 수 없다. 국내에서 루팡의 인기는 일본어판 전집의 출간이 적지 않은 영향을 끼친 것은 부인할 수 없는 사실이나, 그 이전에 탐정소설이란 장르가 국내에 인식되도록 한 계기를『중외일보』에서 마련했다고 볼 수 있다. 1928년『중외일보』에 잇달아서 연재되었던 모리스 르블랑의『최후의 승리(수정마개)』(김낭운 역)와 가스통 르루의『사랑의 원수(노랑방의 수수께끼)』(최서해 역), 그리고 그 중간에 이종명이 국내에서 최초로 전개한 탐정소설 관련 비평「탐정문예 소고」는 국내에 탐정소설이란 장르가 정착되도록 하는 데 결정적 영향을 미쳤다. 같은 해 같은 지면에 탐정소설에 관해, 그것도 아주 중요한 작품과 탐정소설론이 한꺼번에 대거 실린 경우는 전후를 막론하고 이례적이었다. 게다가 범죄 관련 기사에서 루팡을 거론한 것도 1929년 11월 8일자『중외일보』가 최초이다. 그렇게 본다면,『중외일보』는 국내에 탐정소설이 정착하도록 하는 데 결정적 계기를 마련했다고 볼 수 있다. 특히, 모리스 르블랑의『최후의 승리』는 국내에서 루팡 탐정소설이 어떻게 수용되었

고, 루팡 캐릭터는 어떤 이미지로 각인되었는지를 보여준다.

　　신소설 예고, 사정으로 30일부터, 최후(最後)의 승리(勝利), 김낭운(번
안), 노심산(삽화)
　　리종명씨 원작 영화소설 「유랑(流浪)」은 취미진진한중에 작일로써 끗을
매젓습니다 이제 삽십일부터 련재할 소설은 이름부텨 흥미 만흔 「최후의승
리」이라 하는 것이니 이 소설은 불란서 현대탐정문학대가로 세계에 명성이
놉흔 모-리스·루브랑씨의 걸작중의 걸작입니다 이 소설중에서 활약하는
인물은 그 이름이 「아르쎄느·뤼팽」(劉邦)이니 그는 보통 탐정소설의 주인공
과 가티 랭냉하기 싹이 업는 인물이 아니라 잘 울고 잘 웃고 노하고 번민하는 의
협호걸(義俠豪傑)입니다 그리하야 언제든지 우세(優勢)를 갓고 활동하는 류
방이 이 소설에서는 처음부터 리롭지 못한 디위에 서서 악전고투하는 것이
며 더욱 그 비밀은 갈수록 궁금하야 최후까지가 사건에 싸히어서 맛치 아름
다운 미궁(迷宮)을 발하는 듯한 흥미를 늣깁니다 그러나 최후에 니르러
서 류방은 맹연(猛然)히 닐어나 인내(忍耐)와 정의(正義)의 승리를 어더버리
는 것이니 그 통쾌함은 실로 비교할 곳이 업는 터입니다 맹컨대 독자여 일대
의 의협남아(義俠男兒) 류방의 활약을 고대하십시요[26]

26　「신소설예고」, 『중외일보』, 1928. 1. 29, 3면. 모리스 르블랑의 『최후의 승리』는 이후 『중
　　외일보』에 1928년 1월 30일부터 5월 15일까지 총105회 연재된다(5월 13일이 104회, 5월
　　14일을 건너뛰고 5월 15일 105회로 끝을 맺고 있다). 1928년 당시 『최후의 승리』라 번역
　　되었던 이 작품은 훗날 국내에서 『수정마개』란 제목으로 번역된다. 김창식과 조성면의
　　목록에서 1928년 1월 29일부터라고 표기된 이 작품은 26, 27, 28, 29일에 연재예고기사
　　가 반복해서 실리는데 26, 27일까지는 28일부터 연재될 계획이었으나 28, 29일에는 사
　　정으로 30일부터 실리게 되었다고 수정한다. 실제로 30일부터 실리기 시작한다. 뿐만
　　아니라 두 연구자의 목록에서는 언제 끝나는지가 불분명한 작품으로 되어 있는데, 5월
　　15일 '끗'이라는 표기와 함께 105회로 마무리됨을 확인하였다.

국내에서 모리스 르블랑의 소설을 루팡이 악당과 펼치는 대결 양상을 중심으로 수용하도록 한 계기는 1928년 『중외일보』에 실린 『최후의 승리(수정마개)』이다. 『최후의 승리』라는 제목은 당대 대중이 루팡이 비밀문서를 어떻게 손에 넣는지에 주목하는 것이 아니라 루팡이 적들과의 싸움에서 승리하는 것을 서사의 가장 큰 줄기로 읽었다는 것을 드러낸다. 『최후의 승리』 후속작인 『사랑의 원수(노랑방의 수수께끼)』에서도 늙은 홍탐정과 젊은 신문기자의 대립이 몇 회에 걸친 삽화로 부각된다. 『최후의 승리』 이후 루팡 캐릭터는 적으로부터 무고한 희생자를 구원하는 '의협남아'로 자리잡는다. 루팡의 승리는 악당과의 대결로부터 종국에 가서는 '인내와 정의'가 우월하다는 것을 의미한다. 그러나 '정의'라고 하는 것은 사회가 요구하는 것이 무엇이냐에 따라 다르게 규정될 수 있다. 따라서 '악(범인)'의 위치에 누구를 설정할 것이냐의 문제는 그 시대의 지배 이데올로기를 반영할 수밖에 없다. 식민지 시기 탐정소설의 선악 대립구도는 결국 『백가면』이나 『태풍』에서 유불란 탐정을 '선', 이에 맞서는 스파이를 '악'에 규정지으며 애국심을 강요한다. 루팡의 모험서사와 사회적 정의를 강조했던 『최후의 승리』는 해방 후 방인근이 『연판장』이라는 제목으로 다시 번역한다. 이는 최근의 『수정마개』라는 제목과는 또 다르게 마치 포우의 「도둑맞은 편지」에서 편지의 내용이 무엇인지 묻는 것처럼 수정마개 안에 감추어진 '연판장'에 대한 관심을 유발한다. 『수정마개』라는 제목이 연판장을 찾는 과정에 주목한 것이라면, 『연판장』이라는 제목은 '연판장'을 둘러싼 인간들의 권력 관계를 부각시킨 것이라 할 수 있다. 같은 작품을 두고, 최후의 승리 → 연판장 → 수정마개라고 각기 다른 제목을 단 과정은 당대 대중이 제목이 바뀔 때마다 한 작품을 어떻게 다르게 읽어냈는지를 보여준다. 『수정마개』와는 상반되게 처음 번역된 제목보다 다시 번역된 제목이 원작과의 괴리가 훨씬 커진 작품이 있다. 바로 『범의 어금니』이다.

식민지 시기 모리스 르블랑의 신문연재 번역소설은 1930년 8월 5일부터 1931년 5월 15일까지 『조선일보』에 실렸던 『범의 어금니』가 마지막이다. 『범의 어금니』는 1929년 동경 박문관에서 간행된 보소용서 역(保篠龍緒 譯)의 『怪奇探偵 虎の牙』와 소제목의 목차가 동일하다. 보소용서 역의 『怪奇探偵 虎の牙』의 소제목들은 현재 국내에서 간행되는 번역본과

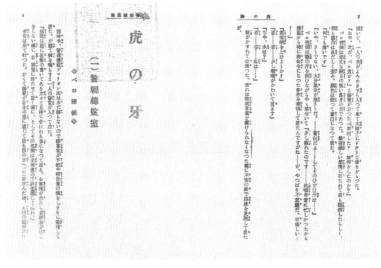

『범의 어금니』 소제목 비교
위 식민지 시기 박문관에서 간행된 『怪奇探偵 虎の牙』, 아래 『범의 어금니』 1회(『조선일보』, 1930.8.5)
식민지 시기 『범의 어금니』의 첫 소제목 '경시총감실'은 일역본과 일치한다. 반면 까치글방 성귀수 역에서의 첫 소제목은 다르타냥, 포르토스, 몬테크리스토이다.

차이가 있으며, 원작과도 괴리를 보인다. 이 것은 일본에서의 루팡이 어떻게 수용되었 는지를 드러내는 사례이며, 이는 고스란히 국내로 넘어오게 된다. 이것이 국내에서 루 팡의 수용 양상을 고찰함에 있어 일본의 영 향을 배제할 수 없는 이유이다. 『조선일 보』에 실린 『범의 어금니』는 중간 중간 신 문이 남아 있지 않은 관계로 대략 있는 것만 으로 소제목들을 간추려보면 다음과 같다.

경시총감실 / 저주 바든 사람들 / 철문 / 대폭발 / 저주의 주인공 / 이억 만원 상속자 / 위필호의 보 복 / 총리대신과 루반 / 루반일세 / 함정 / 화실의 비밀 / 잘가거라 루반

『호랑이 이빨』목차(성귀수 역, 까치글방)

위의 소제목들은 현재 국내에 번역된 아르센 뤼팽 전집(황금가지 혹은 까치글방)과는 다르다.[27] 성귀수 역은 원작의 'D'ARTAGNAN, PORTHOS… AND MONTE CRISTO'를 그대로 옮긴 것이다. 반면 『범의 어금니』첫 장 의 소제목 '경시총감실'은 이와는 확연한 차이를 보인다. 그렇지만 이는 당시 박문관에서 간행된 보소용서 역의 『怪奇探偵 虎の牙』의 첫 장의 소 제목 '경시총감실(警視總監室)'과는 고스란히 맞아 떨어진다. 경시총감실

---

27 성귀수 역의 국내 번역본은 1부가 돈 루이스 페레나(변장한 루팡), 2부가 플로랑스의 비밀로 구성되었으며, 1부의 첫 장을 장식하는 소제목은 다르타냥, 포르토스, 몬테크리 스토이다(모리스 르블랑, 성귀수 역, 『호랑이 이빨』, 『까치글방』, 2002).

과 루팡의 공조관계를 강조하는 소제목들은 '총리대신과 루반'에서도 드러나는데, 이것 역시 원작에서는 찾아볼 수 없다. 그렇다면, 일역 대본에서 강조되는 것은 루팡과 고위 권력층의 모종의 합의에 의한 관계이다. 『범의 어금니』에서 루팡은 반역아가 아니라 '애국자'이며, 도둑이 아니라 '스파이'이다. 루팡의 애국심의 발로는 일역 대본에서 특별히 강조되는 부분이다. 실제 모리스 르블랑의 루팡 캐릭터가 뒤로 갈수록 애국심이 강조되고 있기는 하지만, 국내에서 루팡에 대한 첫 번역 시도였던 『813』의 연재예고기사에서부터 '루팡의 화로와 같은 애국심'이 부각된다. 이는 '반역'을 사회질서로 통합하려는 식민지 지배국의 전략적 이데올로기가 숨어 있을 수 있다.

　『범의 어금니』는 식민지 시기 정내동에 의해 다시 한 번 번역되었다.[28] 물론 정내동의 번역 역시 기존의 일역 대본을 원전으로 하였기 때문에 목차나 내용에서는 별 차이가 없다. 그러나 이 번역본은 일본에서의 모리스 르블랑의 수용 양상과 국내에서의 수용 양상이 서로 달랐음을 입증하는 중요한 사례가 된다. 그것을 드러내는 부분은 바로 '제목'에 있다. 『범의 어금니』를 『이억 만원의 사랑』으로 바꿔 달면서 르블랑의 이 작품은 루팡의 애국심을 부각시키기보다 그의 낭만적 연애서사를 핵심줄기로 치환시켰다. 또한 이 번역을 기점으로 하여 이후 국내의 르블랑 번역은 '루팡의 연애'에 주목하여 노골적이고 선정적인 애정 용어를 텍스트 중간에 삽입하거나 아예 제목에 연애탐정소설이

28　1941년 성문당에서 발행하고 광성인쇄소에서 인쇄한 이 단행본은 논자들의 목록에서 명성출판사에서 발행한 것으로 되어 있다. 당시 명성출판사에서도 같은 시기에 간행되었는지는 아직까지 확인된 바가 없다. 지금까지 논자들의 목록에 들어 있었던 1941년 명성출판사 판본의 이 책을 구할 수 없어 정내동 번역본이 있었던 것인지 자체가 의심스러웠었는데, 최근 1941년판 성문당 발행의 총 390면에 달하는 정내동 번역본의 서적이 있음을 확인하였다.

라고 달기도 했다. 해방 후 번역본은 '루팡의 연애'를 대중의 흥미를 끌어들이는 요소로 간주했다.

　식민지 시기 모리스 르블랑의 번역은 '루팡의 연애'를 의도적으로 피하고 있다 싶을 정도로 언급하지 않고 있다. 이것은 당시의 탐정소설에 대한 서구 이론인 '탐정은 절대로 연애를 하면 안 된다'라는 법칙을 신봉하였던 정서와 연관이 있을 법하다. 거의 매 작품마다 연애하고 있는 루팡의 모습은 그 어떤 연재예고기사나 광고문구로도 사용되지 않고 있다. 『813』의 화려한 연재예고기사에서도 『괴암성』의 편집자의 광고 문구에서도 루팡의 애국심이라든가 모험탐정소설로서의 면모가 강조될 뿐이다. 식민지 시기 두 번이나 번역 시도되었던 『초록 눈동자의 아가씨』는 루팡의 연애가 본격적인 핵심서사로 개입됨에도 불구하고, '루팡의 연애'를 언급한 적은 한 번도 없다. 1933년 『별건곤』에 『호저의 비밀』(윤성학 역)이란 제목으로, 1936년 『조광』에 『명모유죄』(이헌구 역)라는 제목으로 두 번 번역되었는데, 전자는 3회로 그치고 후자에서 완역되었다. 제목만으로 본다면 『호저의 비밀』은 호수 밑에 묻혔던 고대 로마의 유적지 '청춘의 샘'을 가리키며, 『명모유죄』는 범죄자로 몰리는 초록 눈동자 아가씨의 무죄를 밝히는 과정에 집중되어 있는 것처럼 보인다. 그런데 『조광』에 실린 『명모유죄』의 편집자의 광고 문구는 다음과 같이 나간다. "본지에서 첫 시험으로 세계의 걸작장편탐정소설을 조선의 문단제씨의 번역으로 련재코자 합니다. 이야기로도 자미가 잇스려니와 과학적 상식도 풍부히 가져올 수가 있겠슴으로 애독해 주시기 바랍니다!"라는 편집자의 말을 빌리면 이 번역 텍스트에서 강조되는 것 역시 『호저의 비밀』과 마찬가지로 '과학'이다. 식민지 시기 국내에서 루팡 탐정소설은 마치 미지의 세계에 파묻힌 보물을 찾듯 과학의 신비를 푸는 모험서사로 받아들여졌다. 루팡의 대담무쌍하고 신출귀몰한 재주, 교묘한 변장술 등과 더불어 루팡이 발견하는 세계의 기이함에 경탄하는 대중에게 과연 '연애'는 눈에 들어오지 않았을까.

그런 면에서 정내동의『이억 만원의 사랑』이란 표제와 장편 연애탐정소설이란 장르명은 마치 루팡의 애국심에 반기라도 들듯 그동안의 루팡의 국내에서의 수용 양상에 변화를 가져왔다. 억압되었던 루팡의 연애는 1948년 노춘성이 정내동과 같은 제목을 붙여 다시 한 번 번역함으로써 국가 간의 비밀협약과 스파이를 연상케 하는 모험서사에서 해방 후의 모리스 르블랑의 수용 양상을 연애서사로 이동시켰다. 대표적으로 1950년대 방인근의 루팡 전집은 루팡이 사랑에 빠지는 여자를 제목으로 달았다. 『가면의 무희』는 루팡과 사랑에 빠지는 여자가 이미 원제 *La Femme aux deux sourires*에 들어가 있어 별반 차이가 없으나,『괴미인』같은 경우는 원제가 *Victor, de la Brigade mondaine*인 점을 감안하면 역자의 작품에 대한 수용 태도가 극명하게 드러난다. 이는 식민지 시기『초록 눈동자의 아가씨』처럼 루팡의 여자가 원제에 이미 들어가 있는 경우에도 이를 피하여『호저의 비밀』이나『명모유죄』로 달았던 것과는 차별된다. 식민지 시기 모리스 르블랑의 번역에서 '연애'를 언급하지 않았거나 제목에 달지 않았다고 해서 당대 대중에게 '연애서사'가 인기를 끌지 못했던 것은 아니다. 오히려 식민지 시기 내내 모든 서사에 앞서 가장 화두였던 것은 '연애와 눈물'이었다. '눈물 없인 볼 수 없는 사랑의 서사'가 대중을 자극하는 동인이었다. 가령, 1928년『중외일보』에 모리스 르블랑의『최후의 승리』뒤를 이어 연재된 가스통 르루의『노랑방의 수수께끼』가『사랑의 원수』라는 제목으로 번안되었던 것이 가장 대표적인 사례이다. 원제와의 차이가 극명하게 드러나며 원작의 해석 여부에도 중요한 변수로 작용하는『사랑의 원수』라는 이 제목은 당대의 핵심 코드가 연애, 사랑이었음을 단적으로 말해준다. 그렇다면, 식민지 시기 모리스 르블랑의 번역에서는 왜 '연애'가

제목이나 광고 문구에서 빠지고 뒤로 물러나 있을까. 거기엔 '연애'를 통해서 모든 것을 희석시키는 대신, 모리스 르블랑의 '애국 스파이 서사'를 통해전달하려는 복잡미묘한 지배 이데올로기가 숨어 있었던 것은 아닐까 하고조심스레 의문을 품어 본다.

5. 해방 후 루팡 탐정소설의 번안과 전집 간행

식민지 시기 가장 많은 번역이 시도되었던 모리스 르블랑의 작품은해방 후에도 인기가 지속되어 왕성한 번역활동이 이루어졌다. 특히 루팡 전집이 대거 간행되었던 점이 인상적인데, 이는 셜록 홈즈 전집이 잘보이지 않는 점에 비추어 보면, 해방 후 루팡이 대중에게 미친 영향력은상당했다고 볼 수 있다. 1945년 삼우출판사, 1953년 삼중당, 1955년 문림사, 1956년 신생문화사, 1957년 이론사 등에서 루팡 전집이 봇물처럼간행되었으며, 전집 이외에도 루팡의 번역물은 쉴 새 없이 쏟아져 나왔다. 거기에 1959년의 동서문화사의 세계추리소설전집이나 삼중당하서의 명작추리소설 등이 간행되었다. 이런 전집 간행의 붐을 타고 루팡은세계문학전집에도 포함되었으며, 당대에는 '고전명작'으로 읽혔다. 루팡이 세계문학에서 '추리소설'로 분화되어 나간 것은 1960년대 계몽사에서 출간한 세계문학전집에서부터이다. 식민지 시기부터 『보물섬』,『톰 소오여의 모험』 등과 함께 탐정소설로 언급되던 루팡 탐정소설은이때부터 세계문학에서 빠져나와 추리소설전집으로 엮이게 된다. 모험소설은 세계문학에, 추리소설은 대중문학으로 포섭되었던 것이다.

이런 일련의 루팡 탐정소설의 번역 역사를 따라가다 보면 대중문학의 유통과정과 출판 양상이 드러난다. 1950년대는 마치 1910년대 딱지본 번안소설의 시대로 돌아간 것처럼 '단행본' 출판시장이 호황을 누렸다. 루팡 탐정소설의 번역 역사를 들여다보면, 식민지 시기에는 단연 '신문연재'가 압도적이었다. 그런데, 50년대로 오면 루팡 번역물은 소수의 대중잡지를 제외하고 대부분 단행본 형식으로 출간된다. 이것은 무슨 연유일까. 식민지 시기 신문연재소설을 읽는 독자층은 딱지본 번안소설보다는 지식인이었다. 50년대 다시 단행본 형태로 소비되었다는 것은 식민지 시기보다 탐정소설 독자층의 폭이 넓어졌다는 것을 의미한다. 따라서 완전한 번역보다 독자층을 고려하여 '번안'을 택했으며, 루팡의 연애는 넓어진 독자층을 확보하기 위해 때로는 에로틱한 장면으로 연출되기도 했다. 50년대 제목이나 내용면에서 식민지 시기보다 원작과의 괴리가 심했던 것은 바로 넓어진 독자층 때문이라고 볼 수 있다.

해방 후 루팡 탐정소설을 가장 왕성하게 번안했고 루팡 전집까지 간행했으며 이후의 루팡 전집에도 상당한 영향을 끼쳤던 역자는, 식민지 시기 『마도의 향불』과 『방랑의 가인』 등 신문연재 연애소설을 쓰던 방인근이었다. 방인근의 루팡 전집은 1945년 삼우출판사의 것을 제외한다면 해방 후 최초로 간행된 것으로 꼽힌다.

'루팡'은 너무도 유명하여 세계적 인물이 되고 말았다. 괴도신사요, 의적이요, 모험가요, 동시에 민첩한 탐정이요, 형사를 수중에 넣고 주물르기를 잘한다. 이번 『마수』에는 형사와 함께 일을 하는데 그들의 우정은 법을 초월한 바 있다. / '루팡'은 철두철미 다정다감한 괴남아로 언제나 아름다운 여인과 사랑하게 되나 최후는 비극으로 끝마친다. 그리고 저자 '루푸랑'과 '루팡'은 일심동체라고 할만치 친근한데, 작품이 살고 더욱 묘미를 자아낸다. 불란서 파리교외 '쎄인'강근처 경치 좋은데 저자의 별장이 있는데, 그이름을 '루팡장'이라는 것을 보아도 알수있다. / '루팡'은 각국어로 다 번역이 되고 우리나라에도 많이 소개되었으며 내가 번안한것이 제일 많을것이나 이번 전집으로 나오게 되는것은 처음인 만치 '루팡'과 독자제위를 연결시키는데 큰 효과가 있으리라고 믿는다. 끝에 부록으로 단편 「방공」을 넣었는데 독일 '스파이'와 애국자인 '루팡'의 활약이 볼만하다.[29]

위의 인용문은 방인근의 루팡 전집 2권인 『마수』의 서문이다. 자세히 들여다보면 방인근의 서문은 식민지 시기 루팡 탐정소설의 연재예고기사나 광고문구와는 차별되는 지점이 있다. 식민지 시기 마치 금기처럼 언급을 회피했던 '루팡의 연애'가 방인근의 서문에서는 표면으로 부상한다. 더군다나 방인근은 『괴미인』, 『가면의 무희』 등과 같이 루팡과 사랑에 빠지는 여자를 제목으로 달았다. 그의 서문에서 또 하나 확인을 요하는 것은 논자들의 서지 목록에 들어 있는 1945년 삼우출판사의 루팡 전집의 실제 간행 여부이다. 방인근 스스로가 자기의 것이 '처음'이라고 밝히고 있는 것으로 미루어 볼 때, 삼우출판사의 것은 『천고의 비밀』(유두응 역) 한 권으로 그쳐 버린 것으로 짐작된다. 방인근의 루팡 번안이 '연애'에 초점을 맞춘 것은 해방 후 그의 창작 탐정소설 경향과도 무관하지 않다. 김내성이 유불란의 입을 빌어 『마인』에서 '탐정은 결코 연애를 해서는 안 된다'고 하며 탐정폐업을 선언했던 것에 반기라도 들듯, 방인근의 장비호 탐정은 매 작품마다 여자와 연애관계에 말려든다. 장비호의 연애는 위의 서문에서처럼 "언제나 아름다운 여인과 사랑하게 되나 최후는 비극으로 끝마치는" 루팡의 운명과 닮아 있다. 이 시기 그의 창작 탐정소설에서도 연애서사가 종종 개입되었던 점을 감안하면 50년대 루

---

29 모리스 르블랑, 방인근 역, 『마수』(루팡탐정소설전집 제2권) 서문, 삼중당, 1954, 3면.

방인근 창작의 『원한의 복수』, 방인근 역의 『천고의 비밀』, 『여적』, 허문녕의 『검은 독수리』 단행본 표지

(앞 면에 이어서) 이몽석의 『공포의 도시』, 천불란의 『독살과 복수』 단행본 표지 1950년대 탐정소설 단행본 표지에는 온통 '여자'가 화근이다. 1950년대 탐정소설의 에로틱한 경향이며, 대중 잡지에서 집중적으로 나타나는 에로에의 탐닉은 흥미로운 현상이다.

팡의 번안 과정은 고스란히 '창작'에 영향을 미쳤다고 볼 수 있다.

방인근은 식민지 시기에 이미 번역되었던 작품이 아니라 주로 새로운 작품을 번역 대상으로 선택하였다. 그의 번역 특색은 '제목'에서부터 드러나며, 그 제목은 지금 보면 상당히 낯설고 생소하다. 『여적(칼리오스트로 백작부인)』, 『괴미인(강력반 형사 빅토로)』, 『마수(바리바)』, 『황금광(황금 삼각형)』, 『가면의 무희(두 개의 미소를 지닌 여인)』, 『괴도와 마인(불가사의한 저택)』 등의 제목을 달았던 그의 루팡 번안소설은 번역문학이나 탐정소설의 서지에서뿐만 아니라 방인근의 작품 목록에서도 창작이 아니라는 이유로 혹은 번역인지 창작인지 애매하다는 이유로 배제되어 왔다. 국내에서 모리스 르블랑의 완결판을 선보인 까치글방의 성귀수조차도 이전의 번역 사례를 전혀 접하지 못하였다. 성귀수는 50년대에 『마수(魔手)』(방인근 역, 1954)와 『세-느강의 비밀』(오영백 역, 1954)이라는 제목으로 두 번이나 번역되었던 *La Barre-y-va*라는 작품을 국내에 최초 소개하는 것이라 내세우고 있다. 또한 그는 『초록 눈동자의 아가씨』 뒤에 「암염소 가죽 옷을 입은 사나이」라는 단편을 함께 실으며 국내 최초의 번역이라 거론하고 있지만, 이 작품 역시 식민지 시기 『조광』에서 세계걸작탐정소설이란 기획 하에 「제삼자」라는 제목으로 번역되었었다. 이런 문제는 제목이 생소하여 아직 원작이 밝혀지지 않은 작품에 대한 서지정리가 진행된 이후라야 해결될 수 있다. 지금 이 시점에서 딱지본처럼 우후죽순으로 간행되었다가 어느 순간 사라져버린 번안소설을 복원하려는 노력은 '번역문학사'나 '한국 탐정소설사'에서의 기본적인 서지정리에서도 시급하다. 또한 이 시기 번안 탐정소설에 대한 관심은 곧 묻혀 있었던 방인근, 천세욱, 허문녕 등과 같은 작가를 돌아보게 하는 계기가 될 것이다.

6. 결론

모험-연애-추리의 계열을 달리하면서 발달해간 르블랑의 번역 역사는 한국탐정소설의 역사이기도 하다. 식민지 시기 『수평선 너머로』, 『백가면』, 『비밀의 문』, 『태풍』 등으로 이어지는 모험탐정소설 계보는 해방 후 50년대로 오면 방인근, 허문녕, 천세욱 등의 에로틱한 분위기의 탐정소설로 바뀌게 된다. 지금은 방인근 식의 에로틱하고 자극적인 탐정소설보다 '고전 추리소설'로 읽히는 루팡 탐정소설은 국내에 들어온 서구 탐정소설 중에서 완결판이 나오기까지 가장 많이 번역 시도되었으며, 가장 다양한 수용 과정을 거쳤다. 이는 중국에서 셜록 홈즈의 번역이 가장 다양한 변화 과정을 거쳤던 것과 비교해 보면, 확실히 국내에서는 홈즈보다는 루팡이 압도적인 인기를 끌었다고 볼 수 있다.

지금까지 살펴 본 바로는 모리스 르블랑의 탐정소설의 번역 양상을 가장 손쉽게 드러내는 것은 바로 국내에서 바꿔 단 '제목'에 있었다. 한국에서 '번안'은 시대가 바뀔 때마다 상황에 맞게 나름대로 원작 텍스트를 변주하며 대중의 민감한 취향을 반영 해 온 특별한 양식이었다. 특히, 일본의 것을 중역한다고 해도 전혀 엉뚱하게 달린 '제목'에서 고스란히 드러나기 마련인데, 식민지 시기 딱지본의 제목을 들여다보면 당대 대중의 취향을 한 눈에 알아볼 수 있다. 한국에서 서구 탐정소설의 수용 과정은 에밀 가보리오의 『르루주 사건』을 번안한 『누구의 죄』, 가스통 르루의 『노랑방의 수수께끼』를 번안한 『사랑의 원수』, 모리스 르블랑의 『호랑이 이빨』을 번안한 『이억 만원의 사랑』을 거쳤다. 제목만으로 본다면 한국의 감수성은 이성이 아니라 감성, 즉 사랑이다. 모리스 르블랑의 소설도 식민지 시기 모험에서 해방 후가 되면 연애로 바뀌었다고 하지만 사실 언제나 대중에게 가장 흡입력 있던 서사는 '사랑에 속고 사랑에 우는' '연애'였던 것이다. '번안'은 이런 당대 대중의 감성을 때로는 제목을 통해, 때로는 소제목을 통해, 그리고 때로는 내용에서까지 다양한 방법을 통해 드러내는 우리 고유의 생존 방식이었다. 지금 와서 기록에 남지 않았다고 하여 밑바닥에 흐르고 있는 그 끈질긴 생명력을 간과한 채 표면에 부상한 것만을 가지고 과거를 복원한다면, 편협하고 왜곡된 시선으로 이미 언급된 사항만을 무의미하게 반복하게 될 것이다. 그래서 서지를 정리하는 것이 가장 시급하며 지속적인 관심을 요구하는 사안이다.

최서해 번안 탐정소설 『사랑의 원수』와 김내성 『마인』의 관계 연구

식민지 시기 가스통 르루의 『노랑방의 수수께끼』의 영향을 중심으로

1. 서론

식민지 시기는 새로운 장르가 갑자기 들어오기 시작하거나 한꺼번에 인기 장르가 유입되는 등의 도입기였기 때문에 서구 작품의 번역이나 번안이 활발히 전개되었다. 식민지 시기 번역 작품은 엄밀히 말해 없다고 해도 과언이 아닐 정도로 거의 모든 번역이 현재의 의미에서 접근한다면 '번안'에 해당한다. '번역'과 '번안'은 용어상 큰 차이가 없어 보이는 것 같으며, 사실상 식민지 시기에는 거의 혼용되어 사용되었다. 그러나 엄밀하게 구분하여 '번역'인 경우 번역자 개인의 번역 능력에 의해 작품의 질이 좌우된다면, '번안'의 경우 작품의 질보다 원작을 어떻게 국내사정에 맞게 녹여내어 대중의 감수성과 맞아떨어지게 했는가가 관건이다. 식민지 시기 가장 번역에 가까운 작품은 원작에서 등장인물의 이름이나 지명만 한국식으로 바꾼 것이다. 사람 이름이나 공간만 바꾸어도 느낌이 달라지게 마련이다. 가령, 국내 어떤 공간을 원작에서의 공간과 비슷한 위치에 배치해 넣을 것이냐의 문제는 그 시대의 분위기와 배경, 그것을 향유하는 사람들이 같이 녹아 들어갈 수밖에 없기 때문이다. 따라서 식민지 시기의 서구 작품을 우리말로 옮긴 경우의 대부분은 '번안'이었다. 본 연구의 목적 역시 원작을 얼마나 충실히 옮겼느냐 하는 번역자의 언어 능력에 주목하기보다 원작과 얼마나 괴리를 빚어냈으며 그 괴리가 의미하는 바가 무엇인가 하는 국내사정에 맞게 새롭게 변주된 과정을 살펴보는 것이다. 따라서 이 글에서는 '번역'보다 '번안'이라는 용어를 내세우고자 하며, '번안'에서 필연적으로 파생되는 원작과의 괴리에 관심을 집중하고자 한다. '번안'에서 가장 손쉽게 대중의 감수성을 알 수 있는 부분은 '제목'이다. 원제가 무엇이었는데 이런 제목을 달았나 하는 의문으로부터 번안에 밀착된 대중의 코드를 짚어나갈 수 있다. 그런데, 문제는 원작이 알려지지 않아 원제를 알 수 없는 경우의 '번안'이다. 원작이 알려지지 않은 경우의 번안은 훨씬 더 소홀히 다루어져 왔으며, 서지에도 오르지 못한 것은 당연하다.

'번안'은 현재의 시점에서 과거를 복원하려할 경우 남아 있는 문헌이나 자료 이외의, 그 시대 대중의 흥미는 무엇이었으며 새로운 것이 들어왔을 때의 반응, 즉 낯설고 이질적인 것을 어떻게 받아들이고 즐겼는지 등의 누락된 결들을 드러내는 중요한 텍스트이다. 그러나 식민지 시기 번역·번안에 대한 인식은 창작에 비해 떨어진다는 의식이 팽배했다. 작가 스스로도 창작이 아닌 번역·번안의 경우 역자의 이름을 밝히지 않거나 원작자를 표기하지 않은 사례가 많았다. 이러한 인식은 계속해서 번안 텍스트를 서지연구에도 오르지 못하게 하고 당대의 사회·문화적 배경과 대중의 감수성을 이해하는 중요한 변수임에도 전혀 그 구실을 하지 못한 채 숨어 있도록 했다. 본 연구는 지금까지 묻혀 있었던 작품을 예로 들어 그런 문제제기를 좀 더 분명히 하고자 한다. 대중의 감수성을 이해하기 위해 새롭게 유입된 대중문학 장르를 집중 조명했고, 그 유입 통로가 '신문'이라는 매체였기 때문에 특별히 신문연재 장편 번역·번안 탐정소설로 한정하여 지금까지의 서지에서 누락된 것이 없는지 살펴보고자 시도하였다. 물론 여기에도 계속 누락된 작품이 남아 있기 마련이며, 이것은 앞으로 지속적으로 첨가해야 할 부분이다.

① 아서 벤자민 리브, 천리구(김동성) 역, 『엘렌의 공』, 『동아일보』, 1921. 2. 21~7. 1.

② 코난 도일, 천리구(김동성) 역, 『붉은 실(주홍색 연구)』, 『동아일보』, 1921. 7. 4~10. 10.

③ 모리스 르블랑, 운파 역, 『813』, 『조선일보』, 1921. 9. 16~?.

④ 포르튀네 뒤 보아고베, 민우보(민태원) 역, 『무쇠탈』, 『동아일보』, 1922. 1. 1~6. 20.

⑤ 포르튀네 뒤 보아고베, 雲人(유광렬) 역, 『여장부』, 『동아일보』, 1922. 6. 21~10. 22.

⑥ 모리스 르블랑, 백화(양건식) 역, 『협웅록(기암성)』, 『시대일보』, 1924. 3. 31~9. 9.

⑦ A. M. Williamson, 리상수 역, 『귀신탑』, 『매일신보』, 1924. 6. 3~1925. 1. 7.

⑧ 포르튀네 뒤 보아고베, 봄바람 역, 『낙화(만년의 르콕)』, 『조선일보』, 1925. 3. 2~8. 30.

⑨ 모리스 르블랑, 단정(김낭운) 역, 『최후의 승리(수정마개)』, 『중외일보』, 1928. 1. 30~5. 15(총 105회).

⑩ 가스통 르루, 최서해 역, 『사랑의 원수(노랑방의 수수께끼)』, 『중외일보』, 1928. 5. 16~8. 3(총 80회).

⑪ 모리스 르블랑, 원동인 역, 『범의 어금니』, 『조선일보』, 1930. 8. 5~1931. 5. 15.

위의 서지정리를 중심으로 살펴보면, 식민지 시기 가장 많이 번역된 탐정소설 작가는 포르튀네 뒤 보아고베이다. 그런데, 당시 포르튀네 뒤 보아고베의 작품을 번역한 경우에 그의 이름을 밝힌 것을 단 한 번도 접할 수가 없다. '프랑스에서 유명한 탐정소설'로 소개되어 1920년대 가장 널리 읽힌『무쇠탈』의 원작자는 알렉상드르 뒤마가 아니라 보아고베이다.[1] 최근까지도『무쇠탈』에 관련된 철가면 이야기가 알렉상드르 뒤마의 루이 14세의 쌍둥이 형제에 관련된 것으로 알려졌던 것을 상기하면 보아고베라는 작가가 국내에 알려진 것은 상당히 뒤늦은 셈이다. 보아고베는 1910년대 번역문학을 연구한 박진영에 의해 국내에 소개되었으며, 그로 인해 식민지 시기 원작자가 알려지지 않았던 많은 텍스트의 원작자가 그라는 사실이 밝혀졌다.[2]『여장부』는『무쇠탈』의 바로 뒤에 연재되었고 같은 작가임에도 보아고베 작품임을 밝히지 않았고, 르콕 탐정이 등장하는『낙화』는 심지어 연구자들의 서지목록에서 모리스 르블랑이 원작자로 둔갑되어 있는 기현상이 빚어졌다.[3]

이런 사실을 고려할 때, 식민지 시기 번안 텍스트에 대한 기초적인 서지연구는 앞으로도 계속되어야 할 시급한 문제이다. 위의 목록에서 지금까지 그 어떤 서지목록에도 오르지 못한 채 완벽하게 누락되어 온 텍스트가 있다. 바로 가스통 르루의 Le Mystère de la Chambre jaune(노랑방의 수수께끼)[4]의 번안이다. 최서해가 번안한『사랑의 원수』의 원작이

1 『무쇠탈』의 원작자가 뒤마로 알려졌던 사실에 관해서는 이 책의「식민지 시기부터 1950년대까지 모리스 르블랑 번역의 역사」(『국어국문학』, 2010.12) 각주 21번을 참조할 것.
2 박진영의「1910년대 번안소설과 '정탐소설'의 매혹」에서 구로이와 루이코 번역의 재번역 목록 표 참조(『대동문화연구』 제52호, 2005.12, 312면).
3 『낙화』의 원작자가 모리스 르블랑으로 둔갑되었던 기현상에 관해서는 이 책의「식민지 시기 탐정소설의 번역과 수용 양상 및 장편 번역 탐정소설 서지연구」(『현대소설연구』, 2010.4, 481~524면)를 참조할 것.
4 국내에 번역된 제목인 '노란 방의 비밀(강호걸 역, 해문출판사, 1992)', '노랑방의 수수께끼(민희식 역, 동서문화사, 1977)', '노랑방의 미스터리(오준호 역, 국일미디어, 2003)', '노랑방의 유령(민희식 역, 동서문화사, 2002)' 중에서 '노랑방의 수수께끼'를 택한 것은, 작품의 의미상 이 작품에서 중요한 것은 작가가 독자에게 던진 '밀실 수수께끼'라고 판단했기 때문이다. 따라서 노랑방의 '비밀'이나 '미스터리'보다 '수수께끼'라는 용어를 선

바로 가스통 르루의 밀실 추리의 고전이라 일컬어지는 이 작품이었던 것이다. 이것이 발견됨으로써 식민지 시기 고전적 수수께끼 유형의 '추리' 역시 영미 계열이 아니라 프랑스 탐정소설의 영향을 받았다는 사실이 확인되었다. 그것을 증명해주는 것은 식민지 시기 모험탐정소설 위주의 한국 탐정소설의 틈바구니에서 유일하게 '본격추리'로 꼽히는 김내성의 『마인』의 논리적 추론 과정이 바로 '노랑방의 수수께끼'에서 제공되는 가스통 르루의 밀실 추리와 동일하다[5]는 것이다. 최서해의 『사랑의 원수』는 가스통 르루의 『노랑방의 수수께끼』가 당시 이미 번안되었다는 것에도 가치가 있지만, 『마인』 역시 이 작품의 영향을 받아 창작되었다는 점에서 그동안 연구자들이 어떻게 식민지 시기에 복잡한 추리 플롯으로 엮어진 『마인』이 창작될 수 있었을까 하는 의문을 덜어준다는 점에서도 가치가 있다. 무엇보다 가장 중요한 점은 왜 밀실 추리의 고전인 『노랑방의 수수께끼』가 연애신파를 연상시키는 『사랑의 원수』라는 제목으로 번안되었는가 하는 점이다. 그런 점을 염두에 두고, 첫 번째는 『마인』의 추리서사가 어떻게 『노랑방의 수수께끼』와 유사한지를 보여 주고자 하며, 두 번째는 『사랑의 원수』와 『마인』이 모두 『노랑방의 수수께끼』에 기대고 있으면서도 달라지는 것은 무엇이며 그러면서도 유사한 지점은 무엇인지를 짚어보고자 한다. 그것은 당대 대중의 취향과 감수성을 들여다보는 흥미로운 방법이 될 것이다.

택하였음을 밝힌다.
5 '유사하다, 흡사하다'로는 비교정도를 드러낼 수 없을 만큼 동일한 궤적을 밟고 있다.

2. 최서해의 번안 탐정소설 『사랑의 원수』와 원작의 간극

　최서해의 『사랑의 원수』는 1928년 5월 16일부터 8월 3일까지 『중외일보』에 총 80회에 걸쳐 연재되었다. 이 작품은 모리스 르블랑 원작의 『최후의 승리(수정마개)』의 후속으로 연재되었는데 탐정소설 연구자들의 서지목록에서 한 번도 거론된 적이 없었다. 최서해가 번안한 『사랑의 원수』의 원작은 가스통 르루의 *Le Mystère de la Chambre jaune*이다. 5월 15일자 연재예고기사에서 원작자를 밝히지 않았고 제목도 1920년대 중반 딱지본에 유행처럼 붙었던 '사랑의 불꽃', '사랑의 눈물', '사랑의 싸홈', '사랑의 恨', '사랑의 무덤'⁶과 같은 일련의 '사랑~' 시리즈처럼 '사랑의 원수'라고 달려 있어 탐정소설 서지목록에서 누락되어 왔다. 이 작품이 가스통 르루의 『노랑방의 수수께끼』의 번안이라는 사실을 알았다면 탐정소설 연구사에서뿐만 아니라 번역문학사에서도 얼마나 중요한 위치에 놓여 있는지를 실감하지 못했을 리 없다. 지금까지 이렇게 중요한 작품이 어떻게 연구자들의 눈을 피해 꽁꽁 숨어 있을 수 있었는지 놀라울 정도로 탐정소설 서지목록뿐만 아니라 번역문학사에서도 완전히 사라진 작품이었다. 『사랑의 원수』는 원작이 가스통 르루의 『노랑방의 수수께끼』라는 사실도 중요하지만 번안과정 역시 눈여겨볼 만하다. '밀실 추리의 고전'이라 불리는 가스통 르루의 『노랑방의 수수께끼』가 어떻게 하여 『사랑의 원수』로 둔갑할 수 있었는지가 가장 궁금한 번안상의 문제이다. 그것을 따라가 보면 막연하게 보이는 당대 대중의 감수성의 실체를 조금이나마 파악할 수 있을 것이다. 식민지 시기

6　천정환, 『근대의 책읽기』, 푸른역사, 2003, 55면. 「중앙인서관 도서목록」 문학 분야의 표 참조.

번안 작품은 주로 일역의 재번역인 경우가 많았지만 제목만큼은 국내 사정에 맞게 바꾸어 단 사례를 흔히 접할 수 있다. 가령, 에밀 가보리오의 『르루주 사건』은 『누구의 죄』라는 제목으로, 모리스 르블랑의 『범의 어금니』는 『이억 만원의 사랑』이라는 마치 신파나 연애소설의 표제처럼 번안되었다. 식민지 시기 번안소설의 경우 원작과 가장 차이가 나는 부분이 바로 '제목'이라고 볼 수 있다. 최서해는 『노랑방의 수수께끼』에 어떤 연유로 『사랑의 원수』라는 제목을 달았을까.

1) 일역본과의 비교—'노란 방'에 대한 번역과 삽화를 중심으로

최서해가 번역대본으로 어떤 대상을 삼았는지는 아직까지 확인된 바가 없다. 실제 불어 텍스트를 접했을 가능성이 희박하여 일역을 중역했을 가능성을 제기해보고자 당시 일역본과 비교해 보았다. 그러나 비교해보면 볼수록 일역본과의 괴리가 크다는 사실을 발견할 수 있었다. 가스통 르루의 *Le Mystère de la Chambre jaune*의 일역은 수용준 역(水容準 譯)의 ルルウ집(集)으로 세계탐정소설전집(世界探偵小說全集) 10권에 들어가 있으며 1929년 박문관(博文館)에서 간행하여 국내에 소개되었다.[7] 일역은 원제목을 그대로 가져와 『黃色の部室』이라고 제목을 붙였다는 점부터 차이를 보인다. 최서해 번안에서 특이한 점은 원작의 제목에도 들어가 있듯이 이 작품에서 가장 중요한 서사의 동인인 'La

---

7 1929년 박문관에서 간행된 세계탐정소설전집은 당시 『동아일보』 1면의 신간소개란에 평범사에서 간행된 ルパン全集과 함께 며칠에 걸쳐 대대적인 광고가 나갔다. 1929년의 ルパン全集과 世界探偵小說全集은 대부분 국내 번안소설의 원전이었다는 사실을 고려할 때, 최서해 번안인 『사랑의 원수』도 世界探偵小說全集의 水容準 譯 ルルウ集을 원전으로 했을 가능성이 높다.

Chambre jaune', 즉 '노란 방(황색 방)'이 한 번도 언급되지 않는다는 사실이다. 이것은 번안자 최서해의 원작 텍스트에 대한 해석 관점을 드러내는 중요한 부분이라 할 수 있다. 일역에서 '黃色の部室事件'으로 명명되는 데 비해, 『사랑의 원수』에서는 '여기 나오는 범죄사건', '이 범죄사건', '이 사건' 등으로 애매모호한 표현으로 지칭된다. '노란 방' 역시 '이 침실', '집안' 등으로 표현되어 처음부터 끝까지 '노란 방'이라 번역된 부분은 찾을 수 없다. 가스통 르루가 '노랑방의 밀실 수수께끼'를 제시하는 데 공을 많이 들인 것에 비해 최서해는 그 방을 왜 꼭 '노란 방'으로 지칭해야 하는지 이해 불가능했던 것으로 보인다. 사건이 일어난 방의 색깔은 사건해결과는 무관한 것으로 판단하고 중요하지 않다고 인식했던 것임이 틀림없다. 그러나 '노란 방'은 작품 전체의 서사에서 색깔로서 기능하는 것이 아니라 '밀실'의 상징적 공간이다. 그렇기 때문에 최서해가 '노란 방'에 그다지 연연하지 않았다면 '밀실'이라는 것을 인식하지 못한 상태에서 번안했을 가능성이 높다. 그래서 작품의 공간은 옥녀동 산기슭으로 옮겨지고 삽화를 맡은 노심산 역시 원경 산수화를 그리는 데 치중하였다. '노란 방'이 어떤 위치에 있으며, 이곳으로 들어가는 통로가 어디에 있는지 등을 표시해주는 별채 도면 삽화가 원작뿐만 아니라 일역에서까지 꼼꼼하게 들어가 있는 데 반해, 최서해의 『사랑의 원수』는 단지 도면이 들어갔다는 흉내만 내었을 뿐이다. 일역과 최서해 역에서의 도면 삽화를 비교해 보기로 한다.

밀실 수수께끼에서 '도면'은 독자에게 그곳이 도저히 빠져나갈 수 없는 밀실임을 다시 한 번 확인시키는 시각 텍스트이다. '도면'은 텍스트 내의 탐정이 사건을 풀기 위해 필요한 단서가 아니라 작가가 독자에게 자신이 제시한 수수께끼를 풀도록 유도하는 장치이다. '밀실 추리'에서 '밀실'은 사건현장에 대한 탐정의 수사로 제시되는 문자 텍스트와

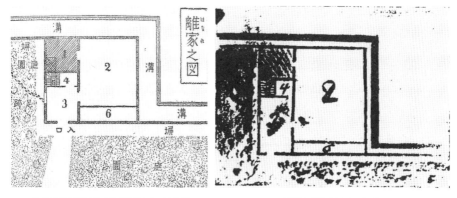

세계탐정소설전집 10권(박문관, 1929)　　　　　　　『중외일보』(1928.6.1)

도면으로 제시되는 시각 텍스트가 합쳐져서 온전한 게임 텍스트로서
기능하게 된다. 따라서 도면을 넣었는데 그 도면을 해독할 수 없다면
게임 텍스트로서의 기능을 상실하며 독자에게 '밀실 수수께끼'를 제시
하는 데 실패하는 셈이 된다. 최서해의 『사랑의 원수』에서 도면은 독
자에게 전달하려는 기능을 전혀 수행하지 못하고 있으며 그럼으로써
수수께끼의 제시에도 실패하고 게임 텍스트로서도 기능하지 못한다.
『사랑의 원수』의 도면은 독자에게 무엇을 전달하려 하거나 독자를 게
임에 끌어들이려는 의도가 배제되어 있다. 그러니까 탐정소설에서 독
자는 절대적으로 텍스트 밖에 위치해 있다. 탐정소설이 수수께끼의 제
시와 풀기로 진행될 경우 이것은 텍스트 내에서 벌이는 탐정과 범인의
두뇌 게임이면서 동시에 작가와 독자가 벌이는 지적 게임이 된다는 인
식이 당대에는 형성되지 않았던 것으로 보인다. '독자'가 머리를 써서
복잡한 게임에 같이 참여해야 한다는 인식이 없었기 때문에, 추리서사
는 본질적으로 식민지 시기에 융합하지 못한 채 겉돌 수밖에 없었다.
'독자'는 두뇌싸움보다는 감정을 소모하는 방식에 익숙했다. 새로운
장르를 수용하는 방식에 있어서 새롭고 낯선 서사가 주는 재미를 따라

가기는 하여도 추리방법에 대한 놀라움이나 탐정의 능력에 대한 경의에 반응하지 않고 거기에 나타난 범죄동기(원한이나 복수에 얽혀 있는)나 무고한 자가 죄를 벗고 진범이 밝혀지는 권선징악의 결과에 만족감을 느꼈다. 바로 그런 면에서 프랑스 탐정소설이 국내 창작 탐정소설의 장에 지배적인 영향력을 행사할 수 있었다.

수용준 역의 『黃色の部室』이 원작에 충실한 '번역'에 가깝다면, 최서해의 『사랑의 원수』는 국내사정을 고려한 '번안'이라 할 수 있다. 최서해의 번안 텍스트에서는 '노란 방'이 사라졌으며, 김박사의 연구실은 '옥녀동 산기슭'에 위치해 있고, 등장인물의 이름 역시 한국식으로 바뀌어 있다. 일역본에서 원작 등장인물 이름을 그대로 살린 반면(가령, 탐정 역할의 젊은 신문기자의 이름을 ルレタビイ그라고 원작의 이름을 그대로 표기), 『사랑의 원수』에서는 젊은 신문기자 롤르타비유는 신군으로, 그에 대립하는 명탐정 프레드릭 라르상은 홍탐정으로, 용의자이자 피해자의 약혼자인 다르자끄 교수는 박리학사로, 피해자 스탕제르송 양은 김혜경으로 등장한다. 이런 것들을 종합해보면, 최서해의 『사랑의 원수』는 원작인 *Le Mystère de la Chambre jaune*와도, 일역본인 『黃色の部室』과도 차이를 보인다. 최서해의 『사랑의 원수』는 현재의 관점에서 과거를 불러올 수 있는 살아있는 텍스트라 볼 수 있다. 최서해의 번안과 원작 혹은 일역본 사이에서 발생하는 간극이야말로 바로 그 시대 대중의 정서와 취향의 반영이다. 노랑방의 수수께끼에 머리를 싸매는 대신 그 시대 대중은 사랑에 속고 사랑에 우는 신파를 택했던 것이다.

그 시대 대중이 *Le Mystère de la Chambre jaune*를 사랑의 삼각관계로 받아들인 반면, 탐정소설가인 김내성은 이 작품의 '밀실 추리'를 『마인』에서 그대로 재현한다. 혹자들이 『마인』에서의 논리적 추리가 영미 계열 탐정소설의 영향일 것이라 지적하는 것은 맞지 않는 것이다. 식민지 시기 한국 탐정소설은 어디까지나 프랑스 탐정소설의 영향 하에 놓여 있었다.[8] 모험, 연애, 활극 등의 대중 탐정소설에서 벗어나는『마인』의 논리적 추리마저 프랑스 탐정소설가 가스통 르루의 영향이었다. 독자가『마인』의 논리적 추론 과정이 '밀실 추리'라는 것을 인식하지 못했다면, '밀실 추리'라는 플롯자체가 당대에 전혀 생소한 것이었거나,『사랑의 원수』에서도 '밀실'이라는 용어를 단 한 번도 사용하지 않고 사건의 발발과 해결과정을 전개했듯이,『마인』에서도 그 용어를 직접적으로 거론하지 않음으로써 인식으로부터 배제되었다고 볼 수 있다. 당시 추리서사의 두뇌게임 자체도 생소했던 국내독자에게 그 추리가 '밀실'이라는 것에서부터 파생한다는 것을 일깨워주는 것은 부차적인 것이었고, 어떻게 하면 도면까지 들어가는 복잡한 플롯의 이 작품에 독자의 흥미를 유발시킬 것인가가 일차적인 과제였던 것으로 보인다.

2) 번안 텍스트에서 생략된 밀실 수수께끼와 첨가된 사랑의 삼각관계

그렇다면,『사랑의 원수』에서 과연 밀실 수수께끼의 제시와 풀기는 어떻게 서술되었으며 이것이『마인』의 추론 과정과 어떻게 겹치는지, '사랑의 원수'는 누구를 지칭하는 것인지 등의 의문이 파생한다. 의문을 풀기 위해 실제 번안 텍스트를 따라가 보기로 한다. 이 과정은 다음 장에서 논하는『마인』의 밀실 수수께끼의 제시와 풀기 과정과 고스란히 겹친다. 그 점에 유의하며 따라가 보기로 한다.

---

8 서론에서 정리한 신문연재 장편 번역·번안 탐정소설의 서지를 살펴보면, 김동성이 번역한 것과 이상수가 번역한『귀신탑』을 제외한다면 프랑스 탐정소설이 압도적이다.

① 악한은 집안이 븨엿을제 문ㅅ간으로 슬그머니 들어와서 침대미테 숨엇다고 하면 …… 여긔까지는 언뜻 생각이 미치나 그 범인은 어써케 쌔저나갓슬까? 방안은 속속히 차저보아도 구멍도 업고 숨은 데도 업스며 또 박에고 밀실이라고 업는 이상에 어듸로 어써케 나갓슬까? 벽을 긁고 방빠닥 뎐정을 단단히 살펴보아서 아무데로든지 나갈 구멍이 업다면 이번 참극은 오로지 악긔의 소위라고 밧게 미더지지 안는다[9]

② 박사와 남서방은 악한의 뒤를 쪼차서 복도 바른편으로 가버렷다 인제는 글럿다 악한은 독에 든 쥐다 창문은 싹그리 잠구엇고 복도 바른편에는 홍탐정이 권총을 들고 서 잇스니 아모리 교묘한 악한이라 하드라도 오늘은 잡힐 것이다 / 그런데 이상하고도 이상한것은 우리가 바른편복도로 갓슬쌔 악한의 그림자는 어느새 숨어저 버린 것이엇다[10]

③ 나는 이 사건을 백방으로 생각한 쓰테 범인은 복도에서 나왓슬 리가 업다고 생각하엿습니다 즉 범인의 범위를 아주 최소한으로 좁혓습니다 그러면 그쌔 복도에 잇든 것은 누구든가? 거기는 첫째 범인이 잇엇고 그 다음에 김박사 남서방 홍탐뎡 나 – 이러케 범인까지 다섯이엇습니다 그런데 그쌔 복도에 잇슨 것은 네 사람이엇습니다 복도에 잇는 네 사람중의 한 사람은 이중(二重)으로 나타난 것에 지나지 안습니다 즉 동시에 그자신과 범인과의 두 가지 소임을 마튼 것이엇습니다 이런 간단한 추리가 어째서 벌서 되지 안엇는지 나로서도 이상하게 생각합니다[11]

④ 범인은 이 법정에 나와 잇는 증인명부에 잇습니다 당법정 상단에서 창밧글 내다보고 안젓든 사람이외다 / "범인의 성명은 오늘 이 법뎡에 소환된 증인명부에 잇습니다" – …… "명부에는 남서방 행랑아범 리법학사

9 가스통 르루, 최서해 역, 「사랑의 원수(3회)」, 『중외일보』, 1928. 5. 18.
10 가스통 르루, 최서해 역, 「사랑의 원수(49회)」, 『중외일보』, 1928. 7. 3.
11 가스통 르루, 최서해 역, 「사랑의 원수(75회)」, 『중외일보』, 1928. 7. 28.

등인데 증인은 누구를 가르치는가?" "증인은 그뿐만이 아닙니다" "그러면 누구란 말인가?" "하단의 증인석에 잇는 증인은 아닙니다 당법령 상단에서 창밧글 내다보고 안젓든 사람이외다."[12]

최서해 번안의 『사랑의 원수』는 제목 때문에 자칫 연애소설로 흘러가버릴 위험성에 대한 우려와 달리 밀실 추리의 고전이라는 명맥을 유지하고 있다. 『사랑의 원수』에서 밀실로 제공되는 공간은 피해자 혜경양의 침실(원작에서 노랑방), 기역자로 꺾어진 막다른 복도, 연못과 사람들로 둘러싸인 뜰로 모두 세 군데이다. 예문 ①과 ②는 『사랑의 원수』에서 '혜경양의 침실'과 '막다른 복도'에서 범인이 감쪽같이 사라져버린 수수께끼를 제시하는 부분이며, 예문 ③은 이 중 '막다른 복도에서 범인이 어떻게 사라졌을까'에 대한 의문이 풀리는 과정이다. 막다른 복도에서 범인이 사라졌다, 그 자리에는 홍탐정 밖에 없었다, 이성적 사고의 범주 안에서 사라지는 것은 불가능하다. 그래서 '사라진 바로 그 자리에 있었던 홍탐정이 범인이다'. 그런데, 최서해의 『사랑의 원수』에서 문제가 되는 부분은 가장 마지막에 제시되는 '뜰' 수수께끼이다. 이 부분의 문제는 예문 ④에서 드러난다. 원작에서 제시되는 뜰 수수께끼를 대충 요약

---

12 가스통 르루, 최서해 역, 「사랑의 원수(73회)」, 『중외일보』, 1928.7.26. 이 부분 역시 현대의 번역과 차별을 보이는 대목이다. 최서해의 번역에서는 이런 점으로 미루어도 '밀실'이 그다지 부각되지 않는다. 그런데, 바로 이 부분은 사람들로 둘러싸여 거의 밀실이었던 뜰 안에서 산지기 시체가 발견되는 범죄행위에 대한 것이기 때문에, 중요한 대목이다. 그래서 뜰 구석이라는 장소에 있었던 사람들이 중요한 대목이다. "범인의 이름은 그때 뜰 구석에 있던 사람들의 이름을 찾으면 그 속에 있을 것입니다." …… "아니 있었습니다. 하기야 뜰 구석에도, 또 뜰 바닥에도, 아무도 없었습니다. 창문을 통해 뜰 위로 몸을 내밀고 ……"라는 대화가 중요한 것은 라루상(홍탐정)이 어떻게 밀실이었던 뜰 구석에서 그 창문까지 갈 수 있었는지, 어떻게 사람들에 둘러싸인 밀실이었던 뜰 구석에서 살인이 일어날 수 있었는지를 설명하는 것이기 때문이다. 최서해의 번역은 이런 점이 부각되지 않는다. 전반적으로 '밀실살인'이 '사랑의 원수'와 같은 감정 뒤에 밀려나 마치 부조처럼 음각을 형성하여 전면에 부각되지 않는다.

해보면, 범인을 쫓아 사람들이 뜰로 나가고 그 뜰은 연못으로 막혀 있어 범인은 막다른 곳에 몰린 상황이었다. 그런데, 그 상황에서 산지기가 시체로 발견된다. 이때 뜰과 연결된 건물의 창문에서 홍탐정이 내려다보고 있는 상황이 묘사된다. 『사랑의 원수』에서 이 부분은 홍탐정이 창문을 통해 뜰을 내려다보고 있는 장면이 삽화로 들어가 있다. 그런데,『사랑의 원수』에서는 이 뜰 수수께끼에 대한 해결과정을 찾을 수 없다.

예문 ④는 젊은 신문기자 신군이 범인을 밝히는 장면이다. 이 장면은 해문출판사의 『노란 방의 비밀』이나 동서문화사의 『노랑방의 수수께끼』에서 밀실과 다름없는 뜰에서 산지기를 죽인 범인이 어떻게 도망칠 수 있었는지를 해명하는, 즉 뜰 수수께끼의 해결과정이다. 홍탐정이 범인이 될 수밖에 없는 이유를 드러내는 예문 ③에 이은 또 다른 증거 사례인 것이다. 그런데, 최서해의 번안에서 뜰 수수께끼의 해명은 완전히 삭제되었다. '뜰'이 '당 법정'으로 번역되면서 뜰에서 일어난 살인사건의 수수께끼는 영원히 풀리지 않은 채 남아 있게 된다. 여기서 원어 텍스트에서의 'court'를 어떻게 번역했는지의 문제가 제기된다. 이 언어를 '뜰'로 번역할 것이냐 '당 법정'으로 번역할 것이냐는 원작 해석에서 중요한 관점의 차이를 드러내기 때문이다. 최서해는 '당 법정'으로 번역함으로써 가스통 르루의 원작에서 '밀실 추리'를 배제했다. 창문을 내다보고 있는 홍탐정의 모습이 삽화로까지 그려지면서 제시된 뜰의 수수께끼는 텍스트 내에서 해결되지 않은 채로 남아 있다. '노란 방'을 한 번도 언급하지 않았다는 점, 밀실 수수께끼의 해결과정이 삭제되었다는 점 등으로 미루어 보아 최서해가 이 작품을 밀실 추리의 고전으로 인식하지 않았다는 것은 틀림없다. 가스통 르루의 『노랑방의 수수께끼』를 '밀실 추리'로 받아들이지 않았다면 당대 대중은 이 작품을 어떻게 인식했던 것일까.

밀실 추리의 정교한 플롯이 잘 살아나지 않는 대신『사랑의 원수』에서 부각되는 부분은 늙은 홍탐정과 젊은 신문기자의 대립이다. 두 남자가 서로를 응시하는 삽화가 몇 회에 걸쳐 들어가 있어 그것을 중심으로 사건을 전개하고 있다는 인상을 받는다. 그러나 원작에도 두 남자의 대결을 그리고 있어서 특별히 왜 이 부분이 번안과정에서 부각되었다고 하는 것인지 의문을 제기할 수 있다.『노랑방의 수수께끼』에서 두 남자의 대립은 이성적 사고를 통한 연역적 추론을 강조하는 젊은 기자와 눈에 보이는 증거를 내세워서 귀납적 추론을 강조하는 늙은 탐정의 대립이다. 두 남자는 기본적으로 같은 '고전적 추리'의 계열에서 눈에 보이는 증거를 내세울 것이냐 이성적 사고를 내세울 것이냐를 두고 대립하는 것이다. 그런데, 최서해가 번안한『사랑의 원수』에서는 용의자로 지목되는 박리학사에 대한 한결같은 믿음을 유지하고 있는 신문기자 신군과, 사건현장에서 발견된 구두 발자국과 우체국에 다녀간 인상착의 등의 객관적 증거를 제시하는 홍탐정의 대립으로 전환된다. 홍탐정의 객관적 증거에 비하면, 신군의 '박리학사가 절대 범인일 리가 없어!'는 감정적 편향에 불과할 뿐이다. 결국『사랑의 원수』에서는 '객관적 증거'냐 '감정'이냐의 싸움에서 '감정'이 승리하게 되는 결과를 초래한다. 이는 원작에서 강조한 이성적 사고와는 상당히 괴리되는 것이다. 프랑스 탐정소설 중에서 가스통 르루의『노랑방의 수수께끼』는 영미의 고전적 유형에 뒤지지 않는 '추리'를 펼치고 있는 작품인데, 이것 역시 기존의 프랑스 탐정소설에서 익숙했던 '멜로드라마적 성격'의 작품으로 읽혀졌던 것이다. 물론『노랑방의 수수께끼』에도 멜로드라마가 가미되어 있는 것은 사실이다. 그러나 경중을 논할 때, 부각되는 것이 논리적 추리인지 멜로드라마인지는 그 시대의 감수성을 드러내는 실증적 근거가 된다. 그러한 사실은 이미 번안된 제목에서부터 드러난다.

번안자 최서해는『노랑방의 수수께끼』에서 밀실 추리보다는 '범죄동기'인 '사랑의 삼각관계'에 초점을 맞추었다. 의외의 범인은 바로 작품의 초반부부터 사건해결을 위해 단서와 증거를 모으던 홍탐정이었다. 법정에서 홍탐정이 범인이라는 사실에 충격을 받은 사람들에게 신문기자 신군은 "네 그 리유는 홍탐정이 혜경이를 사랑하엿습니다"라고 범행동기를 말한다. 자신이 사랑한 여자가 다른 남자와 약혼을 하였기 때문에 복수를 택했다는 설정, 사랑의 배신으로 인한 대가, 이것은 당시 연애소설뿐만 아니라 탐정소설의 소재로도 종종 채택되었다. 범행이유가 혜경에 대한 사랑 때문임이 드러나면서 독자는 범인 홍탐정을 미워할 수 없다. 독자는 최서해가 택한 '사랑의 원수'라는 제목으로 인해 더욱 범인 홍탐정에 감정이입하게 된다. '사랑의 원수'는 범인 홍탐정의 범행동기를 말해주는 제목이었기 때문이다.『사랑의 원수』를 읽어가는 내내 독자는 제목에서 지칭하는 '사랑의 원수'가 피해자 혜경의 입장을 대변하는 것이라 생각한다. 그래서 '사랑의 원수'가 범인 홍탐정이라고 짐작한다. 원작의 내용을 이미 알고 있는 상태에서도 마찬가지이다. 그런데,『사랑의 원수』에서 흥미로운 지점은 '사랑의 원수'가 혜경의 입장이 아니라 홍탐정의 입장을 대변했다는 것이다. 텍스트를 읽어보면 이 부분은 현대독자에게 마치 의외의 반전과 같은 효과를 준다. 현대독자의 감수성으로 이해하기 힘든 부분이기 때문이다.

⑤ 신문광고가 난 것을 보고는 그것을 긔화를 삼어 가지고 혜경이에게 밀회를 청하는 편지를 보내엿스나 회답이 업섯습니다 거기서 그는 사랑의 원수인 리학사를 하수인으로 만들어서 사랑의 원수를 괴롭게 굴려든 계책이엇습니다 그는 키ㅅ골이 리학사와 거지반 갓고 발도 거의 갓습니다 그래서 리학사 모양으로 '아미아게'를 신ㅅ고서 리학사의 행세를 한 것입니다[13]

'사랑의 원수'는 바로 홍탐정에게서 사랑하는 여인을 빼앗은 박리학사였던 것이다. 연애소설이라고 하여도 혜경의 입장에서 서술하여 '사랑의 원수'로 홍탐정을 지칭해야 마땅하다. 굳이 범인의 입장에서 서술하여 그가 사랑하는 여자의 약혼자인 박리학사로 지칭한 것은 그 시대의 감수성이 아니면 이해 불가능하다. 이러한 효과는 범인을 증오하기보다 그의 입장을 동정하게 하는 효과를 낳는다. 독자 역시 혜경의 입장이 아니라 범인의 입장에 감정이입하며 텍스트를 읽어 나갈 수밖에 없다. 이로써 홍탐정의 적수는 겉으로는 신군(추리게임의 적수)인 것 같지만 사실상 박리학사(연애의 적수)가 된다. 그 시대 대중은 『노랑방의 수수께끼』에서 사건해결을 두고 벌이는 추리 과정이 중요했던 것이 아니라 '사랑의 삼각관계'에서 사랑을 쟁취하느냐 잃느냐의 문제가 중요했던 것이다. 다음은 『사랑의 원수』의 예고기사인데, 식민지 시기 이 작품이 어떻게 받아들여졌는지를 단적으로 보여주는 예이다.

⑥ 신소설예고 – 십육일부터 연재 – 최서해 번안, 노심산 삽화
탐정소설 『최후의 승리』는 예긔이상으로 독자제씨의 갈채를 밧고서 드디어 데일백오회로 끚을 보게 되엇습니다 그리고 뒤를 니어 오는 십육일부터 련재할 소설은 이 역시 서양에서도 유명한 탐정소설이나 그 탐정하는 방법이 새롭고도 긔발하여 사건을 추리하는 힘과 행동을 판단하는 관찰력

---

13 가스통 르루, 최서해 역, 「사랑의 원수(76회)」, 『중외일보』, 1928.7.29. 이 대목이 동서문화사의 『노랑방의 수수께끼』에서는 어떻게 번역되었는지를 비교해보면 '사랑의 원수'라는 표현이 얼마다 당대적인지를 실감할 수 있다. "스땅제르송 양을 손에 넣기 위해서는 그야말로 무슨 일이라도 할 작정이었던 라루상은 그녀의 사랑을 받고 있는 다르작끄 씨, 자기가 미워하고 파멸시켜 버리려는 다르작끄 씨가 무슨 일이 일어났을 경우라도 범인으로 오인받게 하기 위해 모든 점에서 미리 준비해 두었던 것입니다."(민희식 역, 동서문화사, 1977, 333면) 이 모든 증오의 감정을 간단히 '사랑의 원수'라고 표현할 수 있었던 것은 바로 당대적 감수성이다.

이 신출귀몰한것은 읽는 사람의 마음을 구름 밧그로 끌어가고야 맙니다 더구나 이 소설은 다른 소설과 가티 순전이 상상으로 된것이 아니요 사실이 세상에 잇섯다는데서 더욱 흥미가 끌립니다 대수롭지 안흔 일이 크나큰 업힘을 지어 그 줄거리와 그 가지는 뜻하지 안은 곳에 퍼지고 얼크러저서 마츰내 쏫가튼 처녀에게 처참한 상처를 내이고 순결한 청년에게 천고의 루명을 씌웟습니다 이에 쌀하 활약하는 로련한 탐정의 솜씨와 당대신문계에 이름놉흔 젊은 신문긔자의 비범한 솜씨는 쌔로는 폭풍우가티 우리의 머리를 치고 쌔로는 노도광란처럼 우리의 가슴을 썰러서 긔특하고도 장쾌한 늣김을 밧지 아니치 못하게 됩니다 이 모든 사람의 활약은 장차 어쩌한 인과를 매즈려는지? 하로이틀 지나는 사이에 여러분의 의심은 풀릴 것입니다[14]

탐정하는 방법의 새로움을 부각시키고 있지만 '쏫가튼 처녀', '순결한 청년', '천고의 루명' 등과 같은 고전소설·신소설 용어들이 1928년 번안 당시까지 여전히 등장하고 있다. '쏫가튼 처녀'는 1920년대 다른 작품에서도 종종 보이는데, 가령 보아고베의 『무쇠탈』에서 '절대가인'이란 표현, 『여장부』의 단행본 광고에서도 '쏫가치 아름답고 비단가치 고흔 녀주인공'이란 문구를 접할 수 있다. 당대 이질적이고 낯선 탐정소설은 전혀 다른 서사, 즉 불행한 상황에 처한 가련한 여주인공이 어떻게 그것을 극복하고 행복한 결말을 얻는가 하는 고전소설의 관습이나 화류비련과 비슷한 장르로 읽혔을 수 있다.

---

14 「신소설예고─사랑의 원수─ 쳐서해 번안 노심산 삽화」, 『중외일보』, 1928. 5. 15, 3면. 「최후의 승리(105회)」 마지막 회와 함께 연재예고기사가 실려 있다. 『사랑의 원수』는 1928년 5월 16일부터 8월 3일까지 총 80회가 연재되었다. 르블랑의 『최후의 승리』 바로 뒤에 연재되었고 번안자가 쳐서해임에도 연구자들의 목록에서 지금까지 누락되었다는 사실이 놀랍다.

3. 한국 최초의 밀실 추리『마인』의 창작 배경

『마인』의 논리적 추리과정은 여러 연구자들에 의해 이미 지적되었다. 그러나 그 추리과정이 '밀실 추리'였다는 것을 간파하고 언급한 연구자는 거의 없다.[15] 『마인』의 추리과정이 '밀실'이냐 아니냐는 *Le Mystère de la Chambre jaune*의 사건현장이 '노란 방'이냐 아니냐와 같은 문제이다. 한국의 밀실 추리가 이미 식민지 시기에 시도되었으며, 그것도 한국 탐정소설사에서 독보적이며 시발점 역할을 한 작품이었다는 사실이 놀랍다. 에드가 앨런 포우가 「모르그가의 살인사건」을, 코난 도일이 「얼룩끈」를 창작하였다는 점을 고려할 때, 밀실 추리는 탐정소설가가 가장 도전해보고 싶은 플롯임에 틀림없다. 탐정소설의 기원이 밀실 추리로 시작하였듯이, 한국 탐정소설의 기원도 밀실 추리로부터 출발했다고 해도 과언이 아니다. 코난 도일과 에드가 앨런 포우로 대표되는 영미 계열의 '추리'와 모리스 르블랑으로 대표되는 불란서 계열의 '모험'탐정소설로 나뉘어졌던 연구자들의 인식에서 『마인』의 추리과정은 영미 계열의 영향을 받았을 것이라 유추되었다. 그러나 김내성의『마인』은 영미 계열이 아니라 바로 불란서 탐정소설 *Le Mystère de la Chambre jaune*의 영향을 받아서 창작되었다. 지금까지 이 사실이 밝혀지지 않았던 것은『마인』의 연구자는 가스통 르루의 *Le Mystère de la Chambre jaune*를 읽지 않았고, 가스통 르루의 번역자나 현대 탐정소설 독자는『마인』을 읽지 않았기 때문이다. 더군다나 가스통 르루의 번역자는 이 작품이 식민지 시기에 이미 번역되었다는 사실

---

15 필자가「이론과 창작의 조응, 탐정소설가 김내성의 갈등」(『대중서사연구』, 2009.6, 51~86 면)에서『마인』에서 제시된 수수께끼가 '밀실'이라고 언급하였던 것이 유일하다.

조차 접하지 못하였다. 식민지 시기 독자는 이 작품이 밀실 추리의 고전이라는 사실을 인지하지 못한 채 '사랑의 삼각관계'로 읽었고, 현대 독자는 이 작품이 식민지 시기에 번역되었다는 사실을 인지하지 못할 뿐더러 식민지 시기 창작 탐정소설은 관심조차 없다. 그래서 최서해의 『사랑의 원수』는 그의 작품 연보에서도, 번역문학의 서지목록에서도, 탐정소설의 서지목록에서도 누락되어 왔다. 더불어 『마인』의 창작배경까지 묻히고 말았다. 모리스 르블랑의 탐정소설이 익숙했던 식민지 시기에 맞지 않았던 '추리' 형식, 그래서 독보적이며 유일하다고 평가받는 『마인』이 어떻게 창작될 수 있었는지는 연구자들에게 항상 의문이었다. 최서해의 번안 『사랑의 원수』는 그 자체로서도 가치가 있지만 『마인』에 미친 영향을 고려할 때 그 위치의 중요도는 훨씬 커진다.

가스통 르루가 1907년 『노랑방의 수수께끼』를 창작하였고, 그것을 최서해가 1928년 『사랑의 원수』로 번안하였고, 김내성이 1939년 이 작품의 밀실 추리를 재현하여 『마인』을 창작하였다. 원작과 번안, 번안과 창작은 시간적 간극이 존재하는 만큼 당대 대중이나 역자 혹은 작가가 이 작품을 어떻게 받아들였는지에 따라 텍스트의 간극도 커질 수밖에 없다. 김내성이 『마인』에서 이 작품의 밀실 추리를 재현할 때 최서해와는 확연히 다른 관점이었다. 최서해가 한 번도 노란 방, 밀실을 인식하지 않았던 것과 달리, 김내성은 첫 장의 가장무도회에서부터 '밀실 수수께끼'를 염두에 두었다. 그런 면에서 본다면 김내성은 최서해의 번안보다 일역본과 훨씬 가까운 입장을 고수했다고 볼 수 있다. 그러나 김내성이 밀실 추리에 심혈을 기울였다고 하여도 가스통 르루의 영향으로는 설명할 수 없는 서사가 있다. 그것은 묘하게도 원작의 가장 핵심은 빼버리고 사랑문제로 풀어버린 최서해의 『사랑의 원수』와 겹쳐진다. 바로 이 지점이 당대의 감수성이다. 그렇다면, 『마인』의 밀실 추리과정은 『노랑방의 수수께끼』와 어떻게 동일한 궤적을 밟고 있으며 또 어떤 면에서 어긋나는지 따라가 보기로 한다.

1) 『마인』의 밀실 추리와 의외의 범인

『마인』에서 제시되는 수수께끼는 사건이 발생할 때마다 막다른 곳에 몰린 범인이 감쪽같이 사라져 버린다는 것이다. 김내성이 『마인』에서 수수께끼의 제시 부분에 심혈을 기울였던 것은 밀실트릭에서 수수께끼가 성공해야 해결과정이 설득력을 얻을 수 있다는 것을 알았기 때문이다. 가스통 르루의 『노랑방의 수수께끼』나 김내성의 『마인』에서 수수께끼 풀이의 과정은 의외로 평범한 추론으로 제시된다. 코난 도일이 날카로운 관찰력으로 낙서나 흔적, 혹은 흘려들은 말에서 숨어 있는 단서를 제시하는 것과 달리, 가스통 르루는 순수한 과학(이성적 사고)에 의지한다. 따라서 가스통 르루의 『노랑방의 수수께끼』에서는 오히려 발자국, 인상착의 등과 같은 눈에 보이는 단서나 증거가 조작될 수도 있다고 거부한다. 그것이 영미 추리와 차별되는 부분이다. 『마인』의 유불란 역시 주은몽이 범인임을 밝히는 과정에서 어떤 증거나 단서도 제공하지 않고 자신의 이성적 사고에 의한 논리를 설파할 뿐이다. '밀실이었고 나간 사람은 아무도 없었다'로부터 '사건현장에 있었던 누군가가 범인이다'로 이어지는 가설은 코난 도일의 「얼룩끈」이나 에드가 앨런 포우의 「모르그가의 살인사건」처럼 어쨌든 범인이 외부로부터 들어왔고 들어온 구멍이 있었다는 것과는 다른 상상력을 제공한다. '사건현장에 있었던 사람이 범인=누군가가 이중의 역할을 하고 있었다'라는 것은 현대 밀실 추리에서 가장 강력한 상상력의 원천이 된다. 『마인』은 '들어올 구멍이 있었고 범인이 사람이 아니었다'는 영미 추리 계열이 아닌 '이중의 역할을 하고 있는 누군가가 있다=가장 아래 숨겨진 정체가 있다'의 불란서 탐정소설가 가스통 르루의 상상력의 영향을 받았다. 그러면, 『마인』에서 밀실 추리과정이 어떻게 전개되고 해결되는지 실제 텍스트를 중심으로 따라가 보기로 한다. 김내성은 『마인』에서 실제 연쇄살인사건에 들어가기 이전 단계인 공작부인 주은몽을 습격한 도화역자가 사라진 사건과 주은몽을 찾아왔던 화가 이선배라는 자가 경찰에 쫓기다 감쪽같이 사라진 사건의 도입부를 그리는 데 상당히 많은 지면을 할애했으며 작품 전체에서 이 부분의 플롯을 가장 정교하게 짜 놓았다. 특히 사건과 아무 관련이 없는 화가 이선배의 묘연한 행방에 대한 궁금증을 유발하는 데 '도면 삽화'까지 넣으며 공을 들이고 있다.

①경찰에게 쫓기어 막다른 골목으로 뛰어든 이선배는 담도 넘지 않고 땅으로 꺼지지도 않고 하늘로 올라가지도 않고 디귿(ㄷ)자 모양으로 생긴 골목을 돌아 뛰어 들어 갔습니다. 그리고 그는 사람입니다. 사람인 이상 필연적으로 저 편으로부터 이리로 걸어오던 유불란씨와 마주쳤습니다. 유불란씨 자신의 말과 같이 그가 잠자면서 길을 걷는 습관을 가지지 않은 이상 그는 필연적으로 이선배를 보았을 겁니다! 보았을 것입니다! 보았읍니다![16]

위의 예문 ①은 공작부인의 가장무도회장에서 사라진 화가 이선배가 경찰에 쫓기다가 막다른 골목길에서 증발해버린 것을 두고 변호사 오상억이 자신의 추리를 신문지상에 발표한 것이다. 막다른 골목길은 「마인(16회)」의 도면 삽화에서 볼 수 있듯이 K여고의 담장과 양옥의 벽돌담으

16 『마인』(김내성대표문학전집 6권), 삼성문화사, 1983, 162~163면.

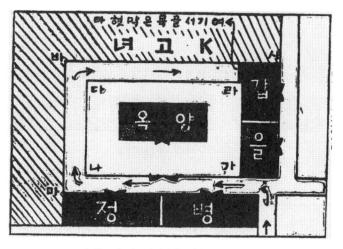

「마인(16회)」의 도면 삽화(『조선일보』, 1939.3.7)

로 둘러싸여 있으며, 돌아가면 결국 갑의 집으로 막혀 있어서 빠져 나갈 곳이 없다. 더군다나 둘러싸인 담은 도저히 사람이 뛰어 넘을 수 없는 높이다. 여기서 중요한 것은 경찰이 유유히 걸어 오던 유불란과 마주쳤다는 사실이다. '이선배는 증발했으나 그 자리에서 유불란을 만났다'는 '밀실이었고 빠져 나간 사람은 아무도 없었다', 즉 '사건현장에 있었던 사람이 곧 범인이다'라는 이성의 사고로 치환된다. 이것은 가스통 르루의 『노랑방의 수수께끼』에서 '막다른 복도에서 범인은 사라져 버렸고 그 자리에 서 있었던 사람은 홍탐정이었다', 따라서 '범인은 홍탐정이다'라는 이성의 사고와 똑같은 논리이다. 가스통 르루가 첫 장면에서 벌어진 노란 방(밀실) 습격사건의 묘사에 많은 노력을 들인 것과 마찬가지로 김내성 역시 도입부에 많은 공을 들이고 그것의 해결을 제일 마지막에 늘어놓는다. 노란 방에서 막다른 복도였던 장면을 김내성은 막다른 골목길로 치환해서 자신의 창작으로 끌어온다. 꺾어지는 막다른 복도가 형성될 만큼 대저택을 당시 조선에서 발견하는 것은 쉽지 않았음을 볼 수 있다.[17] 그래서 당시 양옥집을 둘러싼 높다란 담을 착안하여 골목길로 훌륭하게 재현해내는 데 성공한다. 김내성은 이 도면이 들어간 장에 '마술사'라는 소제목을 붙였다. 마치 마술사처럼 감쪽같이 증발해 버린 밀실 수수께끼를 강조하고자 하는 의도가 깔려 있다. 『마인』의 밀실 수수께끼는 이것으로 그치지 않고 『노랑방의 수수께끼』처럼 몇 겹으로 쌓여서 연쇄 살인사건이 발생할 때마다 제공된다.

②"…… 그 때 백영호씨와 춤을 몇 차례 추고 난 은몽씨는 화장을 고치겠다는 말을 남겨놓고 백영호씨의 곁을 떠나 다시 안으로 들어 갔습니다. 화장실로부터 은몽씨의 찢어지는 듯한 부르짖음이 들려 온 것은 은몽씨가 안으로 들어간지 약 오분 후, 그 때 누구보다도 화장실로 뛰어들어간 사람은 나였지요. 삼면경 앞에 쓸어진 은몽씨의 어깨에 박힌 날카로운 단검 — 은몽씨는 그 때 방싯하게 열린 들창 밖을 가리키면서 도화역자, 도화역자 …… 하고 외쳤습니다. 남수군이 곧 들창을 넘어 정원으로 뛰어 나갔지요. 그러나 아무리 정원을 뒤져보아도 도화역자는 온데간데 없이 없어지고 말았습니다. 두길이나 되는 '콩크리트'담장을 넘을리는 만무하고 또 그즈음 가장무도회를 감시하던 순경 한사람이 정문 앞을 순시하고 있었더니 만큼 도화역자가 정문으로 나갔다면 순경이 보지 못했을리는 만무한 일이지요." / "그러면 해월은 어디로 갔을까요?" / "아무데도 가지 못했을 것은 매일 아침 해를 보듯 정확한 사실입니다!"[18]

③"글세 그것은 은몽씨의 이야기고 …… 그때 남수군은 사태가 너무 촉박해짐으로 이놈 해월이! 하고 고함을 치며 현관으로 부리나케 뛰어 들어

---

17 전봉관, 「『마인』속 경성과 경성문화」, 『판타스틱』, 2009. 봄, 210~229면. 특히, 소제목이 '경성에는 가장무도회가 열릴 저택이 없다'라고 달린 212~217면 참조.
18 『마인』(김내성대표문학전집 6권), 삼성문화사, 1983, 341면. 그러나 여기에도 허점은 있다. 가령, 정문 앞 순경이 한 눈 판 사이에 몰래 빠져 나갔을 수도 있기 때문이다. 아무도 이런 문제제기를 하지 않았다는 것은 『마인』의 밀실 추리과정보다 다른 서사에 골몰했다는 것을 보여준다.

가면서 보니, 해월은 놀라 복도로 뛰어 나가면서 '스위치'를 껐습니다. 현관으로 뛰어 들어간 남수군은 그때 캄캄한 복도에서 은몽씨의 부르짖음을 듣고 해월이와 은몽씨가 컴컴한 복도에서 서로 부딪쳤던 것으로만 생각하고 은몽씨의 이름을 부르면서 따라 갔습니다. 그때 은몽씨는 저편 복도의 들창으로 해월이가 도망갔다고 말했습니다. 이리하여 남수군은 은몽씨의 교묘한 연극에 감쪽같이 속아 넘어갔던 것입니다."[19]

④ "그 날밤, 이층 응접실에는 여행으로부터 돌아온 남수군을 중심으로 하여 나와 오상억 변호사가 앉아 있었습니다. 그 때 정란씨는 삼층에 있었고 은몽씨는 아랫층 침실에 있었을 것입니다. 침실에서 은몽씨는 해월을 상징하는 주홍빛 긴 '만또'를 뒤집어 쓰고 이층으로 올라와서 '도어'를 방긋하니 열고 남수를 '피스톨'로 쏘았습니다. 그때 나보다도 먼저 뛰쳐 나간 것은 오상억 변호사였지요. 해월은 무서운 속력으로 층층대를 뛰어 내려 아랫층 은몽의 침실로 뛰어 들어 갔습니다. 뛰어 들어가면서 은몽은 '악마'하고 외치고 입었던 해월의 '만또'를 벗어버린 후 권총으로 바로 머리맡에 놓여 있는 화병을 쏘았습니다." / "아아!" / "그리고 침대 아래 쓰러져서 뒤로 따라 들어온 오변호사를 향하여, 해월은 들창 밖으로 넘어 갔다고 외쳤습니다. 저번에 남수군을 속이듯이 오변호사를 은몽씨는 또 속였던 것입니다. 그렇게 생각해야만 될 것이, 그 때 현관으로 나가서 침실 들창 밖으로 뛰어 온 나는 거기서 도망하는 해월의 그림자를 필연적으로 발견했어야만 될 것이 아니겠습니까?"[20]

⑤ "그러면 나를 찌른 그 도화역자―즉 해월은 대체 어디로 갔다는 말씀이예요?" / "아무데도 가지 않았습니다. 그는 우리들과 같이 있었습니다!" …… / "다시 말하자면 해월은 항상 우리들과 같이 있으면서 우리들의 행동을 일일이 감시하고 있었다는 말입니다!" / "누구예요? 그가 대체 누구란 말씀

---

19 위의 책, 360~361면.
20 위의 책, 364~365면.

이예요?" / 은몽은 호기심에 찬 두눈을 반짝이며 불현 듯 상반신을 '테이블' 위로 내밀었다. / "누구예요? 어서 말씀을 하세요. ─ 우리들과 항상 함께 있었던 사람이라면 오 변호사?" / "아닙니다!" / "그럼, 그럼 누굴까? 정란과 문학수씨와, 그리고 유선생 이외에는 이렇다할 사람이 없었는데 ……" / "나는 물론 해월이가 아니고 ……" / "잘 생각 해 보시면 아실 것입니다. ─ 은몽씨가 잘 아시는 사람이니까요!"[21]

예문 ②에서 ④는 가장무도회장에서 화장실로 들어간 공작부인을 괴한이 습격한 사건, 백영호를 살해한 범인이 막다른 복도(꺾어지는 복도로 그리지 않고 길게 뻗은 복도로 그린다)로 사라져 버린 사건, 백남수를 살해하고 주은몽의 방에서 들창 밖을 넘어갔다는 범인이 사라져 버린 사건의 제시이고, 예문 ⑤는 그것의 해결이다. 이런 일련의 과정은 『사랑의 원수』에서 예문으로 제시되었던 과정과 고스란히 겹친다. 특히 예문 ⑤에서 '아무 데도 가지 않았다. 항상 우리들과 같이 있었다'라는 사건해결의 열쇠는 홍탐정이 범인임을 밝히는 신군의 대사와 정확하게 일치한다. 예문 ②에서 ④에 이르기까지의 '밀실 수수께끼'도 『노랑방의 수수께끼』에서 가스통 르루가 몇 번에 걸쳐 강조했던 것이다. 예문 ②의 가장무도회장에서 도화역자로 분장한 해월은 사람 높이보다 훨씬 높은 정원의 콘크리트 담을 뛰어넘을 수도 없고 정문에서 지키고 있었던 순경의 눈에 뜨이지 않고 도망갈 수도 없는 상황에서 감쪽같이 사라졌다. 예문 ③의 막다른 복도, 예문 ④의 주은몽의 방에서 해월은 감쪽같이 증발해 버렸다. 작가 김내성은 이처럼 '밀실'과 같은 상황에서 해월이 감쪽같이 사라진 것을 몇 번이고 강조하고 있으나, 당대 독

21 위의 책, 343~344면.

자가 그것을 밀실 수수께끼로 받아들이지는 않았던 것으로 유추된다.

김내성은 가스통 르루의 '밀실'을 차용했지만 그가 독자에게 던지는 수수께끼는 밀실이 아니라 '해월의 정체'였다. 『마인』의 독자는 해월이 어떻게 사라질 수 있었는가에 주목하지 않고 복수귀 해월은 누구인가, 해월의 정체는 무엇인가에 집중하여 서사를 따라가게 된다. 따라서 『마인』이 독자를 끌어당기는 힘은 해월의 정체가 얼마나 충격적이냐에 있다. 이것은 『노랑방의 수수께끼』에서 프레드릭 라르상의 정체가 끝부분에서 범인을 밝히는 법정에서 언급되는 것과 차별된다. 『노랑방의 수수께끼』에서 독자는 처음부터 끝까지 범인이 어떻게 아무런 흔적 없이 노란 방에 들어와서 나갈 수 있었는가에 집중하고 그것을 중심으로 서사를 따라간다. 따라서 『노랑방의 수수께끼』에서 '누군가가 일인이역을 하고 있었다'는 표현은 밀실 수수께끼를 풀기 위해 제시된 해답과 같다. 그러나 『마인』의 예문 ③에서 제시되는 '은몽씨의 교묘한 연극'이라는 구절은 수수께끼의 해답으로서 기능하는 것이 아니라 지금까지 모두를 속였던 은몽의 행위가 얼마나 깜찍하고 가증스러운 것이었는지를 강조하는 역할을 한다. 여기에서 중요한 것은 가장(假裝) 아래의 숨겨진 얼굴이다. 첫 장면인 가장무도회에서부터 제시되는 수수께끼는 가장(假裝) 아래에 감추어진 정체이다. 『마인』의 절정은 바로 그 가장(假裝) 아래의 정체가 폭로되는 순간이다.

『마인』의 유불란은 '막다른 곳에 몰린 해월이 사라졌다, 그곳에는 항상 주은몽이 있었다, 따라서 주은몽이 범인이다'라는 가스통 르루의 이성의 사고에 입각한 추리에서 도저히 범인일 것 같지 않은 은몽이 범인인 수밖에 없는 상황에 당황해한다. 김내성은 '이성의 사고'라는 표현 대신 '기상천외한 공상', '무서운 상상'이라는 표현을 선택한다. '무서운 상상'은 유불란이 주은몽이 범인임을 밝히는 장면의 소제목이다. 과학적 사고와 이성적 사고를 강조하는 탐정소설의 근대적 이데올로기에서 김내성은 그것 역시 소설적 공상(상상)에서 비롯되었음을 역설한다. 그래서 김내성이 탄생시킨 유불란의 '무서운 상상', '가상극' 등의 추리에서는 항상 오류가 발생한다. 『마인』에서 오류가 발생하는 지점은 바로 '오상억'이라는 공범의 등장이다. 범인 주은몽은 서울에 있었는데 백영호의 고향으로 내려갔던 오상억 변호사가 괴한에게 습격을 당하고 중요한 증인인 홍첨지가 살해당하는 사건이 일어난다. 이것을 어떻게 설명할 수 있을까. 뿐만 아니라 예문 ⑤는 유불란이 주은몽에게 그녀가 범인이라고 밝히는 대목인데, 주은몽과 유불란이 함께 있었던 그 순간에 백정란이 살해당했다는 전화가 걸려온다. 주은몽은 자신이 없었던 곳에서 일어난 살인사건들을 증거로 내세우며 유불란의 추리에 반박한다. 여기서 사건해결은 딜레마에 빠지는 것처럼 보인다. 또한 이것이 바로 『마인』이 가스통 르루의 『노랑방의 수수께끼』와 차별화되는 지점이다.

김내성은 『마인』을 연재하고 있는 동안 『조광』에 코난 도일의 「얼룩끈」를 번안한 「심야의 공포」를 발표한다. 가스통 르루의 『노랑방의 수수께끼』에서 밀실 추리를 정확히 짚어낸 김내성답지 않게 코난 도일의 번안작품인 「심야의 공포」에서 셜록 홈즈의 정교한 논리적 추리과정을 생략한 채, 계부가 유산 때문에 벌인 가정비극 서사로 바꿔 놓는다. 추리가 생략된 코난 도일의 작품은 '괴기'로 흘러갈 수밖에 없다.[22] 『마인』에서 정확하게 원작 텍스트의 본질을 꿰뚫었던 김내성이 왜 코난 도일의 작품을 유산상속에 얽힌 가정비극 서사로 이끌고 갔을까. 이것은 『마인』이 연구자들에게 비판받고 있는 논리적 추리과정 이외의 것에 대한 물음이기도 하다.

---

22 김내성의 「심야의 공포」의 번안과정은 정혜영의 「번역과 번안 사이의 거리」(『현대소설연구』, 2010.8, 375~396면)를 참조할 것.

그러나 이 물음은 결국 *Le Mystère de la Chambre jaune*가 왜 '사랑의 원수'로 번안되었는가에 대한 해답과 같다. 김내성의 『마인』에서 원작과도 번안 텍스트와도 괴리를 보이는 부분이 바로 그 시대 대중의 감수성이다. 김내성은 '추리문학'이 국내에서 활성화될 수 없는 현실까지 간파하고 있었던 것이다.[23] 『마인』은 가스통 르루의 『노랑방의 수수께끼』와 차별화되며 논리적 플롯을 범인에 대한 '동정'이라는 국내 대중에게 익숙한 감수성으로 치환한다. 이성적 사고의 원 안에서 오류가 발생한 지점, '오상억'이라는 공범은 바로 대중에게 지금까지 악인으로 설정되어 있는 주은몽에 대한 '동정'을 불러일으키기 위한 장치이다.

2) 공범의 필요성과 '꽃 같은 미인'의 대중 흡입력

『마인』은 가스통 르루의 『노랑방의 수수께끼』의 영향을 고스란히 이어 받았으면서도 서구적 색채에 국내 대중에게 익숙한 코드를 녹여 놓았다. 『마인』을 한국 탐정소설 정착기의 정점으로 꼽는 이유는 가스통 르루의 추리를 모방 학습하는 것으로 그치지 않고 김내성 자신만의 '창작'으로 끌어왔기 때문이다. 가스통 르루의 번안인 『사랑의 원수』에서 홍탐정의 사랑의 라이벌이었던 박리학사의 역을 맡은 것은 『마인』에서 오상억 변호사이다. 『사랑의 원수』의 박리학사는 '용의자'로, 『마인』의 오상억 변호사는 '범인'으로 설정된다. 전자의 추리과정에서 대립구도를 형성하는 것은 범인 홍탐정과 신문기자 신군이지만, 사랑

---

23 김내성은 일본에서 발표한 「운명의 거울」을 조선에서 『살인예술가』라는 제목으로 개작하여 발표하는데, 서두에서 탐정소설의 창작이 활발하지 않은 조선의 현실을 개탄하는 부분을 첨가하고 있다(김내성, 『살인예술가』, 『조광』, 1938.3~5, 3월호의 시작 부분 참조).

가장무도회에서 해월의 습격을 받은 주은몽. 화려한 모습과 쓰러져서 유불란의 품에 안긴 모습이 대비되어 인상적이다. 위로부터 「마인」, 『조선일보』 1939.2.21, 2.24, 2.25

의 삼각관계를 형성하는 것은 범인 홍탐정과 용의자 박리학사이다. 후자에서는 추리과정에서 대립구도를 형성하는 것도 유불란 탐정과 오상억 변호사이고, 사랑의 삼각관계를 형성하는 것도 그 둘 사이이다. 오상억 변호사와 유불란 탐정의 대립은 사건해결을 누가 멋들어지게 하느냐가 아니라 주은몽을 사이에 두고 사랑의 삼각관계를 형성하면서 적수가 되는 점이 흥미롭다. "점점 격해가는 두 사람의 감정이다. 사나이 둘에 계집 하나─그것은 어떤 세계에서나 평화를 멀리하는 한 개의 비극의 요소일 것이다"(『마인』, 179면). 가스통 르루가 탐정을 직접적인 연애에 끌어들이지 않고 오직 사건해결을 두고 노탐정과 젊은 신문기자를 대립적 관계에 위치시켰던 것과 달리, 김내성은 유불란 탐정을 연애의 삼각관계에 끌어들여 대립 관계를 형성한다. 『사랑의 원수』에서 용의자 박리학사가 사랑을 쟁취하였기 때문에 홍탐정은 범인으로 전락할 수밖에 없으며, 『마인』에서 유불란이 사랑을 쟁취하였기 때문에 오상억 변호사가 범인으로 설정될 수밖에 없다. 대립구도에서 둘 중 한 사람은 악한의 역할을 해야 하기 때문이다. 탐정소설에서 '악한', 즉 범인을 누구로 설정할 것인가의 문제는 당대의 이데올로기를 반영하기 때문에 눈여겨볼 필요가 있다. 『사랑의 원수』에서 홍탐정이 '악한'으로 설정된 것은 그가 늙었다는 것과 그의 탐정 방식이 낡았다는 점 때문이다. 이 작품의 숨은 창작 배경에 가스통 르루의 코난 도일이나 에드가 앨런 포우에 대한 도전 정신이 깃들어 있으며, 서구 사상의 충돌에서 연역적 사고에 대한 우호적인 입장이 깔려 있는 것을 볼 수 있다. 그렇다면, 『마인』에서는 왜 주은몽 이외에 오상억이라는 공범, 즉 제2의 범인이 필요했을까. 그 앞의 서사만으로도 충분히 밀실트릭의 효과를 맛볼 수 있음에도 불구하고 김내성은 무리수(주은몽이 쌍둥이)를 두어 오상억을 공범으로 만들고 가스통 르루의 밀실트릭을 더욱 복잡하게 헝클어 놓았다.

논리적 추리의 정교함을 뽐내는『마인』의 플롯에서 가장 의아한 부분은 주은몽이 쌍둥이라는 설정보다, '해월의 살인동기'이다. 해월의 살인동기가 독자에게 납득이 되지 않는다는 사실이다. 이것은 김내성 스스로도 알고 있었던 것으로 작품 내의 황세민 교장의 입을 통해 독자에게 전해진다. "제 애비를 죽인 원수라면 또 모르거니와 이건 어린 시절에 철없이 저질러 놓은 사소한 일을 가지고 사람을 죽인다 만다하니, 원 될법한 이야기요?"(『마인』, 239면) 공작부인의 습격사건에서 주은몽은 살해당하지 않았다. 살인사건의 희생자는 공작부인의 남편 백영호, 아들 백남수, 딸 백정란으로 백영호 일가가 된다. 젊은 공작부인이 백영호의 후취로 들어가는 것을 두고 세간에서는 백만 원에 상당하는 유산 때문이 아니냐는 의견이 분분했다. 그런 중에 백영호 일가가 차례로 살해당하게 되면, 상대적으로 이익을 얻는 자, 백만 원의 유산 상속자는 생존자 주은몽이 된다. 근대적 탐정소설에서 살인동기를 가진 자, '희생자가 죽음으로써 이익을 얻은 자가 누구인가'라는 물음에 대한 해답은 자연히 주은몽이다. 더군다나 주은몽은 백영호의 후처이고 백남수와 백정란의 계모가 아니었던가. 당대 정서로 볼 때도 '유산상속의 문제'를 사건해결의 중심화제로 삼는 것이 당연하다. 만약 대중이 주은몽을 전혀 의심하지 않았다면 그것은 그녀가 '미인이었고 희생자였기' 때문이다.『마인』은 말도 안 되는 과거 연애의 이유를 들어 해월을 독자에게 범인이라 강요한다. 경찰이나 누군가 한번쯤은 주은몽을 의심해야 마땅한데도 불구하고 주은몽은 이런 의심의 사각지대에 놓여 있다. 작가는 주은몽을 '의외의 범인'이라 내세웠지만 독자는 전혀 짐작하지 못했을까. 이것이 바로 오늘날과 '어긋나는' 당대의 감수성, '꽃 같은 미인'에 대한 향수와 동정이다.『마인』의 논리적 추리의 설득은 당대 감수성에 대한 이해가 없다면 불가능하다. 유불란도 임경

부도 주은몽에 대해 '유산 상속자'라는 사실을 환기시키지 않는다. 백정란의 약혼자로 주은몽과 연애관계에 얽히지 않은 문학수만이 이상한 점이 한 두 가지가 아니라며 이의제기를 한 바 있다.

해월, 즉 주은몽의 정체가 밝혀지고 나서도 독자는 살인범 주은몽을 완전히 미워할 수 없다. 그녀는 '돈' 때문도 아니고 자기 자신의 복수를 위해서도 아니고 '부모의 복수'를 위해 살인을 한 것이기 때문이다. 그러나 유산상속의 문제를 전혀 배제한다면 탐정소설의 플롯상 허술하다. 여기에 '돈'의 논리를 중시하는 오상억이라는 공범이 등장함으로써 주은몽의 전근대적 살인동기와 대립을 이루게 된다. 주은몽과 오상억이라는 두 명의 범인은 식민지 시기 모순된 상황 하에서 어쩔 수 없었던 김내성의 선택이었다. 당시 탐정소설의 독자는 '학생'과 같은 근대적 독자층도 있었지만, 그 기저에는 여전히 '꽃가튼 미인', '절대가인'에 대한 무한한 지지와 애정을 쏟는 고전소설·신소설의 독자층이 자리하고 있었다. '부모의 원수'를 갚은 주은몽은 '악인'에서 풀려나 독자의 '동정'을 받을 수 있게 된다. 오상억이 끝까지 구원받지 못한 것은 출신이 비천하기 때문이다. 계급사회를 넘어서서 고리대금, 황금광, 개간 등의 사업으로 일확천금을 얻어 신흥 부르주아가 등장할 수 있었던 시대, 능력으로 사회에 진출할 수 있었던 시대에 결국 '악'으로 처벌받는 자는 기존의 봉건질서를 무너뜨리려는 이들이다. 식민지 시기 근대 자본의 논리, 욕망, 범죄를 담아내는 탐정소설은 아이러니하게도 전근대적 이데올로기를 지향하고 있었다. 주은몽이 '악인'에서 풀려날 수 있었던 것은 초반부에서는 '꽃가튼 미인'이었기 때문이고, 후반부에서는 정조를 지킨 '처녀'였기 때문이다.

『마인』은 텍스트 내에서 중요한 사건이나 해결과정을 모두 '신문'이라는 매체를 통해 대중에게 전달한다. 사건이 발생할 때마다 종종 호외기사가 삽입되는데, 이것은 당대 대중과 신문이라는 매체가 얼마나 밀접한 관계를 맺고 있는지를 보여주며, 대중이 원하는 것은 자극적인 기사이고 따라서 신문은 자극적인 언어를 선택할 수밖에 없다는 것을 극명하게 보여준다. 『마인』에 삽입된 신문의 호외기사는 당대 대중의 관심이 어디에 쏠려 있었으며, 복잡하게 얽힌 『마인』의 살인사건을 어떻게 받아들였는지 보여주는 적절한 예시이다. 당대 대중에게 가장 충격적이고 자극적인 것은 무엇이었을까. 살인사건의 해결 과정일까, 작가 김내성이 정교하게 깔아놓은 복잡한 플롯일까, 그도 아니면 범인이 의외의 인물이라는 것일까 등이 궁금하다.

> "보이지않는 악마 해월 …… 복수의 칼날 아래에서 떨고 있는 공작부인!"
> "조선의 자랑인 무희 **공작부인**을 한시 바삐 복수귀의 손으로부터 구하라!"
> "**공작부인**의 목숨은 나머지 몇 시간? 자취없이 다가드는 마수의 그림자!"(126면)

위의 예문은 『마인』의 첫 장면인 가장무도회장에서 공작부인이 괴한에게 습격당한 사건이 일어난 후 나간 호외신문기사이다. 위의 예문에서 강조되는 것은 '해월'이 아니다. 해월의 어떤 특징도 드러나지 않는다. 심지어 해월이 도화역자 가면을 썼다는 것이나 그것이 주황색이었다는 것 등이 완전히 배제된 채, '악마 해월', '복수귀', '마수' 등 일관된 용어도 사용하지 않고 있다. 이 기사에서 강조되는 것은 '공작부인의 가련함'이다. 악마에 쫓기는 가련한 여인의 이미지가 강조되면서 사람들에게 동정을 불러일으키는 효과를 낸다. 따라서 앞 장면의 가련하고 동정을 불러일으키는 이미지와 후반부의 살인을 자행하는 악마의 이미지 사이의 엄청난 간극이 주는 효과는 센세이셔널 할 것임이

가련한 여인의 이미지 코너에 몰릴 때마다 가련한 이미지로 오상억 변호사나 유불란 탐정에게 안긴다. 위는 유불란 탐정의 질투를 불러일으키며 오상억 변호사에게 안겨 위로받는 장면(「마인」, 『조선일보』, 1939.5.19), 아래는 주은몽의 죽는 장면으로 축 늘어져서 유불란 탐정에게 안긴 모습이 독자의 연민을 불러일으킨다(「마인」, 『조선일보』, 1939.10.6)

분명하다. '범인은 꽃같이 아름다운 미인 주은몽이었다', '살인범은 바로 세계적인 무용수 공작부인이었다', '미모 뒤에 숨은 가면의 얼굴' 등은 호외기사로 대중을 자극하기에 충분한 흥밋거리이다. 그런데,『마인』에 삽입된 신문기사는 바로 이 부분을 빼뜨린다. 가장 대중의 관심을 끌만한 부분인데, 호외기사로 '주은몽이 범인이었다'를 대서특필하지 않는다. 주은몽이 살해된 장면 이후에 "공작부인 주은몽의 살해!", "해월의 최후의 발악!", "폭로된 해월의 정체!", "살인귀 의학박사 문학수!"(396면)로 나간다. 주은몽이 범인이라는 기사가 나갈 틈도 없이 오상억이 M백화점에서 애드벌룬을 타고 자살소동을 벌이게 되어 결국 '주은몽이 범인이었다'는 신문기사의 제목으로 나가지 않는다. 그래서 결국 텍스트 내에서 대중에게 각인되는 범인은 오상억이 되어 버리고 주은몽은 오상억에게 이용당했다는 가련한 이미지를 되찾는다. 김내성은『마인』에 대중의 즉각적인 반응 매체인 신문기사를 이용하여 당대 대중의 반응을 짚어준다. 당대 대중에게 주은몽은 악인이면 안 되었다. '꽃 같은 미인'에 대한 신망이 대중적인 코드였기 때문이다. 독자는 가련하고 불쌍한 꽃 같이 고운 여주인공이 불행한 상황을 이기고어서 빨리 구원되기를 바란다. 그러나 1920년대까지 절대적인 지지를 받았던 '꽃 같은 미인'은 1930년대로 넘어 오면서 묘하게 위험한 경계를 넘나들며 이중 파열음을 낸다.

『마인』에서 텍스트 내의 신문기사에서 주은몽을 범인으로 내세우지 않는 대신, 텍스트 밖의 독자는 다 읽고 난 후 오상억이라는 공범을 내세웠음에도 '주은몽이 범인이었다'가 가장 강렬하게 남는다.『마인』은 한국 탐정소설 도입기에 정점을 찍는 작품이면서 당대 대중의 이중적이고 모순된 취향과 특성을 잡아내는 데 뛰어난 작품이다. 공작부인 주은몽의 미인이면서 살인범, 가련하고 불쌍하면서 살인을 자행한 악마라는 이중성은 독자의 반응에도 고스란히 이어진다. 1920년대까지만 해도 '꽃 같은 미인'에 대한 지지는 절대적이었다. 신문연재 예고기사에서 어김없이 내세우던 '꽃 같은 미인'이라는 상투적인 어구는 이 구절을 사용했다는 것만으로도 탐정소설 안에서 그녀는 이미 결백하거나 연애소설 하에서도 사랑의 결실을 맺는다는 것을 알 수 있다. 미인＝선한 이미지가 1930년대로 넘어오면서 근대의 물결을 탄 자유연애와 봉건적 이데올로기인 정조를 동시에 요구하면서부터 문제가 생기기 시작했다. 미인은 유혹적이지만 경계의 대상이 되었다. 주은몽은 '처녀'이기 때문에 텍스트 내에서는 구원받았지만 독자에게 각인되는 것은 '팜므파탈'의 이미지이다. 신문기사에서 '범죄의 이면에는 여자가 있었다', '미인의 얼굴 뒤에 감추어진 추악한 면모' 등의 이중성이 강조되면서 미인은 더 이상 '선'의 이미지로만 국한되지 않고 오히려 '경계'해야 할 대상으로 간주된다. 이러한 인식의 변모는 자유연애와 정조, 스파이 담론 등 여러 복잡한 사회적 이데올로기와 근대 계층의 분화가 빚어낸 결과이다. 근대적 지식인임을 자처하면서도 여전히 봉건적 계급질서를 논하거나 자유연애를 주창하면서도 여성의 정조를 최대의 가치로 꼽거나 하는 식민지 시기의 지배 이데올로기의 이중성이 『마인』의 주은몽을 탄생시켰다.

4. 결론

김내성은 가스통 르루가 내세운 '밀실'의 새롭고 놀라운 의외의 효과를 일찌감치 알아채고 자신의 창작에 국내에서 보기 드물게 '밀실 추리'를 담아냈다. 반면, 최서해는 '밀실'이라는 공간의 중요성보다 '사랑의 삼각관계'로 엮어냈다. 그렇다면, 당대 대중은 어떤 것을 더 선호했을까 하는 의문이 생긴다. 당대 대중이 두 작품의 유사점을 인식했을 가능성은 없어 보인다. 김내성은 이 작품을 끝으로 유불란의 탐정 폐업을 선언하고 본격추리에서 손을 떼고 만다. 텍스트상의 이유로는 '유불란의 냉철하지 못한 면모(주은몽에 연애 감정을 품었던 것)'를 들고 있지만 사실상의 이유는 국내 독자와 '추리'가 맞지 않았기 때문이다. 김내성이 공을 들인 첫 장면의 밀실트릭은 밀실트릭보다는 가장무도회가 인상적이었고, 범인을 밝히는 과정에서 의외의 효과는 희생자가 범인이었다는 설정보다는 미인이 범인이었다가 대중에게 각인되었다. 『마인』이 판매부수가 높았던 것은 탐정소설의 복잡하고 정교하게 짜여진 밀실트릭이나 범인이 의외의 인물이라는 복잡한 추리게임의 플롯보다 '꽃같이 아름다운 미인이 범인'이라는 데서 오는 호기심이 영향을 미쳤을 것으로 사료된다.

식민지 시기 이성적이고 냉철한 사고의 표상이었던 탐정소설에서 국내 대중은 기쁘거나 슬프거나 흥분하거나 동정하거나 하는 '감정'을 쏟아낼 수 있는 대상을 찾았다. 또한 '감정몰이'를 했던 대상은 탐정이 아니라 범인이었다. '사랑의 원수'라는 제목이 희생자 혜경이 아니라 범인 홍탐정의 감정을 대변하였던 것과 마찬가지로 당대 대중은 탐정의 추리에 공감하기보다 범인의 감정, 즉 범행동기가 무엇이냐에 관심을 쏟았다. 그것이 바로 국내 대중과 '추리' 형식이 맞지 않을 수밖에 없었던 이유이다. 식민지 시기 대중은 복잡하고 장황한 연설을 늘어놓는 '탐정'이라는 캐릭터에 큰 흥미를 끌지 못했을 수 있다. "그리 고상하지 못한 직업을 가진 탐정"이라는 인식 때문에 『마인』의 유불란은 애인 주은몽에게 자신의 탐정 직업을 숨기고 화가로 행세한다. 따라서

검은색 세단에 탄 유불란 탐정(「마인」, 『조선일보』, 1939.2.16) 실크 햇트에 안경과 지팡이가 영락없는 모리스 르블랑의 루팡의 트레이드 마크이다

식민지 시기 탐정소설은 '탐정'이 주인공이 되어 미궁에 빠진 살인사건을 해결하는 것으로 대중에게 인식되었던 것이 아니라 말 그대로 사건의 진상을 '탐정하는' 소설이었다. 탐정이 진범을 밝히는 이유는, 이종명이 탐정소설이라 하면 으레 "진범인(眞犯人)은 교묘한 트릭으로 자기의 범행을 감춘 후 사람이 못잡혀 투옥된 것을 어느 천재적인 예감(銳感)한 탐정이 나타나서 사건을 해결하고 진범을 잡는 동시에 이때까지 옥중에 갇혀있던 사람을 청천백일하에 무죄방송(無罪放送)한다는 말만 들어도 활동사진같은 이야기로 압니다"라고 지적한 대로, 억울하게 범인으로 몰린 자를 구원해 주기 위해서였다.

식민지 시기 탐정소설은 조선에서는 상상하기 힘든 가장무도회, 산속에 위치한 과학연구소, 파이프, 실크 햇트를 선보이는 패션 감각 등 근대적 볼거리들로 독자를 매혹했다. 그렇지만 '권선징악'을 구현하면서 봉건적 이데올로기를 고수하는가 하면, 제목이나 반향효과를 통해 근대와 충돌하는 독자의 반응을 끌어내기도 했다. 근대와 충돌한다고 해서 그것이 반드시 전근대를 표상하지는 않는다. 가령,『마인』에서 주은몽의 범행동기가 과거 부모의 원수를 갚는다는 전근대적인 것이라 하더라도 그것이 전근대적인 사상을 대변하는 것이 아니라 억눌린 민중의 감정을 대변하는 한 표출방식이라 할 수도 있다. 근대가 국가 정책에 밀접하게 종속된 이데올로기를 표상하는 것이라면, '전근대적인 것'이란 근대의 정책을 따라가지 않고 과거 조선의 것을 고집하는 것이기 때문이다. 그래서 식민지 시기 대중은 체제에 순응하는 이데올로기를 대변하는 탐정보다 범인의 입장에 동정을 품을 수밖에 없는 운명에 처해 있었다. 탐정조차도 독자의 감정과 크게 괴리되지 않으려면 범인에게 동정이나 연민을 품어야 했다. 그래서 식민지 조선의 탐정은 때로 범인에게 연애 감정을 품기도 하고 연민의 정을 느끼기도 하는 유정한 탐정이 될 수밖에 없었고, 탐정소설은 현재의 연구자들이 탐정소설로서 미숙하다고 비판할 정도로 논리적 추리과정 대신 우연이나 정에 이끌리는 퇴행적 색채를 드러내기도 했다.

식민지 조선의 여성범죄와
한국 팜므파탈의 탄생

1. 서론

1930년대 대중매체의 양대 산맥은 신문과 잡지였다. 별다른 오락거리가 없었던 당시 대중들은 신문과 잡지를 통해 생활 상식과 정보, 가십거리, 엽기적인 범죄사건, 희대의 연애사건 등등의 이야기들을 접할 수 있었다. 집안에만 있는 '가정부인'도 신문과 잡지를 통해 세상 돌아가는 형편을 알 수 있었고, 그것들을 읽어야 남편이나 자식으로부터 무식하다는 소리를 듣지 않을 수 있었다.

어머니, **잡지책**에서 그랬는데요, 아이들의 싸우는 것을 일일이 막으면 못 쓴대요. 어릴 때 싸우기도 하고 얻어 맞기도 해야 이담에 자라서 사회에 나가 생존경쟁에 견디어 나갈 만한 투쟁력(鬪爭力)이 생긴대요. ……
애 듣기 싫다. 네 아버지던지 너는 걸핏하면 그 잡진가 신문인가 하는 것을
처들고 날뛰는 데는 정말 진력이 난다.[1]

『찔레꽃』의 한 장면이다. 조경애는 어머니에게 잡지책에서 읽은 훈
육 방식이 마치 절대가치인 것처럼 이야기한다. 병석에 누워 있는 관계
로 신문이나 잡지를 읽지 않은 어머니는 딸에게 절대논리에서 밀릴 수
밖에 없다. 신문이나 잡지를 읽지 않는 가정부인은 학교에 다니는 아이
들과는 세대차이로, 신여성에 매혹된 남편과는 연애관차이로, 점점 사
회로부터 소외되었다. 그러나 가정부인과 모던걸, 학생, 심지어 남편까
지도 하나로 묶을 수 있는 것이 있었다. 바로 신문이나 잡지에 실리는
'소설'이었다. 식민지 시기 독자들은 '장르'를 중심으로 소설을 취사선
택했다. 당시 인기를 끌었던 대표적인 장르 코드는 '가정비극'과 '연애',
'모험', '탐정'이었다.[2] '가정비극'의 유형이 국내 독자들에게 익숙한 것
이었다면, '연애', '모험', '탐정'은 새롭고 신기하여 자극적인 소재였다.
  식민지 시기 신문과 잡지의 독자 확보는 이러한 장르 코드를 얼마나
활용하느냐에 달려 있었다. 독자의 '취향'을 파악하려는 움직임은 한 달
간격으로 간행되는 잡지보다 하루 간격으로 발행되는 신문이 훨씬 민
감했다. 식민지 시기 대중소설은 대부분 '신문연재소설'이었다.[3] 신문

1 김말봉, 『찔레꽃』, 大一出版社, 1978, 65면. 강조는 필자에 의한 것임.
2 천정환, 『근대의 책읽기: 독자의 탄생과 한국 근대문학』, 푸른역사, 2003, 336~337면.
3 영화화되기까지 한 1920년대 최독견의 『승방비곡』(『조선일보』, 1925)을 비롯하여 1930
   년대 대표적인 대중소설들 『마도의 향불』(『동아일보』, 1932~1933), 『방랑의 가인』(『매
   일신보』, 1933), 『염마』(『조선일보』, 1934), 『순정해협』(『조광』, 1936), 『찔레꽃』(『조선
   일보』, 1937), 『순애보』(『매일신보』, 1938), 『마인』(『조선일보』, 1939) 등은 '신문연재'
   장편소설이었다. 이것은 '신문소설=통속소설'이라는 인식까지 낳아서 당시 신문연재
   소설 혹은 장편소설에 대한 논의들이 분분했다. 천정환은 한국문학사 · 미디어사에

소설은 '매회' 독자에게 신선한 자극을 제공해야 했다. 식민지 시기 대중소설의 '장르 결합' 현상[4]은, 독자의 자극을 최대로 높여야 하는 압박을 피할 수 없었던 '신문연재소설'이라는 형식으로부터 비롯되었다고 볼 수 있다. 당시 신문연재 연애소설에는 종종 살인사건으로 대표되는 범죄서사가 삽입된다. 이때 범죄를 저지르는 인물은 주로 여성이었다. 그런데, 공교롭게도 연애소설에서 칼이나 독약으로 남성(주로 남편)을 살해한 여성은 당시 탐정소설에서 '범인(여성범죄자)'으로 등장한다. 본 연구에서는 당시 신문연재소설에서 여성을 범죄자로 만들었던 현상이 어떻게 야기된 것이며, 그것이 대중들에게 흥미를 끌었던 이유는 무엇인지에 대해, 방인근의 『마도의 향불』을 예로 들어 고찰해보기로 한다.

　　방인근은 1925년 이광수와 함께 『조선문단(朝鮮文壇)』을 창간했다. 그는 『조선문단』의 창간과 함께 1930년대 신문연재소설작가로 유명했지만, 후대에는 거의 잊혀졌다.[5] 1930년대 『마도의 향불』, 『방랑의 가

4　필자는 1930년대 탐정소설에서 탐정, 희생자, 범인으로 구성되는 탐정소설의 줄기 이외에 불필요한 연애서사가 삽입되었다는 것에 대해 언급했었다. 그리고 그것이 바로 1930년대 탐정소설의 특성이라 규명한 바 있다. 이 책의 「채만식의 유정한 탐정소설 『염마』」(『현대소설연구』 37호, 2008. 4, 199~228면) 참조. 이 글에서는 연애소설에 범죄서사가 개입된 양상에 대해 고찰해보고자 한다. 이런 일련의 글들이 누적되어 1930년대 대중 장르의 혼합 양상에 대한 증명이 되리라 기대한다.

5　1936년 삼천리사에서 발간한 『조선문학 명작선집』의 소설 구성목록에는 윤백남의 『대도전』, 최독견의 『승방비곡』, 방인근의 「노총각」 등이 포함되어 있다(천정환, 앞의 책, 433면). 방인근, 윤백남, 최독견은 당대 인기 작가였을 뿐만 아니라 방송 연출가, 연극 연출가, 영화 제작자, 잡지 편집인 등으로 당대인들에게 대단한 영향력을 행사했다. 1960~70년대에 발간된 근대한국문학전집 혹은 선집까지는 그래도 방인근, 윤백남, 최독견 등의 이름을 찾아 볼 수 있다. 그러나 점점 후대로 오면서 문학전집 혹은 문학교과서에서 잊혀진 작가가 되어갔다. 1936년 발간된 목록에서 윤백남과 최독견은 그들의 대표 작품이 수록된 것에 반해, 방인근은 별로 유명하지 않은 「노총각」이란 작품이 수록되었다. 당시 『마도의 향불』과 『방랑의 가인』이 이미 발표된 이후여서 이 작품 선택은 납득하기 어렵다. 당대 문인들은 방인근이 문단에서 어디까지나 『조선문단』의 창간

인』 등 신문연재연애소설(新聞連載戀愛小說) 작가로 알려진 방인근은, 해방 후『국보와 괴도』,『살인범의 정체』,『원한의 복수』등 탐정소설을 창작하기 시작한다.[6] 방인근의 소설은 구성이 미흡하거나 자극적인 소재를 차용한 '대중소설'로 인식되어 소홀히 다루어져 왔다. 그러나 그의 소설은 당대의 가장 민감한 이슈를 건드려왔다. 가령,『방랑의 가인』은 성악가 안기영과 여제자 김현순과의 실제 연애사건을 소재로 하였으며,[7]『마도의 향불』에서도 당대 유행하던 카페와 백화점 등으로 대표되는 도시문화와 도시 이면에서 발생하던 범죄사건을 다룸으로써 식민지도시 경성을 그렸다. 따라서 방인근의 1930년대 신문연재소설은 당대의 사회·문화사적인 배경을 이해하는 데 도움이 되리라 판단한다.『마도의 향불』은 1970년 전집 발간을 위한 서정주의 추천사에서 이 작품이 대표적으로 언급되는 것만 보아도 알 수 있듯이, 그의 작품

자로 남아 있길 바랐던 것으로 보인다. 방인근의 대중소설 창작이 그의 경력에서 잠시 옆길로 비껴갔던 것이라 여겼던 것으로 사료된다. 그러나 방인근은 1930년대뿐만 아니라 1950년대까지도 꾸준히 작품 활동을 했다. 그는 대중의 취향에 민감한 작가였고, 그런 면에서 그의 소설 역시 새롭게 평가받아야 한다.

6 방인근의 작가로서의 이력은 김내성과 정반대의 길을 걷는다. 김내성은 1930년대 탐정소설을 창작하다가 해방 이후『청춘극장』,『애인』,『실락원의 별』로 대표되는 연애소설을 쓰기 시작한다. 김내성 역시 1950년대 그의 연애소설이 상당한 인기를 끌었음에도, 연구자들에게 외면당하고 있다. 김내성은 연구자들에게『마인』의 작가로서 기억될 뿐이다.

7 당시 이 연애사건의 파장은 엄청났던 것으로 사료된다. 1936년 4월에 이들의 음악회가 사상 초유로 취소되는 등의 이례적인 일들이 벌어졌다. 당시 취소 기사는 그 면의 절반 분량이나 차지할 정도로 크게 보도되었다. 이들이 음악회를 벌이는 일에 대해서 여러 인사들이 반대하는 편지를 보냈으며, 안기영은 이에 대해 불쾌한 뜻을 비쳤다(「新春樂壇의 異變, 안기영 김현순 양인의 音樂會를 突然不許, 愛의 悲歌를 다시 부르게 된 放浪의 두 歌人, 社會各方面에 物議紛紛」,『조선중앙일보』, 1936. 4. 12). 소설『방랑의 가인』에서 이 두 사람은 사랑의 도피를 벌이나 결국 '요부' 여제자 '화숙'은 보패로부터 살해당하고, 광우는 본처에게 돌아간다. 그러나 실제 사건의 주인공들은 본처에게 돌아가지 않고 행복한 보금자리를 꾸민다. 실제 사건과 다른 이 부분에 대해 윤정헌은 '작가적 자아의 실상' 때문으로 보고 있다(윤정헌,「방인근 소설에 나타난 작가적 자아의 실상」,『한국 근대소설론고』, 국학자료원, 2001, 31~50면). 그러나 이는 이처럼 물의를 일으킨 불륜을 정당화할 수 없었던 당대 사회적 담론 때문이라고 짐작된다.

중 가장 인기를 끌었던 것으로 사료된다.[8]

방인근의『마도의 향불』은 1932년 11월 5일부터 1933년 6월 12일까지『동아일보』에 총 154회 연재되었는데 미완이었다.[9] 부득이한 사정으로 연재가 중단되었다가 1934년 계명사(啓明社)에서 완결판으로 발간되었다.[10] 윤정헌은 영화화[11]까지 된 방인근의 대표적 출세작인『마도의 향불』에 대해 '치정과 범죄에 얽힌 대중적 통속소설'이라 하며, 이것은 그를 향후 통속작가로 재단하는 데 있어 중요한 시사성을 띤다고 언급했다.[12] 김기림은『마도의 향불』에 대해 당대 대중문화의 지배적

---

8 1959년 한국문학전집에 포함된 방인근의 대표작은『방랑의 가인』이었다. 그러나 1979년 민중도서에서 한국장편문학대선집으로 방인근과 김내성 두 작가의 작품을 묶었을 때 제1권이『마도의 향불』이었다. 모두 10권으로 구성되었는데, 이때 5권까지가 방인근의『마도의 향불』,『국보와 괴도』,『고향산천』,『새벽길』,『새출발』이고, 다음의 5권이 김내성의『실락원의 별』상 · 중 · 하와『애인』상 · 하이다. 특이한 것은 이렇게 선별된 그들의 대표작들에 관한 연구가 거의 전무하다는 것이다. 김내성 역시 연애소설이 당대 인기를 끌어서 이렇게 묶였지만, 그에 관한 연구는 전무하다. 방인근은『방랑의 가인』작가로, 김내성은『마인』의 작가로 알려져 있을 뿐이다.『방랑의 가인』과『마인』에 관한 연구 이외에는 거의 없기 때문이다.

9 154회 연재되었음에도 마지막으로 실린 1933년 6월 12일 당시 미완이었다. 6월 15일부터 박태원의『半年間』이 연재되고 있다. 6월 12일자『동아일보』조간 4면에 실린 내용은 숙경의 姦夫였던 강택수가 체포되는 장면이다. 154회 연재되었다는 것은 김말봉의『찔레꽃』이 총129회 연재되었다는 점을 상기해보면 상당히 오랫동안 긴 분량을 썼다는 것을 짐작할 수 있다. 장황한 분량은『마도의 향불』의 뒷부분이 전반부와 확연히 구분되는 것과 무관하지 않다. 이는 독자의 인기에 힘입어 계속 연장해 나간 것으로 사료된다. 뒷부분 재판 관련 과정이 당시 다른 작품에 비해 장황하게 진행된 것도 연장연재 때문으로 유추해 볼 수 있다.

10 1934년 4월 5일자『동아일보』'문단소식'란에「魔都의 香佛 完結, 啓明社로부터 出版」이란 제목의 기사가 실려 있다. 기사의 내용은 다음과 같다. "方仁根氏의 長篇小說『魔都의 香佛』은 일즉이 本紙에 연재되어 오다가 스토리의 展開가 興味의 絶頂에 達한때에 不得已한 事情으로 揭載를 中止하엿든바 이번에 全部 完結하야 市內 光化門通 啓明社로부터 五白餘頁의 單行本으로 發行하기로 되엇다한다."

11 1958년 영화화 되었는데, 이 때 '연애'가 아닌 '추리', '음모' 등의 서사가 키워드로 등극한다. 대중에게『마도의 향불』은 숙경의 음모, 그 음모를 밝히는 과정이 구미에 당겼던 것이다.

12 윤정헌,「方仁根 小說에 나타난 作家的 自我의 實相」,『한국 근대소설론고』, 국학자료원, 2001, 38~39면.

인 코드인 "엽기 취미와 '에로티즘'을 가미하여" 일종의 칵테일을 빚었다고 하였다.[13] 이들은 『마도의 향불』에서 '연애'와 '범죄'의 결합을 공통적으로 언급한다. 한명환은 『마도의 향불』을 '연애 갈등형 유형'으로 파악하고, 여기에 가미된 범죄서사가 당시 범람하던 '본부살해사건'의 영향을 받았다고 지적했다.[14] 그러나 1930년대 '본부살해사건이 범람했었다'를 언급하는 데에서 그치고 있어, 본부살해사건이 당시 사회에 어떤 파장을 일으켰는지, 또한 작품에 어떻게 형상화되었는지를 고찰하기는 어렵다. 그것은 숙경의 범죄서사가 아닌 영철과 애희의 연애서사에 중점을 두었기 때문이다.

『마도의 향불』이 독자의 흥미를 자극했던 요소는 영철과 애희의 연애서사가 아니다. 대중의 관심은 당대의 민감한 사회적 문제였던 숙경의 '본부살해'에 있었다. 이 글에서는 당시 이슈화되었던 본부살해사건과 대중에게 인기를 끌었던 『마도의 향불』에 묘사된 숙경의 범죄가 어떤 연관을 맺고 있는지 고찰해보기로 한다. 그것은 당대 대중소설[15]에 등장하는 범죄자가 왜 '여성'이었는지를 설명해주는 것이다. 또한 한국 대중소설에서 팜므파탈의 이미지가 어떻게 고착되었는지를 알아보는 것이기도 하다. 치정, 살인, 증거, 과학적 수사 등의 범죄서사를 가미한 『마도의 향불』은, 방인근이 해방 후 탐정소설을 창작하기 시작한 것이 전혀 뜬금없는 일이 아님을 보여준다. 따라서 『마도의 향불』은 그의 작품 전체의 경향을 이해하는 데도 중요하다. 식민지 시기 본부살해사건

---

13 김기림, 「신문소설 '올림픽' 시대」, 『삼천리』, 1933. 2.
14 한명환, 「1930년대 신문소설 연구」, 홍익대학교 박사논문, 1995. 한명환은 1930년대 신문소설 중 '연애 갈등형 소설'의 유형으로 『마도의 향불』과 『찔레꽃』을 들었다. 본론의 2장에서 『마도의 향불』 부분 참조.
15 여기에서 말하는 대중소설이란 대중이 많이 읽던 소설을 지칭하는 것으로 1930년대 여기에 해당하는 소설은 대부분 '신문연재소설'이었다. 따라서 이 글에서의 대중소설은 신문연재소설을 지칭한다고 보아도 무방하다.

이 『마도의 향불』에서 어떻게 재현되었는지 살피기 위해, 본부살해관련 신문기사를 둘러싼 담론의 양상과 1930년대 신문연재소설을 함께 살피기로 한다. 특별히 1930년대 신문연재소설로 한정하는 것은, 『마도의 향불』이 연재된 시기와의 연관성 때문임을 밝혀둔다.

2. 한국 팜므파탈의 기원과 식민지 조선의 여성범죄

1) 징악대상으로서의 여성 – 계모와 첩

팜므파탈(femme fatale)은 프랑스어로 '숙명적인, 운명적인' 여성이라는 의미이다. 팜므파탈은 19세기 낭만주의 작가들에 의해 문학작품에 나타나기 시작한 이후 미술, 연극, 영화 등 다양한 장르로 확산되어 현대 대중매체에서도 유용하게 소비되고 있는 이미지이다. 남성을 파멸 혹은 죽음에 이르게 하는 치명적 상황으로 몰고 가기 때문에 '악녀' 혹은 '요부'라는 용어로 번역된다. 요약하자면, 사랑에 빠진 남자를 죽음에 이르게 할 만큼 치명적인 매력을 지닌 숙명의 여인이다.[16] 역사적으로 팜므파탈의 이미지가 유행하게 된 배경은 당대의 사회 · 문화적인 맥락과 긴밀하게 연관을 맺었다. 여성의 자유가 보장되고 권위가 상승하면 상대적으로 남성중심의 사회는 위협을 받는다. 이에 유용하게 여성을 옭아맬 수 있었던 수단은 바로 '정숙한 여성'의 이미지였다. 상대적으로 정숙하지 않

---

16 이명옥, 『팜므파탈: 치명적 유혹, 매혹당한 영혼들』, 다빈치, 2003, 263면 참조.

은 여성은 '징벌'의 대상이었다. 사회적 본보기로 가해지던 징벌은 결국 여성에게 '정숙'하라는 훈계였다. 세기를 거듭하면서 팜프파탈의 이미지는 자연스럽게 정숙한 여성과 대비되었고, 정숙하지 못한 여성에게 가해지는 '징벌'은 당연하고 보편적인 것이 되었다. '징벌'은 대중에게 팜므파탈의 이미지를 공고화하여 마치 그것이 당연한 것처럼 익숙해지도록 만들었다. 팜므파탈은 '매혹-징벌-정숙'의 과정이 거듭되고 반복되면서 구축되어 갔다고 볼 수 있다. 여성과 사랑에 빠져 인생이 꼬인 남성들은 원인을 모두 '유전적으로' 악마의 피가 흐르는 '팜므파탈'에게 돌려버림으로써 죄책감으로부터 해방되었다.

남성들이 허구화한 '타고난' 요부형은 대중을 오래전부터 '익숙한' 이미지로 설득한다. 한국소설의 '악녀' 역시 식민지 시기에 새롭게 등장한 '낯선' 인물이 아니다. 권선징악(勸善懲惡)이라는 보편적인 주제를 구현하는 고전소설 속 가정에서 '징악대상(懲惡對象)'은 여성이다. 한국 고전소설에서 '악녀'의 전형적인 이미지는 『장화홍련전』[17]의 '계모'와 『사씨남정기』[18]의 '첩'이다. 당시 고전소설과 구활자본 소설 독자들은 '권선징악과 '엽기적인 사건'을 즐겼다.[19] 계모와 첩이 등장하는 '가정비

---

17 염상섭은 '통속소설'의 범주에 『춘향전』, 『심청전』, 『장화홍련전』 등이 속한다 하였다. 다시 말해 고전소설을 읽는 전통적 독자층을 통속소설 독자로 상정하고 있다(「조선과 문예, 문예와 민중」, 『동아일보』, 1928. 4. 10~17). 이 글에서 염상섭은 구활자본 고소설을 읽는 가정부인으로 대표되는 여자들을 염두에 둔 것으로 보인다. 그가 꼽은 고소설이 『유충렬전』이나 『소대성전』, 『구운몽』 같은 것들이 아니라 여성독자들이 즐겨 읽었던 것이기 때문이다. 따라서 그가 언급한 『춘향전』, 『심청전』, 『장화홍련전』은 당시 여성들의 눈물을 자극하거나 신파적인 요소를 내뿜는 대표적인 통속소설로 보아도 무방하다고 본다. 또한 『장화홍련전』은 1936년 홍개명 감독 작품으로 영화화되기도 했다. 이것은 당시 유행하던 그로, 즉 엽기 코드가 '귀녀로 분장한 장화'와 같은 고전소설의 소재와 맞아 떨어진 경우였다고 한다(천정환, 『근대의 책읽기』, 푸른역사, 2003, 404면).
18 김만중의 『사씨남정기』는 원래 대단히 복잡한 정치적 배경 아래 창작된 소설인데, 당시 독자들은 '권선징악'과 '사건의 엽기성' 때문에 읽었다 한다. 당시 널리 읽히던 가정소설 유형은 대부분 '처첩갈등'을 다뤘다(위의 책, 86~87면).

극' 유형의 고소설들은 근대애정소설의 물결 속에서도 여전히 가정부인들의 최대의 읽을거리였다.[20] 전처소생의 딸 장화가 낙태했다는 누명을 씌워 자신의 아들 장쇠에게 끌고 가서 죽이라고 사주한『장화홍련전』의 계모 허씨와 간악한 말로 남편을 미혹케 하여 본처를 내쫓은『사씨남정기』의 첩 교씨는 후대를 위해서도 본보기로 반드시 벌을 내려야 마땅한 악녀이다.

① 흉녀의 죄상은 만만불측하니, 흉녀는 능지처참하여 후일을 징계하며 그 아들 장쇠는 교하여 죽이고 장화 형제의 혼백을 신원하여 비를 세워 표하여 주고 제 아비는 방송하라.[21]

② 상서 더욱 노하여 둘레의 하인들에게 명하여 교녀의 가슴을 헤치고 염통을 빼내라 하니, 사씨 부인이 말렸다. / "지은 죄 엄중하나 그래도 상공을 모셨던 몸이니 죽여도 시체를 온전하게 하소서." / 상서가 부인의 말에 감동하여 교녀를 동쪽 저잣거리에 끌어내다가 모두가 보는 앞에서 죄상을 널리 알리고 목을 매달아 죽였다.[22]

예문 ①은『장화홍련전』의 사또가 흉녀 허씨의 죄상을 낱낱이 밝혀 장화 형제의 억울함을 풀어준 후에 가한 벌이며, 예문 ②는『사씨남정

---

19 위의 책, 87면.
20 1929년 조선총독부의『평양부: 조사자료 제3집 생활상태조사』에서 평양지역 주민의 직업별 독서경향과 인기소설을 조사한 것에 따르면, 소설 중에서는 '연애'소설이 가장 많이 읽힌 것으로 되어 있고, 그 주된 독자는 '학생'과 '부인'이라 한다. 흥미로운 것은『무정』과『강명화실기』를 제외하고는 거의 '고소설'이라는 사실이다(위의 책, 91면). 학생들이 모험, 탐정, 연애를 즐겼다면, 가정부인들은 '가정비극' 유형을 즐겼다고 한다. 따라서 당대 대중매체의 수용 코드는 가정비극과 연애, 모험, 탐정이었다고 한다. 김동인,「신문소설은 어떻게 써야 하나?」,『조선일보』, 1933. 5. 14.
21 全圭泰 編,『한국고전문학대전집 1』, 世宗出版公社, 1970, 444면.
22 김만중,『사씨남정기』(겨레고전문학선집 22), 보리, 2007, 150~151면.

기』에서 우여곡절 끝에 다시 평온한 가정을 되찾은 유연수가 악인 교녀에게 내리는 사형(私刑)이다. 두 예문 모두에서 다른 사람들에게 널리 알리는 형식의 처벌 방식이 강조된다. 예문 ①에서 배좌수는 풀려나고 허씨는 능지처참된다. 예문 ②에서 첩의 간교에 속아 처를 내쳤던 유연수는 행복한 가정을 되찾고 교녀는 죽임을 당한다. 징악대상은 철저하게 여성이다. 그러나 계모 허씨와 첩 교씨는 진정한 팜므파탈은 아니다. 남편이 파멸이나 죽음에 이르지 않았기 때문이다. 오히려 『장화홍련전』과 『사씨남정기』에서 계모나 첩이 간악한 흉계를 꾸미는 목적은 '남편의 애정'을 차지하기 위한 것이었다. 바로 이 지점에서 고전소설의 계모와 첩은 근대적 의미의 팜므파탈 이미지와 결별한다. 근대의 팜므파탈은 '남편의 애정'을 차지하기 위해 전처소생을 죽이거나 본처와 갈등을 일으키지 않는다. 오히려 남편을 파멸이나 죽음에 이르게하는 '독부(毒婦)'이다. 식민지 시기 팜므파탈은 매혹적인 '요부'와 치명적인 '독부'의 이미지가 결합되어 탄생한다.

『장화홍련전』의 계모 허씨는 "두 볼은 한자가 넘고 눈은 퉁방울같고 코는 질병같고 입은 메기같고 머리털은 돼지털같고 키는 장승만 한" 추녀이다. 남성을 유혹하는 외모를 지니지 못하여 요부로서 자격미달이다. 『사씨남정기』에서 '악녀'로 등장하는 첩 교씨는 『장화홍련전』의 계모 허씨와는 달리, 빼어난 미를 겸비한 '요부(妖婦)'이다. "교 씨 한림과 부인께 절하고 좌에 앉으니, 모두 보매 얼굴이 아름답고 거동이 경첩하여 해당화 한 송이가 아침 이슬을 머금고 바람에 나부끼듯 하매 모두 칭찬치 아니할 이 없으되"라고 일컬을 정도로 용모가 출중함을 강조한다. 교씨를 악녀로 만들기 위해 채택된 방법은 바로 '색기'를 이용하는 것이다. '정조'를 함부로 다룬다는 것, 남편 이외에 정부(情夫)를 둔다는 것 자체가 이미 벌을 받아 마땅하다. 미모와 색기가 결합되어 교씨는 '요부'로 탄생한다. 첩 교씨는 첫째 매혹적인 요부라는 점, 둘째 타고난 음녀라서 간부를 두었다는 점, 셋째 간부와 공모하여 본부살해를 계획한다는 점에서 팜므파탈의 모든 조건을 갖춘 듯 보인다. 교씨의 팜므파탈로의 이미지 구축은, 쫓겨나서도 본부(本夫)에 대한 한결같은 마음을 유지하는 '본처' 사씨로 인해 실패한다. 식민지 시기 대중소설에서 본부(本夫)는 고전소설에서와 달리 더 이상 '본처(本妻)'로부터 구원 받지 못한다. 따라서 식민지 시기 본부(本夫)는 최대의 위기를 맞는다.

2) 식민지 조선의 본부살해와 그것을 둘러싼 담론의 양상

한국 팜므파탈은 봉건적 가정의 위상이 흔들림으로써 탄생한다. 식민지 시기 조선의 범죄 양상을 살펴보면 남성범죄는 절도가 가장 많았던 반면, 여성은 살인범죄가 가장 많았다.[23] 여성의 살인범죄에서 살해 대상은 주로 본남편이었다.[24] 이런 현상에 대해 각 신문들은 다른 나라에서는 보기 힘든 '조선 특유의 범죄'라 일컬었다.[25] 식민지 조선의 여성범죄 본부살해는 당대 최고의 기사거리였다. 각 신문들은 앞 다투어 여성의 본부살해와 그에 따른 재판부의 판결을 다루었다. 그러나 당대 본부살해는 ① 신문기사 ② 신문이나 잡지의 논설 ③ 신문연재 대중소설 속에 구현된 양상이 각기 달랐다. 가장 큰 차이를 보이는 것은 대중

---

23 류승현, 「일제하 조혼으로 인한 여성범죄」, 『여성; 역사와 현재』(박용옥 편), 국학자료원, 2001, 374면.
24 위의 논문, 375면.
25 김정실, 「본부살해의 사회적 고찰: 조선의 특수범죄―본부살해의 참극―젊은 여성들은 왜 법정에 서나?」, 『동아일보』, 1933.12.9~12.24; 「法廷에 反映된 朝鮮女性」, 『조선일보』, 1932.2.19.

소설 속에 구현된 본부살해 범죄이다. 그러나 실제 사건과 괴리를 보이는 대중소설 속 본부살해범이 식민지 시기 팜므파탈의 이미지로 대중에게 각인된다. 대중소설 속에 구현된 본부살해범에 대한 이미지는 다음 장에서 논하기로 하고, 우선 각 신문기사에서 다루었던 본부살해 사건 자체와 그것을 둘러싼 담론들을 살펴보기로 하겠다.

1930년대 가장 민감한 문제[26] 중에 하나였던 본부살해는 1920년대부터 신문에 기사로 떠오르기 시작하다가 1930년대로 넘어오면서 심각한 사회 문제로 간주되기에 이른다. 『마도의 향불』이 연재되었던 『동아일보』를 중심으로 본부살해 기사를 살펴보면 30년부터 급속히 증가하여 31년, 32년에는 한 달에 한 번 꼴로 벌어진다.[27]

---

26 본부살해범죄는 1910년대부터 등장하여 1920년대 증가추이를 보이다가 1930년대 급증하여 사회적 문제로 담론화된다. 따라서 담론화가 되었던 1930년대에 본부살해가 가장 극심하였다는 가정 하에 논의를 전개하고자 한다.

27 「本夫殺害未遂, 앵재물을 밥에 석거먹여, 大同郡에 사는 尹永悍의 妻 盧姓女」, 『동아일보』, 1921.5.4; 「본부를 살해하고 사형을 불복, 넌놈은 공소」, 『동아일보』, 1921.7.19; 「姦夫姦婦의 死刑執行, 병신이된 본부를 살해한 白玉信과 그 간부」, 『동아일보』, 1922.2.27; 「姦夫와 協力하여 本夫를 殺害한 毒婦, 두달만에야 사실 발락 톄포」, 『동아일보』, 1922.9.16; 「본부를 살해하랴든 간부와 간부톄포」, 『동아일보』, 1923.4.6; 「一審 無期懲役이 上訴하야 死刑, 본부를 살해한 간부와 간부」, 『동아일보』, 1926.12.15; 「本夫 殺害後 逃亡, 남편을 죽이고 간부와 가치 아들들은 다리고 다러낫다」, 『동아일보』, 1927.4.27; 「間夫와 精이 들어 本夫所生殺害, 사년전부터 간통한 것이 발각, 本夫는 姦通殺害罪로 告訴」, 『동아일보』, 1929.6.11; 「本夫殺害 婦에 死刑을 求刑 술먹는 남편 죽인 안해에게, 姦夫에게는 十午年刑」, 『동아일보』, 1929.6.16; 「本夫를 殺害코자 食物에 置毒, 본부가 미우나 리혼도 못하고, 僥倖이 未然에 發見」, 『동아일보』, 1930.2.16; 「姦夫婦共謀 本夫를 殺害」, 『동아일보』, 1931.1.17; 「本夫殺害에 無期役言渡, 간부 간부에 무긔징역언도, 共謀者에겐 十二年役」, 『동아일보』, 1931.2.18; 「本夫殺害事件 最高死刑言渡 변호사는 무죄를 주장, 判決利郡 被告騷動」, 『동아일보』, 1931.4.29; 「現場을 發見 姦夫를 打殺, 자기안해와 간통하는 것을 殺害 本夫 畢竟 逮捕」, 『동아일보』, 1931.8.30; 「痴情關係로 生死岐路에 검사는 역시 사형구형 本夫殺害犯控判」, 『동아일보』, 1931.9.29; 「本夫殺害犯 月餘 만에 逮捕 屍體는 解剖에 부쳐(北鎭)」, 『동아일보』, 1932.1.13; 「本夫殺害한 姦夫婦遂逮捕, 도망가서 남의 집 고용, 奉化犯人을 忠州서」, 『동아일보』, 1932.1.14; 「本夫殺害犯人 一審에서 死刑, 공판정에서 사실을 부인 妻 뻿고저 本夫殺害, 楊平 朴永德」, 『동아일보』, 1932.2.29; 「本夫殺害한 姦夫婦 送局(新義州)」, 『동아일보』, 1932.6.2; 「本夫殺害犯 崔寶

「마도의 향불」 1회(『동아일보』, 1932.11.5) 사방모자를 쓰고 코트를 입은 대학생 영철의 모습이 인상적이다. 『마도의 향불』은 당시의
트렌드를 반영하는 삽화로도 볼거리를 제공하지만, 편집에서도 범죄 관련 기사와 나란히 붙어 시선을 끈다. 자세히 보면 『마도의 향불』
연재 바로 윗단에 '순사부장이 음독자살'이라는 자극적 기사가 눈에 띈다. 비단 이 회 뿐만이 아니라, 다른 회에서도 종종 범죄 관련 기사가
나란히 붙어있는 것을 볼 수 있다.

본부살해범(本夫殺害犯) 무기(無期)를 구형(求刑) ─ 술먹고 때리는 남편을
죽이고 일도와주는 간부(姦夫)와 공모살해(共謀殺害)

평양복심법원에서

술만 먹고 싸리기만 하는 본부인 정승률(鄭承律)이가 생일술에 잔득 취하
야 자는 것을 간부와 공모하고 협력하야 수건으로 목을 매어 둘이 한곳씩
당긔어 즉사시킨 살인독부 박죽(朴竹)에 대한 공판은 지난 십팔일 오후 한
시 평양복심법원에서 영도(永島) 재판장주심 석천(石川)검사 립회하에 개
뎡되었는데 젼긔박죽은 양덕군 쌍룡면 북창리에 거주하며 동리에 사는 최
봉한과 오래 전부터 정을 통하게 되었는데 그 정을 통하게 된 동긔는 본부
는 촌훈장으로 수입도 업고 늘 술이 장취하야 부인을 싸리기를 업으로 하매
반감이 낫고 간부는 박죽이의 하는 농사도 도아주고 모든 생활의 어려움을
도아준 싸닭이라는데 마츰 깁흔 밤중에 본부 자는 것을 긔회로 이가튼 참아

玉 再審을 要求」, 『동아일보』, 1932.12.14.

할 수 업는 일을 한 사건으로 박죽은 전후 모든 것을 자백한 고로 검사로부터 두명에게 모다 무긔(無期)구형을 하얏다는데 언도는 이십삼일이라더라[28]

위의 내용은 본부살해사건을 다룬 기사이다. 당시 본부살해 관련 기사의 특징은 크게 네 가지로 들 수 있다. 일단 제목에 남편살인, 남편을 죽임 등과 같은 표현 대신 '본부살해(本夫殺害)' 용어를 반복해서 사용한다. 그럼으로써 식민지 시기 본부살해는 특정범죄를 지칭하는 새로운 용어로 급부상한다. 두 번째 특징은 부제목으로 붙은 '간부(姦夫)와 공모살해(共謀殺害)'에서 볼 수 있듯, 당시 본부살해는 공모자가 있었고, 그 공모자는 간부였다는 것이다. '간부간부(姦夫姦婦)의 사형집행(死刑執行), 병신이된 본부를 살해한 백옥신(白玉信)과 그 간부', '본부를 살해하려든 간부와 간부톄포', '간부부(姦夫婦) 공모(共謀) 본부살해' 등의 기사제목처럼 대부분의 본부살해범은 간통죄를 겸하고 있었다. 세 번째는 '술만 먹고 때리기만 하는' 남편을 살해한 여성의 이름 앞에 붙은 '살인독부(殺人毒婦)'라는 수식어이다. 기사를 읽어보면 술만 먹고 때리는 남편을 살해한 여성은 살인죄를 범했지만 동정의 여지가 있다. 그러나 남편이 술만 먹고 때렸다는 것은 중요하지 않다. 중요한 것은 그녀가 남편을 '살해했다'는 것이다. '간부와 협력하야 본부를 살해한 독부, 두 달만에야 사실 발각 톄포',[29] '악독(惡毒)한 아내─포병남편독살(抱病男便毒殺)'[30]과 같이 제목부터 '惡毒한', '毒婦' 등의 자극적인 수식어를 본부살해범에 붙이기도 했다.

또한 본부살해 관련 기사에서는 반드시 재판(裁判) 결과를 공개했다.

---

28 『동아일보』, 1929.7.20. 띄어쓰기는 필자에 의한 것임.
29 『동아일보』, 1922.9.16.
30 『동아일보』, 1931.2.18.

대부분 본부살해범은 사형(死刑) 또는 무기징역(無期懲役)을 언도받았다. '본부살해범에 무기역언도, 간부 간부에 무긔징역언도, 공모자에겐 12년형', '본부살해범 사형을 구형' 등과 같은 기사제목이 눈에 띤다. 사형이나 무기징역이라는 법정 최고형을 선고했고 신문을 통해 공개적으로 널리 알렸음에도, 본부살해는 1930년대 후반까지 줄어들지 않고 빈번히 일어났다. 한편에서는 본부살해범에 무기징역을 언도하고 있었던 반면, 다른 한편에서는 악독한 여성이 간부와 공모하여 여전히 본부를 살해하는 사건이 발생하고 있었다.[31] 당시 신문기사의 특징들을 종합하여 요약하면 '간부(姦夫)와 공모(共謀)하여 본부(本夫)를 살해(殺害)한 독부(毒婦)에게 사형(死刑)이나 무기징역(無期懲役) 구형'으로 압축된다. 본부살해의 동기나 이유에 대해서는 거의 언급한 바가 없다. 설사 위의 지문에서와 같이 '남편이 술 마시고 때렸다'라는 이유가 있다고 하더라도 '살인독부'의 이미지에 묻혀 버리고 만다.

법정 최고형이 언도됨에도 줄어들지 않는 본부살해는 심각한 사회적 문제로 간주되어 공론화되기에 이른다.[32] 이채롭게도 본부살해 범죄에 대한 심층적인 조명에 관한 글들은 1933년에 연재되었으며, 『마도의 향불』이 연재된 것도 1932~33년이었다. 본부살해를 사회적으로 고찰한 글에서 중점을 두는 부분은 바로 범죄자의 심리적인 측면, 즉

---

31 『동아일보』, 1931년 2월 18일자에는 「本夫殺害犯에 無期懲役言渡, 간부 간부에 무긔징역언도, 共謀者에겐 十二年役」와 「惡毒한 아내−抱病男便毒殺」이 바로 옆에 나란히 붙어서 실리고 있었다.

32 「法廷에 反映된 朝鮮女性」, 『조선일보』, 1932.2.19. 1930년대 초 극심한 사회적 문제로 이슈화되다 33년 본부살해 관련 논설들이 대거 쏟아져 나왔다. 김정실, 「本夫殺害의 社會的 考察」, 『동아일보』, 1933.12.9~12.24(전 13회); 「朝鮮의 特殊犯罪, 本夫殺害의 慘劇」, 『조선중앙일보』, 1933.10.9; 「피로 물들인 통계, 年年 증가의 경향, 本夫殺害方法도 各樣各種, 早婚의 弊害와 罪惡(2)」, 『조선중앙일보』, 1933.10.11; 工藤武城(경성부인원장), 「朝鮮特有의 犯罪本夫殺害犯의 婦人科學的 考察」, 『조선』 213호, 1933.2. 이후 8월까지 총 7회 연재; 林耕一, 「朝鮮의 犯罪相」, 『조선일보』, 1933.2.5~2.19일까지 12회 연재.

살해동기이다. '본부살해가 왜 조선에서만 빈번하게 발생하는가'에 초점을 맞춘 이 글들은, 본부살해 기사와는 확연히 다른 입장을 표명했다. 이들은 식민지 조선의 본부살해 원인으로 '조혼제도'를 공통적으로 들었다. 조혼의 폐해와 악습으로 인한 본부살해범은, '잔혹한 독부'에서 '불쌍한 소부(小婦)'로 변모된다. 신문이나 잡지의 논설에서는 범죄가 무언지도 모르는 나이에 시모나 남편의 학대를 견디지 못하여 법정에 서게 된 소부를 한없이 동정했다.

> 무엇이 남편을 죽이게 하엿나? ─오 애닲은 여성들!
> 서대문형무소 여감에 잇는 죄수 서정인의말
> "여덟살에 밋며누리로 갓엇댓어요. 열세살적부턴가바요. 남편될려는 권서방이 몰래와서 잠을 못자게 햇어요. 견딜 수 잇나요. 그리고 나중에는 대낮에도 그랫는데 집안사람들은 못 본 척하고 슬슬 피하겟지오. 남자의 나이요? 잘 몰라도 스물다섯이라나바요. 죽일러고나 햇나요. 내가 죽겟으니 그런게지오." / 살해할때 연령이 十七세이엇다 하니 철없는 가슴이 몸동이와 아울러 五년동안 남자의 수욕을 채우는 것이 되다가 끝끝내 못견디게 되어 그러케 되엇다 합니다.[33]

위의 논설을 살펴보면, 신문기사에서 강조되던 것들(독부 이미지, 간부와 공모)이 누락되고 대신 조혼, 특히 민며느리제도의 폐해에 대해 언급하고 있는 것을 볼 수 있다. 뿐만 아니라 본부살해범죄는 유전적으로 타고난 선천성 범죄가 아니라 사회적 환경이 조성한 기회성 범죄임을 역설하고 있다.[34] 간부와 공모했다는 점은 『동아일보』에 실린 김정실

---

33 김정실, 「여성범죄 본부살해, 무엇이 남편을 죽이게 하엿나? 오 애닲은 여성들!」, 『동아일보』, 1933. 12. 14, 조간 6면.

의 글에서는 전혀 언급되지 않았다. 그러나 일제하의 신문기사를 고찰한 후대 류승현의 「일제하 조혼으로 인한 여성범죄」 논문에서 여성조혼은 남편이 연하인 경우와 연상인 경우로 구분되는데, 어린 남편과 살게 된 성숙한 부인은 간부를 두기도 했고, 간부와 도망하기 위해 남편을 살해하기도 했다고 한다.[35] 『조선일보』의 임경일(林耕一)은 본부살해를 조선의 참극이라 언급하며, 사랑 결핍의 매매결혼인 조혼 때문에 간통이 생기고 간부를 죽이는 소동이 생기는 것이라 한다.[36] 신문마다 약간씩 차이를 보이지만, 신문논설에서 법정에 서는 본부살해 여성은 조혼으로 인한 '불쌍한 소부'의 이미지가 압도적이었다. 이는 현진건 단편 「불」(『개벽』, 1925)의 '순이'이다. 낮에는 시어머니의 학대로, 밤에는 남편의 성적학대로 시달리는 열다섯 살 순이는 시댁에 불을 지른다. '순이'는 고스란히 1930년대 담론의 장에 등장하는 어린 나이에 법정에 선 '불쌍한' 본부살해범이었다.

당대 최고의 이슈로 떠올랐던 본부살해는 '살인독부'와 '불쌍한 소부'라는 정반대의 입장을 표명했다. 식민지 조선의 본부살해범은 1930년대 대중소설에서 또 한 번 새로운 모습으로 등장한다. 대중소설은 상반되는 의견 속에서 '살인독부'의 이미지를 선택했다. 한국 팜므파탈은 신문이나 잡지에 등장하는 본부살해범과 대중소설 속에 구현된 본부살해 여성과의 '차이'로부터 탄생한다. 1930년대 신문연재소설 속에 구현된 본부살해범은 신문기사의 살인독부와는 또 달랐다.

---

34 김정실, 「본부를 살해한 여성은 원래 악독한 사람이엇든가, 환경은 어떠하엿나」, 『동아일보』, 1933.12.23, 조간 6면.

35 류승현, 「일제하 조혼으로 인한 여성범죄」, 『여성; 역사와 현재』, 국학자료원, 2001, 357~394면.

36 林耕一, 「朝鮮의 犯罪相4」, 『조선일보』, 1933.2.8.

3. 『마도의 향불』에 삽입된 본부살해와 팜프파탈로서의 숙경

1) 음탕한 숙경과 정숙한 애희의 대비

『마도의 향불』에서 숙경의 범죄는 ① 애희의 정조유린사주와 ② 본부(本夫) 김국현 살해이다. 애희의 정조유린사건을 계기로 『마도의 향불』은 전·후반부로 나뉜다. 따라서 전반부는 영철과 애희의 연애서사와 애희의 정조유린을 사주하는 숙경의 성격을 중심으로 전개된다. 작품의 전반부에서 계모 숙경과 전처소생 애희는 미묘한 신경전을 벌인다.

> ① 그리고 제일에 집에 가기가 싫어, 아이 그 살찬 계모! 그 얼굴에 무지개처럼 선 살기! 아마 다른 사람에게는 그것이 보이지 아니 할꺼야. 아이 몸서리나! 어머니! 어머니! 난 어머니가 그리워 학교에서 하학하면 어머니 계신 우리집에 가기가 얼마나 즐거웠던고 ……[37]
>
> ② 숙경이 학생 차림을 하고나니 다섯 해는 더 젊어 보였다. 언뜻 멀리서 보면 애희나 숙경이나 나이가 거진 같은 것으로 보게 되었다. 그보다도 애희는 살이 희고 볼이 두텁지 못한데 숙경은 불그레하고 살이 쪄서 청춘이란 점에서는 숙경이 우세일는지도 몰랐다(1권, 26면).

예문 ①에서 애희는 계모에 대한 혐오감을 노골적으로 드러낸다. 여학교에 다닐 만큼 자랐음에도 계모가 있는 집으로 가기 싫어하는 애희

---

37 방인근, 『마도의 향불』(한국장편문학대선집1), 민중도서, 1979, 19면. 이후의 『마도의 향불』 인용문은 면수만 표시하기로 한다. 다만 1권과 2권이 있어 혼동되므로 '1권 19면'과 같이 표시하기로 한다. 인용문에서의 강조는 필자에 의한 것임을 미리 밝혀둔다.

숙경과 애희의 대비 위(『동아일보』, 1932.11.12)는 영철과 숙경이 청요릿집에서 만나는 장면이고, 아래(『동아일보』, 1932.11.16)는 영철과 애희가 청요릿집에서 만나는 장면이다. 숙경을 양장 입은 신여성으로, 애희를 한복 입은 구여성으로 설정한 것이 흥미롭다. 또한 목도리 패션이 눈에 띄며, 청요릿 집이 만남의 장소였다는 것을 알 수 있다. 이처럼 『마도의 향불』은 시대적인 트렌드나 유행을 반영하여 대중독자의 눈을 사로잡았다.

의 심리묘사는『장화홍련전』에서 계모와 전처소생의 관계를 연상시킨다. 그러나 예문 ②에서 숙경과 애희의 외모가 비교된다. 예문 ②에 따르면 계모 숙경이 애희를 미워한다면, 그것은 애희가 자기보다 매혹적이기 때문일 것이다. 애희가 청초한 미를 가졌다면, 숙경은 '육감적'이다. 애희가 숙경을 싫어하는 것은 계모이기 때문이기도 하지만, 숙경이 자신의 애인 영철을 유혹하기 때문이기도 하다. 영철은 애희를 사랑하지만 숙경의 매혹에 압도당한다. 숙경이 사준 양복과 목도리를 두르고 나타난 영철에게 애희는 막연한 불안과 위기의식을 느낀다. 영철은 장래의 장모가 사준 것이라 답하지만 애희에게 죄책감을 느끼고, 애희는 아무리 계모라도 설마 그러리라 싶어 애써 그런 감정들을 외면한다.『마도의 향불』은 고전소설과 같이 계모 숙경과 전처소생 애희의 평탄치 못한 관계를 드러낸다. 그러나 실제로 문제가 되는 것은 숙경의 요부적인 성격이다. 요부 숙경을 교묘하게 계모의 이미지에 덧씌워 놓음으로써, 독자는 이미 계모 숙경이 벌을 받아 마땅하다고 생각한다.

숙경이 애희의 정조유린을 사주한 사건은 표면적으로는 남편의 재산을 노려 전처소생 애희를 집에서 몰아내고자 한 것이다. 그러나 애희가 영철과 연애하는 사이란 걸 알고 있으면서도 이달이란 작자와 결혼시키려 한 숙경의 의도에는, 젊은 남자 영철을 향한 욕망이 배어 있다. 이쯤에서 숙경은 고전소설의 계모와는 차별된다.『장화홍련전』의 계모가 전처소생을 시기하여 죽이는 사건은 남편의 재산이나 애정을 독차지하고 싶은 욕심 때문이다. 그러나『마도의 향불』의 숙경은 남자를 유혹하기 위해 전처소생을 시기한다. 식민지 시기 여성에게 가하는 징벌은 철저하게 '정조' 관념에 의존한다. 전처소생의 애인까지 유혹하는 숙경은, 정숙한 가정부인의 이미지가 아니라 농염한 요부의 이미지로 굳어진다. 농염한 요부인 숙경은 애희를 집에서 내쫓은 뒤 본격적으로 본부살해 계획을 세운다. 숙경이 남성을 유혹하는 농염한 요부이면서 남편을 살인하는 잔혹한 독부로 묘사되는 반면, 정조가 유린당한 애희는 한없이 불쌍하고 가엽게 그려진다. 독자에게 애희는 숙경의 간악함 때문에 정조가 깨졌지만 영철에 대한 변함없는 사랑을 간직한 정숙하고 고결한 여성의 이미지이다. 『마도의 향불』에서 숙경과 애희는 계모와 전처소생의 관계를 넘어서서 음탕한 여성과 정숙한 여성의 대비를 보여준다. 음탕한 여성과 정숙한 여성의 대비는 1930년대 후반 신문연재소설에서 권선징악의 구도를 유지하기 위해 반복된다. 그것은 자유연애를 주장하면서도 여성의 정조를 문제시하던 식민지 시기 모순된 근대의 반영이었다.

애희의 정조유린사건은, 숙경의 범죄를 내세우기 위한 것이 아니다. 숙경은 이 사건으로는 아무런 법적 처벌도 받지 않는다. 이 사건은 영철로부터 "요부 독부 같으니!"라는 말을 들으면서도 살인범이 되지 못했던 애희와 본부를 살해하는 숙경을 대비시키기 위해 삽입된다. 이달에게 정조를 유린당하기 직전, 애희는 옆에 놓인 과도로 그를 찌르고자 하지만 실패한다. 이달을 찌르고 살인범이 되는 환상만으로도 두려워서 몸서리를 치는 애희는, 살인범이 되는 대신 정조가 깨지는 편을 택했다. 식민지 시기 여성 살인범은 아무리 동정의 여지가 있다 하더라도 '잔혹한 독부'라는 수식어가 따라다녔다. 그것은 같은 상황에 처한 다른 여성들은 참고 사는데, 살인을 저지른 당사자는 유별난 사람이라는 인식이 깔려 있었기 때문이다.[38] 1930년대 신문연재소설에서 살인을 저지른 유별난 여성은 '음탕한' 여성이었다. '음탕한' 여성을 '살인범'으로 그리면서, 본부살해범의 처벌에서 '정숙' 혹은 '정조'라는 봉건적 가치를 기준으로 내걸었다.

---

38 장용경, 「식민지 시기 본부살해사건과 '여성주체'」, 『역사와문화』 13, 2007, 108면.

2) 숙경의 본부살해와 봉건적 가정의 위기

『마도의 향불』의 숙경은 본래 국현의 '첩(妾)'이었다. 그러다 본처가 죽자 가정부인으로 등극한다. 『마도의 향불』에서 본처는 숙경이 첩으로 있을 때조차 한 번도 등장하지 않음으로써 상징적으로 이미 죽어 있었다. 따라서 '妾' 숙경의 경쟁상대는 『사씨남정기』에서처럼 본처가 아니다. 가정부인으로 등극한 숙경의 경쟁상대는 바로 '본부(本夫)' 김국현이다. 숙경의 본부 김국현 살해는 우발적 살인이 아니라 계획된 범죄인 '모살(謀殺)'이다.[39] 본부살해가 우발적 범행인 경우 살해방법으로 칼이나 흉기를 택한 경우가 많았다.[40] 이와 반면에, 모살인 경우 살해방법으로 독살을 가장 많이 택했고, 대부분 공범자가 있었다. 공범자와 함께 범행을 계획하는 모살은 우발적 범행보다 훨씬 무섭고 악독

---

39 일본의 「신률강령」의 '인명률(人命律)'의 '모살(謀殺)' 항에는 다음과 같은 내용이 나와 있다고 한다. "무릇 사람을 모살(혹은 마음에서 꾀하고, 어떤 때는 사람에게 시켜서 꾀하는 것 구별이 있겠지만, 여기에서는 사람에게 시켜서 꾀하는 것을 말한다) 함에, 음모자는 참수형, 공범이면서 가담한 자는 교수형, 가담하게 한 자(가담한 자부터 형벌을 한 등급씩 감한다)는 귀향 3등급"으로 나누어서 미리 계획을 세워 사람을 살해한 경우, 주범은 참수형, 공범은 교수형, 한패이기는 하지만 손을 대지 않은 사람은 귀향의 벌을 내렸다 한다(가메이 히데오, 김춘미 역, 『明治文學史』, 고려대 출판부, 2006, 57~58면). 단독범행인 경우는 음모(주범)와 가담(공범자) 두 가지의 죄를 겸하고 있다고 한다. 그러나 단독범행인 경우는 모살일 수도 있고 우발적 살인일 수도 있지만, '공범자가 있는 경우'는 우발적 살인보다 모살일 경우가 짙었다. 공범자와 함께 모의를 하는 과정이 있었을 것으로 사료되기 때문이다. 본부살해범죄에서 간부와 함께 공모했다는 것을 강조하는 것은 그것이 계획된 범죄이기 때문에 훨씬 무섭고 악질적인 범죄라고 간접적으로 말해주는 것이다.

40 당시 『마도의 향불』 이외에도 본부살해범죄를 다루는 소설들이 있었다. 채만식의 『탁류』 역시 채봉이가 형보를 부엌칼로 살해한다. 그런데, 이 경우 채봉은 계획적인 범행이 아니라 우발적으로 옆에 보이는 흉기를 들고 살인을 저질렀다. 그래서 동생과 사랑하던 사람이 들이닥쳤을 때 자기가 무엇을 저질렀는지도 모르게 머리는 헝클어지고 옷매무새도 흐트러진, 마치 귀신의 형상과 같은 모습이었다. 『마도의 향불』의 숙경이 범행을 저지른 후에도 이런저런 머리를 굴리며 형사들의 취조를 감당해내던 것과는 대조적이다. 숙경은 본부 김국현을 흉기가 아니라 '毒殺'한 후 방화로 위장한다.

한 인상을 주었다. 『마도의 향불』 차례에서 4장의 '음모'는 숙경과 강택수가 김국현의 재산을 뺏으려고 벌이는 모의(謀議)이다. 숙경은 김국현의 첩이 되기 전, 강택수와 결혼한 사이였다. 강택수가 감옥에 들어간 사이 요부적 기질을 감추지 못하고 남자를 찾다 김국현에게 정착한 것이다. 전남편 강택수는 현재 숙경의 '간부(姦夫)'이다.

> ① "어쩨 다 위험한 짓 같구려. 아이 난 다 귀찮아서 ……"(1권 73면)
> ② "아이 고까짓 것―그저 몇 해만 눈 꿈적하고 참으면 그집 재산이 다 우리 것인데 고새 못 참아서 튀어나와?―큰일 날 소리도 다 많지 여보, 그런 정신없는 소리 꿈에도 하지말우"(1권, 73면).

예문 ①은 강택수의 대사이고, 예문 ②는 정숙경의 대사이다. 강택수는 망설이는 기색이 보이지만, 숙경은 강택수를 다시 만난 첫날부터 김국현의 재산을 뺏어서 둘이 잘 살자고 주장해왔다. 숙경이 범행을 주도했다면, 택수는 우유부단하게 주저하다가 사악한 뱀의 꼬임에 빠지듯 넘어가 버린다. 그러나 숙경의 계획에는 본부 김국현 살해 후 강택수와 함께 하는 삶은 없었다. 결국 강택수는 교미가 끝나면 잡아먹히는 거미의 신세처럼 숙경의 음모가 실현되면 그녀로부터 버림받을 운명에 있었다. 불행한 결말이 예고되어 있는 줄 알면서도 강택수가 숙경의 범죄를 도울 수밖에 없었던 것은, 그녀가 남성을 꼼짝 못하게 만드는 요부였기 때문이다. 요부형 여성들은 한 남자에 만족하지 않는다. 숙경은 김국현의 부인 자리에서도 간부 강택수를 두었고, 그에 그치지 않고 애희의 정조를 유린한 이달과도 관계를 맺었다. 그러면서도 본부 김국현 살해 후에는 영철을 돈으로 유혹하여 차지할 계획까지 세우고 있었다.

③ 학교에 다니지 아니하고 집에 들어 박혔더니 내외하고 부끄러워할 때이지만 사내들 틈에서 사내처럼 닦아난 숙경는 얌전하면서도 활발한 이상스러운 이중 성격과 요부적 성질이 자라나기 시작하였다(1권, 179면).

④ 숙경은 밤에는 국현에게 아양을 떨고 낮에는 택수에게 아양을 떨었다. 그 능란한 수단에 두 사나이는 그물에 걸린 고기처럼 되고 말았다. 택수는 전보다 훨씬 숙경을 사랑하였다. 사랑한다는 것보다 그 발달한 숙경의 유혹에 끌리고 말았다(1권, 192면).

위의 지문에서 강조되는 것은 숙경이 '타고난 요부'라는 것이다. 이는 본부살해범죄가 조혼의 폐해와 악습이라는 사회적 요인 때문에 발생한 것이라 결론지은 신문의 논설과는 상반된다. 본부살해범 숙경은 사회적 환경에 의해서가 아니라 선천적으로 범죄자(요부)의 기질을 타고났다. 그녀와 사랑에 빠진 남성들은 대가를 치러야 했다. '타고난 요부'인 숙경은 자신과 정을 통하였던 강택수·이달과 공모하여 김국현을 살해하고 방화로 위장한다. 이로써 숙경의 본부 김국현은 살해당하고 강택수와 이달은 살인사건에 연루된다. 『사씨남정기』에서 첩의 꼬임에 빠졌던 본부(本夫)는 구원되나, 『마도의 향불』에서 요부 숙경의 꼬임에 빠졌던 남성들은 모두 파멸의 길을 걷는다. 숙경은 남성을 파멸에 이르게 하는 치명적인 독부인 팜므파탈의 이미지를 구축한다. 그러나 『마도의 향불』에서 숙경의 본부살해 과정은 상세하게 묘사되지 않고 생략된다. 숙경이 국현의 약에 비소를 타는 장면이 유일하게 삽입되는데, 이 장면은 목격자 소희 때문에 본부살해를 실행하지 못하는 부분이다. 숙경의 본부살해를 직접적으로 묘사하지 않은 것은, 그것 자체가 봉건 질서에 대한 '위협'으로 받아들여졌기 때문으로 보인다.

⑤비가 주룩주룩 쏟아지는 밤이었다.

숙경은 아무리 하여도, 국현을 그대로 두었다가는 살아날 것 같고, 그렇다면 유언장도 소용이 없고 크나큰 재산이 자기에게로 돌아오지 아니할 것 같아서 며칠을 궁리하다가 종래는 준비하였던 독약을 국현에게 먹이기로 결심하였다. / 밤이 깊어서 숙경은 마루로 나가서 약을 다지었다. 그 약 속에 독약을 넣으려고 한 것이다. 집안 식구는 다 잠이 들고 큰 집은 죽은 듯 고요하였다. 어두운 밤에 비오는 소리만 요란하였다. 그리고 백통 화로에 빨간 숯불이 이글이글하고 약 끓는 소리만 났다. 그 옆에는 숙경이 혼자서 쭈그리고 앉았다. 그리고 독약 봉지를 만지막거리었다. 소희는 자다가 문틈으로 내다보니, 숙경이 청승맞게 앉아서 약을 다리고 있었다. 그리고 어두컴컴한 마루에 앉아 있는 숙경이 귀신처럼 보이곤 했다. 소희는 웬일인지

『마도의 향불』 약탕광 삽화(『동아일보』, 1933.5.24) 숙경은 김국현의 약을 달이며 비소를 넣지만, 소희 때문에 김국현에게 먹이지 못한다. 끓고 있는 약탕광을 위에서 내려다보는 숙경의 얼굴이 마치 귀신처럼 형상화되어 있어 음산하다

자기도 모르게 소름이 쭉 끼치며 몸서리가 났다. …… 아이구 내가 왜 이럴까? 이상도 해라. 소희는 문틈으로 내다보며 이렇게 생각하였다. 비는 시름없이 쏟아졌다(2권, 364~365면).

숙경이 김국현의 약에 비소를 타는 장면이다. 범죄소설이라면, 소희는 법정에서 목격자로서 증언을 하는 것이 일반적이다. 그러나 여기에서 강조되는 것은 목격자로서의 소희가 아니다. 아버지는 병환으로 누워 계시고 언니는 집을 나가 소식이 없는 '음산한' 집에서 "귀신처럼 보이"는 계모 숙경과 함께 하루하루를 견뎌야 했던 아무런 힘이 없는 불쌍한 소희는, 『장화홍련전』에서의 홍련을 연상시킨다. 『마도의 향불』은 1932~1933년 당시 유행처럼 번지던 본부살해범죄를 다룸에 있어, 고전적인 이미지를 계속해서 삽입한다. 이는 본부살해가 근대화 과정에 남아 있었던 봉건적 잔재인 조혼이라든가 사랑 없는 매매결혼 때문에 빚어지는 사회적 범죄라기보다는, 마치 고전소설의 계모와 첩으로부터 '유전적으로' 마녀의 피를 이어받은 여성 개인의 문제인 것처럼 인식시킨다. 그러나 『마도의 향불』의 숙경은 남편의 애정을 사이에 두고 전처소생을 시기하던 『장화홍련전』의 계모 허씨도, 남편을 미혹케 하여 본처를 내쫓은 『사씨남정기』의 첩 교씨도 아니다. 그녀가 도전장을 던지는 대상은 전처소생이나 본처가 아니라 바로 본부 자체이다. 따라서 1930년대 남성들에게 본부살해는 남편의 권위를 몰락시켜 봉건적 가정의 질서를 붕괴시키는 '위협'으로 다가왔다. 음산한 분위기에서 '줄기차게 내리는 비'는 바로 봉건적 가정의 몰락을 암시한다.

3) 본부살해범(本夫殺害犯)의 근대적 재판과정과 권선징악 구도

신체에 위협을 받은 남성들은 본부살해 여성에 대해 사형이나 무기 징역에 이르는 처벌을 가했다. 당시 남편이나 시모가 가정부인을 학대 하여 죽음에 이르게 한 경우는 도덕적인 지탄의 대상이었지 처벌의 대 상은 아니었다. 남편이나 시모의 아내나 며느리에 대해 저지르는 상해 나 살인은, 근대적인 재판 제도가 들어오기 전부터 집안에 분란을 일 으킨 여성에게 가하던 사형(私刑)에 해당되었다. 따라서 사형(私刑)은 1930년대까지도 가정 내에서 남편이나 시부모가 여성에게 무차별적 으로 가하고 있었다. 그러나 신문과 같은 대중매체들은 본부(本夫)가 처(妻)에게 가한 사건에 대해서는 축소하고, 본부살해사건에 대해서는 몇 회에 걸쳐 보도하며 '사형' 혹은 '무기징역'이라는 판결여부를 제목 으로 달아 독자를 자극했다. 당시 본부살해사건은 재판부의 판결에 대 한 관심도 높았다. 따라서 죽을죄를 진 악녀에 대해서 증거를 명명백 백히 밝혀 재판에 회부해야 한다는 인식이 팽배했다. 대중소설들은 살 인을 저지르고 법정에 선 여자를 다루는 경우가 많았다. 뿐만 아니라 탐정소설의 유행에 따라 탐정, 수수께끼, 탐정소설가 등과 같은 용어 를 대중소설 곳곳에서 사용하고 있는 것과 마찬가지로,[41] 근대적 재판 의 기소과정에 해당하는 형사, 판사, 재판부 등과 같은 용어들을 곳곳 에 배치했다.

---

[41] 『마도의 향불』 내에서도 탐정소설가, 수수께끼 등과 같은 용어들이 유행처럼 등장한 다. "애희는 한참이나 영철의 얼굴을 바라보았으나 그 얼굴에 박힌 수수께끼를 파낼 수 가 없었다. 애희는 안타까와 영철의 얼굴을 손톱으로 박박긁어 가죽을 벗겨서라도 그 속에 숨긴 비밀을 찾아 내고 싶었다"(1권, 91면), 영철은 "몸이 아프지 아니 하면, 곧 뛰 어 나가서 정탐을 해 보고 싶었다. 확실히 자기에게는 그런 탐정가적 소질이 있고, 또 이 번 일을 자기가 들어 하면, 당국보다 못지 아니한 활동을 할 것 같았다"(2권, 404면).

① 재판소에서 판사가 판결문을 읽어내려가는 것을 죄수가 듣고 앉았는 것과 같았다(1권, 61면).

② 저렇게 순하고 얌전한 애희가 이런 때는 형사판사 이상이란 말야 ……(1권, 90면).

예문 ①은 숙경이 애희를 이달과 결혼시키려는 목적으로 이달을 초대했을 때 묵묵히 듣고 있는 애희의 심정이고, 예문 ②는 애희가 온양온천 간다는 사실을 어떻게 알았냐고 추궁하자 뜨끔하여 당황한 영철이 하는 생각이다. 예문 ①을 들여다보면, 당시 사람들에게 재판소의 판결은 상당히 위압적이었다고 짐작된다. 애희는 당시 신여성의 대표인 여학생이었음에도 불합리한 이 자리에서 죄수처럼 아무 말도 하지 못한다. 무언가를 추궁당하는 것은, 종종 형사판사에게 취조당하는 것에 비유된다. 『마도의 향불』은 이처럼 전혀 다른 상황에서 당시 대중의 관심을 적절히 반영하여 독자를 설득하는 방법을 썼다. 대중에게 익숙한 관습이나 코드를 활용하는 것은 등장인물의 감정에 몰입하도록 하는 데 유용했다.

『마도의 향불』에서 정조를 유린한 사건에 대해서는 아무런 처벌을 가하지 않았음에도, 국현의 본부살해사건에 대해서는 '마도'라는 장에서 100면(333~433면)에 상당하는 분량을 할애하여 수사과정과 재판을 다룬다. 『마도의 향불』이 다른 신문연재소설에 비해 길어진 것은 바로 방화 살인사건에 대한 용의자 심문과 수사과정 때문이다. 이것은 본부살해에 대한 형사의 조사과정, 재판부의 판결, 증거 제시 같은 것들이 당대 민감한 관심사였음을 말해준다. 본부살해범의 체포와 함께 신문에서 다루는 것은 바로 그에 합당한 '처벌'이다. 근대의 재판 과정에서 새롭게 개입되는 것은 범인을 법정에 세우기 위한 '증거(證據)'이다. 『마도의 향불』에서 용의자 숙경을 살인범으로 만드는 데도 '증거주의(證據主義)'가

채택된다. 그러나 증거주의를 표방하는 형사들은 객관적 증거 수집 이전에 "계모라지?"(2권, 385면), "첩으로 있다가 정실이 되었다지?"(388면), "본 남편이 있었지?"(392면) 등의 질문을 던지며 이미 숙경이 범인임을 확신하고 있었다. 本夫 김국현 방화 살인사건에 대한 형사의 수사과정을 따라가 보기로 한다.

③ 물론 넘겨 집고 위협하는 것이오. 사실 증거는 없었다. 다만 숙경이 유력한 용의자라는 것 밖에 다른 증거는 없었다. 독약도 그러하고 방화도 그러하다. 또 방화인지 그것 조차 아직은 미분명하다(2권, 391~392면).

④ 형사는 아무리 보아도, 숙경과 택수가 공모한 것으로 밖에 해석할 수 없는데, 택수는 숙경이 맡으라고 해서 그런 것을 가졌다고 하니, 그러면 숙경 혼자서 독약을 먹이고 방화를 한 것인가? / 또 숙경의 말을 들으면, 전부 강택수가 살인방화를 하고, 돈과 서류를 훔쳐 가지고 간 것처럼 되었다. / 증거는 충분하지마는, 그들이 자백하기 전에는 진상을 알 도리가 없었다(2권, 417~418면).

⑤ 그 혈청 검사로 일남이가 정말 국현의 아들이면 재산 상속도 되려니와 숙경의 죄도 가벼워 질 것이나, 만일 택수의 아들이나 그밖에 다른 사람의 아들이면 숙경의 죄는 무거워질 것이다(2권, 418면).

⑥ 국현의 혈액형은 'B' 형이요 일남의 혈액형은 'AB' 형이었다. 다시 택수의 혈액형을 감정하니 'AB' 형으로 일남이와 같았다. / 즉 일남은 국현의 아들이 아니오, 택수의 아들이라는 것을 대강 짐작하게 되었다. 만일 세 사람의 혈액형이 다 같았던들 이 무서운 비밀은 영원히 감추어졌을는지도 모른다. 경관은 다시 활기를 띄우고 숙경을 개 다루듯하며 문초를 하였다. 숙경도 이제는 할 수 없는 듯이 일남은 국현의 아들이 아니오 택수의 아들이라는 것을 자백하고야 말았다(2권, 418면).

예문 ③에서 ⑥은 국현의 살인방화 사건에 대한 용의자 심문 과정이다. 예문 ③에서 숙경은 아직 증거가 없기 때문에 용의자이다. 그러나 '용의자' 숙경은 이미 방화 살인사건의 범인으로 취급받았다. 형사의 조사는 용의자가 유죄냐 무죄냐, 범인이냐 아니냐를 입증하기 위한 것이 아니다. 용의자로 의심받는 순간, '그녀'는 이미 유죄이다.[42] 증거가 확보되어 가는 과정은 용의자(미리부터 범인이라 가정한 자)의 유죄를 입증하기 위한 절차이다. 예문 ④에서 사건 수사 형사들은 이미 증거는 충분한데, 다만 아직 숙경과 택수의 범행 일체에 관한 자백을 받아내지 못했다고 한다. 당시 증거주의에 입각한 수사는 꼭 범인의 '자백'으로 마무리되었다.[43] 자백은 모든 증거를 압도할 만큼 절대적이었다. 증거란 범인의 '자백'을 받아내기 위해 필요한 절차였다. 그들이 확보한 증거는 불탄 집에서 컵에 묻어 있던 독약과 김국현의 몸에서 검출된 독약이 같은 비소라는 것과 강택수에게서 김국현의 통장과 재산서류가 나왔다는 것이다. 그러나 이 증거만으로는 그들이 유력한 용의자, 범인으로 가정하는 숙경을 법정에 세울 수 없었다. 강택수가 살인방화를 모두 했을 수도 있기 때문이다.

예문 ⑤에서 용의자 숙경을 범죄자로 만드는 데 결정적 증거로 내세

---

42 절반쯤 완전한 증거 하나가 있을 경우, 그것이 완전한 것이 되지 않으면, 용의자는 무죄로 되는 것이 아니라, 절반 유죄인 자로 되는 것이다. 또한 중대한 범죄라면 단지 경미한 증거라도 당사자는 '어느 정도' 범죄자 취급을 받았다. 용의자인 한, 그는 어떤 종류의 징벌을 마땅히 받아야 하며, 무죄의 상태에서 혐의의 대상이 되는 일은 없었다(푸코, 오생근 역, 『감시와 처벌: 감옥의 역사』, 나남출판, 2003, 80~81면).

43 문서 본위이고 비밀유지를 취지로 삼는, 또한 증거를 조립하기 위하여 엄격한 규칙을 따르게 마련인, 형법상의 증거조사는 피고인 없이 진실을 생산할 수 있는 장치이다. 이러한 사실로 인하여 소송 절차는, 엄격한 권리로서 자백을 필요로 하지 않는 것이라도 필연적으로 자백을 구하는 경향이 있다(위의 책, 74~75면). 그러나 1930년대 국내의 증거주의에 입각한 수사는 '자백'을 유도하기 위한 허위적 혹은 연극적 장치에 지나지 않았다. 객관적 증거는 없고 자백이 유일한 증거였던 것이다.

우는 것은 '일남이가 누구의 아들인가'이다. 예문 ⑥에서 일남이가 국현의 아들인지, 택수의 아들인지를 판별하기 위해 과학적 근거로 내세운 것은 바로 '혈액형'이다. 혈액형 감정에서 택수와 일남은 둘다 AB형이었다. 혈액형이 같다는 사실만으로 일남은 택수의 자식이라 결론짓는다. 여기에서 결정적 증거로 내세우고 있는 혈액형은 현대 과학으로는 말도 되지 않는 비과학적인 것이다. 숙경의 혈액형은 검사도 하지 않았다. 결국 경찰은 과학적이지 않은 증거를 내세워 '용의자'를 법정에 세운 것과 같다. 또한 일남이가 국현의 자식이면 숙경의 죄가 가벼워지고(살인방화사건의 주범이 아니다) 택수의 자식이면 숙경은 틀림없는 방화 살인사건의 주범이라는 인식 자체가 불합리하다. 형사의 조사과정의 클라이맥스에 해당하는 범인의 자백 역시 범행에 관한 것이 아니라 일남이가 택수의 자식이라는 것이다. 숙경이 일남이 택수의 아들이라고 자백하는 순간, 이미 범행을 자백한 것과 다름없었다. 숙경은 '나는 방화 살인사건을 계획하고 주도했다'가 아니라 '나는 정숙한 여자가 아니라 음탕한 여자이다'라고 자백했다. 과학적 증거를 내세우고 있었지만, 사실 그것은 자백을 받아내기 위한 허위적 장치에 지나지 않았다. 그녀가 법정에 선 것은 본부살해사건의 증거 때문이 아니라 그녀가 타고난 요부적 기질이 있는 독부(毒婦)였기 때문이다. 작품의 초반부에서 숙경의 매혹에 흔들렸던 영철은 국현이 독살되었다는 소식을 접하자마자, "그 요부 독부가 넉넉히 그런 여자라고"(403면) 판단한다. 법정에 세워지기 훨씬 전부터 숙경은 이미 살인범이었다.

숙경의 본부살해가 명명백백히 밝혀져 마녀로 '처벌'받는 한편, 정조유린사건으로 영철과 헤어졌던 애희는 영철과의 사랑도 다시 이루어지고 아버지의 재산도 물려받게 된다. '정숙한 애희'는 '요염한 숙경'과 대비를 이루며 독자의 기대(애희와 영철의 사랑이 이루어지고 숙경의 범죄

가 드러나길 바란다)를 충족시키는 '권선징악' 구도를 그리는 데 성공한
다. 1930년대 신문연재소설은 이처럼 두 유형의 여성을 대비하여 한
여성은 해피엔딩을 맞이하고, 다른 한 여성은 파멸하게 되는 구도를
종종 그린다. 대표적으로 1930년대 가장 많은 인기를 끌었던 『찔레
꽃』의 정순과 기생 옥란을 들 수 있다. '첩'이었던 기생 옥란은 가정부
인의 자리를 넘보지만 결국 살인범이 되는 파국을 맞이하며, 정순은
오해가 풀리고 해피엔딩을 맞이한다. '정숙한 여성(처녀 혹은 가정부인)'
과 '매혹적인 요부(첩 혹은 후처)'의 대비를 통해 구현된 '권선징악'은 일
종의 사회적 관습으로 굳어진다. 독자는 정숙한 여성이 해피엔딩을 맞
고 음탕한 여성이 처벌 받는 것을 당연시하기에 이르렀다.

4. 결론—악녀 후처의 등장과 팜므파탈의 고착화

　　방인근의 『마도의 향불』은 당시 들끓었던 본부살해사건을 모티프
로 삼아 팜므파탈 숙경의 음모와 살인을 그렸다. 신문연재소설 『마도
의 향불』에서 구현된 본부살해범이 신문기사나 논설과 차이를 보이는
부분은 바로 그녀들이 '후처'로 등장한다는 사실이다. 실제 본부살해
범은 후처가 아니라 '본처'였다. 그런데, 대중소설 속에서 숙경을 비롯
하여 본부살해를 저지른 여성은 모두 재취한 여성, '후처'로 등장한다.
이것은 무엇을 의미하는 것일까. 본처와 후처의 간극, 여기에는 여성
에게 가해지던 '정조' 관념을 이용하여 봉건적 가정 질서를 공고히 하
려는 미묘한 의도들이 숨어 있었다.

식민지 조선의 남편들은 『사씨남정기』에서 쫓겨나서도 남편에 대한 애정에 변함이 없는 '선(善)한 본처(本妻)'를 영원히 잃어버렸다. 본부살해가 들끓던 1920~30년대는 근대적 부부관계인 일부일처제가 만들어지던 시기였다.[44] 근대적인 일부일처제에서 첩을 둔 남편은 본처로부터 간통죄로 고소당하거나 이혼당할 수 있었다. 벼랑 끝에 몰린 본부(本夫)에게 본처(本妻)의 살인은 곧 봉건적 가정의 몰락을 상징하므로 인정할 수 없었다. 따라서 남성은 악독한 첩의 꼬임에 빠졌을 뿐이라 역설하며 본처가 아닌 첩에게 살인죄를 씌운다. 봉건적 가정을 유지하려는 미묘한 움직임은 남성뿐만 아니라 본처의 자리를 지켜야 하는 여성에 의해서도 구축되었다. 근대의 법제도에서 '본처'의 지위란 법으로 인정된 자에게만 허락되었다. 과거에는 본처의 지위로 절대 올라갈 수 없었던 첩도 법적 아내가 되면 본처가 될 수 있었다. 말 그대로 '후처'가 되는 것이다. 따라서 '후처'는 본처의 자리를 위협하거나 빼앗는 존재일 수밖에 없었다. 작품 내에 등장하지 않음으로써 상징적으로 이미 죽어있는 것처럼 보였던 본처는, 후처에게 간통과 본부살해의 죄를 뒤집어 씌웠다. 신여성, 여학생, 기생, 첩 등에게 자신의 자리를 내주어야 할지도 모르는 위태로운 상황에서 '여성의 정조'는 본처가 가진 최후의 카드였다. 살인의 잔혹한 역할을 후처에게 돌림으로써 식민지 시기 본부와 본처는 자신의 자리를 지킬 수 있었다. 독자는 악녀 후처에게 덧씌워진 '계모(繼母)'와 '첩(妾)'의 이미지에 현혹되어 그녀들의 '악(惡)'을 재판해야 한다고 역설했다. 1930년대 신문연재 대중소설 속

---

44 정지영, 「근대 일부일처제의 법제화와 '첩'의 문제」, 『여성과 역사』 9, 2008, 79~119면 참고. 당시 신문연재소설에서 본처는 이미 죽어 있거나 등장하지 않음으로써, 본부살해사건이나 살인사건과 같은 범죄에 연루되지 않는다. 이것은 당시 본처의 범죄는 축소하거나 보도하지 않고 첩의 범죄는 확대하거나 널리 보도했던 것과 무관하지 않다 (위의 논문, 106~107면 참고).

에 구현된 악녀 후처는 봉건적 가정 질서를 위협하는 존재이면서도 다른 한편으로 봉건적 가정 질서를 더욱 공고화 하는 결과를 초래했다.

특이한 것은 숙경과 같은 '본부살해범(本夫殺害犯)'이 당시 탐정소설의 범인으로 등장한다는 사실이다. 『마도의 향불』이 완결되던 1934년 『조선일보』에 채만식의 탐정소설 『염마』가 연재된다. 이재석의 '후처'로 들어간 서광옥은 간부 유대설과 함께 그의 재산을 빼돌린다. 서광옥과 관계를 맺었던 이재석과 유대설은 결국 죽음에 이르는 파국을 맞이한다. 『염마』의 서광옥은 『마도의 향불』의 정숙경을 고스란히 닮았다. 탐정소설에서 탐정[耆]이 반드시 잡아서 처벌해야 하는 범인[惡]은, 곧 1930년대 여성범죄자의 모습으로 낙인찍혔다. 1920~30년대 본부살해 여성은 탐정소설 속 범인으로 등장함으로써, 범죄와 연루되어 남성을 파멸로 이끄는 팜므파탈의 이미지로 고착되었다. 『염마(艶魔)』, 『마인(魔人)』이라는 제목 자체도 의미심장하다.[45] '염마(艶魔)'는 '농염(濃艶)한 악마(惡魔)', '마인(魔人)'은 그 자체로 '악마(惡魔)'를 의미하듯이, 탐정소설은 여성범죄자를 '악마'로 규정지었다. '여성＝범죄자＝악마'의 공식이 1930년대 신문연재소설에서 반복해서 등장(채만식 『탁류』의 초봉, 염상섭 『삼대』의 수원댁에 이르기까지 신문연재 장편소설 전반에 걸쳐 등장)함으로써, '여성범죄자' 팜므파탈의 이미지는 굳어진다. 한국 팜므파탈은 식민지 조선을 들끓게 했던 본부살해사건과 그것을 둘러싼 담론과 숨은 의도들, 그리고 대중소설에 공고화된 권선징악의 구도가 복잡 미묘하게 결합되어 탄생되었다.

---

45 당시 탐정소설의 제목으로 『염마』, 『마인』처럼 범인을 내세운 것은, 한국 탐정소설에서 후대에 유명한 탐정의 이름을 남기지 못하는 결과를 초래했다. 그런 결과를 감수하면서도 당시 사람들이 범인을 제목으로 내세웠다는 것은, 당시 '본부살해범죄' 자체의 파급 효과가 상당했다는 것을 말해준다.

:: 부록_ 식민지 시기 탐정소설 서지정리

1) 번역・번안 탐정소설

가스통 르루, 최서해 역,『사랑의 원수(노랑방의 수수께끼)』,『중외일보』, 1928.5.16~8.3.

골즈워디, 김광섭 역,「囚人」,『신동아』 15, 1933.1.

도로시 캔필드,「제퍼손街의 殺人事件」,『사해공론』 5, 1935.9.

로버트 마길, 북극성(방정환) 역,「누구의 죄」,『별건곤』 2호, 1926.12.

로스, 紅樹洞人 역,「야도(夜盜)의 루(淚)」,『청년』 6권 4호, 1926.4.

모리스 르블랑, 운파 역,『813』,『조선일보』, 1921.9.16~?.

_____, 피피생 역,「금고의 비밀」,『청년』 2권 7호, 1922.7.

_____, 포영 역,「새빨간 봉납(封蠟)」,『동명』 33, 1923.4.15.

_____, 백화(양건식) 역,『협웅록(俠雄錄)』,『시대일보』, 1924.3.31~9.9.

_____, 양주동 역,『813』,『신민』 21~24, 1927.1~4.

_____, 김낭운 역,『최후의 승리(수정마개)』,『중외일보』, 1928.1.30~5.15.

_____, 원동인 역,『범의 어금니』,『조선일보』, 1930.8.1~1931.5.15.

_____, 이하윤 역,「결혼반지」,『조선일보』, 1931.7.30~8.14.

_____, 윤성학 역,「湖底의 秘密(푸른 눈 처녀)」,『별건곤』 63~65호, 1933.5~7.

_____, 이헌구 역,『第三者』,『조광』 6, 1936.4.

_____, 이헌구 역,『明眸有罪(푸른 눈 처녀)』,『조광』 7~10, 1936.5~8.

_____, 정래동 역,『장편연애탐정소설 이억 만원의 사랑(호랑이 이빨)』, 성문당 방행
　　(광성인쇄소 인쇄), 1941.

_____, 김내성 역,『괴암성』,『조광』 63~71, 1941.1~9.

_____, 방인근 역,『813의 비밀』(세계걸작탐정소설전집 제2권),『조광』, 1941.

반 다인, 김유정 역,『잃어진 보석(벤슨 살인사건)』,『조광』 20~25, 1937.6~11.

스탁 폴, 白羊兒 역,「벨사이유 살인사건」,『조광』 19, 1937.5.

아 시체코푸, 覆面兒 역,「地下室의 秘密」,『학생』 2권 8호, 1930.8.

아사 리스, 覆面兒 역,「石中船」,『학생』 2권 9호, 1930.9.

아서 벤자민 리브, 천리구(김동성) 역,『엘렌의 공』,『동아일보』, 1921.2.12~7.2.

안리 피가르, 백소민 역, 「기괴한 유언장」, 『신동아』 58, 1936.8.

애거서 크리스티, 이철 역, 「杜鵑莊(나이팅게일 커티지 별장)」, 『사해공론』 제2권 제3호, 1936.1~2.

야콥 밧서만, 하인리 역, 「歐羅巴의 孤兒」, 『조광』 6, 1936.4.

에도가와 란포, 최류범 역, 『약혼녀의 악마성(악귀)』, 『별건곤』 69~73, 1934.1~6(5월호 결호).

에드가 앨런 포우, 윤명순 역, 「상봉(相逢)」, 『개벽』 29, 1922.11.1.

_____, 정인섭 역, 「적사의 가면」, 『해외문학』, 1927.1.

_____, 강영한 역, 「검둥고양이」, 『원고시대』 1권 1호, 1928.1.

_____, 이하윤 역, 「황금충」, 『조선일보』, 1931.6.17~7.17.

_____, 김광섭 역, 「盜難된 편지」, 『조광』 6, 1936.4.

에드윈 삼손, 槿春 역, 「二仙郵票」, 『청년』 6권 8호, 1926.10.

에밀 가보리오, 이해조 번안, 『누구의 죄』, 보급서관, 1913.

오-ㄹ지 夫人, 槿春 역, 「熱情의 犯罪」, 『청년』 6권 9~10호, 1926.11~12.

오스틴 프리만, 큰샘 역, 「청고대금화(靑古代金貨)」, 『청년』 2권 9호, 1922.10.

이든 필포츠, 박노갑 번안, 『미인도(빨강머리 레드메인즈)』, 『농업조선』, 1938.8~9.

이든 필포츠 · 에밀 가보리오, 김내성 · 안회남 역, 『홍두 레드메인 일가 · 르루쥬 사건』(세계걸작탐정소설전집 제1권), 『조광』, 1940.

저자미상, 김교제 번안, 『지장보상』, 동양서원, 1912.

_____, 김교제 번안, 『一萬九千磅』, 동양서원, 1913.

_____, 복면귀 역, 「의문의 사」, 『녹성』 1권 1호, 1919.11.

_____, 고문룡 역, 「검은 그림자」, 『학생계』 1권 1호, 1920.7.

_____, 윤병조 역, 「명금(明金)」, 『신명서림』, 1920.11.18.

_____, 고유상 역, 『금강석』, 회동서관, 1923.1.20.

_____, 연성흠 역, 「암암중(暗暗中)의 살인」, 『청년』 3권 4~6호, 1923.4~6

_____, 박준표 역, 『비행의 미인』, 영창서관, 1923.5.10.

_____, 연성흠 역, 「B賊黨」 1회, 『청년』 3권 10호, 1923.10.

_____, 염상섭 역, 『남방의 처녀』, 평문관, 1924.

_____, 皓堂 역, 「B賊黨」 4회, 『청년』 4권 5호, 1924.5.

_____, 槿春 역, 『夜光珠』, 『청년』 6권 5호, 1926.5.

_____, 최병화 역, 「살인괴담 늙은 살인마(一名 말사스 鬼)」, 『별건곤』 64호, 1933.6.

_____, 박상엽 역, 「奇怪實話 麻雀殺人」, 『별건곤』 66~67호, 1933.9~10 · 11(2회).

_____, 박상엽 역, 「白沙場우의 悲劇」, 『별건곤』 71호, 1934.3.

_____, 박상엽 역, 「歐羅巴宮廷의 寶石盜難事件」, 『별건곤』 72호, 1934.4.

_____, 최류범 역, 「누가 죽였느냐!!」, 『별건곤』 72호, 1834.4.

_____, 복면아 역, 「摩耶의 黃金城」, 『중앙』, 1935.1~1936.6.

_____, MGN 역, 「碧海莊事件」, 『사해공론』 3, 1935.7.

쏜 쩨스터, 紅樹洞人 역, 「쩬타클로스」, 『청년』 6권 3호, 1926.3.

챠드손 필립스, 박우석 역, 「23號室의 殺人」, 『별건곤』 66호, 1933.9.

코난 도일, 해몽생 역, 「탐정기담 충복」, 『태서문예신보』, 1918.10.19~11.16.

_____, 천리구(김동성) 역, 『붉은 실』, 『동아일보』, 1921.7.4~10.10.

_____, 김동성 역, 『붉은 실』, 조선도서, 1922.

_____, 역자미상, 「탐정소설 kkk」, 『학생계』 17~18, 1922.10~11.

_____, 포영 역, 「고백」, 『동명』 22~24, 1923.1.28~2.11. *탐정소설 아님

_____, 붉은빛 역, 「色魔와의 激戰」, 『신동아』 7~8호, 1932.5~6.

_____, 붉은빛 역, 「美人의 秘密」, 『신동아』 9~10호, 1932.7~8.

_____, 붉은빛 역, 「흡혈귀」, 『신동아』 11~12호, 1932.9~10.

_____, 붉은빛 역, 「셜록 홈즈는 누구인가」, 『신동아』 15, 1933.1.

_____, 붉은빛 역, 「싯누런 얼굴」, 『신동아』 16, 1933.2.

_____, 이철 역, 「'버스콤谷'의 비극」, 『사해공론』 6~8, 1935.10~12.

_____, 김환태 역, 「覆面의 下宿人」, 『조광』 6, 1936.4.

_____, 「심야의 공포(얼룩 끈)」, 『조광』, 1939.3.

코난 도일·아놀드 프레드릭, 이석훈·박태원 역, 『바스카빌의 괴견·파리의 괴도』(세계걸
    작탐정소설전집 제3권), 『조광』, 1941.

포르튀네 뒤 보아고베, 번안자 미상, 『지환당』, 보급서관·동양서원, 1912.

_____, 민우보(민태원) 역, 『무쇠탈』, 『동아일보』, 1922.1.1~6.20.

_____, 운인(유광렬) 역, 『여장부』, 『동아일보』, 1922.6.21~10.22.

_____, 봄바람 역, 『낙화』, 『조선일보』, 1925.3.1~8.30.

푸레싸, 김환태 역, 『의문의 독사사건』, 『조광』 11~17, 1936.9~1937.3.

하랄 웨크넥, 권학송 역, 「6·37」, 『여성시대』, 1930.8.1.

호프만, 流邦 역, 「무죄한 사형수(스퀴데리양)」, 『별건곤』 57호, 1932.11.

후레데릭코-후-데, 權彝雲 역, 「疑問의 殺人屍」, 『신취미』, 1930.7.1.

A. A. 밀룬, 박우석 역, 「'붉은집'의 살인사건」, 『별건곤』 67호, 1933.10·11 합병호.

A. M. 윌리엄슨, 리상수 역, 『귀신탑』, 『매일신보』, 1924.6.3~1925.1.17.

H. 랜돈, 역자미상, 『凶家의 秘密(綠色의 門)』, 『별건곤』 33~37호, 1930.10.1.~1931.2.1.

L. G. 삐스톤, 최류범 역, 「인육 속에 뭇친 야광주」, 『별건곤』 32호, 1930.9.1.

_____, 「人肉속의 夜光珠」, 『별건곤』 73호, 1934.6.

S. 뿌레-크, 최류범 역, 「이상한 乞人」, 『별건곤』 63호, 1933.5.

_____, 최류범 역, 「못생긴 악한」, 『별건곤』 64호, 1933.6.

_____, 최류범 역, 「亞鉛中毒者」, 『별건곤』 65호, 1933.7.

2) 창작 탐정소설

김내성, 「운명의 거울」, 『프로필』, 1935.3.

_____, 「탐정소설가의 살인」, 『프로필』, 1935.12.

_____, 『사상의 장미』, 1936(미발표).

_____, 『가상범인』, 『조선일보』, 1937.2.13~3.21.

_____, 『백가면』, 『소년』, 1937.6~1938.5.

_____, 「광상시인」, 『조광』, 1937.9.

_____, 『황금굴』, 『동아일보』, 1937.11.1~12.31(완결).

_____, 『살인예술가』, 『조광』, 1938.3~5.

_____, 「백사도」, 『농업조선』, 1938.8.

_____, 「백과 홍」, 『사해공론』, 1938.9.

_____, 「연문기담」, 『조광』, 1938.12.

_____, 『마인』, 『조선일보』, 1939.2.14~10.11.

_____, 「무마」, 『신세기』, 1939.3.

_____, 「이단자의 사랑」, 『농업조선』, 1939.3.

_____, 「시유리」, 『문장』(임시증간호), 1939.7.

_____, 『태풍』, 『매일신보』, 1942.11.21~1943.5.2.

김동인, 『수평선 너머로』, 『매일신보』, 1934.7.10~12.9.

단정학(저자미상), 「겻쇠」, 『신민』 33호~67호, 70호, 1929.11~1931.6, 1932.1(미완).

류 방, 「戀愛와 復讐」, 『별건곤』 52, 1932.6.

_____, 「기차에서 만난 사람」, 『별건곤』 53, 1932.7.

박병호, 『혈가사』, 위산인쇄소, 1926.

박태원, 『소년탐정단』, 『소년』, 1938.6~11.

방정환, 『동생을 차즈려』, 『어린이』, 1925.2~10.

_____, 『칠칠단의 비밀』, 『어린이』, 1926.4~1927.11~12 합병호.

_____, 「소년삼태성」, 『어린이』, 1929.1.

_____, 『소년사천왕』, 『어린이』, 1929.9~1930.12.

변상권, 「독약박사」, 『별나라』, 1933.12.

신경순, 「기괴실화 피무든 手帖」, 『별건곤』 61~63, 1933.3~5(완결).

_____, 「실화 家乘奇譚」, 『별건곤』 72, 1934.4.

_____, 「특종실화 喰人事件의 審判」, 『별건곤』 73, 1934.6.

_____, 「암굴의 혈투」, 『개벽』, 1934.11.

_____, 「미까도의 지하실」, 『개벽』, 1935.1.

_____, 「제 2의 밀실」, 『조광』, 1935.11~1936.1(미완).

연성흠, 「용길의 기공」, 『어린이』, 1931.9.

양유신, 「배암 먹는 살인범」, 『월간 매신』, 1934.4.

이해조, 『쌍옥적』, 보급서관, 1911.

_____, 『구의산』, 신구서림, 1912.

채만식, 『염마』, 『조선일보』, 1934.5.16~11.5.

최독견, 『사형수』, 『신민』 64, 65, 67호, 1931.1, 3, 6(3회 미완).

최류범, 「순아참살사건」, 『별건곤』 60, 1933.2.

_____, 「질투하는 악마」, 『별건곤』 61, 1933.3.

_____, 「K박사의 명안」, 『별건곤』 62, 1933.4.

최병화, 「혈염봉」, 『학생』 2권 5호~6호, 1930.5~6(2회 완결).

韓人澤, 『怪島의 煙氣』, 『동아일보』, 1938.7.19~8.12.

허문일, 「천공의 용소년(화성소년)」, 『어린이』, 1930.10.

:: 참고문헌

1) 단행본(번역서·외서 포함)

강옥희, 『한국근대 대중소설 연구』, 깊은샘, 2000.

권명아, 『역사적 파시즘』, 책세상, 2005.

권보드래, 『연애의 시대』, 현실문화연구, 2003.

김교제 外편, 『신소설전집 7권』, 을유문화사, 1968.

김병철, 『한국근대번역문학사 연구』, 을유문화사, 1998(초판, 1975).

김영민, 『한국근대소설사』, 솔, 1997.

_____, 『한국 근대문학 비평사』, 소명출판, 1999.

_____, 『한국 근대소설의 형성과정』, 소명출판, 2005.

김지영, 『연애라는 표상』, 소명출판, 2007.

대중문학연구회, 『대중문학이란 무엇인가』, 평민사, 1995.

_____, 『신문소설이란 무엇인가』, 국학자료원, 1996.

_____, 『추리소설이란 무엇인가』, 국학자료원, 1997.

_____, 『연애소설이란 무엇인가』, 국학자료원, 1998.

대중서사장르연구회, 『대중서사장르의 모든 것: 1. 멜로드라마』, 이론과 실천, 2007.

_____, 『대중서사장르의 모든 것: 2. 역사허구물』, 이론과 실천, 2009.

_____, 『대중서사장르의 모든 것: 3. 추리물』, 이론과 실천, 2011.

백철, 『신문학사조사』, 신구문화사, 2003.

서광운, 『한국 신문소설사』, 해돋이, 1993.

소래섭, 『에로, 그로, 넌센스 - 근대적 자극의 탄생』, 살림, 2005.

연구공간 수유+너머 근대매체연구팀, 『신여성 - 매체로 본 근대 여성 풍속사』, 한겨레신문
　　　사, 2007.

오혜진, 『1930년대 한국 추리소설 연구』, 어문학사, 2009.

윤정헌, 『한국 근대소설론고』, 국학자료원, 2001.

이남호, 『보르헤스 만나러 가는 길』, 민음사, 1994.

이명옥, 『팜므파탈: 치명적 유혹, 매혹당한 영혼들』, 다빈치, 2003.

이상금, 『사랑의 선물-소파 방정환의 생애』, 한림출판사, 2005.

이상우, 『이상우의 추리소설 탐험』, 한길사, 1991.

이영미, 『광화문 연가』, 예담, 2008.

_____ 외, 『딱지본 대중소설의 재발견』, 민속원, 2009.

이정옥, 『1930년대 한국 대중소설의 이해』, 국학자료원, 2000.

임성래, 『조선후기의 대중소설』, 태학사, 1995.

_____ 외, 『대중문학의 이해』, 청예원, 1999.

전봉관, 『황금광시대』, 살림, 2005.

_____, 『경성기담』, 살림, 2007.

_____, 『경성자살클럽』, 살림, 2008.

정규웅, 『추리소설의 세계』, 살림, 2004.

조성면 편저, 『한국 근대대중소설 비평론』, 태학사, 1997.

조성면, 『대중문학과 정전에 대한 반역』, 소명출판, 2002.

천정환, 『근대의 책읽기-독자의 탄생과 한국 근대문학』, 푸른역사, 2003.

_____, 『대중지성의 시대』, 푸른역사, 2008.

최미진, 『한국 대중소설의 틈새와 심층』, 푸른사상, 2006.

최원식, 『한국 근대대중소설사론』, 창작사, 1986.

_____, 『한국 계몽주의 문학사론』, 소명, 2002.

한국추리작가협회, 『계간 미스터리』, 화남, 2010.가을.

한용환, 『소설학 사전』, 고려원, 1992.

『판타스틱』(김내성 백주년 특집), 페이퍼하우스, 2009.봄.

가메이 히데오, 김춘미 역, 『메이지 문학사』, 고려대학교 출판부, 2006.

가스통 르루, 강호걸 역, 『노란방의 비밀』, 해문출판사, 1992.

_____, 민희식 역, 『노랑방의 수수께끼』, 동서문화사, 1977.

마크 트웨인, 현준만 역, 『톰 소오여의 모험』, 미래사, 2002.

미셸 푸코, 오생근 역, 『감시와 처벌: 감옥의 역사』, 나남출판, 2003.

로버트 루이스 스티븐슨, 김남경 역, 『보물섬』, 장락, 1994.

슬라보예 지젝, 김소연·유재희 역, 『삐딱하게 보기』, 시각과언어, 1995.

_____, 이수련 역, 『이데올로기라는 숭고한 대상』, 인간사랑, 2002.

안토니오 그람시, 박상진 역, 『대중 문학론』(책세상문고·고전의 세계 34), 책세상, 2003.

에도가와 란포, 김소영 역, 『에도가와 란포 전단편집1-본격추리1』, 도서출판 두드림, 2008.

_____, 김은희 역, 『에도가와 란포 전단편집2-본격추리2』, 도서출판 두드림, 2009.

_____, 김은희 역, 『에도가와 란포 전단편집3-기괴환상』, 도서출판 두드림, 2008.

에르네스트 만델, 이동연 역, 『즐거운 살인』, 도서출판 이후, 2001.

이든 필포츠, 오정환 역, 『빨강머리 레드메인즈』, 동서문화사, 2003(초판, 1977).

이브 뢰테르, 김경현 역, 『추리소설』, 문학과지성사, 2000.

존 맥퀸, 송낙헌 역, 『알레고리』, 서울대학교 출판부, 1980.

존스톤 맥컬리, 김내성 역, 『검은별』, 아리랑사, 1973(역자서문, 1954).

츠베탕 토도로프, 김진수 역, 『환상문학 서설』(토도로프 저작집 5권), 한국문화사, 1996.

＿＿＿＿＿＿＿, 신동욱 역, 『산문의 시학』, 문예출판사, 1992.

토마 나르스작, 김중현 역, 『추리소설의 논리』, 예림기획, 2003.

프레드릭 제임슨, 남인영 역, 『보이는 것의 날인』, 한나래, 2003.

필립 톰슨, 김영무 역, 『그로테스크』, 서울대학교 출판부, 1986.

江戸川乱歩, 『少年探偵 怪人二十面相』 江戸川乱歩全集1, ポプラ社, 昭和 45.

吉田司雄 編, 『探偵小説と日本近代』, 青弓社, 2004.

Andre Jute, *Writing a Thriller*, London: A & C Black Press, 1986.

John Cawelti, *Adventure, Mystery, and Romance*, Chicago: The University of Chicago Press, 1976.

Patricia Highsmith, *Plotting and writing suspense fiction*, New York: Popular Press, 1983.

Patricia · Sweeney Merivale, *Detecting Texts*, Susan Elizabeth. Pennsylvania: The University of Pennsylvania Press, 1999.

2) 연구논문과 비평

고은지, 「'정탐소설' 출현의 소설적 환경과 추리소설로서의 특성」, 『비평문학』 35권, 2010.

김내성, 「탐정소설의 본질적 요건」, 『월간탐정』(일본잡지), 1936.4.

＿＿＿＿, 「연역적 추리와 귀납적 추리」, 『사상의 장미』 서문, 1936.

＿＿＿＿, 「탐정문학소론, 경성방송 교양강좌 원고」, 『비밀의 문』, 1938(본 연구에서는 『비밀의 문』(명지추리문학선 26권, 명지사, 1994)을 텍스트로 하였다).

＿＿＿＿, 「탐정소설론」, 『새벽』, 1956.3~5.

김영민, 「채만식의 새작품 『염마』론」, 『현대문학』 제390호, 1987.6.

김영석, 「포오와 탐정문학」, 『연희』 제8호, 1931.12.

김영성, 「한국현대소설의 추리소설적 서사구조 연구」, 한양대학교 박사논문, 2003.

김종수, 「일제 식민지 탐정소설 서적의 현황과 특징」, 『우리어문연구』 37집, 2010.5.

＿＿＿＿, 「김내성 소년탐정소설의 '바다' 표상」, 『대중서사연구』 21호, 2009.6.

김주리, 「탈식민주의 관점에서 본 김래성의 『마인』」, 『한국현대문예비평연구』 23호, 2007.

김현주, 「김내성 후기소설 『애인』에 나타난 욕망과 윤리」, 『대중서사연구』 21호, 2009.6.

류승현, 「일제하 조혼으로 인한 여성범죄」, 『여성: 역사와 현재』(박용옥 편), 국학자료원, 2001.

박유희, 「한국추리서사에 나타난 '탐정' 표상」, 『한민족문화연구』 31집, 2009.

박진영, 「1910년대 번안소설과 '정탐소설'의 매혹」, 『대동문화연구』 52호, 2005.12.

_____, 「역사 속에 묻힌 비밀과 모험의 이국적 상상력」, 『무쇠탈』 下(해설), 현실문화, 2008.

_____, 「천리구 김동성과 셜록 홈스 번역의 역사」, 『상허학보』, 2009.10.

_____, 「역사적 상상력의 번안과 복수의 비등가성」, 『민족문학사연구』 31호, 2006.8.

방인근, 「탐정소설론」, 『소설연구』 제2호, 서라벌예대 출판부, 1958.

백광준, 「청말, 그리고 외국 추리소설의 번역－『시무보』의 외국 '탐정 텍스트' 번역을 중심으로」, 『중국문학』 49집, 한국중국어문학회, 2006.11.

백대윤, 「한국추리서사의 문화론적 연구」, 한남대 박사논문, 2006.

안회남, 「탐정소설론」, 『조선일보』, 1937.7.13~16.

염상섭, 「통속·대중·탐정」, 『매일신보』, 1934.8.17~20.

유치진, 「포에 대한 사고(私考)」, 『조선일보』, 1935.11.13~17.

윤병로, 「김내성론」, 『現代作家論』, 삼우사, 1975.

이가형, 「中國의 公案小說－罪와 罰의 小說」, 『소설문학』, 1984.8.

이건지, 「金來成という歪んだ鏡」, 『현대사상』, 1995.2.

이상우, 「한국추리소설의 기원」, 『추리문학』, 1989.여름.

이순진, 「조선 무성영화의 활극성과 공연성에 대한 연구」, 중앙대 박사논문, 2009.

이영미, 「추리와 연애, 과학과 윤리－장편소설로 본 김내성의 작품세계」, 『대중서사연구』 21호, 2009.6.

이용희, 「1920~30년대 단편 탐정소설과 탐보적 주체 형성과정 연구」, 성균관대 석사논문, 2009.

이정옥, 「추리소설과 게임의 플롯」, 『현대소설 플롯의 시학』, 태학사, 1999.

_____, 「송사소설계 추리소설과 정탐소설계 추리소설 비교 연구」, 『대중서사연구』 21호, 2009.6.

_____, 「1950~60년대 추리소설의 구조 분석」, 『현대문학이론연구』 15권, 2001.

이종명, 「탐정문예 소고」, 『중외일보』, 1928.6.5~10.

이주라, 「근대 초기 번역·번안 추리소설의 수용양상 연구」, 『어문논집』 43호, 2010.4.

_____, 「1910~1920년대 대중문학론의 전개와 대중소설의 형성」, 고려대 박사논문, 2010.12.

이호걸, 「김내성의 『청춘극장』과 한국 액션영화」, 『대중서사연구』 21호, 2009.6.

임성래·이정옥, 「변용추리소설의 소설적 의의」, 『대중서사연구』 14호, 2005.

장영균, 「김내성의 포뮬라 연구」, 동국대 문화예술대학원 석사논문, 1999.

장용경, 「식민지 시기 본부살해사건과 '여성주체'」, 『역사와문화』 13, 2007.

전봉관, 「『마인』 속 경성과 경성문화」, 『판타스틱』, 2009.봄.

정세영, 「김내성 소설론」, 동국대 석사논문, 1991.

정종현, 「사실, 과학, 그리고 문학의 신생」, 『상허학보』 23, 2008.6.

_____, 「'大東亞'와 스파이」, 『대중서사연구』 22호, 2009.12.

정지영, 「근대 일부일처제의 법제화와 첩의 문제」, 『여성과 역사』 9, 2008.

정혜영, 「김내성과 탐정문학―일제시대 창작 작품에 대한 서지학적 연구를 중심으로」, 『한국현대문학연구』 20집, 2006.

_____, 「근대를 향한 왜곡된 시선」, 『현대소설연구』 31호, 2006.9.

_____, 「식민지조선과 탐정문학」, 『한국문학이론과 비평』 35집, 2007.6.

_____, 「소년탐정소설의 두 가지 존재 양상」, 『한국현대문학연구』 27, 2009.4.

_____, 「번역과 번안의 거리」, 『현대소설연구』 44호, 2010.8.

_____, 「방첩소설 『매국노』와 식민지 탐정문학의 운명」, 『한국현대문학연구』 24호, 2008.

_____, 「제국과 식민지, 그리고 탐정문학―김내성의 『태풍』을 중심으로」, 『한국현대문학연구』 30, 2010.

정희모, 「추리기법의 서사화와 그 가능성: 김성종의 『최후의 증인』에 나타난 추리기법을 중심으로」, 『현대소설연구』 10호, 1999.

조은숙, 「한국 아동문학의 형성과정 연구」, 고려대 박사논문, 2005.8.

_____, 「탐정소설, 소년과 모험을 떠나다」, 『우리어문연구』 38호, 2010.9.

최승연, 「근대적 지식인 되기를 향한 욕망의 서사」, 『대중서사연구』 21호, 2009.6.

최애순, 「이청준 소설의 추리소설적 구조 연구」, 고려대학교 석사논문, 2000.12.

_____, 「이론과 창작의 조응, 탐정소설가 김내성의 갈등―본격 장편 탐정소설 『마인』이 형성되기까지」, 『대중서사연구』 21호, 2009.6.

한명환, 「1930년대 신문소설 연구」, 홍익대 박사논문, 1995.

한용환, 「통합된 문화적 형식으로서의 김내성소설」, 『동악어문논집』 32집, 1997.12.

_____, 「닫힌 형식과 열린 상상력」, 『동악어문논집』 34집, 1999.

황종호, 「추리작가로서의 김내성」, 『추리문학』, 1988.겨울.

_____, 「추리소설의 정통성과 비정통성」, 『소설문학』, 1984.5.

_____, 「대중문학으로서의 추리소설」, 『소설문학』, 1984.8.

호르헤 루이스 보르헤스, 박병규 역, 「탐정소설론」, 『허구들』, 녹진출판사, 1992.

:: 찾아보기

인명 · 관련용어

작품명

잡지명 · 신문명